Un peu, beaucoup…
pas du tout

Du même auteur
chez le même éditeur

Secrets de Polichinelle
L'Amour d'une honnête femme
La Danse des ombres heureuses

en collection de poche

Les Lunes de Jupiter (n° 147)
Amie de ma jeunesse (n° 198)
Secrets de Polichinelle (n° 328)
L'Amour d'une honnête femme (n° 416)

Alice Munro

Un peu, beaucoup... pas du tout

Traduit de l'anglais (Canada)
par Geneviève Doze

Rivages

Titre original : *Hateship, Friendship, Courtship, Loveship, Marriage*
Alfred Knopf, Inc., New York

© 2001, Alice Munro
© 2004, Éditions Payot & Rivages
pour la traduction française
106, boulevard Saint-Germain – 75006 Paris

ISBN : 2-7436-1323-8
ISSN : 0299-0520

À Sarah Skinner, avec ma gratitude

Un peu, beaucoup... pas du tout

En d'autres temps, avant que les trains aient cessé de circuler sur tant de lignes secondaires, une femme au grand front parsemé de taches de rousseur et aux cheveux roux frisottés entra dans la gare et s'enquit du moyen d'expédier des meubles.

L'employé tentait souvent de badiner un peu avec les femmes, surtout celles au physique peu attrayant qui semblaient y prendre plaisir.

« Des meubles ? interrogea-t-il, comme si pareille idée n'était jamais auparavant venue à l'esprit de personne. Bon. Voyons. C'est quoi comme meubles ? »

Une table de salle à manger et six chaises. Une chambre à coucher complète, un canapé, une table basse, des guéridons, un lampadaire. Ainsi qu'un dressoir et un buffet.

« Holà. Vous voulez dire tout le mobilier d'une maison.

– Ça ne devrait pas représenter tant que ça, dit-elle. Il n'y a pas d'équipement de cuisine et seulement de quoi meubler une chambre. »

Ses dents groupées à l'avant de sa bouche semblaient prêtes à batailler.

« Vous allez avoir besoin du camion, dit-il.

– Non. Je veux les expédier par le train. Ils partent dans l'ouest, en Saskatchewan. »

Elle parlait fort, comme s'il était sourd ou stupide, et sa prononciation était défectueuse. Un accent. Il pensa au néerlandais – les Hollandais commençaient à s'installer dans le coin – mais elle n'avait pas la charpente massive des Hollandaises, ni leur joli teint rose ou leurs cheveux blonds. Elle avait peut-être moins de quarante ans, mais quelle importance ? Pas une reine de beauté, en aucun cas.

Il ne s'occupa plus que de l'opération.

« D'abord, vous aurez besoin du camion pour les transporter ici depuis le lieu où vous vous les êtes procurés. Et il vaudrait mieux voir si la destination est un endroit du Saskatchewan où le train passe. Sinon il faudrait vous débrouiller pour les faire prendre, à Regina, mettons.

– C'est Gdynia, dit-elle. Le train y passe. »

Il descendit un annuaire à la couverture graisseuse, pendu à un clou, et lui demanda comment elle écrivait ce nom. S'emparant du crayon, également au bout d'une ficelle, elle écrivit sur une feuille de papier tirée de son sac : GDYNIA.

« Ce serait quel genre de nationalité, ça ? »

Elle répondit qu'elle n'en savait rien.

Il reprit le crayon pour suivre ligne après ligne.

« Un tas d'endroits là-bas où c'est rien que des Tchèques ou des Hongrois ou des Ukrainiens », commenta-t-il. Tout en le disant, il songea qu'elle pourrait être de ceux-là. Et après tout, il ne faisait qu'énoncer un fait.

« La voilà, parfaitement, c'est sur la ligne.

– Oui, dit-elle. Je veux les expédier vendredi, c'est possible ?

– Nous pouvons les expédier, mais je peux pas garantir quel jour ils arriveront là-bas. Tout dépend des priorités. Y aura quelqu'un pour les attendre quand ils arriveront ?

– Oui.

– Le vendredi, c'est un train mixte, quatorze heures dix-huit. Le camion prendra la cargaison vendredi matin. Vous habitez en ville ici ? »

Elle fit oui de la tête en écrivant l'adresse. 106 Exhibition Road.

Les maisons de la ville venaient seulement d'être numérotées et il ne pouvait pas se figurer l'endroit, bien qu'il sût où se trouvait Exhibition Road. Si elle avait prononcé le nom de McCauley à ce moment-là, il se serait peut-être intéressé davantage, et les choses auraient pu se passer autrement. Il y avait des maisons neuves dans ce quartier, construites après la guerre, bien qu'on les appelât « maisons du temps de guerre ». Il supposa que celle-là en faisait partie.

« Vous paierez au moment de l'expédition, lui dit-il.

– Je veux aussi un billet pour moi sur le même train. Vendredi après-midi.

– Vous allez au même endroit ?

– Oui.

– Vous pouvez voyager sur le même train jusqu'à Toronto, mais ensuite vous serez obligée d'attendre le Transcontinental, départ à vingt-deux heures trente. Vous voulez wagon-lit ou voiture ordinaire ? Wagon-lit, vous pouvez vous allonger, voiture ordinaire, vous restez assise. »

Elle dit qu'elle resterait assise.

« À Sudbury, vous attendrez le train de Montréal, mais vous descendrez pas, ils vont juste manœuvrer et vous accrocher aux voitures de Montréal. Puis vous continuez vers Port Arthur et ensuite Kenora. Vous descendez pas avant Regina et là, vous êtes obligée de prendre le train sur la ligne secondaire. »

Elle hocha la tête comme s'il devait simplement en finir et lui donner son billet.

En prenant son temps, il dit : « Mais je vous garantis pas que vos meubles arriveront en même temps que vous, à mon avis ils arriveront seulement un jour ou deux plus tard. C'est à cause de toutes les priorités. Quelqu'un vient vous chercher ?

– Oui.

– Tant mieux. Parce que ça va probablement pas être fameux comme gare. Les villes là-bas, elles ressemblent pas à celles d'ici. En général, c'est des bleds plutôt rudimentaires. »

Elle régla le prix de son voyage avec des billets tirés d'une liasse rangée dans une pochette en tissu à l'intérieur de son sac à main. Comme une vieille dame. Elle compta sa monnaie, également. Mais pas comme le ferait un vieille dame – elle la tenait dans sa main et la regardait d'un coup d'œil rapide, mais on se rendait compte que pas un seul penny ne lui échappait. Elle se détourna ensuite impoliment, sans dire au revoir.

« À vendredi », cria-t-il.

Elle portait un long manteau terne, par cette chaude journée de septembre, ainsi que de lourds souliers lacés et des chaussettes.

Il était en train de se verser un café de sa Thermos quand elle revint frapper au guichet.

« Ces meubles que j'expédie, déclara-t-elle. Ce sont tous de bons meubles, comme neufs. Je ne voudrais pas qu'ils soient égratignés ou cognés ou abîmés d'une manière ou d'une autre. Je ne veux pas non plus qu'ils sentent le bétail.

– Oh, vous savez, dit-il. Les chemins de fer ont pas mal l'habitude du fret. Et ils se servent pas des mêmes wagons pour transporter les meubles et les cochons.

– Ce qui m'importe c'est qu'ils arrivent là-bas en aussi bon état qu'en partant d'ici.

– Eh bien, vous savez, quand vous achetez vos meubles, ils se trouvent dans le magasin, d'accord ? Mais vous êtes-vous jamais demandé comment ils y sont arrivés ? Ils ont pas été fabriqués là, hein ? Non. Ils ont été fabriqués dans une usine quelque part, on les a transportés jusqu'au magasin et il y a de grandes chances que ça se soit fait par le train. Si c'est le cas, c'est-y pas raisonnable de penser que les chemins de fer savent s'en occuper ? »

Elle continua de le regarder sans le moindre sourire ni signe qu'elle reconnaissait sa sottise féminine.

« J'espère bien, dit-elle. J'espère qu'ils le savent. »

L'employé de la gare aurait dit, sans y réfléchir, qu'il connaissait tout le monde en ville. Ce qui signifiait qu'il en connaissait environ la moitié. Et la plupart de ceux qu'il connaissait constituaient le noyau, ceux qui étaient vraiment « en ville » au sens qu'ils n'étaient pas arrivés de la veille et ne projetaient pas d'aller ailleurs. Il ne connaissait pas cette femme qui partait en Saskatchewan, parce qu'elle ne fréquentait pas son église, n'enseignait pas à ses enfants et n'était employée dans aucun magasin, restaurant ou bureau qu'il fréquentât. Elle n'était pas non plus mariée à un des hommes qu'il connaissait dans les confréries des Élans, des Oddfellows[1], du

---

1. « Drôles de types ».

Lions Club ou des Anciens combattants. Un coup d'œil vers sa main gauche tandis qu'elle sortait l'argent lui avait indiqué – sans que cela le surprenne – qu'elle n'était mariée à personne. Avec ces chaussures, des socquettes au lieu de bas, pas de chapeau ou de gants l'après-midi, ç'aurait pu être une paysanne. Mais elle était dépourvue de l'indécision, de la gêne qu'elles manifestaient en général. Elle n'avait pas des manières de paysanne : à vrai dire, elle n'avait pas de manières du tout. Elle l'avait traité comme s'il était une machine à donner des renseignements. Qui plus est, elle avait écrit une adresse en ville – Exhibition Road. La personne qu'elle lui rappelait vraiment, c'était une bonne sœur en civil qu'il avait vue à la télévision, parlant du travail de missionnaire qu'elle accomplissait quelque part dans la jungle : les bonnes sœurs avaient probablement abandonné leurs vêtements de religieuses là-bas parce que cela leur permettait de circuler plus facilement. Cette bonne sœur-là avait souri de temps à autre pour montrer que sa religion était censée rendre les gens heureux, mais la plupart du temps elle toisait le public comme si elle croyait que les autres étaient au monde surtout pour qu'elle les mène à la baguette.

Il restait encore une chose que Johanna avait l'intention de faire, qu'elle remettait sans cesse à plus tard. Il fallait qu'elle se rende dans le magasin de confection appelé Milady's pour se constituer une garde-robe. Elle n'y était jamais entrée : quand il lui fallait acheter quelque chose, comme des chaussettes, elle allait chez Callaghan's Vêtements pour Hommes Dames et Enfants. Elle possédait un tas d'affaires héritées de Mrs Willets, des choses comme ce manteau qui ne serait jamais usé. Et Sabitha, la jeune fille dont elle s'occupait chez Mr McCauley, était inondée d'effets coûteux venant de ses cousines.

Dans la vitrine de Milady's il y avait deux mannequins vêtus de tailleurs à jupe assez courte et veste vague. Un des tailleurs était d'un ton d'or roux et l'autre d'un vert foncé moelleux. De grosses feuilles d'érable aux couleurs criardes, en papier, étaient éparpillées aux pieds des mannequins et collées çà et là sur la vitrine. Au moment de l'année où la plupart des gens ont à cœur de ratisser les feuilles et de les brûler, ici c'était ce que l'on mettait en valeur. Un écriteau rédigé en cursive noire était apposé en diagonale sur la vitre. Il disait : *L'Élégance Simple, le Style pour l'Automne.* Elle poussa la porte et entra.

Droit devant elle, une glace la montra en pied, vêtue du long manteau de Mrs Willets, de très bonne qualité mais informe, avec quelques centimètres de jambes nues grumeleuses au-dessus des socquettes.

Ils le faisaient exprès, évidemment. Ils installaient la glace à cet endroit pour que vous preniez parfaitement conscience de vos défauts, sur-le-champ. Ainsi, espéraient-ils, vous tireriez d'emblée la conclusion qu'il fallait acheter quelque chose pour changer votre image. Une ruse si transparente qu'elle l'aurait incitée à sortir si elle n'était entrée décidée, sachant ce qu'il lui fallait acquérir.

Le long d'un mur était installé un portant auquel étaient suspendues des robes du soir, que la mousseline et le taffetas, les couleurs de rêve, rendaient toutes dignes de reines du bal. Plus loin, dans une vitrine, pour qu'aucun doigt profane ne puisse les atteindre, une demi-douzaine de robes de mariée, mousse d'un blanc pur, satin couleur vanille ou dentelle d'un ton ivoire, brodées de grains d'argent ou de petites perles. Corsages minuscules, décolletés festonnés, jupes amples. Même lorsqu'elle était plus jeune, elle n'aurait jamais pu envisager de tels débordements, pas seulement en matière d'argent mais dans les espérances, dans l'attente absurde d'une transformation, et de la félicité.

Il s'écoula quelques minutes avant que quelqu'un vienne. Ils avaient peut-être un œilleton par lequel ils l'examinaient, en se disant qu'elle n'était pas leur genre de cliente et en espérant qu'elle allait partir.

Elle ne partirait pas. Elle dépassa le reflet de la glace, abandonnant le linoléum près de la porte pour une moquette moelleuse, et enfin le rideau au fond du magasin s'écarta et Milady en personne parut, vêtue d'un tailleur noir avec des boutons étincelants. Talons hauts, chevilles fines, gaine si serrée que ses bas crissaient, chevelure d'or tirée en arrière de son visage maquillé.

« J'ai pensé que je pourrais essayer le tailleur qui est en vitrine, dit Johanna d'une voix travaillée d'avance. Le vert.
– Oh, il est superbe, déclara la femme. Celui qui est en vitrine se trouve être un trente-huit. Or vous semblez faire – un quarante-deux peut-être ? »

Elle conduisit Johanna en crissant jusqu'à la partie du magasin où étaient suspendus les vêtements courants, les tailleurs et les robes ordinaires.

« Vous avez de la chance. Voilà un quarante-deux. »

Ce que fit Johanna en premier fut de regarder le prix sur l'étiquette. Facilement le double de ce qu'elle prévoyait, et elle n'allait pas le dissimuler.

« C'est plutôt cher.
– Le lainage est très beau. » La femme le tripota jusqu'à ce qu'elle trouve l'étiquette, puis elle lut une description du tissu que Johanna n'écouta pas vraiment, parce qu'elle avait pris l'ourlet en main pour en vérifier l'exécution.

« Au toucher, on dirait de la soie, mais il est d'une solidité de fer. Vous voyez qu'il est entièrement doublé, une jolie doublure de soie et rayonne mélangées. Vous n'allez pas le voir faire des poches aux fesses et se déformer comme les tailleurs bon marché. Regardez les parements en velours aux poignets et au col et les petits boutons de velours sur la manche.
– Je les vois.
– Voilà le genre de détail qui fait monter le prix, sinon, vous ne l'avez pas. J'adore la note du velours. Le vert est le seul à l'avoir, vous savez : celui qui est couleur abricot ne l'a pas, bien que leurs prix soient identiques. »

Effectivement, c'était le col et les poignets de velours qui apportaient au tailleur, aux yeux de Johanna, son air de luxe subtil qui lui donnaient tant envie de l'acheter. Mais elle n'allait pas le dire.

« Tant qu'à faire, je vais l'essayer. »

Après tout, c'est bien pour cela qu'elle était venue. Des dessous propres et du talc aux aisselles.

La femme eut l'esprit de la laisser seule dans la cabine à l'éclairage puissant. Johanna évita la glace comme du poison jusqu'à ce qu'elle eut mis la jupe en place et boutonné la veste.

Pour commencer, elle ne regarda que le tailleur. Il allait bien. La taille était bonne, la jupe plus courte que celles dont elle avait l'habitude, mais il est vrai que ce à quoi elle était habituée manquait de style. Le tailleur ne posait pas de problème. Ce qui en posait était ce qui dépassait. Son cou, ses cheveux, ses grosses mains et ses jambes épaisses.

« Où en êtes-vous ? Ça vous ennuie si je jette un coup d'œil ? »

Jetez autant de coups d'œil que vous voulez, pensa Johanna, il s'agit de prendre des vessies pour des lanternes, comme vous vous en rendrez vite compte.

La femme essaya de regarder en se mettant d'un côté, puis de l'autre.

« Bien sûr, il vous faudra porter vos bas nylon et vos talons hauts. Comment vous sentez-vous dedans ? Bien ?

– Le tailleur est très agréable, dit Johanna. Il est irréprochable. »

Le visage de la femme changea dans la glace. Elle cessa de sourire. Elle eut l'air déçu et fatigué, mais plus gentil.

« Il arrive que ça se passe ainsi. Vous ne savez jamais vraiment tant que vous n'avez pas essayé quelque chose. Le problème, dit-elle d'une voix où croissait une conviction nouvelle, plus modérée, le problème c'est que vous avez une belle silhouette, mais elle est forte. Vous avez une ossature puissante et quel mal y a-t-il à ça ? De mignons petits boutons recouverts de velours ne sont pas votre genre. N'y pensez plus. Enlevez-le. »

Puis, lorsque Johanna avait atteint ses dessous, il y eut un petit coup frappé et une main franchit le rideau.

« Enfilez ceci, juste pour s'amuser. »

Une robe de lainage, doublée, avec une jupe ample, joliment froncée, des manches trois quarts et une simple encolure ronde. À peu près ce que l'on pouvait trouver de plus ordinaire, en exceptant une fine ceinture dorée. Moins coûteuse que le tailleur, mais le prix semblait tout de même élevé, quand on pensait au peu que la robe représentait.

Au moins, la jupe était d'une longueur plus convenable et le tissu tourbillonnait avec noblesse autour de ses jambes. Elle s'arma de courage et regarda dans la glace.

Cette fois-ci, elle ne donnait pas l'impression d'avoir été fourrée dans le vêtement pour plaisanter.

La femme vint se poster à côté d'elle et pouffa, mais de soulagement.

« Elle est de la couleur de vos yeux. Vous n'avez pas besoin de porter du velours. Vous avez des yeux veloutés. »

C'était le genre de flatterie dont Johanna se serait sentie tenue de se moquer, sinon qu'à cet instant-là, elle semblait véridique. Ses yeux n'étaient pas grands, et si on lui avait demandé de décrire leur couleur, elle aurait dit : « Je suppose qu'ils sont d'un genre de marron. » Mais à présent, ils paraissaient d'un marron vraiment foncé, doux et brillant.

Non qu'elle se fût brusquement mise à penser qu'elle était jolie ou rien de tel. Simplement, que ses yeux auraient été d'une jolie couleur, s'ils avaient été du tissu.

« Voyons, je parie que vous ne portez pas très souvent des chaussures élégantes, commenta la femme. Mais si vous aviez des bas nylon et ne serait-ce que des escarpins tout simples – et je parie que vous ne mettez pas de bijoux, en quoi vous avez tout à fait raison, vous n'en avez pas besoin avec cette ceinture. »

Pour couper court au boniment de vente, Johanna dit : « Eh bien, il vaut mieux que je l'enlève pour que vous puissiez l'envelopper. » Elle regrettait de se défaire du doux poids de la jupe et du discret ruban d'or autour de sa taille. Elle n'avait à aucun moment de sa vie eu ce sentiment idiot d'être avantagée par ce qu'elle se mettait sur le dos.

« J'espère que c'est pour une grande occasion », cria la femme tandis que Johanna se hâtait d'enfiler ses vêtements habituels, à l'aspect maintenant minable.

« C'est probablement ce que je porterai pour me marier », répondit Johanna.

Elle s'étonna que cela lui sortît de la bouche. Ce n'était pas une erreur majeure – cette femme ne savait pas qui elle était et n'allait probablement pas parler à quelqu'un qui la connaissait. Cependant, elle avait eu l'intention de faire preuve d'une discrétion absolue. Elle avait sans doute senti qu'elle devait quelque chose à cette personne – qu'elles avaient traversé ensemble le désastre du tailleur vert et la découverte de la robe marron, que cela représentait un lien. Ce qui était stupide. Le métier de la femme était de vendre des vêtements et elle avait tout bonnement réussi à le faire.

« Oh ! s'écria-t-elle. Oh, c'est merveilleux. »

Eh bien, ça l'était peut-être, songea Johanna, mais peut-être que non, également. Elle pourrait épouser n'importe qui. Un fermier misérable qui avait besoin d'un cheval de labour chez lui, ou un demi-infirme asthmatique en quête d'une infirmière. Cette femme n'avait aucune idée du genre d'homme qu'elle avait déniché et de toute façon, ça ne la regardait pas.

« Je devine que c'est un mariage d'amour, dit la femme, comme si elle avait pu lire dans ses pensées revêches. C'est pour cela que vos yeux brillaient dans la glace. Je l'ai entièrement enveloppée dans du papier de soie ; tout ce que vous devez faire, c'est la sortir et la suspendre : le tissu se déploiera parfaitement. Donnez-lui un petit coup de fer si vous voulez, mais vous n'aurez probablement même pas besoin de le faire. »

Vint ensuite le versement de l'argent. Toutes deux feignirent de ne pas regarder, mais toutes deux le firent.

« Elle le vaut, dit la femme. On ne se marie qu'une fois. Enfin, ce n'est pas toujours absolument vrai…

– Dans mon cas ça le sera », répliqua Johanna. Son visage s'était empourpré parce qu'en vérité, il n'avait pas été question de mariage. Pas même dans la dernière lettre. Elle avait révélé à cette femme ce sur quoi elle comptait et cela allait peut-être porter malheur.

« Où l'avez-vous rencontré ? demanda la femme, toujours de ce ton de gaité nostalgique. Comment vous êtes-vous connus ?

– Par la famille », répondit Johanna, ce qui était vrai. Elle n'avait pas l'intention d'en dire plus mais s'entendit poursuivre. « Le *Western Fair*. À London.

– Le *Western Fair*, dit la femme. À London. » Elle aurait aussi bien dit au Bal du Château.

« Sa fille et l'amie de celle-ci nous accompagnaient, raconta Johanna, en pensant que d'une certaine manière il eût été plus exact de dire qu'elle, Johanna, les accompagnait, Sabitha, Edith et lui.

– Eh bien, je peux dire que je n'ai pas perdu ma journée. J'ai fourni la robe qui fera une mariée heureuse de la personne qui la portera. Cela suffit à justifier mon existence. » La femme attacha un bolduc autour du carton contenant la robe, fit un grand nœud superflu, puis lui donna un méchant petit coup de ciseaux.

« Je passe toute la journée ici, dit-elle. Et il m'arrive de me demander simplement à quoi rime ce que je fais. Je me pose la question : Que crois-tu faire ici ? J'installe un nouvel étalage en vitrine et je fais ceci ou cela pour inciter les gens à entrer, mais certains jours – certains *jours* – je ne vois pas âme qui vive passer cette porte. Je sais bien – les gens pensent que ces vêtements sont trop chers – mais ils sont *bons*. Ce sont de bons vêtements. Si vous voulez la qualité, il faut en payer le prix.

– Ils sont obligés de venir quand ils veulent quelque chose de ce genre, dit Johanna, en portant le regard vers les robes du soir. Où d'autre pourraient-ils aller ?

– C'est tout le problème. Ils ne viennent pas. Ils vont à la grande ville – voilà où ils vont. Ils feront cinquante, cent miles en voiture, peu importe le prix de l'essence, en se disant que comme ça ils trouveront quelque chose de mieux que ce que j'ai ici. Ce qui n'est pas le cas. La qualité n'est pas meilleure, le choix n'est pas meilleur. Rien. C'est juste qu'ils auraient honte de dire qu'ils ont acheté leur tenue de noce sur place. Ou alors ils entrent et essaient quelque chose puis disent qu'il faut qu'ils y réfléchissent. Je reviendrai, disent-ils. Et je pense, oh, oui, je sais ce que cela signifie. Cela signifie qu'ils essaieront de trouver le même article moins cher à London ou Kitchener, et même si ce n'est pas meilleur marché, ils l'achèteront une fois qu'ils auront parcouru toute cette distance et en auront assez de chercher. Je ne sais pas, ajouta-t-elle. Peut-être que si j'étais d'ici ce serait différent. Je leur trouve un fort esprit de coterie. Vous n'êtes pas du pays, n'est-ce pas ?

– Non, répondit Johanna.
– Vous ne trouvez pas qu'ils ont l'esprit de coterie ? »
Cotrie.
« Difficile à pénétrer pour un étranger, voilà ce que je veux dire.
– J'ai l'habitude d'être seule, indiqua Johanna.
– Mais vous avez trouvé quelqu'un. Vous ne serez plus jamais seule, c'est merveilleux, non ? Il y a des jours où je songe que ce serait tellement magnifique d'être mariée et de rester à la maison. Évidemment, j'ai été mariée autrefois, mais je travaillais quand même. Enfin. Peut-être que l'homme de mes rêves entrera ici, tombera amoureux de moi et alors je serai partie pour la gloire ! »

Johanna devait se dépêcher : avec son besoin de parler, cette femme l'avait retardée. Elle devait se hâter de rentrer à la maison et faire disparaître ses achats avant que Sabitha revienne du lycée.

Puis elle se rappela que Sabitha n'était pas là, ayant été enlevée ce week-end par la cousine de sa mère, sa tante Roxanne, pour la faire vivre comme une vraie jeune fille riche à Toronto et fréquenter un établissement scolaire réservé à ce genre de jeunes filles. Mais elle continua de marcher vite, si vite qu'un plaisantin adossé au mur du drugstore lui cria : « Y a le feu ? » Du coup, elle ralentit un peu pour ne pas attirer l'attention.

Le carton de la robe était gênant : comment aurait-elle pu savoir que le magasin aurait ses propres cartons roses, avec *Milady's* écrit au travers, en caractères violets ? De quoi être trahie.

Elle se trouva idiote d'avoir parlé de mariage, alors que lui n'y avait même pas fait allusion. Tant d'autres choses avaient été dites – ou écrites –, tant d'affection et d'espoir exprimés, que le mariage en lui-même semblait avoir été simplement laissé de côté. Comme on parlerait de se lever le matin sans mentionner le petit déjeuner, bien que l'on ait certainement l'intention de le prendre.

Malgré tout, elle aurait dû se taire.

Elle aperçut Mr McCauley remontant le trottoir d'en face dans l'autre sens. Cela n'avait pas d'importance : même s'il l'avait rencontrée face à face il n'aurait jamais fait attention au carton qu'elle portait. Il aurait touché son chapeau d'un doigt et serait passé à côté d'elle, en remarquant peut-être qu'il s'agissait de sa gouvernante, mais peut-être pas. Il avait d'autres choses en tête et pour autant que les gens sachent, il regardait éventuellement une autre ville qu'eux. Chaque jour ouvrable, et parfois, par distraction, les jours fériés ou les dimanches, il se vêtait d'un de ses costumes trois-pièces, de son pardessus léger ou de son pardessus épais, coiffait son chapeau mou gris, enfilait ses chaussures bien cirées et allait à pied depuis Exhibition Road dans les quartiers chic jusqu'au bureau qu'il conservait encore au-dessus de ce qui avait été le magasin de bourrellerie et de bagages. On le désignait sous le nom d'agence d'assurances bien que Mr McCauley ne vendît plus de polices depuis belle lurette. Il arrivait que des gens montent l'escalier pour le voir, peut-être pour poser une question au sujet de leur contrat ou plus vraisemblablement de limites de terrains, de l'histoire d'une propriété en ville ou d'une ferme dans la campagne. Son bureau était plein de cartes, anciennes et nouvelles, et rien ne lui plaisait plus que de les étaler et de s'embarquer dans une discussion qui s'étendait bien au-delà de la question posée. Trois ou quatre fois par jour, il émergeait et arpentait la rue, comme maintenant. Pendant la guerre, il avait mis la Buick-McLaughlin sur cale dans la grange et allait à pied partout pour donner l'exemple. Il avait encore l'air de donner l'exemple, quinze ans après. Les mains jointes derrière le dos, il ressemblait à un propriétaire bienveillant en train d'inspecter son domaine ou un prédicateur heureux d'observer ses ouailles. Bien sûr, la moitié des gens qu'il rencontrait ignoraient tout de lui.

La ville avait changé, même depuis que Johanna s'y trouvait. L'activité commerciale se déplaçait vers la grand-route où il y avait un nouveau magasin discount, un vendeur de pneus Canadian Tire et un motel avec salon et danseuses aux seins nus. Certaines boutiques du centre-ville avaient essayé de s'enjoliver à coups de peinture rose, mauve ou vert olive, mais la peinture se craquelait déjà sur la brique ancienne et certains locaux étaient vides. Il était presque certain que Milady's allait suivre le mouvement.

Si c'était Johanna, la femme installée là, qu'aurait-elle fait ? Elle n'aurait jamais eu une telle provision de robes du soir tarabiscotées, pour commencer. Quoi à la place ? Si vous passiez aux vêtements meilleur marché, vous vous mettiez en concurrence avec Callaghan's et le magasin discount : la clientèle ne suffisait probablement pas pour tout le monde. Et si on se lançait dans les layettes fantaisie, les vêtements pour enfants, en essayant d'attirer les grand-mères et les tantes qui avaient de l'argent et le dépenseraient pour ce genre de choses ? En laissant tomber les mères, qui iraient chez Callaghan's, ayant moins d'argent et plus de bon sens.

Mais si c'était elle qui était aux commandes – Johanna – elle ne parviendrait jamais à attirer quiconque. Elle voyait bien ce qu'il fallait faire et comment, elle était capable de recruter les gens pour le faire et de les superviser, mais elle ne pourrait jamais charmer ou tenter. C'est à prendre ou à laisser, telle serait son attitude. Sans aucun doute, ils laisseraient.

Rares étaient les personnes à qui elle plaisait, ce dont elle était consciente depuis longtemps. Sabitha n'avait évidemment pas versé la moindre larme en lui disant adieu, bien qu'il fût possible d'affirmer que Johanna était ce que Sabitha avait connu de plus proche d'une mère, puisque la sienne était morte. Mr McCauley allait être contrarié de son départ parce qu'elle avait été une servante dévouée et serait difficile à remplacer, mais il ne penserait à rien d'autre. Sa petite-fille et lui étaient tous deux gâtés et égocentriques. Quant aux voisins, ils se réjouiraient sans aucun doute. Johanna avait eu des ennuis des deux côtés de la propriété. D'un côté, il y avait le chien du voisin qui fouissait dans son potager, enterrant et déterrant sa provision d'os, ce qu'il aurait pu mieux faire chez lui. De l'autre, il y avait le cerisier à cerises noires, planté sur le terrain de Mr McCauley mais portant la plupart de ses fruits sur les branches qui pendaient dans le jardin voisin. Dans les deux cas, elle avait récriminé, et gagné. Le chien était attaché et les voisins ne touchaient plus aux cerises. Si elle montait à l'échelle, elle pouvait tendre le bras loin dans leur jardin, mais ils ne chassaient plus les oiseaux des branches, ce qui affectait la récolte.

Mr McCauley leur aurait permis de cueillir. Il aurait permis au chien de fouir. Il se laissait gruger. La raison tenait en partie au fait que ces gens étaient des nouveaux venus, habitant des maisons neuves, aussi préférait-il ne leur prêter aucune attention. À une certaine époque, il n'y avait que trois ou quatre grandes maisons sur Exhibition Road. En face s'étendait le terrain où s'installait la foire d'automne (dont l'appellation officielle était « the Agricultural Exhibition », d'où le nom), et entre deux des arbres fruitiers, de petites prairies. Environ une douzaine d'années auparavant, on avait loti ce terrain en parcelles régulières et construit des maisons : petites, à étage ou sans, en alternance. Certaines commençaient déjà à avoir un air plutôt piteux.

Il n'y avait que deux maisons dont Mr McCauley connaissait les occupants, pour lesquels il avait de l'amitié : l'institutrice, Miss Hood, et sa mère, ainsi que les Shultz qui géraient la cordonnerie. La fille des Shultz, Edith, était ou avait été la meilleure amie de Sabitha. C'était naturel puisqu'elles étaient dans la même classe – tout au moins l'année précédente, parce que Sabitha avait redoublé – et qu'elles habitaient près l'une de l'autre. Mr McCauley n'avait rien trouvé à y redire : peut-être avait-il en tête l'idée que Sabitha serait envoyée sous peu vivre une vie différente à Toronto. Johanna n'aurait pas choisi Edith, bien que cette fille ne fût jamais insolente, jamais gênante quand elle venait à la maison. Et elle n'était pas bête. C'était sans doute là le problème : elle était astucieuse et Sabitha l'était moins. Elle avait rendu Sabitha sournoise.

Tout cela était terminé à présent. Maintenant que la cousine Roxanne – Mrs Huber – avait fait son apparition, la fille Shultz faisait partie du passé enfantin de Sabitha.

Je vais m'arranger pour vous faire parvenir tout votre mobilier par le train dès qu'ils pourront le prendre en payant d'avance quand ils me diront ce que ça coûtera.

J'ai pensé que vous alliez en avoir besoin maintenant. Je suppose que ce ne sera pas une grande surprise que j'aie pensé que ça ne vous ennuierait pas que je vienne vous donner un coup de main comme j'espère pouvoir le faire.

C'était la lettre qu'elle avait portée à la poste avant d'aller prendre les dispositions à la gare. C'était la première lettre qu'elle lui envoyait directement : les autres avaient été ajoutées à celles qu'elle faisait écrire à Sabitha. Et celles qu'il lui écrivait arrivaient de la même façon, joliment pliées, avec son nom, Johanna, tapé à la machine au verso pour qu'il n'y ait pas d'erreur. Cela empêchait les employés de la poste de deviner et ça ne faisait pas de mal d'économiser un timbre. Bien sûr, Sabitha aurait pu cafeter à son grand-père, ou même lire ce qui était adressé à Johanna, mais elle se souciait aussi peu de communication avec le vieil homme que de lettres, qu'il s'agisse de les écrire ou de les recevoir.

Les meubles étaient relégués dans la grange, qui n'était qu'une grange de ville, pas une vraie grange avec des bêtes et un grenier. Quand Johanna avait jeté un regard sur le mobilier pour la première fois un an ou deux auparavant, elle l'avait trouvé empoussiéré et éclaboussé de fientes de pigeon. Tout avait été entassé n'importe comment, rien n'avait été couvert. Elle avait sorti dans la cour ce qu'elle était capable de porter, ménageant de l'espace dans la grange pour atteindre les pièces volumineuses qu'elle ne pouvait pas déplacer : le canapé, le buffet, la vitrine à porcelaine et la table de salle à manger. Elle était à même de démonter le bois de lit, qu'elle frotta avec des chiffons doux, puis de l'essence de citron, et quand elle eut terminé, il brillait comme du sucre candi. Du sucre d'érable : il était en érable madré. Elle lui trouvait un éclat séduisant, comme les dessus-de-lit en satin et les cheveux blonds. Séduisant et moderne, en contraste absolu avec tout le bois sombre et les sculptures détestables des meubles qu'elle entretenait dans la maison. À ce moment-là, elle voyait ce mobilier comme le sien, et le voyait encore ainsi quand elle le sortit ce mercredi. Elle avait étalé de vieilles courtepointes sur la couche inférieure pour la protéger de ce qui était entassé au-dessus, et des draps sur la couche supérieure pour la protéger des oiseaux, aussi ne s'y était déposée qu'une poussière légère. Mais elle essuya l'ensemble et y passa de l'essence de citron avant de le remettre en place, protégé de la même manière, en attente du camion le vendredi.

Cher Mr McCauley,
Je pars par le train cet après-midi (vendredi). Je me rends compte que je ne vous ai pas donné de préavis, mais je renonce à ma dernière paie, qui aurait été de trois semaines dues ce lundi qui vient. Il y a un pot-au-feu sur la cuisinière dans le bain-marie qui a juste besoin d'être réchauffé. Assez pour trois repas mais vous pourriez peut-être en tirer un quatrième. Dès qu'il est chaud et que vous avez pris ce que vous voulez, mettez le couvercle et rangez-le dans le frigo. N'oubliez pas, mettez le couvercle tout de suite pour ne pas risquer qu'il se gâte. Respects à vous et Sabitha. Je ferai probablement signe quand je serai installée.
Johanna Parry.
P.S. J'ai expédié ses meubles à Mr Boudreau car il en aura peut-être besoin. Pensez à vous assurer quand vous réchaufferez qu'il y ait assez d'eau dans le fond du bain-marie.

Mr McCauley n'eut aucun mal à découvrir que le billet que Johanna avait acheté était pour Gdynia, Saskatchewan. Il téléphona à l'employé de la gare et l'interrogea. Il ne savait pas comment décrire Johanna : avait-elle l'air âgée ou jeune, mince ou moyennement empâtée, de quelle couleur était son manteau ? Mais ce ne fut pas nécessaire quand il parla des meubles.

Lorsque cet appel eut lieu, une poignée de personnes à la gare attendaient le train du soir. L'employé essaya de baisser la voix au début, mais s'excita quand il entendit parler de meubles volés (en fait ce que dit Mr McCauley était « et je crois qu'elle a emporté des meubles »). Il jura que s'il avait su qui elle était et ce qu'elle manigançait il ne lui aurait jamais permis de mettre les pieds dans le train.

Cette affirmation fut entendue, répétée et crue, sans que personne ne demande comment il aurait pu intercepter une femme adulte qui avait payé son billet, à moins d'avoir une preuve sur-le-champ que c'était une voleuse. La plupart des gens qui répétaient ses paroles croyaient qu'il avait les moyens de l'intercepter et qu'il l'aurait fait : ils croyaient à l'autorité des employés de gare et des beaux vieillards en costume trois-pièces, à la démarche digne, comme Mr McCauley.

Le pot-au-feu était excellent, comme l'était toujours la cuisine de Johanna, mais Mr McCauley s'aperçut qu'il ne pouvait pas l'avaler. Il négligea le conseil au sujet du couvercle, laissa la marmite découverte sur la cuisinière sans même éteindre le brûleur, jusqu'au moment où, l'eau du double-fond s'étant évaporée, il fut alerté par une odeur de métal fumant.

C'était l'odeur de la trahison.

Il s'efforça d'être reconnaissant qu'au moins quelqu'un s'occupe de Sabitha et qu'il n'ait pas à s'en soucier. Sa nièce, Roxanne – en fait, la cousine de sa fille – lui avait écrit que d'après ce qu'elle avait vu de Sabitha pendant son séjour de l'été à Lake Simcoe, il allait falloir sérieusement prendre cette jeune personne en main.

« *Franchement, je ne pense pas que toi et cette femme que tu as engagée vous serez à la hauteur quand les garçons vont venir grouiller autour d'elle.* »

Elle n'alla pas jusqu'à lui demander s'il voulait se retrouver avec une autre Marcelle sur les bras, mais c'est ce que cela signifiait. Elle dit qu'elle mettrait Sabitha dans une bonne école, ne serait-ce que pour lui enseigner les bonnes manières.

Il alluma la télévision pour se changer les idées, mais en vain.

C'étaient les meubles qui l'ulcéraient. C'était Ken Boudreau.

Il se trouvait que trois jours avant – le jour même où Johanna avait pris son billet, selon les dires de l'employé – Mr McCauley avait reçu une lettre de Ken Boudreau, lui demandant : (a) de lui avancer de l'argent en contrepartie des meubles qui lui appartenaient (à lui, Ken Boudreau) et à sa défunte femme, Marcelle, en dépôt dans la grange de Mr McCauley ou (b), si cela ne lui convenait pas, de vendre le mobilier au meilleur prix et d'envoyer l'argent aussi rapidement que possible en Saskatchewan. Il n'était pas question des prêts déjà consentis par Mr McCauley, tous en contrepartie de la valeur de ces meubles et dont la somme dépassait le maximum que l'on pourrait jamais en tirer. Ken Boudreau avait-il pu oublier tout cela ? Ou espérait-il simplement, ce qui était plus vraisemblable, que son beau-père aurait oublié ?

À présent, il était, semblait-il, propriétaire d'un hôtel. Mais sa lettre était pleine de diatribes visant le type qui possédait l'endroit auparavant et l'avait trompé de diverses manières.

« Si j'arrive à sauter rien que cet obstacle, disait-il, alors je suis sûr de pouvoir encore réussir. » Quel était l'obstacle ? Un besoin d'argent sur-le-champ, mais il ne disait pas s'il était dû au propriétaire précédent, ou à la banque, ou à un créancier hypothécaire, ou à qui que ce soit. C'était la même rengaine : un ton désespéré, cherchant à l'embobiner, mélangé d'arrogance, du sentiment qu'il s'agissait d'un dû en raison des blessures qui lui avaient été infligées, de la honte qu'il avait éprouvée, à cause de Marcelle.

En proie à de nombreux doutes mais se souvenant qu'après tout Ken Boudreau était son gendre, qu'il avait combattu pendant la guerre et traversé Dieu sait quelles épreuves au cours de son mariage, Mr McCauley s'était assis et avait écrit une lettre disant qu'il n'avait aucune idée du moyen d'obtenir le meilleur prix pour les meubles, qu'il aurait beaucoup de mal à le découvrir, et joignait donc un chèque qu'il compterait comme un prêt personnel absolu. Il souhaitait que son gendre le reconnaisse comme tel et se souvienne du nombre de prêts semblables effectués dans le passé – dépassant déjà, pensait-il, toute la valeur du mobilier. L'envoi comprenait une liste de dates et de sommes. À l'exception de cinquante dollars versés presque deux ans auparavant (avec une promesse de paiements réguliers par la suite), il n'avait rien reçu en retour. Son gendre devait sûrement comprendre qu'en raison de ces prêts sans intérêts, non remboursés, les revenus de Mr McCauley avaient diminué, puisque dans d'autres circonstances il aurait investi l'argent.

Il avait pensé ajouter : « je ne suis pas aussi stupide que tu as l'air de croire », mais décida de ne pas le faire car cela aurait révélé son irritation, voire sa faiblesse.

Et maintenant, voyez-vous ça. Ce type lui avait coupé l'herbe sous le pied et fait participer Johanna à son stratagème – il saurait toujours enjôler les femmes – mettant la main sur les meubles en plus du chèque. C'est elle qui avait payé le transport, avait dit l'employé de la gare. Cette camelote moderne tape-à-l'œil en érable avait été surestimée dans les accords déjà conclus et ils n'en tireraient pas grand-chose, surtout si vous preniez en compte les frais de transport. S'ils avaient été plus malins, ils auraient simplement choisi quelque chose dans la maison, une des vieilles vitrines ou un des canapés si inconfortables que l'on ne s'asseyait pas dessus, fabriqués et achetés au siècle passé. Cela, bien sûr, aurait été du vol pur et simple. Mais ce qu'ils avaient fait n'en était pas éloigné.

Il alla se coucher décidé à porter plainte.

Il se réveilla seul dans la maison, sans odeur de café ni de petit déjeuner, au lieu de quoi une bouffée de marmite brûlée traînait encore dans l'air. Une froidure automnale s'était installée dans toutes les pièces, hautes de plafond, délaissées. Il avait fait chaud la veille au soir et les soirs précédents : la chaudière n'avait pas encore été utilisée et lorsque Mr McCauley l'alluma effectivement, l'air chaud fut accompagné d'un souffle de cave humide, de moisi, de terre et de décrépitude. Il fit sa toilette et s'habilla lentement, avec des pauses songeuses, puis étala du beurre de cacahuète sur un morceau de pain pour déjeuner. Il appartenait à cette génération d'hommes dont on disait qu'ils n'étaient même pas capables de faire bouillir de l'eau, ce qui était son cas. Il regarda par les fenêtres en façade et vit les arbres de l'autre côté du champ de courses enveloppés dans le brouillard matinal, qui donnait l'impression d'avancer et non de se retirer comme il aurait dû le faire à cette heure-ci, à travers la piste. Il croyait voir apparaître indistinctement dans le brouillard les bâtiments de l'ancienne foire d'exposition, simples, spacieux, comme d'énormes granges. Ils étaient restés à l'abandon pendant de longues années, durant toute la guerre, et il avait oublié ce qui leur était arrivé en fin de compte. Avaient-ils été démolis, ou s'étaient-ils effondrés ? Il abominait les courses qui avaient lieu à présent, les foules, le haut-parleur, les beuveries illégales et le tumulte ruineux des dimanches d'été. Quand il y pensait, il songeait à sa malheureuse fille Marcelle, assise sur les marches de la véranda, hélant des anciens camarades de classe descendus de leurs voitures garées, se hâtant pour assister aux courses. Son agitation, la joie qu'elle manifestait d'être de retour en ville, les embrassades, les gens qu'elle interceptait, les avalanches de paroles, les jacasseries sur son enfance, déclarant comme tout le monde lui avait manqué. Elle avait raconté que la seule chose qui gâchait la perfection de sa vie était l'absence de son mari, Ken, resté dans l'ouest à cause de son travail.

Elle sortait là en pyjama de soie, les cheveux décolorés en broussaille. Ses bras et ses jambes étaient maigres, mais le visage était un peu bouffi, et ce qu'elle affirmait être son bronzage paraissait d'un brun maladif dont l'origine n'était pas le soleil. La jaunisse peut-être.

L'enfant était restée à l'intérieur et avait regardé la télévision : les dessins animés du dimanche dont elle avait sûrement passé l'âge.

Il ne parvenait pas à se faire une idée du problème, ou à être certain qu'il y en avait un. Marcelle était partie à London subir une intervention féminine et était morte à l'hôpital. Quand il avait appelé son mari pour le prévenir, Ken Boudreau avait demandé : « Qu'est-ce qu'elle a avalé ? »

Si la mère de Marcelle avait encore été en vie, les choses auraient-elles été différentes ? En fait, la mère, de son vivant, avait été aussi déroutée que lui. Elle restait assise dans la cuisine à pleurer pendant que leur fille adolescente, enfermée à clé dans sa chambre, s'échappait par la fenêtre et se laissait glisser sur le toit de la véranda pour être accueillie par des voitures pleines de garçons.

La maison était remplie d'un sentiment d'abandon cruel, de tromperie. Sa femme et lui avaient sans aucun doute été de gentils parents, à qui Marcelle en avait fait voir de toutes les couleurs. Quand elle s'était enfuie avec un aviateur, ils avaient espéré qu'elle serait enfin calmée. Ils avaient fait preuve de générosité envers eux comme s'il s'agissait d'un jeune couple tout à fait convenable. Mais tout s'était effondré. Il s'était également montré généreux à l'égard de Johanna Parry, et voyez comment elle aussi s'était retournée contre lui.

Il partit en ville à pied et entra à l'hôtel prendre son petit déjeuner. « Vous êtes là de bon matin aujourd'hui », lui dit la serveuse.

Elle était encore en train de lui verser son café quand il commença de lui raconter comment sa gouvernante l'avait plaqué sans l'ombre d'un avertissement ou d'une justification, quittant son travail non seulement sans donner ses huit jours mais en emportant une quantité de meubles qui avaient appartenu à sa fille, qui étaient maintenant censés appartenir à son gendre, ce qui était faux puisqu'ils avaient été achetés avec la dot de sa fille. Il lui raconta que celle-ci avait épousé un aviateur, un type avenant, convaincant, qui ne méritait aucune confiance.

« Excusez-moi, dit la serveuse. J'aimerais bien bavarder, mais j'ai des gens qui attendent leur petit déjeuner. Excusez-moi... »

Il monta dans son bureau et là, étalés sur sa table de travail, se trouvaient les vieux plans qu'il avait étudiés la veille pour situer avec précision le tout premier cimetière du pays (abandonné, pensait-il, en 1839). Il alluma la lumière et s'assit, mais s'aperçut qu'il ne parvenait pas à se concentrer. Après le reproche de la serveuse – ou ce qu'il avait pris comme un reproche – il n'avait pas pu manger son petit déjeuner ou boire son café avec plaisir. Il décida de sortir se promener pour retrouver son calme.

Mais au lieu de marcher selon son habitude, en saluant les gens et en échangeant quelques propos avec eux, il se surprit à parler tout seul. Dès que quelqu'un lui demandait des nouvelles de sa santé ce matin, il se mettait, d'une manière qui lui était fort étrangère, de la manière la plus honteuse même, à faire part de ses malheurs. Mais, comme la serveuse, ces personnes avaient des occupations qui les attendaient, si bien qu'elles faisaient des signes de tête, remuaient les pieds et présentaient des excuses pour s'éloigner. La matinée ne semblait pas se réchauffer comme le faisaient d'habitude les matins d'automne. Sa veste n'était pas assez chaude, si bien qu'il chercha le confort des magasins.

Ceux qui le connaissaient depuis le plus longtemps étaient les plus désolés. Il avait toujours été réservé : le monsieur bien élevé, l'esprit fixé sur d'autres temps, dont la courtoisie était une façon habile de faire pardonner ses privilèges (ce qui était un peu une plaisanterie, parce que les privilèges résidaient surtout dans ses souvenirs et n'étaient pas apparents pour autrui). Il aurait dû être le dernier à faire étalage de torts ou à quémander de la commisération – il ne l'avait pas fait quand sa femme était morte, ni même quand sa fille était morte – et pourtant il était là en train de tirer une lettre de sa poche en demandant si la manière dont ce type lui avait soutiré de l'argent maintes et maintes fois, et encore maintenant n'était pas ignominieuse. Alors qu'il avait eu pitié de lui derechef, cet individu avait obtenu la complicité de la gouvernante pour voler les meubles. Certains pensèrent qu'il parlait de ses propres meubles : ils croyaient que le vieil homme se retrouvait sans lit ni chaise dans sa maison. Ils lui conseillèrent d'aller à la police.

« À quoi bon, à quoi bon, répondit-il. Comment tirer du sang d'une pierre ? »

Il entra dans la cordonnerie et salua Herman Shultz.

« Vous rappelez-vous ces chaussures montantes que vous m'avez ressemelées, celles que j'avais achetées en Angleterre ? Vous les avez ressemelées il y a quatre ou cinq ans. »

La boutique ressemblait à une grotte, avec des ampoules masquées suspendues au-dessus des divers établis. Elle était très mal ventilée, mais ses odeurs viriles – colle, cuir, cirage, semelles de feutre fraîchement découpées, vieilles semelles pourries – réconfortèrent Mr McCauley. Ici, son voisin Herman Schultz, au teint brouillé, ouvrier expérimenté, portant des lunettes, aux épaules rondes, travaillant en toutes saisons, enfonçait des clous de fer, des clous rivés et, armé d'un terrible couteau crochu, découpait les formes désirées dans du cuir. Le feutre était découpé par un outil ressemblant à une scie circulaire miniature. Les polissoirs produisaient des raclements, la roue de papier de verre des crissements, l'émeri sur la tranche d'un outil un chant aigu comme un insecte mécanique et la machine à coudre perçait le cuir suivant un rythme soutenu. Mr McCauley était familier depuis de longues années avec les bruits, les odeurs et les activités précises de cet endroit, mais sans les avoir jamais identifiés ni y avoir réfléchi auparavant. Herman, portant un tablier de cuir noirci, avec un soulier dans une main, se redressa, sourit, fit un signe de tête et Mr McCauley vit défiler la vie entière de cet homme dans cette grotte. Il souhaita exprimer de la sympathie ou de l'admiration ou quelque chose d'autre qu'il ne comprenait pas.

« Oui, je m'en souviens, dit Herman. C'étaient de belles chaussures.

– D'excellentes chaussures. Je les ai achetées pendant mon voyage de noces, vous savez. En Angleterre. Je ne me rappelle pas où à présent, mais ce n'était pas à Londres.

– Je me souviens que vous me l'aviez raconté.

– Vous les avez bien réparées. Elles sont encore en bon état. Vous faites du bon boulot ici. Votre travail est impeccable.

– Tant mieux. » Herman jeta un coup d'œil rapide sur le soulier qu'il tenait. Mr McCauley savait que cet homme voulait se remettre au travail, mais ne pouvait pas le lui permettre.

« On vient de me dessiller les yeux. J'ai reçu un choc.

– Ah bon ? »

Le vieil homme sortit la lettre et se mit à en lire des passages à voix haute, entrecoupés de rires lugubres.

« De la bronchite. Il dit qu'il souffre de bronchite. Qu'il ne sait pas à qui s'adresser. *Je ne sais pas vers qui me tourner.* Eh bien il sait toujours à qui s'adresser. Quand il a tout épuisé, c'est à moi qu'il s'adresse. *Quelques centaines simplement jusqu'à ce que je me relève.* Quémandant et me suppliant et pendant tout ce temps-là de mèche avec ma gouvernante. Le saviez-vous ? Elle a volé un tas de meubles et elle est partie avec dans l'ouest. Ils étaient la main dans la main. Voilà un homme que j'ai tiré d'affaire maintes et maintes fois. Pas un penny en retour. Non, non, il faut que je sois honnête et que je dise cinquante dollars. Cinquante sur des centaines et des centaines. Des milliers. Il était dans l'armée de l'air pendant la guerre, vous savez. Ces types courtauds étaient souvent dans l'armée de l'air. Se pavanant en pensant être des héros de la guerre. Enfin, je suppose que je ne devrais pas dire ça, mais je crois que la guerre a gâté certains de ces hommes, ils ne sont jamais parvenus à se réinsérer dans la vie. Mais ça ne suffit pas comme excuse. Est-ce que ça suffit ? Je ne peux pas l'excuser éternellement à cause de la guerre.

– Non, vous ne pouvez pas.

– J'ai su qu'on ne pouvait pas lui faire confiance dès que j'ai fait sa connaissance. C'est ça qui est extraordinaire. Je le savais et j'ai quand même accepté qu'il me roule. Il y a des gens comme ça. Vous les prenez en pitié simplement en raison de leur crapulerie. C'est moi qui lui ai procuré son emploi dans les assurances là-bas. J'avais des relations. Il a tout fait foirer, bien sûr. Un sale type. Certains sont ainsi, voilà tout.

– Pour ça vous avez raison. »

Mrs Shultz ne se trouvait pas dans la boutique ce jour-là. D'habitude, c'était elle qui se tenait derrière le comptoir, prenant les souliers, les montrant à son mari et faisant part de ce qu'il avait dit, rédigeant les fiches et encaissant le paiement quand les souliers raccommodés étaient rendus. Mr McCauley se rappela qu'elle avait subi une opération au cours de l'été.

« Votre femme n'est pas là aujourd'hui ? Elle va bien ?

– Elle a pensé qu'il valait mieux qu'elle se repose. J'ai fait venir ma fille. »

Herman Shultz fit un signe de tête en direction des étagères à droite du comptoir, là où les chaussures remises en état étaient disposées. Mr McCauley tourna la tête et vit Edith, la fille, qu'il n'avait pas remarquée en entrant. Une adolescente à la maigreur enfantine avec de longs cheveux noirs qui continuait à lui tourner le dos en réarrangeant les souliers. C'était exactement de cette manière qu'elle semblait paraître et disparaître furtivement quand elle venait chez lui en tant qu'amie de Sabitha. L'on ne parvenait jamais à bien voir son visage.

« Vous allez donner un coup de main à votre père, maintenant ? demanda Mr McCauley. Vous avez quitté l'école ?

– On est samedi, dit Edith en se tournant à demi avec un sourire vague.

– Ah, c'est vrai. Eh bien, c'est de toute façon une bonne chose d'aider votre père. Il faut vous occuper de vos parents. Ils ont travaillé dur et ce sont des gens bien. » L'air de s'excuser un peu, comme s'il avait conscience d'être sentencieux, Mr McCauley récita : « Vos père et mère honorerez, afin de vivre longtemps dans... »

Edith fit une remarque qui ne lui était pas destinée. « La cordonnerie », souffla-t-elle.

« Je vous prends votre temps. Je vous impose ma présence, commenta Mr McCauley tristement. Vous avez du travail à faire. »

« Tu pourrais te dispenser de sarcasmes », dit le père d'Edith une fois que le vieil homme fut parti.

Pendant le dîner il fit un récit complet de l'état de Mr McCauley à la mère d'Edith.

« On ne le reconnaît pas, dit Mr Schultz. Il lui est arrivé quelque chose.

– Une petite attaque, peut-être », supposa-t-elle. Depuis sa propre opération – de calculs biliaires – elle parlait savamment et avec une satisfaction placide des misères des autres.

Maintenant que Sabitha était partie, engloutie dans un autre style de vie qui, semblait-il, l'avait toujours attendue, Edith était redevenue la personne qu'elle avait été avant l'arrivée de Sabitha. « Mûre pour son âge », appliquée, critique. Au bout de trois semaines au lycée, elle sut qu'elle allait être très bonne dans toutes les matières nouvelles :

latin, algèbre, littérature anglaise. Elle était convaincue que son intelligence allait être reconnue et saluée et qu'un avenir important allait se déployer devant elle. La sottise de l'année dernière en compagnie de Sabitha était en train de disparaître.

Pourtant, quand elle pensait au départ dans l'ouest de Johanna, un frisson venu de son passé la parcourait, une frayeur s'infiltrait. Elle essaya énergiquement de mettre un couvercle dessus, mais il refusa de rester posé.

Dès qu'elle eut fini de laver la vaisselle, elle partit dans sa chambre avec le livre qui leur avait été donné à lire pour le cours de littérature. *David Copperfield*.

C'était une enfant qui n'avait jamais connu autre chose que des remontrances tièdes de la part de ses parents – des parents vieux pour une enfant de son âge, ce qui expliquait, disait-on, son comportement – mais elle se sentait en parfait accord avec David dans son malheur. Elle se sentait à l'unisson avec lui : elle aurait tout aussi bien pu être orpheline parce qu'elle serait probablement obligée de se sauver, de se cacher, de se débrouiller pour vivre, lorsque la vérité se saurait et que son passé barrerait son avenir.

Tout avait commencé lorsque Sabitha avait dit, sur le chemin de l'école : « Il faut qu'on passe par le bureau de poste. J'ai une lettre à envoyer à papa. »

Elles faisaient ensemble le trajet de l'école, aller et retour, tous les jours. Parfois elles marchaient les yeux fermés, ou à reculons. Lorsqu'elles croisaient des gens, il leur arrivait de baragouiner en charabia, pour créer la confusion. La plupart des bonnes idées venaient d'Edith. La seule idée proposée par Sabitha avait été d'écrire le nom d'un garçon et le sien, en barrant toutes les lettres figurant en double et en comptant celles qui restaient. Ensuite on énumérait le nombre compté sur ses doigts en disant : il m'aime un peu, beaucoup, passionnément, pas du tout, jusqu'à ce que l'on obtienne le verdict sur ce qui pouvait se passer avec ce garçon.

« Voilà une lettre épaisse », commenta Edith. Elle remarquait tout et se rappelait tout, mémorisant rapidement des pages entières des manuels d'une façon que les autres enfants trouvaient malsaine. « Avais-tu autant de choses à écrire à ton papa ? » demanda-t-elle, étonnée, parce qu'elle ne pouvait pas le croire, ou à tout le moins ne pouvait pas croire que Sabitha les transcrirait sur du papier.

« Je n'ai écrit que sur une seule feuille, répondit Sabitha en tâtant la lettre.
– A-ha, fit Edith. Ah.
– Aha quoi ?
– Je parie qu'elle a inséré quelque chose d'autre, Johanna. »

Ce qu'il en découla fut qu'elles ne portèrent pas la lettre directement au bureau de poste mais la gardèrent et la décachetèrent à la vapeur chez Edith après la classe. Elles pouvaient faire ce genre de chose chez Edith parce que sa mère travaillait toute la journée à la cordonnerie.

> Cher Mr Ken Boudreau,
> J'ai juste pensé que j'écrirais pour vous envoyer mes remerciements des choses aimables que vous avez dites à mon sujet dans votre lettre à votre fille. Vous n'avez pas besoin de vous inquiéter de mon départ. Vous dites que je suis une personne en qui on peut avoir confiance. C'est cette signification que je choisis et à ma connaissance c'est vrai. Je vous suis reconnaissante de le dire, puisque certaines personnes ont le sentiment que quelqu'un comme moi, dont ils ne connaissent pas le milieu d'origine, est Infréquentable. Alors j'ai pensé que je vous parlerais un peu de moi. Je suis née à Glasgow mais ma mère a été obligée de m'abandonner quand elle s'est mariée. J'ai été emmenée dans un Foyer à l'âge de cinq ans. Je pensais qu'elle allait revenir mais elle n'est pas venue et je me suis habituée à cet endroit où ils n'étaient pas Méchants. À l'âge de onze ans j'ai été amenée au Canada suivant un Plan et j'ai vécu chez les Dixon, en travaillant dans leurs jardins maraîchers. L'école faisait partie du Plan, mais je n'en ai pas vu grand-chose. L'hiver je travaillais dans la maison pour la dame, mais des circonstances m'ont donné l'idée de partir et étant grande et vigoureuse pour mon âge j'ai été engagée dans une Clinique pour

m'occuper des vieux. Le travail ne me déplaisait pas mais pour gagner plus je suis allée travailler à la fabrique de balais. Mr Willets qui en était le propriétaire avait une vieille mère qui venait voir comment les choses se passaient et elle et moi on s'est plu d'une certaine façon. L'air me causait des ennuis respiratoires alors elle a proposé que je vienne travailler pour elle, ce que j'ai fait. J'ai vécu avec elle pendant douze ans au bord d'un lac qui s'appelait « La colombe affligée », dans le nord. Il n'y avait que nous deux, mais je pouvais m'occuper de tout à l'extérieur et à l'intérieur, même faire marcher le canot à moteur et conduire la voiture. J'ai appris à bien lire parce que ses yeux se détérioraient et elle aimait que je lui fasse la lecture. Elle est décédée à l'âge de quatre-vingt-seize ans. Vous pourriez dire quelle vie pour une jeune personne, mais j'étais heureuse. Nous partagions chaque repas et j'ai dormi dans sa chambre pendant un an et demi à la fin. Mais après sa mort la famille m'a donné une semaine pour faire ma valise. Elle m'avait laissé de l'argent et je suppose que ça ne leur plaisait pas. Elle voulait que je l'utilise pour l'instruction mais j'aurais été obligée de me retrouver au milieu d'enfants. Alors quand j'ai vu la petite annonce que Mr McCauley avait fait paraître dans le *Globe and Mail* je suis venue m'en informer. J'avais besoin de travailler pour me consoler de la perte de Mrs Willets. Je pense que je vous ai suffisamment ennuyé avec mon Histoire et que vous serez soulagé que je sois arrivée au Présent. Merci de votre bonne opinion et de m'avoir emmenée à la Foire. Les manèges et les trucs à manger ne sont pas mon genre mais quand même c'était un plaisir de faire partie de la bande.

Votre amie, Johanna Parry

Edith lut à voix haute la lettre de Johanna, d'une voix plaintive, l'air désolé.

« Je suis née à Glasgow, mais ma mère a dû m'abandonner après le premier coup d'œil qu'elle m'a jeté...

– Arrête, dit Sabitha. Je vais gerber à force de rire.

– Comment a-t-elle joint sa lettre à la tienne sans que tu le saches ?

– Elle me la prend, la met dans une enveloppe et écrit l'adresse parce qu'elle dit que mon écriture n'est pas assez lisible. »

Edith fut obligée de mettre du scotch sur le rabat de l'enveloppe pour la faire tenir, car il ne restait plus assez de colle. « Elle est amoureuse de lui, dit-elle.

– Oh, beurk-beurk, fit Sabitha en se tenant le ventre. C'est pas possible. La vieille Johanna.

– Qu'est-ce qu'il en a dit, de toute façon ?

– Seulement que j'étais supposée la respecter et que ce serait malheureux si elle partait parce que nous avions de la chance de l'avoir et qu'il n'avait pas de foyer à m'offrir et que grand-père ne pouvait pas élever une fille tout seul et bla-bla. Il a dit que c'était une dame. Il a dit qu'il était capable de s'en rendre compte.

– Alors voilà qu'elle tombe amou-oureuse. »

La lettre est restée chez Edith jusqu'au lendemain, de peur que Johanna découvre qu'elle n'avait pas été postée et était fermée avec du scotch. Elles la portèrent à la poste le lendemain matin.

« Maintenant on va voir ce qu'il répond. Prends garde », conseilla Edith.

Un long temps s'écoula sans qu'aucune lettre ne vint. Et quand elle arriva, ce fut une déception. Elles l'ouvrirent à la vapeur chez Edith, mais ne trouvèrent rien dedans pour Johanna.

 Chère Sabitha,
 Je me trouve un peu juste ce Noël, désolé de n'avoir qu'un billet de deux dollars à t'envoyer. Mais j'espère que tu es en bonne santé et que tu passes un Joyeux Noël et que tu travailles à l'école. Quant à moi, je ne me sens pas trop bien, avec une Bronchite, ce qui semble m'arriver tous les hivers, mais c'est la première fois qu'elle me met au lit avant Noël. Comme tu vois d'après l'adresse je me trouve dans un endroit nouveau.

L'appartement était dans un emplacement très bruyant et trop de gens se pointaient en espérant faire la fête. Ici, c'est une pension de famille, ce qui me convient parfaitement car je n'ai jamais été doué pour faire le marché et la cuisine.

Joyeux Noël. Affectueusement, papa.

« Pauvre Johanna, commenta Edith. Elle aura le cœur brisé.
– Qui s'en soucie ? dit Sabitha.
– À moins que nous nous y mettions, suggéra Edith.
– À quoi faire ?
– À lui répondre. »

Elles seraient obligées de taper la lettre à la machine, parce que Johanna s'apercevrait que ce n'était pas l'écriture du père de Sabitha. Mais la dactylographie ne posait pas de problème. Il y avait une machine à écrire dans la maison d'Edith, sur une table de jeu dans le salon. Sa mère avait travaillé dans un bureau avant de se marier et il lui arrivait encore de gagner un peu d'argent en écrivant les lettres auxquelles les gens voulaient donner un air officiel. Elle avait enseigné à Edith les principes élémentaires de la dactylographie, dans l'espoir qu'Edith pourrait elle aussi trouver un emploi de bureau un jour.

« Chère Johanna, dit Sabitha, je suis désolé de ne pas pouvoir être amoureux de toi parce que ta figure est couverte de ces vilains boutons.
– Je vais faire les choses sérieusement, l'interrompit Edith. Alors boucle-la. »

Elle tapa : « J'ai été si heureux de recevoir cette lettre... » en lisant tout haut son texte, s'interrompant pendant qu'elle en concoctait d'autres, sa voix s'imprégnant d'une solennité et d'une tendresse croissantes. Sabitha était affalée sur le canapé, pouffant de rire. À un moment donné, elle alluma la télévision, mais Edith protesta : « S'il te plaî-aît. Comment puis-je me concentrer sur mes é-motions au milieu de tout ce vacarme ? »

Edith et Sabitha employaient les mots « merde » et « putain » et « nom de Dieu » quand elles étaient ensemble seules.

    Chère Johanna,
    J'ai été si heureux de recevoir la lettre que vous avez jointe à celle de Sabitha et d'apprendre ce qu'a été votre vie. Elle a souvent dû être triste et solitaire bien qu'à vous entendre trouver une personne comme Mrs Willets était un coup de chance. Vous êtes restée travailleuse, ne vous plaignant de rien et je dois dire que je vous admire beaucoup. Ma vie à moi a connu des hauts et des bas et je ne me suis jamais vraiment stabilisé. Je ne sais pas pourquoi l'agitation et la solitude m'habitent, cela semble simplement être mon destin. Je rencontre tout le temps des gens et je leur parle mais il m'arrive parfois de me demander : lequel d'entre eux est vraiment mon ami ? Là-dessus votre lettre arrive et vous écrivez à la fin, Votre amie. Alors je me dis : le pense-t-elle vraiment ? Et quel cadeau de Noël très agréable ce serait si Johanna me disait qu'elle est mon amie. Peut-être avez-vous juste pensé que ce serait une jolie manière de terminer une lettre et qu'en vérité vous ne me connaissez pas suffisamment. Joyeux Noël, de toute façon.

    La lettre toucha Johanna au cœur. Celle destinée à Sabitha finit par être dactylographiée aussi, car pourquoi l'une le serait-elle et pas l'autre ? Cette fois, elles avaient utilisé la vapeur parcimonieusement et ouvert l'enveloppe très soigneusement pour qu'il n'y ait pas de scotch révélateur.
    « Pourquoi ne pas taper une enveloppe fraîche à la machine ? C'est pas ce qu'il ferait s'il tapait la lettre ? demanda Sabitha en croyant être maligne.
    – Parce qu'une enveloppe fraîche n'aurait pas de cachet de la poste. Nunuche.
    – Et si elle lui répond ?
    – Nous la lirons.
    – Ouais, et si elle répond et lui envoie sa lettre directement ? »

Edith n'avait pas envie de montrer qu'elle n'y avait pas pensé.

« Elle ne le fera pas. Elle est rusée. De toute façon, tu vas lui répondre tout de suite pour lui donner l'idée qu'elle peut joindre sa lettre à la tienne.

– Je déteste écrire des lettres idiotes.

– Vas-y. Tu n'en mourras pas. Tu ne veux pas savoir ce qu'elle dit ? »

Cher Ami,

Vous me demandez si je vous connais suffisamment pour être votre amie et ma réponse est que je pense que oui. Je n'ai connu l'amitié qu'une fois dans ma vie, avec Mrs Willets, que j'aimais et qui était si bonne pour moi, mais elle est morte. Elle était beaucoup plus âgée que moi et ce que les Amis plus Âgés ont d'ennuyeux c'est qu'ils meurent et vous abandonnent. Elle était si âgée qu'elle me donnait parfois le nom d'une autre personne. Mais ça ne me gênait pas.

Je vais vous raconter quelque chose de bizarre. Cet instantané que vous avez fait prendre au photographe de la Foire, de vous, Sabitha, son amie Edith et moi, je l'ai fait agrandir et encadrer et je l'ai placé dans le salon. Ce n'est pas une très bonne photographie et il vous a certainement pris assez cher pour ce que c'est, mais c'est mieux que rien. Alors avant-hier pendant que j'époussetais tout autour je me suis figurée que je vous entendais me dire Salut. « Salut », disiez-vous, et j'ai regardé votre visage aussi bien qu'il est possible de le voir sur la photo et je me suis dit : Eh bien, je dois être en train de perdre la tête. Ou alors c'est le signe d'une lettre qui arrive. Je plaisante, je ne crois pas vraiment à quoi que ce soit de ce genre. Mais il y a eu une lettre hier. Donc vous voyez que ce n'est pas trop me demander d'être votre amie. Je peux toujours trouver un moyen de m'occuper, mais un véritable Ami c'est quand même autre chose.

Votre Amie, Johanna Parry

Bien sûr, on ne pouvait pas remettre ça dans l'enveloppe. Le père de Sabitha repérerait quelque chose de louche dans les allusions à une lettre qu'il n'avait jamais écrite. Il fallut déchirer la lettre de Johanna en morceaux minuscules et tirer la chasse d'eau dans la maison d'Edith.

Quand la lettre parlant de l'hôtel arriva, c'était des mois et des mois plus tard. On était en été. Et il fallut un coup de chance pour que Sabitha ramasse la lettre puisqu'elle avait été absente pendant trois semaines, en séjour au cottage au bord de Lake Simcoe qui appartenait à sa tante Roxanne et son oncle Clark.

À peu près la première chose que dit Sabitha en entrant chez Edith, fut : « Beurk-beurk. Cet endroit pue. »

« Beurk-beurk » était une expression qu'elle avait adoptée de ses cousins.

Edith renifla l'air. « Je ne sens rien.

– C'est comme l'échoppe de ton père, en moins désagréable. Ils doivent le rapporter sur leurs vêtements et le reste. »

Edith s'occupa de la vapeur et de l'ouverture. En venant de la poste, Sabitha avait acheté deux éclairs au chocolat à la boulangerie. Elle était étendue sur le canapé en train de manger le sien.

« Une seule lettre. Pour toi, dit Edith. Pôvre vieille Johanna. Bien sûr, il n'a jamais vraiment reçu la sienne.

– Lis-la moi, dit Sabitha d'un ton résigné. J'ai les mains pleines de cochonnerie poisseuse. »

Edith la lut avec une rapidité professionnelle, s'interrompant à peine pour les points.

Eh bien, Sabitha, mon destin a pris un tour nouveau. Comme tu vois, je ne suis plus à Brandon mais dans un endroit appelé Gdynia. Et plus au service de mes précédents patrons. J'ai passé un hiver particulièrement pénible à cause de mes problèmes de poitrine et ils, c'est-à-dire mes patrons, ont pensé que je devais être dehors même si je risquais de contracter une pneumonie, alors c'est devenu une vraie dispute si bien qu'on a tous décidé de se dire adieu. Mais la chance est une chose étrange et c'est à peu près vers cette époque que je suis entré en possession d'un hôtel. C'est trop compliqué d'expliquer les tenants et aboutissants mais si ton grand-père veut être renseigné à ce sujet dis lui simplement qu'un homme qui me devait de l'argent et ne pouvait pas me rembourser m'a donné cet hôtel en échange. Ainsi me voilà passé d'une seule pièce dans une pension de famille à une bâtisse avec douze chambres, et de n'être même pas propriétaire du lit dans lequel je couchais à en posséder plusieurs. C'est merveilleux de se réveiller le matin et de se savoir son propre patron. J'ai des travaux de réfection à faire, pas mal à vrai dire, et je vais m'y mettre dès que la température se réchauffera. J'aurai besoin d'embaucher quelqu'un pour m'aider et plus tard j'engagerai un bon cuisinier pour avoir un restaurant en plus du bar. Ça devrait marcher comme sur des roulettes car il n'y en a pas dans cette ville. J'espère que tu vas bien, que tu fais tes devoirs et prends de bonnes habitudes.

Affectueusement, ton père

« As-tu du café ? demanda Sabitha.
– Soluble, dit Edith. Pourquoi ? »
Sabitha expliqua que le café glacé était ce que tout le monde buvait au cottage et qu'ils en étaient tous fous. Elle en était folle aussi. Elle se leva et fourgonna dans la cuisine, faisant bouillir l'eau et remuant le café avec du lait et des glaçons. « Ce qu'il nous faudrait vraiment c'est de la glace à la vanille, déclara-t-elle. Oh, putain, qu'est-ce que c'est bon. Tu veux pas ton éclair ? »
Oh, putain.
« Si. Tout entier », répliqua Edith méchamment.
Tous ces changements avaient eu lieu chez Sabitha en l'espace de trois semaines seulement, pendant le temps où Edith travaillait dans la boutique et où sa mère se remettait de son opération à la maison. Sa peau était d'un appétissant brun doré, ses cheveux étaient plus courts et formaient une auréole floue autour de son visage. Ses cousines les avaient

coupés et lui avaient fait une permanente. Elle portait une espèce de barboteuse, avec un short coupé comme une jupe, boutonné devant, et des volants sur les épaules, d'un bleu seyant. Elle était plus rebondie et quand elle se pencha pour ramasser son verre de café glacé, qui était par terre, elle exposa la naissance de ses seins, lisse et éclatante.

Des seins. Ils avaient dû commencer à se développer avant son départ, mais Edith ne l'avait pas remarqué. C'était peut-être quelque chose que vous trouviez sur vous un matin en vous réveillant. Ou peut-être pas.

De quelque façon qu'ils fussent venus, ils semblaient indiquer un avantage complètement immérité et injuste.

Sabitha ne tarissait pas d'histoires sur ses cousins et la vie au cottage. « Écoute, dit-elle, il faut que je te raconte celle-là, elle est à se tordre » puis elle continua de blablater sur ce que tante Roxanne avait dit à oncle Clark quand ils s'étaient disputés, comment Mary Jo avait conduit la voiture de Stan (qui était Stan ?) ouverte, sans permis, et les avait tous emmenés dans un drive-in – ce qui était à se tordre mais l'intérêt de l'histoire ne se dégagea pas, pour une raison quelconque.

Pourtant au bout d'un certain temps, d'autres choses le firent. Les vraies aventures de l'été. Les filles les plus âgées – ce qui comprenait Sabitha – dormaient à l'étage supérieur du hangar à bateaux. Elles se livraient parfois à des combats de chatouilles : elles se liguaient toutes contre une seule et la chatouillaient jusqu'à ce qu'elle crie merci et accepte de baisser son pantalon de pyjama pour faire voir si elle avait des poils. Elles racontaient des histoires de filles au pensionnat qui faisaient des choses avec les manches de brosses à cheveux, de brosses à dents. *Beurk-beurk*. Une fois deux des cousines se donnèrent en spectacle : une fille monta sur l'autre, fit semblant d'être le garçon et elles enroulèrent leurs jambes l'une autour de l'autre, gémirent, haletèrent, tout le bazar.

La sœur de l'oncle Clark et son mari étaient venus faire un séjour pendant leur voyage de noces, et on l'avait vu passer la main à l'intérieur du maillot de bain de sa femme.

« Ils s'aimaient vraiment, ils faisaient ça jour et nuit », dit Sabitha. Elle serra un coussin contre sa poitrine. « Les gens peuvent pas se retenir quand ils sont si amoureux. »

Une des cousines l'avait déjà fait avec un garçon. C'était un des saisonniers d'été dans les jardins de la station balnéaire au bout de la route. Il l'avait emmenée en bateau et avait menacé de la jeter à l'eau jusqu'à ce qu'elle accepte de le laisser faire. Alors ce n'était pas sa faute.

« Elle ne savait pas nager ? » demanda Edith.

Sabitha poussa le coussin entre ses jambes. « Oooh, dit-elle. Comme c'est agréable. »

Edith connaissait tous les tourments délicieux qu'éprouvait Sabitha, mais était horrifiée que quiconque les rende publics. Elle, elle en avait peur. Il y avait des années de cela, avant qu'elle sache ce qu'elle faisait, elle s'était endormie avec la couverture entre les jambes : sa mère s'en était aperçue et lui avait parlé d'une fille qui faisait des choses de ce genre tout le temps et que l'on avait dû opérer en fin de compte à cause de ce mal.

« Ils l'aspergeaient d'eau froide, mais ça ne l'a pas guérie, avait expliqué sa mère. Alors il a fallu l'exciser. »

Sinon, ses organes se seraient congestionnés et elle aurait risqué de mourir.

« Arrête », dit Edith, mais Sabitha gémit de façon provocante et répondit : « C'est rien. Nous le faisions toutes comme ça. T'as pas de coussin ? »

Edith se leva et alla à la cuisine remplir d'eau fraîche son verre à café glacé. Quand elle revint, Sabitha était affalée sur le canapé, riant, le coussin jeté à terre.

« Qu'est-ce que tu crois que je faisais ? demanda-t-elle. Tu savais pas que je plaisantais ?

– J'avais soif, dit Edith.

– Tu venais de boire un plein verre de café glacé.

– J'avais soif d'eau.

– On peut pas se marrer avec toi. » Sabitha se redressa. « Si tu as si soif, pourquoi tu la bois pas ? »

Elles restèrent assises, dans un silence maussade, jusqu'à ce que Sabitha dise, d'un ton conciliant quoique déçu : « On va pas écrire une autre lettre à Johanna ? Écrivons-lui une lettre à l'eau de rose. »

Edith ne portait plus beaucoup d'intérêt aux lettres, mais était satisfaite de voir qu'il n'en était pas de même pour Sabitha. Elle retrouva dans une certaine mesure le sentiment d'exercer un ascendant sur Sabitha, en dépit de Lake Simcoe et des seins. En soupirant, comme à regret, elle se leva et enleva le couvercle de la machine à écrire.

« Ma Johanna très chérie, dit Sabitha.
– Non. C'est trop écœurant.
– C'est pas ce qu'elle pensera.
– Que si », répliqua Edith.

Elle se demanda si elle devait parler à Sabitha du risque d'organes congestionnés. Elle décida de ne pas le faire. D'une part, cette information appartenait à une catégorie d'avertissements reçus de sa mère dont on ne savait jamais s'il fallait entièrement s'y fier ou s'en méfier. Pour ce qui était de la fiabilité, elle n'allait quand même pas souscrire à la croyance populaire selon laquelle porter des caoutchoucs à l'intérieur vous ruinerait la vue, mais on ne savait jamais, cela arriverait peut-être un jour.

Et d'autre part, Sabitha allait rire, tout bonnement. Elle se moquait des avertissements, elle rirait même si on lui disait que les éclairs au chocolat la feraient grossir.

« Votre dernière lettre m'a rendu si heureux...
– Votre dernière lettre m'a transporté d'ex-tase – dit Sabitha.
– ... m'a rendu si heureux de penser que j'avais une amie véritable au monde, c'est-à-dire vous...
– Je ne pouvais pas dormir la nuit parce qu'il me tardait de vous broyer dans mes bras. » Sabitha s'enveloppa dans ses bras et se berça.

« *Non*. J'ai si souvent éprouvé la solitude en dépit d'une vie grégaire, sans savoir vers qui me tourner...
– Qu'est-ce que ça veut dire "grégaire" ? Elle va pas savoir ce que ça veut dire.
– *Elle*, elle saura. »

Cela fit taire Sabitha et la blessa peut-être. Alors pour finir Edith lut à voix haute : « Il faut que je dise au revoir et la seule façon que je peux le faire est de vous imaginer en train de lire ceci en rougissant. Est-ce que cela se rapproche de ce que tu veux ?

– De le lire au lit en robe de chambre, dit Sabitha, toujours prompte à se remettre, en pensant comme je vous broierais dans mes bras et sucerais vos nénés... »

Ma chère Johanna,
Votre dernière lettre m'a rendu si heureux de penser que j'avais une amie véritable au monde, c'est-à-dire vous. J'ai si souvent éprouvé la solitude en dépit d'une vie grégaire, sans savoir vers qui me tourner.

Eh bien, dans ma lettre j'ai parlé à Sabitha de ma chance et de mon entrée dans l'hôtellerie. Je ne lui ai pas dit en fait comme j'ai été malade l'hiver dernier parce que je ne voulais pas l'inquiéter. Je ne veux pas vous inquiéter non plus, chère Johanna, c'est seulement pour vous dire que j'ai pensé à vous si souvent en me languissant de voir votre cher et doux visage. Quand j'étais fiévreux je pensais que je le voyais vraiment penché au-dessus de moi, j'entendais votre voix me dire que j'allais guérir bientôt et je sentais les soins de vos douces mains. Je me trouvais à la pension de famille et quand j'ai repris connaissance en émergeant de la fièvre il y a eu beaucoup de taquineries demandant qui était cette Johanna. Mais j'étais aussi triste que possible de me réveiller et de m'apercevoir que vous n'étiez pas là. Je me suis vraiment demandé si vous aviez pu voler dans les airs pour être à mes côtés, tout en sachant que cela n'avait pas pu arriver. Croyez-moi, croyez-moi, la plus belle vedette de cinéma ne m'aurait pas procuré autant de bonheur que vous. Je ne sais pas si je dois vous raconter les autres choses que vous me disiez parce qu'elles étaient très charmantes et confidentielles mais elles pourraient vous gêner. Je rechigne à achever cette lettre parce qu'il me semble maintenant que je vous enlace et que je vous parle tranquillement dans l'intimité obscure de notre chambre, mais il faut que je dise au revoir et la seule façon que je peux le faire c'est en vous imaginant en train de lire ceci en rougissant. Ce serait merveilleux si vous le lisiez au lit en chemise de nuit et en pensant comme j'aimerais vous broyer dans mes bras.

T-dr-t, Ken Boudreau

Chose assez surprenante, il n'y eut pas de réponse à cette lettre. Quand Sabitha eut écrit sa demi-page, Johanna la mit dans l'enveloppe, écrivit l'adresse, et voilà tout.

Quand Johanna descendit du train personne ne l'attendait. Elle ne s'abandonna pas à l'inquiétude : elle avait pensé qu'après tout, il était possible que sa lettre ne fût pas arrivée avant elle. (En fait, elle était arrivée et se trouvait à la poste, où elle n'avait pas été prise, parce que Ken Boudreau, qui n'avait pas été gravement malade l'hiver dernier, souffrait vraiment de bronchite à présent et n'était pas venu chercher son courrier depuis plusieurs jours. Ce jour-là, elle avait été rejointe par une autre enveloppe, contenant le chèque de Mr McCauley. Mais il était déjà frappé d'opposition.)

Ce qui la troubla le plus était qu'il ne semblait pas y avoir de ville. La gare était un abri fermé avec des bancs le long des murs et un store en bois baissé devant la vitre du guichet. Il y avait aussi un hangar à marchandises – elle supposa que c'était un hangar à marchandises – mais la porte coulissante y menant refusa de bouger. Elle s'efforça de regarder par une fente entre les planches jusqu'à ce que ses yeux s'habituent à l'obscurité à l'intérieur, quand elle vit que c'était vide, avec un sol en terre battue. Pas de caisses de meubles dans cet endroit. « Y a-t-il quelqu'un ? Y a-t-il quelqu'un ? » cria-t-elle plusieurs fois, sans s'attendre à une réponse.

Elle se tint sur le quai et essaya de se situer.

À un demi-mile environ il y avait une petite colline, que l'on remarquait tout de suite car elle était couronnée d'arbres. Et la piste à l'aspect sablonneux qu'elle avait prise, lorsqu'elle l'avait vue depuis le train, pour un chemin de ferme menant dans un champ, c'est ce qui devait être la route. Maintenant elle voyait les formes basses de bâtiments çà et là parmi les arbres et un château d'eau, qui à cette distance ressemblait à un jouet, un soldat de plomb monté sur de longues jambes.

Elle ramassa sa valise – ce ne serait pas trop dur, elle l'avait portée, après tout, depuis Exhibition Road jusqu'à la gare – et partit.

Il y avait du vent, mais la journée était chaude : le temps était plus chaud que celui qu'elle avait quitté dans l'Ontario, et le vent semblait chaud également. Sur sa robe neuve elle portait le même vieux manteau, qui aurait pris trop de place dans la valise. Elle regardait l'ombre de la ville en ayant hâte de l'atteindre, mais quand elle y arriva elle s'aperçut que les arbres étaient soit des épinettes, trop compactes et étroites pour donner beaucoup d'ombre, ou bien des peupliers de Virginie éraillés, aux feuilles minces, qui s'agitaient et laissaient filtrer le soleil.

Il y avait un manque décourageant de formalisme, ou de quelque sorte d'organisation que ce soit, dans cet endroit. Pas de trottoirs, ni de rues pavées, pas de bâtiments imposants à l'exception d'une grande église comme une grange en brique. Une peinture au-dessus de la porte représentait la Sainte Famille avec des visages couleur de glaise et des yeux bleus fixes. Elle portait le nom d'un saint inconnu : Saint Voytech.

Les maisons manifestaient un manque de réflexion préalable vis-à-vis de leur emplacement ou de leur conception. Elles formaient des angles différents sur la route, ou rue, et pour la plupart avaient de méchantes petites fenêtres collées çà et là, avec des porches pour la neige comme des boîtes autour des portes. Il n'y avait personne dans les jardins – pourquoi y aurait-il eu quelqu'un ? Il n'y avait rien à soigner, seulement des touffes d'herbe brune et, à un endroit, un gros jaillissement de rhubarbe, montée en graine.

La grand-rue, si tant est qu'elle en fût une, offrait un trottoir surélevé en bois d'un seul côté et quelques constructions non consolidées, dont une épicerie (comprenant le bureau de poste) et un garage semblaient les seuls en activité. Il y avait un bâtiment à étage dont elle pensa que c'était peut-être l'hôtel, mais c'était une banque et elle était fermée.

Le premier être humain qu'elle vit, bien que deux chiens eussent aboyé après elle, était un homme devant le garage occupé à charger des chaînes à l'arrière de son camion.

« Hôtel ? dit-il. Vous l'avez dépassé. »

Il lui expliqua que c'était près de la gare, de l'autre côté des voies, qu'il était peint en bleu et que l'on ne pouvait pas le rater.

Elle posa la valise, pas par découragement mais parce qu'elle avait besoin d'un instant de repos.

Il proposa de l'emmener là-bas si elle était prête à attendre une minute. Bien que ce fût une nouveauté pour elle d'accepter une telle offre, elle se trouva bientôt embarquée dans la cabine chaude et graisseuse du camion, cahotant sur le chemin de terre qu'elle venait de gravir, dans le vacarme infernal des chaînes à l'arrière.

« Alors, d'où apportez-vous cette vague de chaleur ? » demanda-t-il.

De l'Ontario, répondit-elle d'un ton qui ne laissait rien espérer de plus.

« De l'Ontario, répéta-t-il, à regret. Eh bien. Le voilà, votre hôtel. »

Il enleva une main du volant. Le camion fit une embardée accompagnant son geste pour indiquer un bâtiment à étage couvert d'une toiture plate qui n'avait pas échappé à Johanna alors que le train entrait en gare. À ce moment-là, elle l'avait pris pour une maison de famille, grande et assez délabrée, peut-être abandonnée. Maintenant qu'elle avait vu les maisons en ville, elle comprit qu'elle n'aurait pas dû l'écarter si facilement. Il était recouvert de tôles estampillées pour ressembler à de la brique et peintes en bleu clair. Il y avait ce seul mot, HÔTEL, écrit en tubes de néon, pas éclairés, au-dessus de la porte.

« Je suis une nigaude », dit-elle, et elle offrit un dollar à l'homme pour la course.

Il rit. « Gardez votre argent. On ne sait jamais quand on en a besoin. »

Une voiture tout à fait convenable, une Plymouth, était garée devant l'hôtel. Elle était très sale, mais comment éviter ça, avec des routes pareilles ?

Il y avait des écriteaux sur la porte annonçant des marques de cigarettes et de bière. Elle attendit que le camion ait fait demi-tour avant de frapper parce que l'endroit ne donnait pas l'impression d'être en activité d'une manière quelconque. Ensuite elle essaya de voir si la porte s'ouvrait puis entra dans une petite pièce poussiéreuse avec un escalier, puis dans une grande pièce sombre où il y avait un billard, une mauvaise odeur de bière et un plancher pas balayé. Dans une pièce latérale elle perçut la lueur d'un miroir, des étagères vides, un comptoir. Les stores étaient baissés hermétiquement. La seule lumière qu'elle vit passait à travers deux petites fenêtres rondes, qui se révélèrent être logées dans des doubles portes battantes. Elle les franchit et entra dans une cuisine. Elle était plus claire, à cause d'une rangée de fenêtres hautes – et sales – nues, percées dans le mur en face. Et ici se trouvaient les premiers signes de vie : quelqu'un avait mangé à la table et laissé une assiette barbouillée de ketchup maintenant desséché et une tasse à moitié pleine de café noir froid.

Une des portes de la cuisine donnait sur l'extérieur – celle-là était fermée – et une autre sur un office dans lequel il y avait plusieurs boîtes de conserves alimentaires, une sur un placard à balais et une autre sur un escalier dérobé. Elle gravit les marches, heurtant sa valise en avançant parce que l'espace était étroit. Droit devant elle, au premier étage, elle vit une cuvette de W.-C. dont la lunette était relevée.

La porte de la chambre au bout du couloir était ouverte et c'est là qu'elle trouva Ken Boudreau.

Elle vit ses vêtements avant de le voir. Sa veste pendue à un angle de la porte et son pantalon à la poignée, si bien qu'il traînait par terre. Elle pensa aussitôt que ce n'était pas une façon de traiter des vêtements de bonne qualité, alors elle entra hardiment dans la pièce, laissant sa valise dans le couloir, avec l'idée de les suspendre correctement.

Il était au lit, couvert seulement d'un drap. La couverture et sa chemise gisaient par terre. Sa respiration était agitée comme s'il était sur le point de se réveiller, alors elle dit : « Bonjour. Bon après-midi. »

Le soleil éclatant entrait à flots, le frappant presque au visage. La fenêtre était fermée et l'air sentait horriblement mauvais, en premier lieu en raison du cendrier plein sur la chaise qu'il utilisait comme table de chevet.

Il avait de mauvaises habitudes : il fumait au lit.

Il ne se réveilla pas au son de sa voix, ou seulement à moitié. Il se mit à tousser.

Elle identifia sa toux comme grave, la toux d'un malade. Il s'efforça de se redresser, les yeux encore fermés et elle s'approcha du lit et le hissa. Elle chercha un mouchoir ou une boîte de Kleenex mais ne trouva rien alors elle ramassa sa chemise par terre, qu'elle pouvait laver ensuite. Elle voulait voir parfaitement ce qu'il crachait.

Quand il se fut suffisamment raclé la gorge, il marmonna et s'effondra dans le lit, haletant, le charmant visage effronté qu'elle se rappelait, maintenant fripé de dégoût. À le toucher, elle sut qu'il avait de la fièvre.

Ce qu'il avait craché était d'un jaune verdâtre, sans traînées couleur de rouille. Elle porta la chemise dans le lavabo des toilettes, où elle fut assez surprise de trouver un pain de savon. Elle la lava et la pendit au crochet derrière la porte puis se lava soigneusement les mains. Elle fut obligée de les sécher sur la jupe de sa robe marron neuve, qu'elle avait enfilée dans d'autres petites toilettes – pour *Dames*, dans le train – pas plus de deux heures auparavant. Elle s'était demandé à ce moment-là si elle n'aurait pas dû s'acheter des produits de maquillage.

Dans un placard du couloir elle trouva un rouleau de papier hygiénique et le porta dans la chambre de Ken pour sa prochaine quinte de toux. Elle ramassa la couverture et l'étendit sur lui, baissa le store jusqu'au rebord et monta la fenêtre de deux ou trois centimètres, la maintenant ouverte avec le cendrier qu'elle avait vidé. Puis, dans le vestibule, elle enleva la robe marron et mit de vieux vêtements qu'elle prit dans sa valise. Une jolie robe ou n'importe quel maquillage au monde lui ferait une belle jambe maintenant.

Elle ne savait pas exactement à quel point il était malade, mais elle avait soigné Mrs Willets – elle aussi fumeuse invétérée – au cours de plusieurs bronchites graves et pensait pouvoir se débrouiller pendant un certain temps sans songer à faire venir un médecin. Dans le même placard du couloir il y avait une pile de serviettes-éponges propres, quoique usées et passées : elle en mouilla une et lui essuya les bras et les jambes, pour essayer de faire tomber la fièvre. Ceci le réveilla à demi et il se remit à tousser. Elle le redressa et le fit cracher dans le papier hygiénique, qu'elle examina une fois de plus, jeta dans les toilettes puis se lava les mains. Elle avait une serviette pour les sécher à présent. Elle descendit et trouva un verre dans la cuisine, ainsi qu'une grande bouteille à ginger-ale vide qu'elle remplit d'eau. Elle essaya de lui en faire boire. Il en avala un peu, protesta, et elle le laissa s'étendre. Au bout de cinq minutes environ elle essaya de nouveau. Elle continua de le faire jusqu'à ce qu'elle pense qu'il avait avalé autant qu'il pût garder sans vomir.

Maintes et maintes fois, il toussa et elle le souleva, le tenant avec un bras tandis que l'autre main le frappait dans le dos pour aider à dégager le poids dans sa poitrine. Il ouvrit les yeux plusieurs fois et parut assimiler sa présence sans inquiétude ni surprise, ou gratitude d'ailleurs. Elle l'épongea de nouveau, prenant soin d'étendre aussitôt la couverture sur la partie du corps qui venait d'être rafraîchie.

Elle s'aperçut que la nuit commençait à tomber, descendit à la cuisine et trouva le commutateur. Les lumières et la vieille cuisinière électrique fonctionnaient. Elle ouvrit et réchauffa une boîte de bouillon de poule au riz, le monta et réveilla Ken. Il en avala un peu dans la cuillère. Elle profita de son état de veille provisoire pour lui demander s'il avait un flacon d'aspirine. Il fit signe que oui, puis sombra dans la confusion en essayant de lui indiquer le lieu. « Dans la corbeille à papier, dit-il.

— Non, non, protesta-t-elle, vous ne voulez pas dire la corbeille à papier.

— Dans la – dans la... »

Il essaya de dessiner une forme avec ses mains. Les larmes lui vinrent aux yeux.

« Ça ne fait rien, dit Johanna. Ça ne fait rien. »

Sa fièvre tomba, en tout état de cause. Il dormit pendant une heure ou deux sans tousser. Puis sa température remonta. À ce moment-là, elle avait déjà trouvé l'aspirine – dans un tiroir de la cuisine avec des choses telles qu'un tournevis, des ampoules électriques et une pelote de ficelle – et réussit à lui faire ingurgiter deux cachets. Il eut bientôt une quinte violente, mais elle supposa qu'il ne les avait pas vomis. Quand il s'étendit, elle colla une oreille sur sa poitrine pour écouter le sifflement de sa respiration. Elle avait déjà cherché de la moutarde pour lui faire un cataplasme, mais il n'y en avait pas semblait-il. Elle descendit de nouveau, fit chauffer de l'eau et l'apporta dans une cuvette. Elle essaya de le persuader de se pencher au-dessus, en lui faisant une tente avec des serviettes-éponges, pour qu'il puisse respirer la vapeur. Il n'acceptait de coopérer que pendant un instant ou deux, mais cela fut sans doute utile : il expectora des mucosités en abondance.

Sa fièvre retomba et il dormit plus calmement. Elle traîna dans la chambre un fauteuil trouvé dans une autre pièce et dormit aussi, par à-coups, se réveillant en se demandant où elle était, se levant pour le toucher – sa fièvre semblait ne plus monter – et bordant la couverture. Pour se couvrir, elle utilisa l'éternel vieux manteau en tweed dont elle était redevable à Mrs Willets.

Il se réveilla. La matinée était avancée. « Que faites-vous ici ? demanda-t-il d'une voix rauque et faible.

– Je suis arrivée hier, dit-elle. J'ai apporté vos meubles. Ils ne sont pas encore là, mais ils sont en route. Vous étiez malade quand je suis arrivée et vous avez été mal pendant presque toute la nuit. Comment vous sentez-vous maintenant ?

– Mieux », répondit-il et se mit à tousser. Elle ne fut pas obligée de le lever, il se redressa tout seul, mais elle s'approcha du lit et lui frappa le dos. Quand la quinte cessa, il la remercia.

La peau de Ken était maintenant aussi fraîche au toucher que la sienne. Et lisse : il ne portait pas de grains de beauté rugueux, pas de graisse. Elle sentait ses côtes. Il ressemblait à un adolescent délicat, affligé. Il dégageait une odeur de maïs.

« Vous avez avalé les mucosités, constata-t-elle. Ne le faites pas, cela vous fait du mal. Voilà du papier hygiénique, il faut les cracher. Vous risqueriez d'avoir des ennuis de reins en les avalant.
– Je n'en avais aucune idée, dit-il. Pourriez-vous trouver le café ? »

L'intérieur de la cafetière était noir. Elle la lava de son mieux et la mit en marche. Puis elle fit sa toilette et s'apprêta, en se demandant ce qu'elle allait lui donner à manger. Dans l'office elle trouva une préparation pour biscuits. Elle crut d'abord qu'il lui faudrait faire le mélange avec de l'eau, mais elle trouva également une boîte de lait en poudre. Quand le café fut prêt, elle avait un plateau de biscuits au four.

Dès qu'il l'entendit s'affairer à la cuisine, il se leva pour aller aux toilettes. Il était plus faible qu'il ne l'avait pensé : il fut obligé de se pencher en avant et de poser une main sur le réservoir. Ensuite il trouva des sous-vêtements par terre dans le placard du vestibule où il rangeait les vêtements propres. À cet instant, il avait fini par comprendre qui était cette femme. Elle avait dit qu'elle était venue apporter ses meubles, bien qu'il n'ait demandé ni à elle ni à personne de le faire, n'avait pas demandé les meubles du tout, juste l'argent. Il aurait dû connaître son nom, mais ne pouvait pas s'en souvenir. C'est pourquoi il ouvrit son sac à main, qui se trouvait par terre dans le couloir près de sa valise. Il y avait une étiquette à son nom cousue à la doublure.

Johanna Parry, ainsi que l'adresse de son beau-père, dans Exhibition Road.

D'autres choses. Une pochette en tissu contenant quelques billets. Vingt-sept dollars. Une autre pochette avec de la monnaie, qu'il ne se donna pas la peine de compter. Un livret de banque bleu vif. Il l'ouvrit machinalement sans s'attendre à rien d'inhabituel.

Quinze jours auparavant, Johanna avait pu faire virer la totalité de son héritage de Mrs Willets sur son compte bancaire, l'ajoutant à l'argent qu'elle avait économisé. Elle avait expliqué au directeur d'agence qu'elle ne savait pas quand elle pourrait en avoir besoin.

La somme n'était pas éblouissante, mais impressionnante. Elle donnait du bien à Johanna. Dans l'esprit de Ken Boudreau, elle enveloppa le nom de Johanna Parry d'une tapisserie soyeuse.

« Portiez-vous une robe marron ? demanda-t-il, quand elle entra en apportant le café.

– Oui, c'est vrai. Quand je suis arrivée.

– Je croyais que c'était un rêve. C'était vous.

– Comme dans votre autre rêve », dit Johanna, son front tacheté s'enflammant. Il ne savait pas de quoi il était question et n'avait pas la force de le demander. Peut-être un rêve dont il avait émergé quand elle était présente pendant la nuit, rêve qu'il ne pouvait pas se rappeler à présent. Il toussa encore, de façon plus raisonnable, cependant qu'elle lui tendait du papier hygiénique.

« Voyons, réfléchit-elle, où allez-vous poser votre café ? » Elle approcha la chaise en bois qu'elle avait déplacée pour pouvoir l'atteindre plus facilement. « Voilà », dit-elle. Elle le souleva en le prenant sous les bras et coinça l'oreiller derrière lui. Un oreiller sale, sans taie, mais elle l'avait couvert la veille avec une serviette.

« Pourriez-vous voir s'il y a des cigarettes en bas ? »

Elle fit non de la tête, mais dit : « Je vais regarder. J'ai des biscuits au four. »

Ken Boudreau avait coutume de prêter de l'argent, autant que d'en emprunter. Les ennuis qui lui étaient venus, ou qu'il avait cherchés, pour le dire autrement, étaient en grande partie dus au fait de ne pas pouvoir dire non à un ami. La loyauté. Il n'avait pas été expulsé de l'armée de l'air, la paix étant venue, mais avait démissionné par loyauté envers l'ami qui avait été sommé de comparaître pour avoir insulté le commandant au cours de la fête du mess. Pendant une fête de mess, quand tout est censé relever de la plaisanterie et que les offenses ne tirent pas à conséquence, ce n'était pas juste. Il avait aussi perdu son emploi dans une société d'engrais parce qu'il avait fait traverser la frontière américaine à un camion de la société sans autorisation, un dimanche, pour aller chercher un pote qui s'était trouvé dans une bagarre et avait peur d'être arrêté et inculpé.

Son problème à l'égard des patrons était le pendant de sa loyauté envers ses amis. Il avouait qu'il avait du mal à se soumettre. « Oui, monsieur », et « non, monsieur » étaient des mots qui ne se présentaient pas facilement dans son vocabulaire. Il n'avait pas été licencié de la compagnie d'assurances, mais il avait été privé de promotion si souvent qu'il eut l'impression d'être mis au défi de partir, ce qu'il fit en fin de compte.

L'alcool avait joué un rôle, il fallait le reconnaître. Il pensait aussi que la vie devrait être une entreprise plus héroïque qu'elle semblait jamais l'être de nos jours.

Il aimait dire aux gens qu'il avait gagné l'hôtel dans une partie de poker. Ce n'était pas un vrai flambeur, mais l'idée plaisait aux femmes. Il ne voulait pas reconnaître qu'il l'avait pris sans l'avoir vu en règlement d'une dette. Et même après l'avoir vu, il se dit qu'on pouvait le renflouer. L'idée d'être son propre patron lui plaisait vraiment. Il ne le voyait pas comme un endroit de séjour, à l'exception des chasseurs peut-être, à l'automne. Il le voyait en débit de boissons et en restaurant. S'il pouvait trouver un bon cuisinier. Mais avant de pouvoir faire grand-chose, il fallait dépenser de l'argent. Il y avait du travail, plus qu'il ne pouvait en faire lui-même bien qu'il ne fût pas malhabile. S'il pouvait passer l'hiver en faisant ce qu'il était capable de faire seul, en faisant la preuve de ses bonnes intentions, il pensa qu'il pourrait peut-être obtenir un prêt de la banque. Mais il avait besoin d'un prêt plus modeste, juste pour passer l'hiver, et c'est là que son beau-père entrait en jeu. Il aurait préféré essayer quelqu'un d'autre, mais personne ne pouvait aussi facilement disposer d'argent.

Il avait pensé que c'était une bonne idée de camoufler sa demande en proposant de vendre le mobilier, sachant que son beau-père ne se donnerait pas la peine de le faire. Il avait conscience, quoique de façon vague, de prêts passés encore en suspens, mais il les considérait comme des sommes auxquelles il avait eu droit, pour avoir entretenu Marcelle pendant une période d'inconduite (celle de sa femme, à une époque où la sienne propre n'avait pas commencé) et pour avoir accepté Sabitha comme sa fille alors qu'il avait des raisons d'en douter. Également, les McCauley étaient ses seules connaissances disposant d'un argent que personne actuellement en vie n'avait gagné.

J'ai apporté vos meubles.

Il était incapable de se représenter ce que cela pouvait signifier pour lui, à présent. Il était trop fatigué. Il voulait dormir plus qu'il ne voulait manger quand elle entra avec les biscuits (et pas de cigarettes). Pour lui faire plaisir il mangea la moitié d'un biscuit. Puis il sombra dans un sommeil profond. Il ne se réveilla qu'à moitié quand elle le fit rouler d'un côté, puis de l'autre, pour retirer le drap sale sous lui, étendre le drap propre et le faire rouler dessus, tout cela sans l'obliger à sortir du lit ou à se réveiller pour de bon.

« J'ai trouvé un drap propre, mais il est mince comme un chiffon, dit-elle. Il ne sentait pas trop bon, alors je l'ai suspendu sur le fil pendant un petit moment. »

Plus tard, il se rendit compte que le bruit qu'il entendait depuis longtemps en rêve était en fait celui de la machine à laver. Il se demanda comment c'était possible : le ballon d'eau chaude avait péri. Elle avait dû faire chauffer des baquets d'eau sur le fourneau. Plus tard, il entendit le bruit indubitable de sa voiture en train de démarrer et de s'éloigner. Elle avait dû prendre les clés dans sa poche de pantalon et partait peut-être avec son seul bien de valeur, l'abandonnant. Il ne pouvait même pas appeler la police pour la faire arrêter. Même s'il avait été en mesure de l'atteindre, le téléphone était coupé.

Restait une hypothèse : vol et désertion. Et pourtant, il se retourna sur le drap changé, qui sentait le vent et l'herbe de la prairie, et se rendormit, dans la certitude qu'elle était seulement allée acheter du lait, des œufs, du beurre, du pain et d'autres provisions – même des cigarettes – indispensables pour vivre convenablement, et qu'elle reviendrait, s'activerait en bas et que le bruit de son activité ressemblerait à un filet tendu en dessous de lui, providentiel, un don qu'il ne fallait pas mettre en doute.

Il y avait un problème de femme dans sa vie à l'instant même. Deux femmes, à vrai dire, une jeune et une plus vieille (c'est-à-dire, à peu près de son âge), chacune étant au courant de l'existence de l'autre et prêtes à s'écharper. Tout ce qu'il en avait obtenu ces derniers temps était des hurlements et des reproches, ponctués d'affirmations rageuses déclarant qu'elles l'aimaient.

Une solution était peut-être trouvée à ce problème, également.

Pendant qu'elle achetait des provisions dans le magasin, Johanna entendit un train, et sur le chemin du retour à l'hôtel, aperçut une voiture arrêtée devant la gare. Avant même de s'être arrêtée, elle vit les caisses de meubles entassées sur le quai. Elle s'adressa à l'employé – c'était sa voiture qui était là – très surpris et irrité par l'arrivée de toutes ces caisses volumineuses. Quand elle lui eut soutiré le nom du propriétaire d'un camion – un camion propre, insista-t-elle – qui habitait à trente kilomètres et effectuait parfois des transports, elle utilisa le téléphone de la gare pour appeler cet homme et mi-soudoyant, mi-ordonnant, obtint qu'il vienne aussitôt. Puis elle fit bien comprendre à l'employé qu'il devait rester auprès des caisses jusqu'à l'arrivée du camion. Dès l'heure du dîner, le camion s'était présenté. L'homme avait déchargé tous les meubles avec l'aide de son fils et les avait installés dans la pièce principale de l'hôtel.

Le lendemain elle inspecta les lieux à fond. Elle était en train de prendre une décision.

Le jour suivant, estimant que Ken Boudreau était en état de s'asseoir et de l'écouter, elle déclara : « Cet endroit, c'est un trou paumé quant aux ressources. La ville ne bat plus que d'une aile. Ce qu'il faudrait faire, c'est mettre de côté tout ce qui peut rapporter de l'argent et le vendre. Je ne veux pas dire le mobilier qui vient d'être livré, je veux dire des objets comme le billard et le fourneau. Ensuite on devrait vendre la maison à quelqu'un qui arracherait la tôle pour en faire de la ferraille. On peut toujours tirer quelques sous de choses dont on ne penserait jamais qu'elles ont une valeur quelconque.

Puis : qu'aviez-vous en tête de faire avant de mettre la main sur l'hôtel ? »

Il expliqua qu'il avait pensé aller en Colombie britannique, à Salmon Arm, où il avait un ami qui lui avait parlé un jour de la possibilité de trouver du travail comme régisseur de vergers. Mais il ne pouvait pas y aller parce que la voiture avait besoin de pneus neufs et d'une révision avant de pouvoir entreprendre un long voyage, et que rien que pour vivre, il dépensait tout ce qu'il avait. Puis l'hôtel était tombé entre ses mains.

« Sur le dos, dit-elle. Des pneus et une révision de la voiture représenteraient un meilleur investissement que d'engloutir quoi que ce soit dans cet endroit. Ce serait une bonne idée d'aller là-bas avant l'arrivée de la neige. Et expédier les meubles de nouveau par le train, pour en disposer quand nous arriverons. Nous avons tout ce qu'il nous faut pour aménager un foyer.

– La proposition n'était peut-être pas si ferme que ça.

– Je sais, répliqua-t-elle. Mais tout ira bien. »

Il comprit qu'elle savait effectivement, et que tout allait, irait, bien. On pourrait dire qu'un cas comme le sien était absolument dans les cordes de Johanna.

Non qu'il ne serait pas reconnaissant. Il avait atteint un point où la gratitude n'était pas un fardeau, où elle était naturelle, surtout quand elle n'était pas exigée.

Il lui venait des idées de régénération. *Voici le changement dont j'ai besoin.* Il l'avait déjà dit autrefois, mais il y avait sûrement un moment où ce serait vrai. Les hivers doux, l'odeur des forêts toujours vertes et les pommes mûres. *Tout ce qu'il nous faut pour créer un foyer.*

Il a son amour-propre, pensa-t-elle. Il faudrait le prendre en compte. Il vaudrait peut-être mieux ne jamais parler des lettres dans lesquelles il s'était mis à nu devant elle. Avant de partir, elle les avait détruites. En fait, elle les avait détruites une à une dès qu'elle les avait lues suffisamment pour les savoir par cœur, et cela ne prenait pas longtemps. S'il y avait une chose dont elle ne voulait pas, c'était qu'elles tombent entre les mains de Sabitha et de son amie sournoise. Surtout la partie dans la dernière lettre où il était question de sa chemise de nuit et d'être au lit. Ce n'est pas que de telles choses ne se passaient pas, mais on pourrait trouver vulgaire ou débile, ou ridicule, de les écrire.

Elle ne pensait pas qu'ils auraient souvent l'occasion de voir Sabitha. Mais elle ne le contrarierait pas si c'était ce qu'il voulait.

Ce n'était pas vraiment une expérience nouvelle, ce sentiment vif d'expansion et de responsabilité. Elle l'avait éprouvé dans une certaine mesure pour Mrs Willets, autre personne avenante, frivole, ayant besoin d'être soignée et prise en main. Le cas de Ken Boudreau en relevait plus qu'elle n'avait prévu et il y avait les différences auxquelles il fallait s'attendre chez un homme, mais assurément il n'y avait rien en lui qui la laisse désemparée.

Après Mrs Willets, son cœur s'était endurci et elle avait estimé qu'il en serait toujours ainsi. Et maintenant elle éprouvait un émoi si chaleureux, un amour si entreprenant.

Mr McCauley mourut environ deux ans après le départ de Johanna. Ses obsèques furent les dernières célébrées dans l'église anglicane. Beaucoup de gens y assistèrent. Sabitha, qui vint avec la cousine de sa mère, la femme de Toronto, était maintenant réservée, jolie et d'une minceur remarquable et inattendue. Elle portait un chapeau noir d'une élégance raffinée et ne parlait à personne qui ne lui eût adressé la parole en premier. Même dans ce cas, elle ne semblait pas se souvenir d'eux.

L'article nécrologique du journal informait que Mr McCauley laissait derrière lui sa petite-fille Sabitha Boudreau et son gendre Ken Boudreau ainsi que l'épouse de Mr Boudreau, Johanna, et leur bébé, Omar, de Salmon Arm, Colombie britannique.

La mère d'Edith le lut à voix haute – Edith quant à elle ne regardait jamais le journal local. Bien sûr, le mariage n'était une nouvelle ni pour l'une ou l'autre, ni pour le père d'Edith qui était tout près au salon, en train de regarder la télévision. La rumeur avait couru. La seule nouvelle était Omar.

« Elle avec un *bébé* », dit la mère d'Edith.

Edith faisait sa version latine sur la table de la cuisine. *Tu ne quaerens, scire nefas, quem mihi, quem tibi...*

À l'église, elle avait pris la précaution de ne pas parler à Sabitha la première, pour que Sabitha ne puisse pas lui parler.

Elle n'avait plus vraiment peur d'être démasquée, bien qu'elle ne pût encore comprendre pourquoi elles ne l'avaient pas été. Et d'une certaine manière, il semblait simplement juste que les plaisanteries de son moi antérieur n'eussent pas de lien avec son moi actuel, sans parler du moi véritable qu'elle s'attendait à voir prendre la relève dès qu'elle quitterait cette ville et s'éloignerait de tous ceux qui croyaient la connaître. Ce qui la navrait, c'était l'enchaînement hasardeux des conséquences : il paraissait invraisemblable mais ennuyeux. Insultant, comme une sorte de farce ou d'avertissement inepte, essayant de l'agripper. Car où, sur la liste des choses qu'elle projetait de réussir dans la vie, faisait-on allusion au fait qu'elle était responsable de l'existence sur terre d'une personne nommée Omar ?

Ne prêtant aucune attention à sa mère, elle écrivit : « Vous ne devez pas demander, il nous est interdit de savoir... »

Elle s'interrompit, en mâchonnant son crayon, puis acheva avec un frisson de satisfaction : « ... ce que le destin nous réserve, à moi, ou à vous... »

Le pont flottant

Elle l'avait quitté une fois. Le motif immédiat était assez dérisoire. Il avait rejoint deux des délinquants juvéniles (il les appelait les DJ) pour s'empiffrer du gâteau au gingembre qu'elle venait de faire et comptait servir après une réunion ce soir-là. Sans être vue – tout au moins par Neal et les DJ – elle était sortie de la maison et était allée s'asseoir dans l'abri à trois faces de la rue principale, où l'autocar s'arrêtait deux fois par jour. Elle n'y était jamais encore allée et elle avait deux heures d'attente. Assise là, elle lut tout ce qui avait été écrit ou taillé sur ces parois en bois. Diverses initiales SEM pour toujours. Laurie G. suçait bite. Dunk Cultis était pédé. Comme Mr Garner (Math).

H. W. Mange Merde. Le shit commande. Patine ou Meurs. Dieu déteste les cochonneries. Kevin S. est de la viande morte. Amanda W. est belle et charmante et je souhaite qu'ils ne l'ont pas mise en taule parce qu'elle me manque du fond du cœur. J'ai envie de niquer V.P. Les dames sont obligées de s'asseoir ici et de lire ces choses dégoûtantes sales que vous écrivez.

En regardant ce flot de messages humains et en se penchant en particulier sur la phrase vibrante, écrite très soigneusement, au sujet d'Amanda W., Jinny se demanda si les gens étaient seuls quand ils écrivaient ce genre de choses. Et elle poursuivit en s'imaginant assise ici ou dans un endroit semblable, attendant un autobus, seule, comme elle le serait sûrement si elle menait à bien ce qu'elle entreprenait à présent. Serait-elle obligée de faire des déclarations sur des murs publics ?

Elle se sentait maintenant en phase avec ce que les gens éprouvaient quand ils étaient forcés d'écrire certaines choses, liée par ses sentiments de colère, d'indignation mesquine (peut-être était-elle mesquine ?) et l'excitation provoquée par ce qu'elle faisait à Neal pour prendre sa revanche. Mais la vie vers laquelle elle se dirigeait pourrait ne pas lui offrir un être contre lequel se mettre en colère, ou un être qui lui dût quoi que ce soit, un être qui eût des chances d'être récompensé ou puni ou véritablement affecté par ce qu'elle pourrait faire. Il était possible que ses sentiments deviennent sans importance pour quiconque d'autre et pourtant ils gonfleraient en elle, comprimant son cœur et son souffle.

Elle n'était pas, après tout, quelqu'un vers qui les gens affluaient en masse du monde entier. Et pourtant elle était difficile à satisfaire, à sa façon.

L'autocar n'était pas encore en vue quand elle se leva et rentra à la maison.

Neal n'était pas là. Il était parti ramener les enfants à l'école et lorsqu'il rentra, quelqu'un était déjà arrivé, en avance, pour la réunion. Elle lui raconta ce qu'elle avait fait une fois qu'elle s'en était complètement remise et pouvait en faire une plaisanterie. En fait, cela en devint une qu'elle raconta maintes fois en société – en omettant ou en ne décrivant que vaguement ce qu'elle avait lu sur les murs.

« Aurais-tu pensé partir à ma recherche ? demanda-t-elle à Neal.

– Bien sûr. Au bout d'un certain temps. »

L'oncologue avait un comportement sacerdotal et de fait portait un tricot noir à col roulé sous une blouse blanche, une tenue qui semblait indiquer qu'il venait de procéder à quelque rituel de mélange et de dosage. Sa peau était jeune et lisse, comme un caramel dur. Le dôme de son crâne n'était surmonté que d'un léger duvet de cheveux noirs, une croissance délicate ressemblant beaucoup à celle de Jinny. Bien que la sienne fût d'un gris brunâtre, comme un pelage de souris. Au début, Jinny s'était demandé s'il pouvait être à la fois patient et médecin. Ensuite, s'il avait adopté ce style pour mettre les malades à l'aise. C'était plus probablement un implant. Ou juste la manière dont il aimait se coiffer.

On ne pouvait pas le lui demander. Il était originaire de Syrie ou de Jordanie ou d'un endroit où les médecins restaient dignes. Sa courtoisie était glaciale.

« Voyons, dit-il, je ne veux pas donner une impression fausse. »

Sortant du bâtiment à air conditionné, elle pénétra dans la lumière aveuglante d'une fin d'après-midi d'août en Ontario. Parfois le soleil brûlait, parfois il était occulté par les nuages légers : de toute façon, il faisait aussi chaud. Les voitures garées, le trottoir, les briques des autres bâtiments semblaient véritablement la bombarder, comme s'ils étaient tous des éléments séparés projetés dans un ordre ridicule. Elle ne supportait pas très bien les changements de décor ces temps-ci, elle voulait que tout soit familier et stable. Il en allait de même pour les changements d'information.

Elle vit la fourgonnette se détacher de sa place au bord du trottoir et avancer dans la rue. La voiture était d'un ton bleu clair chatoyant, écœurant. D'un bleu plus clair là où les taches de rouille avaient été recouvertes de peinture. Ses autocollants disaient : JE SAIS QUE JE CONDUIS UNE ÉPAVE, MAIS VOUS DEVRIEZ VOIR MA MAISON ainsi que HONORE TA MÈRE – LA TERRE, et (ceci était plus récent) UTILISEZ DES PESTICIDES, TUEZ LES MAUVAISES HERBES, FAITES PROSPÉRER LE CANCER.

Neal vint la soutenir.

« Elle est dans la fourgonnette », dit-il. Il y avait une note passionnée dans sa voix qui sonnait vaguement comme un avertissement ou une supplique. Autour de lui un bourdonnement, une tension indiquèrent à Jinny que ce n'était pas le moment de lui donner de ses nouvelles, si on pouvait ainsi les appeler. Quand Neal était en présence d'autres personnes, même une seule personne autre que Jinny, son comportement changeait, devenant plus animé, enthousiaste, patelin. Cela n'ennuyait plus Jinny : il y avait vingt et un ans qu'ils vivaient ensemble, et elle-même avait changé, en réaction, pensait-elle autrefois, devenant plus réservée et un peu ironique. Certaines mascarades étaient nécessaires, ou simplement trop habituelles pour être abandonnées. Comme l'aspect désuet de Neal : le bandana, la queue de cheval grise hirsute, la petite boucle d'oreille en or qui captait la lumière comme les cerclages d'or autour de ses dents et ses vêtements pelucheux de hors-la-loi.

Pendant qu'elle voyait le médecin, il avait été chercher la jeune fille qui allait maintenant les aider dans la vie. Il l'avait connue par l'intermédiaire de l'Institut de correction des délinquants juvéniles où il enseignait et où elle avait travaillé en cuisine. L'Institut de correction était juste aux abords de la ville où ils habitaient, à vingt miles environ de là. La jeune fille avait quitté son emploi en cuisine depuis quelques mois et avait trouvé à s'occuper d'une maisonnée paysanne où la mère était malade. Quelque part à proximité de cette ville plus importante. Heureusement elle était libre à présent.

« Qu'est-il arrivé à la femme ? avait demandé Jinny. Est-elle morte ?

– Elle est hospitalisée, avait répondu Neal.

– C'est pareil. »

Ils avaient dû faire un grand nombre de modifications matérielles en assez peu de temps. Débarrasser le séjour de tous les dossiers, les journaux et les revues contenant des articles susceptibles d'être utilisés qui n'avaient pas encore été mis en mémoire : ceux-ci avaient rempli les étagères qui tapissaient les murs jusqu'au plafond. Les deux ordinateurs aussi, les vieilles machines à écrire, l'imprimante. Il avait fallu trouver un endroit où ranger tout cela, temporairement, bien que personne ne le dît, dans la maison de quelqu'un d'autre. Le séjour deviendrait la chambre de malade.

Jinny avait suggéré à Neal qu'il pouvait garder un ordinateur, au moins, dans la chambre. Il avait refusé, sans donner d'explication, mais elle l'avait compris qu'il pensait que le temps manquerait pour s'en servir.

Neal avait utilisé presque tout son temps libre, pendant les années qu'elle avait passées avec lui, à organiser et à mener des campagnes. Pas seulement des campagnes politiques (celles-là aussi) mais des actions pour conserver des bâtiments, des ponts et des cimetières historiques, pour empêcher l'abattage des arbres, à la fois le long des rues de la ville et dans des parcelles isolées de forêts anciennes, pour sauver les rivières des ruissellements toxiques, les terres de qualité des promoteurs et la population locale des casinos. On rédigeait sans cesse des lettres et des pétitions, on faisait pression sur les ministères, on distribuait des affiches, on organisait des manifestations. Le séjour était le lieu d'indignations furieuses (sources de grande satisfaction pour les gens, pensait Jinny), de propositions et de discussions confuses, ainsi que de l'entrain audacieux de Neal.

Maintenant qu'il était soudain vide, il lui rappela la première fois où elle était entrée dans la maison, arrivant tout droit de celle à planchers dénivelés de ses parents, avec ses rideaux à embrasses, et elle pensa à toutes ces étagères pleines de livres, aux persiennes en bois sur les fenêtres et ces beaux tapis du Proche-Orient dont elle oubliait toujours le nom, sur le parquet verni. La reproduction du Canaletto, qu'elle avait achetée pour sa chambre à l'université, sur l'unique mur nu. *Le jour du Lord-Maire sur la Tamise.* C'est elle qui l'avait accrochée, bien qu'elle n'y prêtât plus jamais attention.

Ils louèrent un lit médicalisé : ils n'en avaient pas encore vraiment besoin, mais il valait mieux en prendre un quand ils étaient disponibles car on en manquait souvent. Neal pensa à tout. Il suspendit des rideaux épais, dont un ami avait débarrassé son séjour. Ils étaient imprimés d'un motif de chopes et d'ornements de harnais et Jinny les trouvait très laids. Mais elle savait maintenant qu'il arrive un moment où laid et beau ont à peu près la même fonction, quand ce qu'on regarde n'est qu'un crochet où suspendre les sensations turbulentes de son corps, et les débris de son esprit.

Elle avait quarante-deux ans et jusqu'à une date récente paraissait plus jeune que son âge. Neal avait seize ans de plus qu'elle. Alors elle avait pensé que c'était elle qui se trouverait dans la situation où lui se trouvait à présent, et elle s'était parfois inquiétée de la façon dont elle s'en tirerait. Un jour en lui tenant la main au lit avant de s'endormir, sa main chaude et présente, elle s'était dit qu'elle tiendrait ou toucherait cette main, une fois au moins, quand il serait mort. Et qu'elle ne serait pas capable de croire à cela. Le fait qu'il fût mort et désarmé. Peu importait que cet état eût été prévu depuis longtemps, elle ne serait pas capable d'y ajouter foi. Elle ne serait pas capable de croire qu'en son for intérieur lui n'avait pas connaissance de cet instant-là. En ce qui la concernait. Penser que lui n'en avait pas connaissance déclenchait une sorte de vertige émotionnel, le sentiment d'une chute atroce.

Et cependant, une excitation. L'excitation indicible ressentie lorsqu'un désastre qui fond sur vous promet de vous affranchir du sentiment d'être responsable de votre vie. De honte, il vous faut alors vous calmer et rester très tranquille.

« Où vas-tu ? avait-il demandé quand elle avait retiré sa main.

– Nulle part. Je me retourne, c'est tout. »

Elle ne savait pas si Neal éprouvait un sentiment de cet ordre, maintenant que c'était elle qui se trouvait menacée. Elle lui demanda s'il s'était fait à l'idée. Il fit non de la tête.

« Moi non plus, dit-elle, poursuivant. Ne laisse pas entrer les conseillers du deuil. Ils sont peut-être déjà dans les parages. Avec le désir de faire une frappe préventive.

– Ne me crève pas le cœur, dit-il avec une violente colère dans la voix.

– Désolée.

– Tu n'es pas obligée de toujours prendre le point de vue le moins grave.

– Je sais bien. » Mais à vrai dire, avec tout ce qui se passait et ces événements présents accaparant une si grande part de son attention, elle avait du mal à avoir quelque point de vue que ce soit.

« Je te présente Helen, dit Neal. C'est elle qui va s'occuper de nous dorénavant. Elle ne se laissera pas faire, non plus.

– C'est une bonne chose », approuva Jinny. Elle tendit la main, une fois assise. Mais la fille ne l'avait peut-être pas vue, en contrebas entre les deux sièges avant.

Ou peut-être ne savait-elle que faire. Neal avait expliqué qu'elle sortait d'une situation incroyable, une famille absolument barbare. Il s'était passé des choses que l'on n'imaginait pas avoir lieu de nos jours. Une ferme isolée, une mère morte, une demi-sœur handicapée mentale, un vieux père tyrannique, dément et incestueux, et les deux petites filles. Helen était la plus âgée, qui s'était enfuie à quatorze ans après avoir tabassé le vieux. Elle avait été recueillie par une voisine qui avait appelé la police : celle-ci était venue, avait pris la cadette et placé les deux enfants sous la protection de l'Aide à l'enfance. Le vieil homme et sa fille – la mère et le père des deux fillettes – avaient tous deux été internés à l'hôpital psychiatrique. Des parents adoptifs se chargèrent de Helen et de sa sœur qui étaient normales, mentalement et physiquement. On les envoya à l'école où elles eurent la vie dure, car il fallut les mettre en cours préparatoire. Mais on leur donna suffisamment d'instruction pour qu'elles puissent être employées.

Une fois que Neal eut mis le moteur en marche, la fille décida de parler.

« Vous avez choisi une journée bien chaude pour sortir. » C'était le genre de propos qu'elle avait peut-être entendu dire pour lancer une conversation. Elle parlait d'un ton dur et neutre exprimant l'hostilité et la défiance, mais Jinny savait à présent que même ainsi il ne fallait pas se sentir visé personnellement. C'était juste l'intonation de certaines personnes, surtout des paysans, dans cette partie du monde.

« Si vous avez chaud, vous pouvez brancher l'air conditionné, suggéra Neal. Nous avons la version à l'ancienne : baissez simplement toutes les vitres. »

Jinny n'avait pas prévu le virage qu'ils prirent au coin de rue suivant.

« Il faut que nous passions à l'hôpital, dit Neal. Ne t'affole pas. La sœur de Helen y travaille et elle a quelque chose que Helen veut prendre. C'est bien ça, Helen ?

– Ouais, répondit Helen. Mes bons souliers.

– Les bons souliers de Helen. » Neal leva les yeux vers le rétroviseur. « Les bons souliers de Miss Helen Rose.

– Je m'appelle pas Helen Rose », répliqua Helen. Il sembla que ce n'était pas la première fois qu'elle le disait.

« Je vous ai juste appelé comme ça parce que votre figure est toute rose, expliqua Neal.

– C'est pas vrai.

– Si c'est vrai. N'est-ce pas, Jinny ? Jinny est d'accord avec moi, vous avez un visage rose. Miss Helen Figure-rose. »

Le teint de l'adolescente était bien d'un rose tendre. Jinny avait également remarqué ses cils et sourcils presque blancs, ses cheveux blonds laineux de bébé et sa bouche, qui paraissait bizarrement nue, pas simplement l'aspect ordinaire d'une bouche sans rouge à lèvres. Une apparence nouvellement-éclose-de-l'œuf, c'était cela qu'elle avait, comme s'il manquait encore une couche de peau et une pousse supplémentaire de cheveux adultes plus grossiers. Elle devait manifester une prédisposition aux éruptions et aux infections, laisser apparaître rapidement les éraflures et les hématomes, souffrir d'irritations autour de la bouche et d'orgelets entre ses cils blancs. Pourtant, elle n'avait pas l'air frêle. Elle avait les épaules larges, elle était mince mais solidement charpentée. Elle n'avait pas non plus l'air bête, malgré une expression butée, comme celle d'un veau ou d'un cerf. Tout devait se trouver en surface chez elle, son attention et sa personnalité tout entière se dirigeant droit vers vous avec une puissance innocente et, pour Jinny, désagréable.

Ils montaient la longue colline conduisant à l'hôpital, l'endroit même où Jinny avait été opérée et avait subi le premier assaut de chimiothérapie. De l'autre côté de la route sur laquelle donnaient les bâtiments de l'hôpital, il y avait un cimetière. C'était une grand-route et chaque fois qu'ils passaient par ici autrefois, quand ils allaient en ville juste pour faire des courses ou voir un film, distraction rare, Jinny disait quelque chose comme « quel spectacle décourageant » ou « c'est vraiment pousser la commodité un peu loin ».

À présent, elle ne disait rien. Le cimetière ne l'ennuyait pas. Elle se rendait compte qu'il n'avait pas d'importance.

Neal devait également s'en apercevoir. Il s'adressa au rétroviseur : « Combien pensez-vous qu'il y a de morts dans ce cimetière ? »

Helen ne dit rien pendant un instant. Puis, d'un ton plutôt maussade : « J'sais pas.

– Là, ils sont tous morts.

– Il m'a eue avec ça aussi, raconta Jinny. C'est une plaisanterie du niveau cours moyen. »

Helen ne répondit pas. Elle n'avait peut-être jamais atteint le cours moyen.

Ils se dirigèrent vers les portes principales de l'hôpital, puis, suivant les indications de Helen, passèrent à l'arrière du bâtiment. Des gens en robe de chambre de l'établissement, certains traînant leur perfusion, étaient sortis fumer.

« Vous voyez ce banc, dit Jinny. Oh, ça ne fait rien, nous l'avons dépassé à présent. Il porte un écriteau : MERCI DE NE PAS FUMER. Mais il est là pour que les gens s'y assoient quand ils sortent du bâtiment. Et pourquoi sortent-ils ? Pour fumer. Alors ils ne sont pas censés s'asseoir ? Je ne comprends pas.

– La sœur de Helen travaille à la blanchisserie, expliqua Neal. Comment s'appelle-t-elle, Helen ? Comment s'appelle votre sœur ?

– Lois, dit Helen. Arrêtez-vous ici. OK. Ici. »

Ils se trouvaient dans un parking derrière une aile de l'hôpital. Il n'y avait pas d'entrée au rez-de-chaussée à l'exception d'une porte pour les livraisons, hermétiquement close. Aux trois autres étages, des portes donnaient sur un escalier de secours.

Helen descendait de voiture.

« Vous savez comment entrer ? demanda Neal.

– Fastoche. »

L'escalier de secours s'interrompait à près de deux mètres du sol, mais elle parvint à saisir la rampe et à se hisser, peut-être en coinçant un pied contre une brique déchaussée, en quelques secondes. Jinny ne comprit pas comment elle y arriva. Neal riait.

« Va les chercher, ma fille, dit-il.
— N'y a-t-il pas une autre manière ? » demanda Jinny.
Helen était montée en courant au troisième étage et avait disparu.
« Si y'en a une elle va pas s'en servir, dit Neal.
— Débrouillarde, s'efforça de commenter Jinny.
— Sans ça elle ne se serait jamais échappée, dit-il. Il lui fallait toute la débrouillardise dont elle disposait. »

Jinny portait un chapeau de paille à larges bords. Elle l'enleva et commença de s'éventer.

« Désolé, fit Neal. Il ne semble pas y avoir d'ombre où se garer. Elle va vite revenir.
— Est-ce que j'ai un air très surprenant ? » demanda Jinny. Il avait l'habitude qu'elle le demande.

« Tu es très bien. Il n'y a personne là de toute façon.
— L'homme que j'ai vu aujourd'hui n'était pas celui que j'avais vu auparavant. Je crois que celui-ci était plus important. Ce qu'il y avait de drôle, c'est que son crâne ressemblait à peu près au mien. Il le fait peut-être pour mettre les patients à l'aise. »

Elle avait l'intention d'enchaîner en lui racontant ce que le docteur avait dit, mais il intervint. « Sa sœur est moins intelligente qu'elle. Helen s'en occupe un peu et la régente. Cette histoire de souliers : c'est typique. N'est-elle pas capable d'acheter ses chaussures toute seule ? Elle n'a même pas un logement à elle – elle habite encore avec leurs parents adoptifs, quelque part dans la campagne. »

Jinny ne reprit pas. S'éventer consommait presque toute son énergie. Lui surveillait le bâtiment.

« Faites qu'ils ne l'aient pas pincée pour être passée par une entrée interdite, dit-il. Enfreignant le règlement. C'est pas vraiment une fille pour qui les règlements ont été conçus. »

Au bout de quelques minutes, il siffla.

« La voilà qui arrive maintenant. La voi-là. Engagée dans la dernière ligne droite. Aura-t-elle-aura-t-elle-aura-t-elle le bon sens de s'arrêter avant de sauter ? Aura-t-elle-aura-t-elle – non. Non. Ouille-*ouille*. »

Il n'y avait pas de chaussures dans les mains de Helen. Elle sauta dans la fourgonnette, claqua la portière et dit : « Bande de couillons. D'abord j'arrive là-haut et ce trou-du-cul me barre la route. Où est vot' badge ? Y vous faut un badge. Vous pouvez pas entrer ici sans badge. J'vous ai vue entrer depuis l'escalier de secours, vous avez pas le droit de le faire. OK, OK, y faut que j'voie ma sœur. Vous pouvez pas la voir maintenant c'est pas l'moment de sa pause. Je sais bien, c'est pour ça que j'suis entrée par l'escalier de secours j'ai juste besoin de prendre quelque chose. J'veux pas lui parler j'vais pas lui faire perdre son temps y faut juste que je prenne quelque chose. Eh bien vous pouvez pas. Eh bien si. Eh bien non. Alors je me suis mise à brailler *Lois. Lois.* Avec toutes leurs machines en marche y fait au moins quarante degrés là-dedans la sueur qui leur coule sur la figure, le linge qui passe et *Lois, Lois.* J'sais pas où elle est si elle peut m'entendre ou pas. Mais elle arrive au galop et dès qu'elle me voit – Oh, merde. Oh merde qu'elle dit, j'ai oublié. *Elle a oublié d'apporter mes souliers.* Je lui ai téléphoné hier soir pour lui rappeler mais voilà comme elle est, oh merde, elle a *oublié.* J'aurais pu lui foutre une trempe. Maintenant vous vous tirez, qu'y dit. Descendez l'escalier et sortez. Pas par l'escalier de secours parce que c'est illégal. J'y pisse à la raie. »

Neal pouffait et pouffait en secouant la tête.

« Alors voilà ce qu'elle a fait ? Oublié vos souliers ?

– Chez June et Matt.

– Quel drame.

– Pourrions-nous démarrer maintenant, demanda Jinny, pour avoir un peu d'air ? Je n'ai pas l'impression que ça serve à grand-chose de m'éventer.

– D'accord », dit Neal. Après une marche arrière il fit demi-tour et ils dépassèrent de nouveau la façade familière de l'hôpital, avec les mêmes fumeurs, ou d'autres, circulant dans leurs mornes vêtements d'hosto, en trainant leur perfusion. « Helen va juste devoir nous dire où aller. »

« Helen ? s'adressa-t-il à la banquette arrière.

– Quoi ?

– Par où passons-nous maintenant pour aller chez ces gens ?
– Quels gens ?
– Là où habite votre sœur. Là où se trouvent vos souliers. Dites-nous comment on y va.
– On va pas chez eux, alors j'vous dirai pas. »
Neal rebroussa chemin.
« Je compte continuer jusqu'à ce que vous repériez la bonne direction. Est-ce qu'il vaut mieux prendre la nationale ? Ou le centre-ville ? D'où faut-il que je parte ?
– Pas partir nulle part. Pas aller.
– Ce n'est pas si loin, hein ? Pourquoi est-ce qu'on n'y va pas ?
– Vous m'avez rendu un service et ça suffit. » Helen se pencha en avant aussi loin que possible, passant la tête entre le siège de Neal et celui de Jinny. « Vous m'avez emmenée à l'hôpital et c'est pas suffisant ? Vous avez pas besoin de rouler dans tous les sens pour me rendre service. »
Ils ralentirent, prirent une petite rue.
« C'est idiot, dit Neal. Vous partez à trente kilomètres et vous ne reviendrez peut-être pas ici avant longtemps. Vous pourriez avoir besoin de ces souliers. »
Pas de réponse. Il fit une nouvelle tentative.
« Ou bien vous ne connaissez pas le chemin ? Vous ne savez pas comment y aller à partir d'ici ?
– Je le connais mais je le dis pas.
– Alors nous allons simplement être obligés de tourner en rond. Tourner en rond sans arrêt jusqu'à ce vous vous soyez décidée à nous le dire.
– Eh bien j'vais pas me décider. Ça, je le ferai pas.
– On pourrait retourner voir votre sœur. Je parie qu'elle nous le dirait. Maintenant ce doit être à peu près l'heure où elle cesse le travail, nous pourrions la raccompagner à la maison.
– Elle est postée en fin de journée, alors nananaire. »
Ils traversaient un quartier de la ville que Jinny n'avait jamais vu. Ils roulaient très lentement et faisaient souvent demi-tour, si bien qu'il passait très peu de brise dans la voiture. Une usine condamnée par des planches, des magasins

discount, des bureaux de prêteurs sur gages. ESPÈCES. ESPÈCES. ESPÈCES, annonçait une enseigne lumineuse clignotante au-dessus de fenêtres à barreaux. Mais il y avait des maisons, de vieux duplex d'aspect minable, et le genre de pavillons en bois construits à la va-vite pendant la Seconde Guerre mondiale. Un jardin minuscule était encombré de choses à vendre – des vêtements suspendus à une corde, des tables sur lesquelles étaient entassés de la vaisselle et des articles ménagers. Un chien furetait en dessous d'une table et aurait pu la renverser, mais la femme assise sur la marche en train de fumer et de contempler l'absence de clients n'avait pas l'air de s'en soucier.

Devant un petit commerce des enfants suçaient des Popsicle. Un gamin en bordure du groupe – il ne devait pas avoir plus de quatre ou cinq ans – lança sa sucette glacée contre la fourgonnette. Un lancer d'une force étonnante. Il frappa la portière de Jinny juste sous son coude et elle poussa un petit cri.

Helen passa la tête par la vitre arrière.

« Tu veux avoir le bras en écharpe ? »

L'enfant se mit à hurler. Il n'avait pas compté avec Helen, et n'avait peut-être pas compté avec la perte définitive de la sucette.

Dans la fourgonnette, Helen interpella Neal.

« Vous faites que gaspiller votre essence.

– Au nord de la ville ? demanda Neal. Au sud de la ville ? Nord-sud-est-ouest, Helen dites-nous, lequel reste ?

– J'vous ai déjà dit. Vous avez fait pour moi tout ce que vous allez faire aujourd'hui.

– Et moi je vous l'ai dit. Nous allons vous chercher ces souliers avant de mettre le cap sur la maison. »

Peu importait la sévérité avec laquelle il parlait, Neal souriait. Son visage affichait une expression d'ineptie consciente mais désarmée. Les indices d'une invasion de béatitude. L'être de Neal était envahi tout entier, il débordait de béatitude inepte.

« Vous êtes têtu, voilà tout, dit Helen.

– Vous allez voir comme je suis têtu.

– Moi aussi. Je suis aussi têtue comme vous. »

Jinny eut l'impression de sentir flamber la joue de Helen, si près de la sienne. Et elle entendait certainement la respiration de la fille, rauque et voilée par l'excitation, indiquant un soupçon d'asthme. La présence de Helen ressemblait à celle d'un chat domestique que l'on n'aurait jamais dû emmener dans un véhicule, trop tendu pour être raisonnable, trop disposé à sauter entre les sièges.

Le soleil brûlant avait de nouveau percé les nuages. Il restait haut et cuivré dans le ciel.

Neal avait engagé la voiture dans une rue bordée de vieux arbres massifs et de maisons un peu plus respectables.

« C'est mieux ici ? demanda-t-il à Jinny. Plus d'ombre pour toi ? » Il parlait d'une voix basse, confidentielle, comme si ce qui se passait avec la fille pouvait être mis de côté pendant un instant, n'étant que sottise.

« Nous prenons la route touristique, annonça-t-il en haussant la voix de nouveau à l'intention de la banquette arrière. Nous prenons la route touristique, avec la permission de Miss Figure-rose.

– Nous devrions peut-être rentrer, dit Jinny. Peut-être devrions-nous rentrer à la maison. »

Helen s'interposa, en criant presque. « J'veux pas empêcher personne de rentrer à la maison.

– Alors vous pouvez simplement me donner des instructions », dit Neal. Il s'efforçait vaillamment de maîtriser sa voix, d'y introduire une tranquillité banale. Et de supprimer le sourire qui reparaissait sans cesse quel que fût le nombre de fois où il le ravalait. « Allons juste dans cet endroit accomplir notre mission et rentrons à la maison ensuite. »

Un demi-pâté de maisons supplémentaire au ralenti, et Helen gémit.

« S'y faut, je suppose qu'y faut », dit-elle.

Ils n'eurent pas à aller très loin. Ils dépassèrent un lotissement et Neal, s'adressant de nouveau à Jinny, dit : « Je ne vois rien qui ressemble à une rivière. Pas de propriétés non plus.

– Quoi ? demanda Jinny.

– *Propriétés de la Rivière d'argent.* Sur le panneau. »
Il avait dû lire un panneau qu'elle n'avait pas vu.
« Tournez, dit Helen.
– À gauche ou à droite ?
– Devant la casse auto. »
Ils passèrent devant un chantier de casseur où les épaves de voitures n'étaient qu'en partie cachées par une clôture en tôle affaissée. Puis ils gravirent une colline et franchirent les grilles d'une gravière qui formait une grande cavité au centre de la colline.
« C'est eux, ça. C'est leur boîte aux lettres, là devant nous », annonça Helen avec une certaine importance, et lorsqu'ils furent assez près, elle lut le nom à voix haute.
« Matt et June Bergson. C'est eux. »
Deux chiens accoururent en aboyant le long de la courte allée. L'un était gros et noir et l'autre petit, d'un brun roux, avec un air de chiot. Ils s'agitèrent autour des roues et Neal klaxonna. Ensuite un autre chien, celui-ci plus rusé et déterminé, avec un pelage lisse et des taches bleuâtres, émergea des hautes herbes.
Helen leur cria de la boucler, de se coucher, de foutre le camp.
« Vous avez pas besoin de vous inquiéter d'eux sauf de Pinto, dit-elle. Les deux autres c'est juste des trouillards. »
Ils s'arrêtèrent dans un large espace mal défini où l'on avait répandu du gravier. D'un côté se trouvait une grange ou remise à outils, à toit de tôle, flanquée, au bord d'un champ de maïs, d'une ferme abandonnée dont la plupart des briques avaient été retirées, mettant à nu des cloisons en bois. La maison maintenant habitée était une caravane, joliment arrangée avec une plate-forme et un velum, ainsi qu'un jardin fleuri derrière qui évoquait une clôture de maison de poupée. La caravane et son jardin avaient l'air convenables et soignés, alors que le reste des lieux était jonché d'objets qui auraient peut-être un jour une utilité ou étaient abandonnés à la rouille et à la pourriture.
Helen avait sauté à terre et calottait les chiens. Mais ils la dépassaient sans arrêt en courant, sautaient et aboyaient contre la voiture jusqu'à ce qu'un homme sortît de la remise

et les appelât. Jinny ne comprit pas les menaces et les noms qu'il criait, mais les chiens se calmèrent.

Jinny mit son chapeau. Elle l'avait tenu à la main pendant tout ce temps.

« Y faut juste qu'y fassent leur cinéma », commenta Helen.

Neal était descendu aussi et négociait avec les chiens de façon déterminée. L'homme de la remise s'avança vers eux. Il portait un T-shirt humide de transpiration qui lui collait à la poitrine et à l'estomac. Il était suffisamment gras pour avoir des seins et l'on voyait un nombril protubérant comme celui d'une femme enceinte. Il était monté sur son ventre comme une énorme pelote à épingles.

Neal alla à sa rencontre la main tendue. L'homme frappa sa propre main sur son pantalon de travail, rit et serra celle de Neal. Jinny n'entendait pas ce qu'ils disaient. Une femme sortit de la caravane, ouvrit le portillon miniature et le ferma au loquet derrière elle.

« Lois elle a oublié qu'elle devait m'apporter mes souliers, lui cria Helen. Je lui avais téléphoné et tout, mais elle a oublié quand même, alors Mr Lockyer m'a amenée les chercher. »

La femme était grasse aussi, quoique moins que son mari. Elle portait une robe flottante rose imprimée de soleils aztèques et ses cheveux étaient striés d'or. Elle traversa le gravier d'un air calme et accueillant. Neal se retourna et se présenta, puis l'amena jusqu'à la fourgonnette et présenta Jinny.

« Heureuse de faire votre connaissance, dit la femme. Vous êtes la dame qui va pas très bien ?

– Si, ça va, répondit Jinny.

– Eh bien, maintenant que vous êtes là, vous seriez mieux à l'intérieur. Entrez pour sortir de cette chaleur.

– Oh, nous ne faisions que passer », dit Neal.

L'homme s'était rapproché. « Nous, on a la clim là-dedans », annonça-t-il. Il examinait la fourgonnette et son expression était aimable mais critique.

« Nous sommes juste venus chercher les souliers, expliqua Jinny.

– Il faut que vous fassiez plus que ça maintenant que vous êtes là, dit la femme – June – en riant comme si l'idée qu'ils n'entrent pas était une plaisanterie scandaleuse. Entrez vous reposer.

– Nous ne voudrions pas vous déranger au moment du souper, dit Neal.

– On a déjà mangé, répliqua Matt. Nous mangeons de bonne heure.

– Mais il reste plein de chili con carne, ajouta June. Y faut que vous entriez aider à liquider ce chili.

– Oh, merci, dit Jinny. Mais je crois que je ne pourrai rien avaler. Je n'ai pas envie de manger quand il fait aussi chaud que ça.

– Alors le mieux ce serait de boire à la place, suggéra June. On a du Ginger-ale, du Coca. On a de l'alcool de pêche.

– De la bière, proposa Matt à Neal. Vous voulez une Blue ? »

Jinny fit signe à Neal de s'approcher de sa vitre.

« Je ne peux pas y aller, expliqua-t-elle. Dis-leur simplement que je ne peux pas.

– Tu sais que tu vas les blesser, chuchota-t-il. Ils essaient d'être gentils.

– Mais je ne peux pas. Tu pourrais peut-être y aller, toi. »

Il se pencha plus près. « Tu sais quelle impression ça donne si tu n'y vas pas. Tu donnes l'impression de croire que tu vaux mieux qu'eux.

– Toi, vas-y.

– Tu te sentiras bien une fois que tu seras à l'intérieur. L'air climatisé te fera vraiment du bien. »

Jinny fit non de la tête.

Neal se redressa.

« Jinny pense qu'elle ferait mieux de rester se reposer ici où elle est à l'ombre.

– Mais on serait heureux qu'elle se repose chez nous...

– Une Blue me ferait plaisir, en fait, dit Neal. Il se retourna vers Jinny avec un sourire dur. Il lui sembla peiné et irrité. « Tu es sûre que tu seras bien ? demanda-t-il pour

qu'ils entendent. Sûre ? Ça ne t'ennuie pas si j'entre un petit moment ?
– Je serai très bien », dit Jinny.
Il posa une main sur l'épaule de Helen et l'autre sur celle de June en les escortant gentiment vers la caravane. Matt leur emboîta le pas et fit un sourire intrigué à Jinny.
Cette fois, quand il appela les chiens à le suivre, Jinny put comprendre leurs noms.
Goober. Sally. Pinto.

La fourgonnette était garée sous une rangée de saules. C'étaient de grands arbres anciens, mais leurs feuilles étaient fines et donnaient une ombre incertaine. Cependant, être seule lui procurait un grand soulagement.
Plus tôt dans la journée, en roulant sur la nationale depuis chez eux, ils s'étaient arrêtés à un étal en bord de route pour acheter des pommes précoces. Jinny en tira une du sac à ses pieds et mordit une petite bouchée, plus ou moins pour voir si elle pouvait la goûter, l'avaler et la garder dans son estomac. Elle avait besoin de quelque chose pour contrebalancer la pensée du chili et le nombril prodigieux de Matt.
Il n'y eut pas de problème. La pomme était ferme et acidulée, mais pas trop, et si elle prenait des petites bouchées et mâchait consciencieusement, elle pouvait s'en tirer.

Elle avait vu Neal dans cet état – ou à peu près dans cet état – quelquefois déjà. À propos d'un garçon au lycée. Le nom prononcé d'une façon désinvolte, voire dépréciative. Une expression gnan-gnan, un fou rire, avec l'air de s'excuser et de provoquer en même temps d'une certaine manière.
Mais il ne s'agissait jamais de quelqu'un qui lui fût imposé dans la maison, et cela ne pouvait jamais aboutir à rien. Le temps du garçon étant achevé, il partait.
Il en serait de même cette fois. Cela ne devrait pas avoir d'importance.
Elle dut se demander si cela aurait eu moins d'importance hier qu'aujourd'hui.

Elle sortit de la fourgonnette, laissant la porte ouverte pour pouvoir s'accrocher à la poignée intérieure. Tout ce qui était à l'extérieur était trop chaud pour que l'on s'y accroche pendant un certain temps. Il fallait qu'elle voie si elle tenait d'aplomb. Puis elle marcha un peu à l'ombre. Certaines feuilles de saule jaunissaient déjà. Il y en avait au sol. Depuis l'ombre elle regarda tout ce qui traînait dans la cour.

Un camion de livraison cabossé dont les deux phares avaient disparu et la raison sociale sur le côté était oblitérée sous une couche de peinture. Une poussette de bébé dont les chiens avaient mangé le siège, une cargaison de bois de chauffage en vrac, pas empilée, un tas de pneus énormes, un grand nombre de pichets en plastique, des bidons de pétrole, des débris de vieux bois de charpente, deux bâches en plastique orange ratatinées près du mur de la remise. Dans la remise même se trouvait un gros camion General Motors, un petit camion Mazda déglingué et un tracteur de jardin, ainsi que des outils entiers ou cassés et des roues, des poignées, des tiges détachées qui pourraient être utiles ou non selon les usages que vous pouviez imaginer. De quelles quantités d'objets les gens pouvaient-ils s'encombrer. Comme elle s'était trouvée à la tête de toutes ces photographies, lettres officielles, procès-verbaux de réunions, coupures de presse, mille classements qu'elle avait conçus et était en train de mettre sur disque lorsqu'elle avait dû subir la chimio et que tout avait été emporté. En fin de compte, cela échouerait peut-être au rebut. Comme tout ceci, si Matt mourait.

Le champ de maïs était l'endroit qu'elle voulait atteindre. Le maïs était plus haut que sa tête maintenant, peut-être plus haut que celle de Neal ; elle voulait rejoindre son ombre. Elle traversa la cour avec cette idée à l'esprit. Les chiens, Dieu merci, avaient été rentrés.

Il n'y avait pas de clôture. Le champ de maïs finissait en se perdant dans la cour. Elle y entra tout droit, sur le sentier entre deux rangées. Les feuilles lui battaient le visage et les bras comme des banderoles de toile cirée. Elle fut obligée d'enlever son chapeau pour qu'elles ne le fassent pas tomber. Chaque tige portait son épi, comme un bébé emmailloté. Il régnait une odeur forte, presque écœurante, de croissance végétale, d'amidon vert et de sève chaude.

Ce qu'elle avait pensé faire, une fois qu'elle se trouverait là-dedans, c'était s'étendre. S'étendre à l'ombre de ces grandes feuilles rudes et n'en sortir que lorsqu'elle entendrait Neal l'appeler. Peut-être même pas à ce moment-là. Mais les rangées étaient trop rapprochées pour qu'elle puisse mener à bien son projet et elle était trop occupée à penser pour se donner du mal. Elle était trop fâchée.

Ce n'était pas en raison d'un événement survenu récemment. Elle se rappelait un groupe de gens assis par terre un soir dans son séjour – ou salle de réunion – en train de jouer à un jeu psychologique sérieux. Un de ces jeux censés rendre une personne plus franche et lui donner du ressort. Il vous fallait dire simplement ce qui vous venait à l'esprit quand vous regardiez les autres participants, un à un. Et une femme à cheveux blancs qui s'appelait Addie Norton, une amie de Neal, avait déclaré : « Je suis désolée de vous le dire, Jinny, mais chaque fois que je vous regarde je ne pense qu'à une chose, c'est *Brave Bobonne*. »

Jinny ne se souvenait pas d'avoir trouvé une réplique à l'époque. Peut-être n'était-on pas supposé le faire. Ce qu'elle disait à présent, mentalement, c'était : « Pourquoi prétendre que vous êtes désolée de le dire ? N'avez-vous pas remarqué que chaque fois que les gens prétendent être désolés de dire quelque chose, en fait ils sont ravis de le dire ? Ne pensez-vous pas que, puisque nous sommes si francs, nous pourrions au moins partir de là ? »

Ce n'était pas la première fois qu'elle faisait cette réponse mentale. Et signalait mentalement à Neal à quel point ce jeu était grotesque. Car lorsque arrivait le tour d'Addie, quelqu'un osait-il lui dire quelque chose de désagréable ? Oh, non. « Pétulante », disaient-ils ou « Franche comme un trait d'eau froide. » Elle leur faisait peur, voilà tout.

D'autres lui avaient dit des choses plus gentilles. « Hippy » ou « Madone des sources ». Elle savait que l'auteur de cette définition voulait dire « Manon des sources » mais s'abstint de la corriger. Elle était ulcérée à l'idée d'être obligée de rester assise là à écouter ce que les gens pensaient d'elle.

Tout était faux. Elle n'était ni timorée ni soumise ni naturelle ni pure.

Quand on mourait, bien sûr, ces opinions fausses étaient tout ce qui restait.

Pendant que cela lui traversait l'esprit, elle avait fait ce que l'on fait le plus facilement dans un champ de maïs : elle s'était perdue. Elle avait franchi un rang après l'autre et avait probablement été amenée à tourner en rond. Elle essaya de retourner par où elle était arrivée, mais ce n'était visiblement pas la bonne direction. Le soleil était de nouveau voilé de nuages, elle ne pouvait donc pas distinguer où se trouvait l'ouest. Elle n'avait pas su non plus dans quel sens elle allait en entrant dans le champ, si bien que cela n'aurait servi à rien de toute façon. Elle resta immobile et n'entendit que le chuchotement du maïs et un bruit lointain de circulation.

Son cœur battait comme n'importe quel cœur avec une longue espérance de vie.

Ensuite une porte s'ouvrit, elle entendit les chiens aboyer, Matt crier et la porte claquer. Elle se fraya un chemin vers ce bruit à travers les tiges et les feuilles.

Et il s'avéra qu'elle n'était pas allée loin du tout. Pendant tout ce temps elle avait divagué laborieusement dans un petit coin du champ.

Matt lui fit signe et chassa les chiens.

« Faut pas en avoir peur, faut pas avoir peur », cria-t-il. Il se dirigeait vers la fourgonnette comme elle, quoique venant d'une autre direction. Lorsqu'ils se rapprochèrent, il parla à voix plus basse, plus confidentielle peut-être.

« Z'auriez dû venir frapper à la porte. »
Il pensait qu'elle était allée pisser dans le champ.
« Je viens de dire à votre mari que j'allais m'assurer que vous alliez bien.
– Ça va, dit Jinny. Merci. » Elle monta dans la fourgonnette mais laissa la portière ouverte. Il risquait de se sentir insulté si elle la fermait. Elle se sentait trop faible, aussi.

« Sûr qu'il avait un bon appétit pour ce chili. »
De qui parlait-il ?
Neal.

Elle tremblait et transpirait et il y avait un bourdonnement dans sa tête, comme sur un fil tendu entre ses oreilles.

« J'pourrai vous en apporter, si ça vous disait. »

Elle fit non de la tête, en souriant. Il leva la bouteille de bière dans sa main : il avait l'air de la saluer.

« À boire ? »

Elle fit non de nouveau, en souriant toujours.

« Pas même de l'eau ? On a de la bonne eau ici.

– Non merci. »

Si elle tournait la tête et regardait son nombril violet, elle allait avoir un haut-le-cœur.

« Vous savez, c'est l'histoire d'un mec », dit-il d'une voix différente. Une voix placide, gloussante. « Y avait ce mec qui sortait par la porte avec une assiette de steak à cheval. Alors son père, y lui dit : "Où que tu vas avec ce steak ? »

– Eh ben, je vais chercher un cheval.

– Tu vas pas attraper un cheval avec un steak."

Revient le lendemain, le plus beau cheval que vous avez jamais vu. "Regarde mon cheval-là." Le met dans la grange. »

Je ne veux pas donner une impression erronée. Il ne faut pas que l'optimisme nous emballe. Mais on dirait que nous tenons là des résultats inattendus.

« Le lendemain le père le voit sortir de nouveau. Un morceau de sucre trempé dans du café à la main. « Où que tu vas à présent ?

– Eh ben, j'ai entendu ma mère dire qu'elle aimerait un beau canard pour le dîner.

– Triple andouille, tu croyais pas que t'allais attraper un canard avec du sucre ?

– Attends voir."

Revient le matin suivant, un beau canard gras sous le bras. »

Il semblerait qu'il y a eu une diminution très significative. Ce que nous espérions bien sûr mais franchement nous ne nous y attendions pas. Je ne veux pas dire que la bataille est gagnée, simplement que ce signe est encourageant.

« Le père y sait pas quoi dire. Sait tout bonnement pas quoi dire de ça.

La nuit d'après, la nuit juste après, y voit son fils sortir par la porte avec un panier à chat dans la main. »

Un signe tout à fait favorable. Nous ne savons pas si d'autres ennuis ne se produiront pas à l'avenir, bien sûr, mais franchement nous ne nous y attendions pas. Je ne veux pas dire que le combat est achevé, juste que c'est un signe favorable.

« "Quoi que c'est ce panier que t'as dans la main ?
– Ça c'est la chatte dans le panier.
– OK, dit le père. T'attends une minute. T'attends une minute, j'prends mon chapeau. J'prends mon chapeau et j'viens avec toi !"
– C'en est trop », dit Jinny à voix haute.

En conversation mentale avec son médecin.

« Quoi ? » demanda Matt. Son visage avait pris une expression vexée et puérile alors qu'il gloussait encore. « Qu'est-ce qui va pas à présent ? »

Jinny agitait la tête, la main pressée sur la bouche.

« C'était juste une blague, dit-il. J'voulais pas vous offenser.
– Non, fit Jinny, non. Je… Non.
– Ça fait rien, moi j'rentre. J'vais plus vous prendre de votre temps. » Et il lui tourna le dos, sans même se donner la peine d'appeler les chiens.

Elle n'avait rien dit de tel au docteur. Pourquoi l'aurait-elle fait ? Rien n'était sa faute. Mais c'était vrai. C'en était trop. Ce qu'il avait dit rendait tout plus difficile, cela l'obligeait à revenir en arrière et recommencer cette année depuis le début. Cela lui retirait une certaine liberté de bas étage. Une membrane protectrice mate dont elle n'avait même pas soupçonné la présence avait été arrachée et la laissait à vif.

L'idée de Matt qu'elle était allée pisser dans le champ de maïs lui fit penser qu'elle en avait effectivement envie. Elle descendit de la fourgonnette, se dressa prudemment, écarta les jambes et souleva sa large jupe de cotonnade. Elle avait pris l'habitude de porter de vastes jupes et pas de culottes cet été parce qu'elle ne maîtrisait plus parfaitement sa vessie.

Un ruisseau sombre s'écoula de ses pieds à travers le gravier. Le soleil était bas maintenant, le soir arrivait. Le ciel était clair au-dessus de sa tête, les nuages avaient disparu.

Un des chiens aboya sans conviction, pour dire que quelqu'un venait, mais que c'était quelqu'un de connu. Ils n'étaient pas accourus quand elle était sortie : ils étaient habitués à elle maintenant. Ils coururent à la rencontre de l'arrivant sans frayeur ni excitation.

C'était un adolescent ou un jeune homme, à bicyclette. Il se détourna vers la fourgonnette et Jinny alla vers lui, en se soutenant d'une main posée sur le métal rafraîchi mais encore chaud. Quand il lui parlerait, elle ne voulait pas que ce soit au-dessus de sa flaque. Et peut-être pour éviter qu'il cherche même une telle chose par terre, elle lui adressa la parole en premier.

« Salut, dit-elle, est-ce que vous livrez quelque chose ? »

Il rit, sautant de sa bicyclette et la laissant tomber en un seul geste.

« J'habite ici, expliqua-t-il. Je reviens du boulot. »

Elle pensa qu'elle devrait dire qui elle était, lui raconter comment elle se trouvait ici et pour combien de temps. Mais tout cela était trop compliqué. Comme ça, accrochée à la fourgonnette, elle devait ressembler à quelqu'un qui vient d'émerger d'un naufrage.

« Ouais, j'habite ici, dit-il. Mais je travaille dans un restaurant en ville. Je travaille chez Sammy. »

Un serveur. La chemise blanche éclatante et le pantalon noir étaient des vêtements de serveur. Il avait aussi l'air patient et alerte d'un serveur.

« Moi je suis Jinny Lockyer, l'informa-t-elle. Helen. Helen est…

– OK, je sais, intervint-il. Vous êtes la personne chez qui Helen va travailler. Où est-elle ?

– Dans la maison.

– Personne vous a fait entrer, alors ? »

Il avait à peu près l'âge de Helen, pensa-t-elle. Dix-sept ou dix-huit ans. Mince, gracieux et effronté, pourvu d'un enthousiasme ingénu qui ne le mènerait sans doute pas aussi loin qu'il l'espérait. Elle en avait vu quelques-uns de ce style qui se retrouvaient délinquants juvéniles en fin de compte. Pourtant il semblait comprendre des choses. Il semblait comprendre qu'elle était épuisée et aux prises avec des idées brouillées.

« June est là aussi ? demanda-t-il. June c'est ma mère.
– Ainsi que mon mari. Oui.
– C'est pas bien.
– Oh, non, dit-elle. Ils m'ont invitée. J'ai dit que je préférais attendre ici. »

Il arrivait à Neal de ramener quelques-uns de ses DJ à la maison, pour s'occuper de la pelouse ou faire de la peinture et de la petite menuiserie sous surveillance. Il pensait que cela leur faisait du bien, d'être reçus chez quelqu'un. Jinny avait de temps à autre flirté avec eux, d'une façon qu'on ne pourrait jamais lui reprocher. Juste une voix douce, une manière de les éveiller à ses jupes soyeuses et son parfum de savon à la pomme. Ce n'est pas pour cela que Neal avait cessé de les amener. On lui avait dit que ce n'était pas permis.

« Alors depuis combien de temps est-ce que vous attendez ?
– Je ne sais pas, répondit Jinny. Je ne porte pas de montre.
– Ah vraiment ? fit-il. Moi non plus. Je rencontre presque jamais quelqu'un qui porte pas de montre. Vous en avez jamais porté ?
– Non, dit-elle. Jamais.
– Moi non plus. Jamais jamais. J'en ai juste jamais eu envie. Je sais pas pourquoi. Jamais jamais eu envie. Comme si on aurait dit que je savais toujours quelle heure il était de toute façon. À deux minutes près. Cinq minutes au plus. Et je sais où se trouvent toutes les horloges, aussi. Je roule pour aller au boulot et je me dis, je vais vérifier, vous savez, juste pour m'assurer de l'heure qu'il est vraiment. Et je connais le premier endroit d'où je peux voir l'horloge du tribunal entre les bâtiments. Toujours pas plus de trois, quatre minutes d'écart. Quelquefois un des clients

me demande, avez-vous l'heure, et je lui dis comme ça. Ils ne remarquent même pas que je porte pas de montre. Je vais vérifier dès que je peux, à l'horloge de la cuisine. Mais j'ai pas une seule fois été obligé de rentrer et de leur dire autre chose.

— Moi aussi j'ai été capable de faire ça de temps en temps, dit Jinny. Je suppose qu'on a un sens qui se développe si on ne porte jamais de montre.

— Ouais, c'est vraiment ça.

— Alors, quelle heure croyez-vous qu'il est maintenant ? »

Il rit. Il regarda le ciel.

« Pas loin de huit heures. Huit heures moins six, moins sept ? Mais j'ai un avantage. Je sais quand j'ai arrêté le travail, puis je suis allé acheter des cigarettes au Seven-Eleven, ensuite j'ai bavardé quelques minutes avec des types, puis que je suis rentré à bicyclette. Vous habitez pas en ville, hein ? »

Jinny dit que non.

« Alors où c'est que vous habitez ? »

Elle le lui dit.

« Vous êtes fatiguée ? Vous voulez rentrer chez vous ? Vous voulez que j'aille dire à votre mari que vous avez envie de rentrer chez vous ?

— Non, ne le faites pas.

— OK, OK. Je le ferai pas. June est probablement en train de leur dire la bonne aventure, de toute manière. Elle sait lire dans les lignes de la main.

— Ah bon ?

— Absolument. Elle vient au restaurant deux fois par semaine. Dans le thé aussi. Les feuilles de thé. »

Il ramassa son vélo et l'écarta du chemin de la fourgonnette. Puis il regarda par la vitre du conducteur. « Les clés sont sur le tableau de bord, dit-il. Alors, vous voulez que je vous ramène chez vous ou quoi ? Je peux mettre mon vélo à l'arrière. Votre mari pourra demander à Matt de le raccompagner avec Helen quand ils seront prêts. Ou si Matt a pas l'air de pouvoir, June peut le faire. June c'est ma mère mais Matt c'est pas mon père. Vous conduisez pas, hein ?

– Non », dit Jinny. Il y avait des mois qu'elle n'avait pas conduit.

« Non. C'est ce que je pensais. Alors OK ? Vous voulez que je le fasse ? OK ? »

« Ça c'est une route que je connais. Elle vous y amènera aussi vite que la nationale. »

Ils n'étaient pas passés devant le lotissement. En fait, ils s'étaient dirigés dans l'autre sens, prenant une route qui semblait tourner autour de la gravière. Maintenant ils allaient au moins vers l'ouest, vers la partie la plus lumineuse du ciel. Ricky – c'est ainsi qu'il lui avait dit s'appeler – n'avait pas encore allumé les phares.

« Pas de danger de rencontrer quelqu'un, dit-il. Je crois que j'ai jamais croisé une seule voiture sur cette route, jamais. Vous comprenez : y a pas tant de gens qui savent que cette route existe. »

« Et si j'allumais les phares, expliqua-t-il, alors le ciel deviendrait sombre et vous pourriez pas voir où vous vous trouvez. On va juste lui laisser un peu de temps puis quand ce sera le moment où on voit les étoiles, c'est là qu'on allumera les phares. »

Le ciel évoquait du verre très légèrement coloré en rouge, jaune, vert ou bleu, selon où vous regardiez.

« Ça vous va ?

– Oui », dit Jinny.

Les buissons et les arbres deviendraient noirs une fois que les phares seraient allumés. Il n'y aurait que des touffes noires le long de la route et la masse noire des arbres se pressant derrière eux au lieu que l'on voie, comme à présent, individuellement et de façon à pouvoir encore les identifier, les épicéas, cèdres, mélèzes d'Amérique duveteux et l'impatiens du Cap dont les fleurs ressemblaient à des fragments de feu scintillants. Tout cela semblait à sa portée, et ils roulaient lentement. Elle tendit la main.

Pas tout à fait. Mais presque. La route paraissait à peine plus large que la voiture.

Elle crut voir luire un fossé rempli d'eau en avant.
« Y a-t-il de l'eau là-dessous ? demanda-t-elle.
– Là-dessous ? dit Ricky. Là-dessous et partout. Y a de l'eau des deux côtés et dans des tas d'endroits, y a de l'eau en dessous de nous. Vous voulez voir ? »

Il ralentit la fourgonnette. Il s'arrêta. « Regardez en bas de votre côté, conseilla-t-il. Ouvrez la portière et regardez en bas. »

Quand elle le fit, elle vit qu'ils étaient sur un pont. Un ponceau d'à peine plus de trois mètres de long, en planches posées en diagonale. Pas de rambarde. Et de l'eau immobile en dessous.

« Des ponts tout le long ici, raconta-t-il. Et là où y a pas de pont c'est des conduits. Parce que l'eau va et vient toujours sous la route. Ou bien elle reste là et coule dans aucun sens.
– À quelle profondeur ?
– Pas profonde. Pas à cette époque de l'année. Pas avant qu'on arrive à la grande mare : là, elle est plus profonde. Et puis au printemps ça passe partout sur la route, on peut pas rouler ici, c'est profond à ce moment-là. Cette route file à plat sur des kilomètres et elle est droite d'un bout à l'autre. Y a même pas une voie qui la coupe. C'est la seule route que je connais à travers le Marais de Bornéo.
– Le Marais de Bornéo ? répéta Jinny.
– C'est le nom qu'on lui donne.
– Il y a une île qui s'appelle Bornéo. Elle se trouve de l'autre côté de la terre.
– J'en sais rien. J'ai jamais entendu parler que du Marais de Bornéo. »

Il y avait maintenant une bande d'herbe sombre poussant au milieu de la route.

« L'heure des phares », dit-il. Il les alluma et ils se trouvèrent dans un tunnel au cœur de la nuit soudaine.

« J'ai fait ça une fois, raconta-t-il. J'ai allumé les phares et y avait un porc-épic. Il était juste assis là, au milieu de la route. Il était assis tout droit comme sur ses pattes de derrière et y me regardait en face. Comme un petit vieux. Il était mort de peur, pouvait pas bouger. Je voyais ses vieilles petites dents claquer. »

C'est ici qu'il amène ses copines, pensa-t-elle.

« Alors qu'est-ce que je fais ? Je klaxonne et ça faisait toujours rien. J'avais pas envie de sortir et de le chasser. Il avait peur mais c'était quand même un porc-épic et y pouvait me sauter dessus. Alors je me suis juste garé là. J'avais le temps. Quand j'ai rallumé il était parti. »

Maintenant les branches s'approchaient vraiment et frôlaient la portière, mais s'il y avait des fleurs elle ne les voyait pas.

« Je vais vous montrer quelque chose, annonça-t-il. Je vais vous montrer quelque chose que je parie vous avez jamais vu. »

Si cela s'était passé avant, dans sa vie ancienne, normale, c'est peut-être maintenant qu'elle aurait commencé à avoir peur. Si elle était revenue dans sa vie ancienne, normale, elle ne serait pas ici du tout.

« Vous allez me montrer un porc-épic, dit-elle.

– Non. Pas ça. Quelque chose qu'y en a même pas autant qu'y a des porcs-épics. Au moins pour ce que je sais y en a pas. »

Un kilomètre plus loin environ, il éteignit les phares.

« Voyez les étoiles ? demanda-t-il. Je vous l'ai dit. Les étoiles. »

Il arrêta la fourgonnette. D'abord il régna partout un profond silence. Puis le silence se remplit, sur le pourtour, d'un bourdonnement qui aurait pu être celui d'une circulation lointaine, et des petits bruits qui cessaient avant que vous ayez pu bien les entendre, qui pouvaient venir des bêtes se nourrissant la nuit, des oiseaux ou des chauves-souris.

« Vous venez ici au printemps, dit-il, vous entendriez que les grenouilles. Vous croiriez devenir sourd à cause des grenouilles. »

Il ouvrit la portière de son côté.

« Voilà. Descendez et faites un bout de chemin avec moi. »

Elle obéit. Elle marcha dans une des traces de roues et lui dans l'autre. Le ciel semblait plus clair devant eux et il y avait un bruit différent, évoquant une conversation douce et rythmée.

La route devint du bois et les arbres de chaque côté avaient disparu.

« Avancez dessus, dit-il. Avancez. »

Il s'approcha et la prit par la taille comme s'il la guidait. Puis il enleva sa main et la laissa marcher sur les planches qui ressemblaient à un pont de bateau. Comme un pont de bateau elles montaient et descendaient. Mais ce n'était pas le mouvement des vagues, c'étaient leurs pas, ceux de Ricky et les siens, qui provoquaient ces très légères fluctuations des planches sous eux.

« Maintenant est-ce que vous savez où vous êtes ? demanda-t-il.

– Sur un ponton ?

– Sur un pont. C'est un pont flottant. »

À présent elle pouvait la distinguer : la voie en planches à quelques centimètres à peine au-dessus de l'eau immobile. Il l'attira vers le bord et ils regardèrent en bas. Des étoiles naviguaient sur l'eau.

« L'eau est très sombre, dit-elle. Je veux dire, elle n'est pas sombre seulement parce qu'il fait nuit ?

– Elle est sombre tout le temps, déclara-t-il fièrement. Ça c'est parce que c'est un marais. Il contient la même chose que le thé et il ressemble à du thé noir. »

Elle voyait la rive et les roselières. L'eau dans les roseaux, clapotant, produisait ce bruit.

« Le tanin », annonça-t-il en faisant sonner le mot orgueilleusement comme s'il l'avait hissé hors de l'ombre.

Le mouvement léger du pont l'amenait à imaginer que tous les arbres et les roselières étaient disposés sur des soucoupes de terre, que la route était un ruban de terre flottant et qu'en dessous tout n'était qu'eau. Et l'eau semblait si tranquille, mais elle ne pouvait pas vraiment l'être, car si vous essayiez de fixer le reflet d'une étoile particulière, vous la voyiez cligner, changer de forme et disparaître. Puis elle revenait, mais ce n'était peut-être pas la même.

C'est seulement à cet instant qu'elle se rendit compte qu'elle n'avait pas son chapeau. Non seulement elle ne l'avait pas sur la tête mais elle ne l'avait pas eu dans la voiture. Elle ne le portait pas quand elle était sortie pour pisser et quand elle avait commencé à parler à Rickie. Elle ne le portait pas quand elle était assise dans la voiture, la tête renversée contre le dossier et les yeux fermés, quand Matt racontait sa blague. Elle avait dû le laisser tomber dans le champ de maïs et l'abandonner dans son affolement.

Alors qu'elle avait eu peur de voir le monticule du nombril de Matt avec le T-shirt violet collé dessus, lui n'avait pas été gêné de regarder son crâne désolé.

« C'est dommage que la lune soit pas encore levée, dit Ricky. C'est vraiment bien ici quand la lune est levée.

– C'est bien maintenant, aussi. »

Il glissa son bras autour d'elle comme s'il n'y avait aucun doute sur ce qu'il faisait et qu'il pouvait prendre tout le temps qu'il voulait pour le faire. Il l'embrassa sur la bouche. Elle eut le sentiment que c'était la première fois qu'elle participait à un baiser qui était un événement en soi. Toute l'histoire, en entier. Un prologue tendre, une pression efficace, une exploration et un accueil sans réserve, un remerciement prolongé et un retrait comblé.

« Oh, fit-il. Oh. »

Il la fit pivoter et ils retournèrent par le chemin qu'ils avaient emprunté.

« Alors c'est la première fois que vous avez marché sur un pont flottant ? »

Elle dit que oui.

« Eh bien c'est ce qui va vous permettre de traverser. »

Il lui prit la main et la balança comme s'il avait envie de la lancer.

« Et c'est la première fois que j'embrasse une femme mariée.

– Vous allez probablement en embrasser encore beaucoup, dit-elle. Avant d'en avoir fini.

– Ouais », soupira-t-il. Étonné et calmé par la pensée de ce qui l'attendait. « Ouais, c'est probable. »

Jinny songea brusquement à Neal, là-bas sur la terre ferme. Neal léger et indécis, offrant la main au regard de la femme aux cheveux striés de mèches rutilantes, la diseuse de bonne aventure. En balance au bord de son avenir.

Aucune importance.

Ce qu'elle éprouvait était une sorte de compassion allègre, presque comme un rire. Un frémissement d'hilarité tendre, triomphant de toutes ses plaies et bosses, pour le temps donné.

Les meubles de famille

Alfrida. Mon père l'appelait Freddie. Ces deux-là étaient cousins germains, vivaient dans des fermes voisines puis, pendant un certain temps, dans la même maison. Un jour, ils étaient sortis jouer dans les chaumes avec le chien de mon père, appelé Mack. Ce jour-là, le soleil brillait mais ne faisait pas fondre la glace dans les sillons. Ils piétinaient la glace et s'amusaient de son crépitement sous leurs pieds.

« Comment pouvait-elle se rappeler une chose pareille ? demanda mon père. Elle l'avait inventée. »

« Mais non, répliqua-t-elle.
– Si.
– Mais non. »

Subitement ils avaient entendu des carillons, des coups de sifflet. La cloche de la ville et celles des églises retentissaient. On entendait les sifflets des usines de la ville éloignée de six kilomètres. Le monde explosait de joie et Mack s'était précipité sur la route, convaincu de l'arrivée d'un défilé. C'était la fin de la Première Guerre mondiale.

Trois fois par semaine, nous pouvions lire le nom d'Alfrida dans le journal. Seulement son prénom : Alfrida. Les caractères ressemblaient à une écriture manuscrite, une signature fluide, au stylo. En Ville, Autour et Alentour, avec Alfrida. La ville en question n'était pas la plus proche mais celle au sud où vivait Alfrida, et où se rendaient mes parents tous les deux ou trois ans environ.

Voici venue l'époque où vous toutes, futures mariées de juin, devez commencer à déposer votre liste à l'Armoire à porcelaine, et je dois vous dire que si j'étais une future mariée – ce que je ne suis pas, hélas – je résisterais peut-être à tous les services à motifs, si ravissants qu'ils soient, au profit du Rosenthal blanc nacré, ultramoderne...

Il arrive que certains soins de beauté réussissent, d'autres pas, mais les masques dont ils vous enduisent à l'institut Fantine garantissent – en ce qui concerne les mariées – de rendre votre teint aussi éclatant qu'une fleur d'oranger. Et de donner à la maman de la mariée – ainsi qu'à ses tantes et pourquoi pas à sa mamie – l'impression de s'être trempée dans la Fontaine de jouvence...

On ne se serait jamais attendu à ce qu'Alfrida écrive dans ce style, compte tenu de sa façon de parler.

Elle était également au nombre des personnes qui rédigeaient sous le nom de Flora Simpson la page des ménagères. Dans le pays tout entier, des femmes croyaient adresser leurs lettres à la femme rondelette, aux cheveux gris frisottés et au sourire indulgent qui figurait en haut de la page. Mais la vérité – que je ne devais pas raconter – était que les commentaires paraissant au bas de chacune de leurs lettres étaient le fait d'Alfrida et d'un homme qu'elle appelait Horse Henry, également auteur des notices nécrologiques. Les femmes se donnaient des noms comme Étoile du Matin et Lis des Champs, Doigts Verts, Petite Annie Rooney et Reine de la Lavette à vaisselle. Certains pseudonymes avaient tant de succès qu'il fallut leur assigner des numéros : Boucles d'Or 1, Boucles d'Or 2, Boucles d'Or 3.

Chère Étoile du Matin, écrivaient Alfrida ou Horse Henry,

L'eczéma est un fléau affreux, surtout par le temps chaud que nous connaissons, et j'espère que le bicarbonate de soude vous fait du bien. Les automédications doivent certainement être admises, mais cela ne fait jamais de mal de recourir aux conseils de votre médecin. Quelle excellente nouvelle d'apprendre que votre mari est de nouveau sur pied. Ce ne devait pas être la joie quand vous étiez tous les deux raplapla...

Dans toutes les petites villes de cette partie de l'Ontario, les ménagères qui appartenaient au Club Flora Simpson organisaient un pique-nique d'été annuel. Flora Simpson envoyait toujours des salutations particulières, mais expliquait que les manifestations étaient simplement trop nombreuses pour qu'elle se présente à toutes et qu'elle n'aimait pas faire de différences. Alfrida racontait qu'il avait été question d'y envoyer Horse Henry affublé d'une perruque et d'oreillers en guise de seins, ou bien d'y aller elle-même en affichant l'expression paillarde de la Grande Pute de Babylone (même elle, à la table de mes parents, était incapable de citer la Bible correctement et de dire « Prostituée ») avec une clope collée à son rouge à lèvres. « Mais, oh, regrettait-elle, le journal nous tuerait. Et de toute façon, ce serait trop méchant. »

Elle appelait toujours ses cigarettes des clopes. Quand j'eus quinze ans, elle se pencha au-dessus de la table et me demanda : « Ça te dirait, une clope, à toi aussi ? » Le repas était terminé et mes frère et sœur plus jeunes étaient sortis de table. Mon père hocha la tête. Il avait commencé à rouler sa propre cigarette.

Je remerciai et permis à Alfrida de l'allumer, puis je fumai pour la première fois devant mes parents.

Ils feignirent de croire qu'il s'agissait d'une grosse blague.

« Ah, veux-tu regarder ta fille ? » demanda ma mère à mon père. Elle roula les yeux, se frappa la poitrine et dit d'une voix artificielle et alanguie : « Je suis sur le point de m'évanouir.

– Faut que je sorte la cravache », annonça mon père en se levant à demi de son fauteuil.

Cet instant était stupéfiant, comme si Alfrida avait fait de nous des gens nouveaux. D'habitude, ma mère disait qu'elle n'aimait pas voir fumer une femme. Elle ne disait pas que c'était malséant, ou indigne d'une dame, simplement que cela ne lui plaisait pas. Et quand elle disait d'un certain ton que quelque chose ne lui plaisait pas, on avait l'impression qu'elle ne confessait pas un penchant irrationnel mais faisait appel à une source de sagesse intime, inattaquable et presque sacrée. C'est quand elle prenait ce ton, avec l'expression concomitante traduisant l'écoute de voix intérieures, que je la détestais le plus.

Quant à mon père, il m'avait corrigée, dans cette même pièce, pas avec une cravache mais avec sa ceinture, pour avoir enfreint les règles édictées par ma mère, pour l'avoir blessée et pour avoir répondu. Il semblait maintenant que de telles raclées ne pourraient avoir lieu que dans un autre univers.

Mes parents avaient été coincés par Alfrida – et par moi – mais ils avaient réagi si courageusement et gracieusement que c'était vraiment comme si nous trois – ma mère, mon père et moi-même – avions été hissés à un niveau inédit d'aisance et d'aplomb. À cet instant, je les ai vus, particulièrement ma mère, comme étant capables d'une sorte d'allégresse qui n'était presque jamais manifeste.

Tout cela grâce à Alfrida.

On parlait toujours d'Alfrida comme d'une femme ambitieuse. Cela donnait l'impression qu'elle était plus jeune que mes parents, bien que l'on sût qu'elle avait à peu près le même âge. On disait aussi que c'était une citadine. Et la ville, quand on en parlait ainsi, signifiait celle où elle vivait et travaillait. Mais cela signifiait aussi quelque chose d'autre, pas seulement une configuration précise de bâtiments, de trottoirs, de rails de tramway, ni même une accumulation d'individus. Cela signifiait quelque chose de plus abstrait qui pouvait se répéter indéfiniment, semblable à une ruche, tumultueuse mais organisée, pas précisément inutile ou égarée, mais perturbatrice et parfois dangereuse. Les gens allaient dans un endroit pareil quand ils y étaient obligés et se réjouissaient quand ils le quittaient. Certains, toutefois, y étaient attirés, comme Alfrida avait dû l'être, il y avait longtemps de ça, comme je l'étais à présent, en train de tirer des bouffées de ma cigarette en essayant de la tenir d'un geste nonchalant, bien qu'elle parût avoir atteint la taille d'une batte de base-ball entre mes doigts.

Ma famille n'entretenait pas de vie sociale régulière : les gens ne venaient pas manger à la maison, encore moins à des réceptions. C'était une question de classe, peut-être. Les parents du garçon que j'ai épousé, environ cinq ans après cet épisode à la table de la salle à manger, invitaient à dîner des gens sans liens avec la famille et ils allaient à des réceptions l'après-midi dont ils disaient, sans gêne aucune, que c'étaient des cocktails. C'était une vie comme celles que mes lectures de magazines m'avaient fait connaître, et elle me semblait installer mes beaux-parents dans le monde privilégié des romans.

Dans ma famille à moi, on ajoutait des rallonges à la table de la salle à manger deux ou trois fois par an pour recevoir ma grand-mère, mes tantes – les sœurs aînées de mon père – et leurs maris. Nous le faisions à Noël ou à Thanksgiving, lorsque notre tour arrivait, et parfois aussi quand un parent d'une autre province venait en visite. Celui-ci ressemblait plutôt aux tantes et à leurs maris et jamais le moins du monde à Alfrida.

Ma mère et moi, nous commencions à préparer ces repas deux jours auparavant. Nous repassions la belle nappe, aussi lourde qu'une courtepointe, lavions la belle vaisselle, qui était restée enfermée dans l'armoire à porcelaine à prendre la poussière, et nous essuyions les pieds des chaises de la salle à manger, tout en préparant les salades en gelée, les tourtes et les gâteaux qui devaient accompagner la dinde rôtie ou le jambon braisé, ainsi que les jattes de légumes. Il fallait qu'il y eût beaucoup trop à manger, et presque toute la conversation à table portait sur la nourriture : les convives appréciant la qualité et invités à en reprendre, refusaient, disaient qu'ils étaient repus, puis les maris des tantes se laissaient fléchir, en reprenaient, et les tantes en reprenaient juste un petit peu en disant qu'elles ne le devraient pas, qu'elles étaient sur le point d'éclater.

Et le dessert qui n'était pas encore servi.

L'idée d'une conversation générale était pratiquement ignorée et à vrai dire il prévalait le sentiment qu'une conversation dépassant certaines limites pouvait provoquer une rupture, être une pose. Ma mère n'avait pas une compréhension sûre des limites et il lui arrivait de ne pas pouvoir attendre la fin des pauses ou de respecter l'aversion pour les propos suivis. Ainsi, quand quelqu'un disait : « J'ai vu Harley dans la rue hier », elle risquait peut-être d'interroger : « Croyez-vous qu'un homme comme Harley est un célibataire endurci ? Ou bien n'a-t-il pas rencontré l'âme sœur ? »

Comme si, lorsque vous disiez avoir vu une personne, vous étiez forcé d'avoir quelque chose d'autre à dire, quelque chose d'*intéressant.*

Ensuite le silence s'installerait peut-être, non que les gens à table eussent l'intention d'être grossiers mais parce qu'ils étaient déconcertés. Jusqu'à ce que mon père déclare avec gêne et en guise de reproche détourné : « Il a l'air de s'en tirer très bien tout seul. »

Si la famille n'avait pas été là, il aurait plus probablement dit « se tirer d'affaire ».

Tout le monde continuait alors de couper, de prendre des cuillerées, de déglutir, dans la blancheur aveuglante de la nappe propre, sous la lumière éclatante qui se déversait par les vitres fraîchement lavées. Ces repas avaient toujours lieu au milieu de la journée.

Les gens autour de la table étaient tout à fait capables de converser. En faisant la vaisselle et en l'essuyant à la cuisine, les tantes parlaient de qui avait une tumeur, une gorge infectée, de méchants furoncles. Elles racontaient comment fonctionnaient leur digestion, leurs reins, leurs nerfs. Faire allusion à des questions physiques intimes ne semblait jamais aussi déplacé, ou suspect, que de mentionner une chose lue dans un magazine, ou une nouvelle entendue aux informations : il était inconvenant, pour une raison obscure, de prêter attention à quoi que ce soit qui ne se trouvât pas à portée de main. Pendant ce temps, en se reposant sur la véranda ou au cours d'une brève promenade destinée à regarder les cultures, les maris des tantes étaient susceptibles de faire passer l'information que quelqu'un était dans le pétrin à la banque, devait encore de l'argent pour une machine coûteuse, ou avait investi dans un taureau qui se montrait décevant au boulot.

Peut-être se sentaient-ils bloqués par la raideur de la salle à manger, la présence de petites assiettes pour le pain-beurre et de cuillères à dessert, alors qu'en temps normal on avait l'habitude de mettre un morceau de tourte directement sur la grande assiette, que l'on nettoyait avec du pain. (Il eût été offensant, néanmoins, de ne pas dresser la table de cette manière correcte. Dans leurs maisons, en de semblables circonstances, ils soumettaient leurs invités aux mêmes épreuves.) Peut-être cela venait-il simplement de l'idée que manger était une chose, et converser en était une autre.

Quand Alfrida venait, c'était une tout autre histoire. La belle nappe était étalée et la belle vaisselle sortie. Ma mère se donnait beaucoup de mal pour préparer le repas et s'inquiétait des résultats : elle avait probablement renoncé au menu habituel de dinde, farce et purée de pommes de terre et préparé quelque chose comme une salade de poulet entourée de monticules de riz moulé décoré avec des lamelles de poivrons, suivi d'un dessert nécessitant de la gélatine, du blanc d'œuf et de la crème fouettée, dont le temps de prise était long et éprouvant pour les nerfs parce que nous n'avions pas de réfrigérateur et qu'il fallait le refroidir par terre dans la cave. Mais la gêne, ce drap mortuaire tendu au-dessus de la table, était totalement absente. Alfrida non seulement acceptait d'être resservie, elle le demandait. Et elle le faisait presque distraitement, en lançant ses compliments de même, comme si la nourriture, la consommation de nourriture, était une chose secondaire quoique agréable et qu'en fait elle était là pour parler et faire parler les autres, que tout ce dont vous aviez envie de parler – presque tout – lui conviendrait parfaitement.

Elle venait toujours en été et portait d'habitude une robe bain de soleil rayée, soyeuse, dénudant le dos. Celui-ci n'était pas joli, étant parsemé de petits grains de beauté foncés, ses épaules étant osseuses et sa poitrine presque plate. Mon père faisait toujours des commentaires sur la quantité de nourriture qu'elle mangeait tout en restant maigre. Ou bien il raisonnait par l'absurde en remarquant qu'elle chipotait toujours autant mais que cela ne l'avait pas empêchée de se barder de graisse. (Dans notre famille on n'estimait pas déplacé de faire des commentaires sur l'obésité, la maigreur, la pâleur, la rougeur, la calvitie.)

Ses cheveux foncés étaient coiffés en rouleaux au-dessus du visage et sur les côtés, à la mode de l'époque. Sa peau était brunâtre, parcourue d'un réseau de fines rides, sa bouche large, avec une lèvre inférieure assez épaisse, presque tombante, fardée d'un rouge à lèvres vigoureux qui laissait une trace sur la tasse à thé et le verre à eau. Quand elle ouvrait grand la bouche – ce qui était presque toujours le cas, en parlant ou en riant – on voyait que certaines de ses dents du fond avaient été arrachées. Personne ne pouvait dire qu'elle était belle – toute femme ayant plus de vingt-cinq ans me semblait avoir pratiquement dépassé la possibilité d'être belle, ou en tout cas avoir perdu le droit de l'être et peut-être même le désir – mais elle était ardente et impétueuse. Mon père disait d'un air rêveur qu'elle avait de l'entrain.

Alfrida parlait à mon père de ce qui se passait dans le monde, de politique. Il lisait le journal, écoutait la radio, avait des opinions sur ces sujets mais avait rarement l'occasion d'en parler. Les maris des tantes avaient des opinions, eux aussi, mais les leurs étaient brèves et uniformes, elles exprimaient une méfiance éternelle à l'égard de toutes les personnalités publiques et particulièrement de tous les étrangers, si bien que la plupart du temps, tout ce que l'on pouvait en tirer étaient des grognements manifestant le rejet. Ma grand-mère était sourde : personne ne pouvait dire l'étendue de ses connaissances ni ce qu'elle pensait de quoi que ce soit, et les tantes quant à elles paraissaient assez fières de l'étendue de ce qu'elles ignoraient ou de ce qui ne devait pas solliciter leur attention. Ma mère avait été institutrice et aurait facilement pu indiquer tous les pays d'Europe sur une carte, mais elle voyait tout à travers une brume personnelle : l'Empire britannique et la famille royale surgissant majestueusement alors que tout le reste était réduit, jeté pêle-mêle sur un tas qu'il lui était facile de négliger.

Les opinions d'Alfrida n'étaient pas si éloignées de celles des oncles. Ou c'est ce qui semblait. Mais au lieu de grogner et d'abandonner le sujet, elle s'esclaffait bruyamment et racontait des histoires au sujet des premiers ministres, du président américain, de John L. Lewis et du maire de Montréal, des histoires dans lesquelles ils étaient tous malmenés. Elle racontait des histoires sur la famille royale aussi, mais là elle établissait une distinction entre les bons, comme le roi, la reine et la belle duchesse de Kent, et les affreux comme les Windsor et le vieux roi Eddy qui – d'après elle – souffrait d'une certaine maladie et avait laissé des marques sur le cou de sa femme en essayant de l'étrangler, ce pourquoi elle était toujours obligée de porter son collier de perles. Cette distinction coïncidait assez bien avec celle qu'établissait ma mère mais dont elle parlait rarement, alors elle ne la désapprouva pas, bien que l'allusion à la syphilis la fît grimacer.

Moi j'en souris d'un air entendu, avec un sang-froid audacieux.

Alfrida donnait aux Russes des drôles de noms. Mikoyansky. Oncle Joe-sky. Elle pensait qu'ils trompaient tout le monde, que les Nations unies étaient une rigolade qui ne marcherait jamais, que le Japon se relèverait et aurait dû être achevé quand l'occasion s'était présentée. Elle ne faisait pas non plus confiance au Québec. Ni au pape. Le sénateur McCarthy lui posait un problème : elle aurait aimé le soutenir mais qu'il fût catholique constituait une pierre d'achoppement. Elle se réjouissait à la pensée de tous les escrocs et crapules qui existaient au monde.

On avait parfois l'impression qu'elle montait un spectacle, une représentation, pour taquiner mon père, peut-être. Pour le mettre en boule, comme il l'aurait dit lui-même, pour lui taper sur les nerfs. Non qu'elle ne l'aimât pas ou souhaitât même le mettre mal à l'aise. Au contraire. Il se pouvait qu'elle le tourmentât comme les adolescentes tourmentent les garçons à l'école, quand les disputes procurent un plaisir singulier aux deux bords et les insultes sont prises pour des flatteries. Mon père polémiquait avec elle, toujours d'une voix douce et ferme, mais il avait clairement l'intention de la harceler. Quelquefois il effectuait une volte-face et disait qu'elle avait peut-être raison, que grâce à son travail au journal elle pouvait avoir accès à des sources d'informations dont il ne disposait pas. « Tu m'as éclairé, disait-il, si j'avais un peu de bon sens je te serais reconnaissant. » Alors elle répliquait : « Dispense-moi de ces balivernes. »

« Vous deux ! », s'écriait ma mère en feignant le désespoir et peut-être saisie d'épuisement véritable, alors Alfrida lui disait d'aller s'allonger, qu'elle le méritait après ce repas mirobolant, que moi et elle nous nous chargerions de la vaisselle. Ma mère était sujette à un tremblement du bras droit, une raideur des doigts, dont elle pensait qu'ils survenaient quand elle était trop fatiguée.

Pendant que nous œuvrions à la cuisine, Alfrida me parlait de célébrités : des vedettes, même des vedettes de cinéma mineures, qui avaient joué sur scène dans la ville où elle habitait. D'une voix baissée encore entrecoupée de rires follement irrespectueux, elle me racontait des histoires sur leur mauvaise conduite, les rumeurs de scandales privés qui n'avaient jamais atteint les magazines. Elle parlait de pédés, de seins artificiels, de ménages à trois : toutes choses dont j'avais trouvé des indices dans mes lectures mais qui me donnaient le vertige à les entendre, même de troisième ou quatrième main, dans la réalité.

Les dents d'Alfrida retenaient toujours mon attention, si bien que même au cours de ces narrations confidentielles je perdais parfois le fil de ce qui se disait. Les dents restantes, sur le devant, étaient chacune d'une couleur légèrement différente, l'on n'en voyait pas deux semblables. Il y en avait dont l'émail assez solide tendait vers des nuances d'ivoire foncé, d'autres étaient opalescentes, ombrées de lilas, lançant des éclairs de cercles argentés, comme des poissons, de temps à autre une lueur d'or. À cette époque, les dents offraient rarement un spectacle aussi beau et résistant que maintenant, à moins qu'elles fussent fausses. Mais celles d'Alfrida étaient exceptionnelles par leur individualité, leur séparation nette et leur grande dimension. En particulier quand Alfrida envoyait un trait de médisance, sciemment choquant, elles avaient l'air de bondir en avant comme la garde du palais, comme de joyeux lanciers.

« Elle a toujours eu des ennuis dentaires, disaient les tantes. Elle a eu cet abcès, vous vous en souvenez, le poison lui a traversé tout l'organisme. »

Comme cela leur ressemblait, pensai-je, de mettre à l'écart l'esprit et le style d'Alfrida pour transformer ses dents en problème piteux.

« Pourquoi ne les fait-elle pas toutes arracher pour en finir ? disaient-elles.

– Elle ne peut probablement pas se le permettre », suggéra ma grand-mère, surprenant tout le monde comme elle le faisait parfois en montrant qu'elle avait suivi la conversation d'un bout à l'autre.

Et en me surprenant aussi par l'éclairage nouveau et terre à terre que cette observation apportait à la vie d'Alfrida. J'avais cru qu'elle était fortunée, au moins par rapport au reste de la famille. Elle habitait un appartement – je ne l'avais jamais vu, mais ce simple fait véhiculait au moins l'idée d'une vie très civilisée – et elle portait des vêtements qui n'étaient pas faits à la maison, ses chaussures n'étaient pas des richelieus comme celles de presque toutes les autres femmes adultes de ma connaissance : c'étaient des sandales faites de lanières en plastique de couleur vive – nouveau à l'époque. On avait du mal à savoir si ma grand-mère vivait simplement dans le passé, quand se faire poser un dentier représentait une dépense solennelle, le couronnement d'une vie entière, ou si elle savait vraiment des choses sur la vie d'Alfrida que je n'aurais jamais devinées.

Le reste de la famille n'était pas présent quand Alfrida mangeait chez nous. Elle allait bien chez ma grand-mère, qui était sa tante, la sœur de sa mère. Ma grand-mère n'habitait plus sa maison mais vivait alternativement avec chacune de ses filles, et Alfrida allait dans la maison où elle se trouvait à ce moment-là, mais pas dans l'autre maison, pour voir la tante qui était autant sa cousine que mon père. Et le repas qu'elle prenait ne se passait jamais avec l'une d'elles. D'habitude, elle venait chez nous d'abord et restait un petit moment, puis elle rassemblait ses forces, comme à contrecœur, pour faire l'autre visite. Quand elle revenait plus tard et que nous nous mettions à table, on ne disait rien de carrément désobligeant à propos des tantes et de leurs maris, et certainement rien d'irrespectueux au sujet de ma grand-mère. En fait, c'était la manière dont Alfrida parlait de ma grand-mère – un sérieux et une inquiétude brusque dans sa voix, une pointe de peur même (et sa tension, avait-elle vu le docteur récemment, qu'avait-il dit ?) – qui me fit prendre conscience de la différence, de la froideur ou de la réserve peut-être hostile avec laquelle elle prenait des nouvelles des autres. Il y avait alors une réserve semblable dans la réponse de ma mère et une gravité supplémentaire dans celle de mon père – caricature de gravité, pourrait-on dire – montrant comme ils étaient tous d'accord sur une chose qu'ils ne pouvaient pas dire.

Le jour où je fumai la cigarette, Alfrida décida de pousser un peu plus loin, et demanda solennellement : « Et Asa ? Met-il toujours autant le grappin sur la conversation ? »

Mon père hocha la tête tristement, comme si la pensée de la loquacité de cet oncle devait nous accabler.

« Il le fait, dit-il. Il le fait effectivement. »

Je saisis alors ma chance.

« On dirait que les cochons ont attrapé des ascarides, annonçai-je. Ouais. »

À part le « ouais », c'est très exactement ce que mon oncle avait dit, et il l'avait dit à cette même table, ayant succombé à un besoin peu caractéristique de rompre le silence ou de communiquer une chose importante qui lui était venue à l'esprit. Et je l'avais dit avec précisément ses grognements majestueux, sa solennité innocente.

Alfrida éclata d'un grand rire approbateur, montrant ses dents joviales. « C'est ça, elle l'a saisi à la perfection. »

Mon père se pencha au-dessus de son assiette, comme pour cacher qu'il riait aussi, mais sans le cacher vraiment, et ma mère secouait la tête, se mordait les lèvres, en souriant. J'éprouvais un sentiment de triomphe aigu. On ne dit rien pour me remettre à ma place, aucun reproche pour ce que l'on appelait parfois mon sarcasme, ma tendance à faire la maligne. Le terme « maligne », quand on l'employait à mon sujet, en famille, pouvait signifier intelligente, et on l'utilisait alors de mauvaise grâce : « Oh, elle est assez maligne de certaines façons. » Mais on pouvait l'utiliser dans le sens de se mettre en avant, chercher à se faire remarquer, odieuse. « Ne fais pas la maligne. »

Parfois, ma mère disait tristement : « Tu as une langue cruelle. »

Parfois – et c'était bien pire – mon père était dégoûté de moi.

« Qu'est-ce qui te fait penser que tu as le droit de dénigrer d'honnêtes gens ? »

Ce jour-là il n'arriva rien de tel : je paraissais aussi libre qu'un invité à cette table, presque aussi libre qu'Alfrida, et prospérant sous la bannière de ma propre personnalité.

Mais une brèche était sur le point de s'ouvrir et c'était peut-être la dernière fois, la toute dernière fois, qu'Alfrida s'asseyait à notre table. On continua à échanger des cartes de vœux, voire des lettres même, aussi longtemps que ma mère fut capable de tenir un stylo ; nous lisions encore le nom d'Alfrida dans le journal, mais je ne me rappelle aucune visite pendant les deux dernières années où j'ai vécu à la maison.

Était-ce parce qu'Alfrida avait demandé si elle pouvait amener son ami et qu'elle avait essuyé un refus ? Si elle vivait déjà avec lui, c'eût été une raison et, si c'était le compagnon qu'elle eut plus tard, le fait qu'il était marié en eût été une autre. Mes parents devaient être alliés sur ce terrain. Ma mère avait en horreur la sexualité illégitime ou affichée – n'importe quelle sexualité, pourrait-on dire, car la variété conjugale convenable n'était pas reconnue du tout – et mon père avait un regard strict sur ces questions à cette époque de sa vie. Un homme susceptible d'avoir de l'influence sur Alfrida soulevait peut-être aussi chez lui une objection particulière.

Elle serait devenue facile à leurs yeux. J'imagine l'un ou l'autre le disant. *Rien ne l'obligeait à devenir une femme facile.*

Mais il est possible qu'elle ne l'ait pas demandé du tout – elle avait peut-être eu le bon sens de ne pas le faire. Au temps de ces premières visites animées, il n'y avait peut-être pas d'homme dans sa vie, puis quand il y en eut un, son attention s'était sans doute déplacée complètement. Elle était peut-être devenue quelqu'un d'absolument différent à ce moment-là, comme elle le fut certainement plus tard.

Ou bien se gardait-elle de l'atmosphère spéciale d'une maison où il y a une malade dont l'état va continuer à empirer et qui ne va jamais guérir. Ce qui fut le cas de ma mère, dont les symptômes se conjuguèrent et prirent un tournant, et au lieu de représenter un souci et un désagrément devinrent sa destinée tout entière.

« La pauvre », disaient les tantes.

Et à mesure que de maternelle ma mère devenait une présence ravagée dans la maison, les autres femmes de la famille, autrefois si confinées, semblaient gagner un peu en vivacité et croître en compétence dans le monde. Ma grand-mère acquit une prothèse auditive, chose que personne ne lui aurait suggéré. Un des maris des tantes – pas Asa mais Irvine – mourut, et celle qui avait été son épouse apprit à conduire la voiture, trouva un emploi de retoucheuse dans un magasin de confection et n'enferma plus ses cheveux dans une résille.

Elles rendaient visite à ma mère et répétaient toujours la même chose : celle qui avait été la plus jolie, qui ne leur avait jamais tout à fait permis d'oublier qu'elle était institutrice, devenait plus lente et raide dans ses mouvements de mois en mois, avait la parole plus grasse et pesante, sans que rien ne puisse lui venir en aide.

Elles me disaient de bien m'en occuper.

« C'est ta mère », me rappelaient-elles.

« La pauvre. »

Alfrida n'aurait pas été capable de dire ces choses et à leur place elle n'aurait peut-être pas su quoi dire.

Qu'elle ne vienne pas nous voir me convenait parfaitement. Je ne voulais pas que les gens viennent. Je n'avais pas de temps à leur consacrer, j'étais devenue une ménagère acharnée, cirant les parquets et repassant même les torchons, tout cela pour tenir à distance une forme de déshonneur (la détérioration de ma mère semblait être un déshonneur exceptionnel qui nous contaminait tous). C'était pour donner l'impression que je vivais avec mes parents, mes frère et sœur, au sein d'une famille normale dans une maison ordinaire, mais dès l'instant où quelqu'un franchissait le seuil et voyait ma mère, elle se rendait compte qu'il n'en était pas ainsi et nous plaignait. Chose que je ne supportais pas.

J'obtins une bourse. Je ne restai pas à la maison pour m'occuper de ma mère ou de rien d'autre. Je partis à l'université qui se trouvait dans la ville où habitait Alfrida. Au bout de quelques mois, elle m'invita à dîner, mais je ne pouvais pas y aller parce que je travaillais tous les soirs de la semaine, sauf le dimanche. J'avais un emploi à la bibliothèque municipale, en ville, et à la bibliothèque universitaire, qui restaient toutes deux ouvertes jusqu'à neuf heures du soir. Quelque temps plus tard, au cours de l'hiver, Alfrida m'invita de nouveau, et cette fois un dimanche. Je lui dis que je n'étais pas libre parce que j'allais à un concert.

« Oh, un rancard ? » demanda-t-elle, et j'acquiesçai, mais ce n'était pas vrai à l'époque. J'allais aux concerts gratuits dans l'auditorium de l'université avec une autre fille, ou deux ou trois autres filles, pour avoir quelque chose à faire et avec le vague espoir d'y rencontrer des garçons.

« Eh bien il faudra me l'amener un jour, dit Alfrida. Je meurs d'envie de le rencontrer. »

Vers la fin de l'année j'avais réellement quelqu'un à amener, et je l'avais vraiment rencontré à un concert. C'est-à-dire, il m'avait vue à un concert, m'avait téléphoné et invitée à sortir avec lui. Mais je n'aurais jamais été le présenter à Alfrida. Je ne lui aurais jamais présenté aucun de mes nouveaux amis. Mes nouveaux amis étaient des gens qui disaient : « Avez-vous lu *Look Homeward Angel*[1] ? Oh, il faut que vous le lisiez. Avez-vous lu *Buddenbrooks*[2] ? » C'étaient ceux avec lesquels j'allais voir *Jeux interdits* et *Les Enfants du paradis* lorsqu'ils passaient au ciné-club. Le garçon avec lequel je sortais, et avec lequel je me fiançai par la suite, m'avait emmenée au Foyer de la musique, où l'on pouvait écouter des disques pendant l'heure du déjeuner. Il me fit connaître Gounod, et à cause de Gounod j'aimai l'opéra, et à cause de l'opéra j'aimai Mozart.

---

1. Roman de Thomas Wolfe. (*Toutes les notes sont de la traductrice.*)
2. Roman de Thomas Mann.

Quand Alfrida laissa un message dans ma pension de famille, en me demandant de la rappeler, je ne le fis jamais. Après cela elle ne m'appela plus.

Elle écrivait encore dans le journal : de temps à autre je jetais un coup d'œil à l'une de ses rhapsodies au sujet de figurines en Royal Doulton[1], de biscuits au gingembre d'importation ou de déshabillés pour voyages de noces. En toute vraisemblance elle répondait encore aux lettres des ménagères Flora Simpson, et s'en moquait encore. Maintenant que je vivais dans cette ville, je regardais rarement le journal qui m'avait autrefois semblé au centre de la vie citadine, et même, d'une certaine façon, au centre de notre vie à la maison, à cent kilomètres de là. Les plaisanteries, le manque de sincérité obligé de gens comme Alfrida et Horse Henry me paraissaient à présent tocards et ennuyeux.

Je ne craignais pas de tomber sur elle par hasard, même si cette ville n'était pas si grande que ça, après tout. Je n'entrais jamais dans les magasins dont elle parlait dans sa colonne. Je n'avais aucune raison de passer devant l'immeuble du journal et elle habitait loin de ma pension de famille, quelque part dans la partie sud de la ville.

Je ne pensais pas non plus qu'Alfrida fût le genre de personne à se présenter à la bibliothèque. Le mot même de « bibliothèque » l'amènerait probablement à faire la moue avec sa grande bouche en parodiant la consternation, comme elle le faisait devant les livres sur les rayonnages chez nous, livres qui n'avaient pas été achetés de mon temps : certains étant des prix remportés par mes parents pendant leur adolescence (il y avait le nom de jeune fille de ma mère, dans sa belle écriture perdue), des livres qui ne me donnaient pas du tout le sentiment d'avoir été achetés dans une librairie, mais qui étaient comme des présences dans la maison, comme les arbres devant la fenêtre n'étaient pas des végétaux mais des présences enracinées dans la terre. *Le Moulin sur la Floss*[2], *L'Appel de la forêt*[3], *Le Cœur du Mid-Lothian*[4]. « Un tas de

---

1. Porcelaine anglaise.
2. Roman de George Eliot.
3. Roman de Jack London.
4. Roman de Walter Scott.

lectures de grosses têtes là-dedans, avait commenté Alfrida. Je parie que tu te les tapes pas souvent. » Alors mon père avait dit non, qu'il ne le faisait pas, s'accordant à son ton amical de rejet ou même de mépris, au point même de mentir, dans une certaine mesure, car il y mettait bien le nez, de loin en loin, quand il avait le temps.

C'était le genre de mensonge que j'espérais ne plus jamais avoir à faire, le mépris que j'espérais ne jamais avoir à manifester, à propos des choses qui comptaient vraiment pour moi.

À la fin de ma seconde année je quittai l'université : ma bourse ne couvrait que deux ans. Cela n'avait pas d'importance, j'avais en tête d'être écrivaine, de toute façon. Et puis, j'allais me marier.

Alfrida l'avait entendu dire et me contacta de nouveau.

« Je suppose que tu as été trop occupée pour m'appeler, ou peut-être qu'on ne t'a jamais transmis mes messages », dit-elle.

J'ai répondu que j'avais peut-être été trop occupée, ou qu'on ne les avait peut-être jamais transmis.

Cette fois j'acceptai l'invitation. Une visite ne me contraindrait en rien, puisque je n'allais pas habiter cette ville à l'avenir. Je choisis un dimanche, juste après la fin de mes examens de dernière année, quand mon fiancé serait à Ottawa pour un entretien. Le temps était clair et ensoleillé, c'était début mai ou pas loin. Je décidai d'y aller à pied. Je ne m'étais pratiquement jamais rendue au sud de Dundas Street ou à l'est d'Adélaïde et certains quartiers de la ville m'étaient entièrement inconnus. Les arbres à ombrage bordant les rues du nord venaient de se couvrir de feuilles, et les lilas, les pommiers sauvages ornementaux, les parterres de tulipes étaient tous en fleur et les pelouses ressemblaient à des tapis neufs. Mais au bout d'un petit moment, je m'aperçus que je longeais des rues où il n'y avait pas d'arbres à ombrage, des rues où les maisons étaient presque à portée de main depuis le trottoir et où les lilas, pour ce qu'il y en avait – les lilas poussent n'importe où – étaient pâles, comme décolorés par le soleil, et leur parfum ne se diffusait pas. Dans ces rues, en plus des maisons, il y avait des immeubles étroits ne comprenant que un ou deux étages. Certains étaient décorés de la bordure utilitaire de brique autour de la porte, certains présentaient des fenêtres ouvertes et des rideaux flasques tombant par-dessus les appuis.

Alfrida habitait une maison, pas un immeuble. Elle occupait tout le haut. Le bas, tout au moins le devant, avait été transformé en boutique, qui était fermée puisqu'on était dimanche. C'était une brocante : par les fenêtres sales je voyais une quantité de meubles insignifiants et des piles de vieilles assiettes et d'ustensiles posés un peu partout. La seule chose qui retint mon regard fut un seau à miel, exactement semblable au seau à miel orné d'un ciel bleu et d'une ruche dorée dans lequel je portais mon déjeuner à l'école quand j'avais six ou sept ans. Je me rappelais avoir lu et relu le mots écrits sur le côté.

Tout miel pur se cristallise.

Je n'avais aucune idée à l'époque de ce que signifiait le mot « cristallise », mais j'en aimais le son. Il semblait fleuri et délicieux.

J'avais mis plus de temps pour arriver là que je n'avais prévu et j'avais très chaud. Je n'avais pas pensé qu'Alfrida, m'invitant à déjeuner, m'offrirait un repas comme ceux du dimanche à la maison, mais c'était de la viande cuisinée et des légumes que je sentais en gravissant l'escalier extérieur.

« Je croyais que tu t'étais perdue, cria Alfrida au-dessus de ma tête. Je m'apprêtais à monter une équipe de secours. »

Au lieu d'une robe bain de soleil, elle portait un corsage rose avec un nœud lâche à l'encolure, glissé dans une jupe plissée marron. Ses cheveux n'étaient plus coiffés en rouleaux lisses mais coupés courts et frisottés autour du visage, leur ton châtain foncé maintenant teinté d'un roux vif. Son visage, que je me rappelais maigre, avec un hâle estival, était devenu plus épais et un peu bouffi. Son maquillage se détachait sur sa peau comme une peinture d'un rose orangé à la lumière de midi.

Mais la plus grande différence était qu'elle était pourvue d'un dentier, d'une couleur uniforme, légèrement trop grand pour sa bouche, ajoutant une pointe d'angoisse à son ancienne expression d'enthousiasme insouciant.

« Eh bien, tu as profité, hein, dit-elle. Toi qui étais si maigrichonne autrefois. »

C'était vrai, mais ça ne me faisait pas plaisir de l'entendre. Comme les autres filles de la pension de famille, je mangeais des aliments bon marché, des repas copieux de plats préparés et des paquets de cookies à la confiture. Mon fiancé, si ferme et possessif dans son approbation de ma personne tout entière, disait qu'il aimait les femmes bien en chair et que je lui rappelais Jane Russell. Cela ne me peinait pas de sa part, mais en général j'étais offensée quand les gens faisaient des commentaires sur mon aspect. Surtout quand c'était quelqu'un, comme Alfrida, qui ne comptait plus dans ma vie. Je pensais que ces gens-là n'avaient pas le droit de me regarder ou de se faire une opinion à mon sujet, encore moins d'en faire part.

La maison avait une façade étroite mais s'étendait en profondeur. Elle comprenait un séjour dont le plafond était en pente sur les côtés et dont les fenêtres donnaient sur la rue, une salle à manger semblable à un vestibule, sans fenêtre parce que des chambres percées de lucarnes ouvraient dessus sur les côtés, une cuisine, une salle de bains également dépourvue de fenêtre qui recevait le jour par une vitre en verre cathédrale dans la porte, et une véranda traversant tout le fond de la maison.

Les plafonds en pente donnaient un air bricolé aux pièces, comme si elles faisaient seulement semblant d'être autre chose que des chambres. Mais elles étaient encombrées de meubles volumineux – table de salle à manger et chaises, table de cuisine et chaises, canapé dans le séjour et méridienne – tous destinés à de véritables pièces, plus grandes. Des napperons sur les tables, des carrés de tissu blanc brodé protégeant les dossiers et les accoudoirs du canapé et des fauteuils, des voilages devant les fenêtres et de lourds rideaux à fleurs sur les côtés, tout était plus semblable aux maisons des tantes que je ne l'aurais cru possible. Et au mur de la salle à manger – pas dans la salle de bains ou la chambre mais dans la salle à manger – était accroché un tableau figurant la silhouette d'une jeune fille en jupe à cerceau, entièrement fabriquée en ruban de satin rose.

Une bande de linoléum robuste était posée par terre dans la salle à manger, sur le parcours de la cuisine au séjour.

Alfrida parut deviner une partie de ce que je pensais.

« Je sais que j'ai beaucoup trop de trucs ici, dit-elle. Mais ce sont les affaires de mes parents. Ce sont des meubles de famille et je ne pouvais pas les abandonner. »

Je ne l'avais jamais considérée comme ayant des parents. Sa mère était morte depuis longtemps et elle avait été élevée par ma grand-mère, qui était sa tante.

« Ceux de mon père et de ma mère, dit Alfrida. Quand papa est parti, ta grand-mère les a gardés parce qu'elle disait qu'ils devaient me revenir quand je serais adulte, ainsi les voilà. Je ne pouvais pas les refuser, alors qu'elle s'était donné tout ce mal. »

À présent me remontait à la mémoire la partie de la vie d'Alfrida que j'avais oubliée. Son père s'était remarié. Il avait quitté la ferme et trouvé un travail dans les chemins de fer. Il avait eu d'autres enfants, la famille se déplaçait d'une ville à l'autre, et Alfrida y faisait parfois allusion sur un mode plaisant, qui tenait au nombre d'enfants qu'il y avait eu et comme ils étaient rapprochés et combien de fois la famille avait dû déménager.

« Viens faire la connaissance de Bill », proposa Alfrida.

Bill était dehors sur la véranda. Il était assis, comme s'il attendait d'être convoqué, sur un divan bas ou banquette-lit garni d'une couverture en écossais marron. La couverture était fripée – il avait dû être étendu dessus récemment – et les stores devant les fenêtres étaient tous baissés jusqu'aux appuis. La lumière dans la pièce – le soleil chaud traversant les stores jaunes tachés de pluie – la couverture rêche fripée, le coussin passé, creusé, même l'odeur de la couverture et des pantoufles masculines, de vieilles pantoufles éraflées qui avaient perdu leur forme et leur broderie, me rappelèrent, tout autant que les napperons et les meubles abondamment cirés dans les pièces intérieures, ainsi que la fille en ruban sur le mur, les maisons de mes tantes. Chez elles aussi l'on pouvait tomber sur une planque masculine miteuse avec ses odeurs furtives mais insistantes, son air honteux mais obstiné de s'opposer au domaine féminin.

Bill se leva et me serra la main, cependant, comme les oncles ne l'auraient pas fait avec une jeune fille inconnue. Ni avec aucune jeune fille. Aucun manque de savoir-vivre ne les aurait retenus, simplement la terreur de paraître cérémonieux.

C'était un homme grand avec des cheveux gris ondulés, luisants, un visage lisse mais pas jeune d'aspect. Un bel homme dont la force des beaux traits s'était épuisée d'une façon obscure, à cause d'une santé médiocre, de la malchance ou du manque de jugement. Mais il possédait encore une courtoisie fanée, une façon de se pencher vers une femme qui laissait entendre que la rencontre serait un plaisir, pour elle et pour lui.

Alfrida nous fit entrer dans la pièce sans fenêtre où les lumières étaient allumées au milieu de cette journée lumineuse. J'eus le sentiment que le repas était prêt depuis un certain temps et que mon arrivée tardive avait différé leur programme habituel. Bill servit le poulet rôti et la sauce, Alfrida se chargea des légumes. « Chéri, dit Alfrida à Bill, que crois-tu qu'il y a à côté de ton assiette ? » et il pensa à prendre sa serviette de table.

Il n'avait pas grand-chose à dire. Il faisait passer le jus de viande, demandait si je voulais du condiment à la moutarde, du sel ou du poivre, suivait la conversation en tournant la tête vers Alfrida ou vers moi. De temps à autre il faisait passer un petit sifflement entre ses dents, un bruit à frissonner qui semblait vouloir manifester la cordialité et l'appréciation et que je prenais au début pour le préambule à quelque remarque. Mais ça ne l'était jamais, et Alfrida ne s'interrompait pas pour l'attendre. Depuis, j'ai vu des buveurs amendés qui se comportaient un peu comme lui, intervenant agréablement mais incapables de pousser plus loin leur propos, abattus par leur préoccupation. Je n'ai jamais su si cela s'appliquait à Bill, mais il paraissait bien coltiner une histoire de défaite, de malheurs supportés et de leçons apprises. Il avait aussi un air d'accommodement vaillant aux choix qui avaient mal tourné ou aux chances qui n'avaient pas été saisies.

C'étaient des carottes et des pois surgelés, annonça Alfrida. Les légumes surgelés étaient assez nouveaux à cette époque.

« Ils surclassent les légumes en boîte, affirma-t-elle. Ils sont presque aussi bons que des frais. »

Bill fit alors une déclaration complète. Il dit qu'ils étaient meilleurs que les frais. La couleur, le goût, tout était meilleur que les frais. Il dit que ce qu'ils pouvaient faire maintenant et ce que l'on pourrait faire à l'avenir dans le domaine de la congélation était remarquable.

Alfrida se pencha en avant et sourit. Elle semblait presque retenir son souffle, comme s'il était son enfant faisant des pas sans soutien, ou un premier vacillement solitaire à bicyclette.

Il y avait une méthode qui permettait d'injecter un produit dans un poulet, nous informa-t-il, un nouveau procédé qui permettrait de produire des poulets tous pareils, dodus et savoureux. Plus question de courir le risque de se retrouver avec un poulet de mauvaise qualité.

« Le domaine de Bill, c'est la chimie », expliqua Alfrida.

Comme je restais muette devant cette information, elle ajouta : « Il travaillait pour Gooderham. »

Toujours muette.

« Les distillateurs, dit-elle. Le whisky Gooderham. »

Si je ne disais rien, ce n'était pas par impolitesse ni par ennui (je n'étais pas plus impolie que je ne l'étais d'habitude à l'époque et je ne m'ennuyais pas plus que je ne l'avais craint) mais parce que je n'avais pas compris que j'étais censée poser des questions, à peu près n'importe quelle question, pour amener un mâle timide à participer à la conversation, le secouer pour qu'il sorte de sa distraction et l'établir comme un homme disposant d'une certaine autorité, c'est-à-dire le maître de maison. Je ne comprenais pas pourquoi Alfrida le regardait avec un sourire si farouchement encourageant. Toute mon expérience de femme avec des hommes, de femme écoutant son homme, espérant tant et plus qu'il va se poser comme quelqu'un dont elle peut être raisonnablement fière, appartenait à l'avenir. La seule observation de couples que j'eusse pratiquée était celle de mes tantes et oncles ainsi que de ma mère et mon père, et ces maris et épouses semblaient entretenir des relations lointaines et conventionnelles sans apparemment dépendre les uns des autres.

Bill continuait à manger comme s'il n'avait pas entendu cette allusion à sa profession et à son employeur, alors Alfrida entreprit de m'interroger sur mes cours. Elle souriait encore, mais son sourire avait changé. Une petite contraction de nature impatiente et désagréable s'y était introduite, comme si elle attendait simplement que j'arrive au bout de mes explications pour pouvoir dire – comme elle le dit effectivement : « Tu ne pourrais pas me faire lire ces trucs même en me donnant un million de dollars. »

« La vie est trop courte, affirma-t-elle. Tu sais, au journal on a parfois des personnes qui sont passées par tout ça. Mention Très Bien en anglais. Mention Très Bien en philosophie. On ne sait qu'en faire. Ils ne savent pas écrire pour un sou. Je te l'ai déjà dit, hein ? » s'adressa-t-elle à Bill, qui leva les yeux et fit son sourire obligeant.

Elle marqua un temps.

« Alors qu'est-ce que tu fais pour t'amuser ? » demanda-t-elle.

On donnait *Un tramway nommé désir* dans un théâtre de Toronto à cette époque et je lui racontai avoir pris le train avec des amis pour le voir.

Alfrida laissa tomber le couteau et la fourchette avec fracas dans son assiette.

« Cette ordure », cria-t-elle. Son visage bondit vers moi, sculpté de dégoût. Puis elle parla plus calmement, mais en exprimant encore un déplaisir virulent.

« Tu es allée jusqu'à Toronto voir cette ordure. »

Nous avions fini le dessert et Bill choisit cet instant-là pour demander la permission de se retirer. Il demanda à Alfrida, puis avec l'esquisse d'une courbette, me le demanda aussi. Il retourna sur la véranda et peu de temps après, l'odeur de sa pipe nous parvint. Alfrida, en le regardant partir, parut m'oublier, ainsi que la pièce de théâtre. Un air d'une telle tendresse affligée était peint sur son visage que lorsqu'elle se leva, je pensai qu'elle allait le suivre. Mais elle allait seulement chercher ses cigarettes. Elle me les tendit et quand j'en pris une, elle me dit, avec une gaieté forcée : « Je vois que tu as conservé la mauvaise habitude que je t'ai filée. » Elle aurait pu se rappeler que je n'étais plus une enfant, que je n'étais pas obligée de venir chez elle et que cela ne rimait à rien de faire de moi une ennemie. Et je n'allais pas discuter : l'opinion d'Alfrida sur Tennessee Williams ne m'importait pas. Ni sur quoi que ce soit d'autre.

« Je suppose que ça te regarde, dit Alfrida. Tu peux aller où tu veux. Après tout, ajouta-t-elle, dans peu de temps tu seras mariée. »

Au ton de sa voix, cela pouvait signifier soit « il faut que je reconnaisse que tu es adulte à présent » ou bien « dans peu de temps tu seras obligée de te mettre au pas ».

Nous nous étions levées et avions commencé de ramasser la vaisselle. En travaillant près l'une de l'autre dans le petit espace entre la table de cuisine, le comptoir et le réfrigérateur, nous avions bientôt mis au point de façon tacite un certain ordre, une harmonie pour racler, empiler, ranger les restes dans de petits récipients en vue de les conserver, remplir l'évier d'eau savonneuse, sauter sur chaque couvert qui n'avait pas été touché et le glisser dans le tiroir garni de feutre du buffet de la salle à manger. Nous avions apporté le cendrier dans la cuisine et nous nous arrêtions de temps en temps pour tirer une bouffée sérieuse, revigorante, de nos cigarettes. Il y a des choses sur lesquelles les femmes s'accordent ou pas quand elles travaillent ainsi ensemble, si c'est bien de fumer, par exemple, ou préférable de ne pas le faire parce qu'une cendre migratrice risquerait de se retrouver sur un plat propre, ou s'il faut laver absolument tout ce qui était sur la table même si on ne s'en était pas servi : il s'avéra qu'Alfrida et moi étions d'accord. La pensée que je pourrais m'échapper une fois la vaisselle faite me rendit également plus détendue et généreuse. J'avais déjà dit que j'avais un rendez-vous dans l'après-midi.

« C'est une jolie vaisselle », dis-je.

C'étaient des assiettes couleur crème, teintée de jaune, avec une bordure de fleurs bleues.

« Eh bien, c'était le cadeau de mariage de ma mère. C'est un autre service que ta grand-mère m'a rendu. Elle avait emballé toute la vaisselle de ma mère et l'avait mise de côté pour le moment où je pourrais m'en servir. Jeanie n'a jamais même su qu'elle existait. Elle n'aurait pas duré longtemps avec cette bande. »

Jeanie. Cette bande. Sa belle-mère et les demi-frères et sœurs.

« Tu es au courant, je suppose ? demanda Alfrida. Tu sais ce qui est arrivé à ma mère ? »

Je le savais, bien sûr. La mère d'Alfrida était morte quand une lampe avait explosé entre ses mains – c'est-à-dire qu'elle était morte des brûlures consécutives à l'explosion de la lampe – mes tantes et ma mère en parlaient constamment. On ne pouvait rien dire de la mère d'Alfrida ou de son père, et très peu d'Alfrida elle-même, sans que cette mort soit mise sur le tapis et surajoutée. C'est la raison pour laquelle le père d'Alfrida avait quitté la ferme (toujours un pas vers le bas moralement sinon financièrement). C'était pour cela qu'il fallait faire terriblement attention avec le pétrole et être reconnaissant d'avoir l'électricité, quel qu'en soit le prix. Et c'était une chose épouvantable pour une fille de l'âge d'Alfrida, quoiqu'il en soit. (C'est-à-dire, quelle que soit la façon dont elle a vécu depuis.)

Si y avait pas eu d'orage elle aurait jamais eu à allumer une lampe au milieu de l'après-midi.

Elle a survécu toute cette nuit-là et le lendemain et la nuit suivante et ç'aurait été la meilleure chose du monde si elle avait pas survécu.

Et juste l'année suivante la compagnie d'électricité a rejoint leur route et ils ont plus eu besoin de ces lampes.

Les tantes et ma mère ressentaient rarement une chose de la même manière, mais elles partageaient le même sentiment à propos de cette histoire. Ce sentiment se lisait sur leur visage chaque fois qu'elles prononçaient le nom de la mère d'Alfrida. Cette histoire leur paraissait représenter un trésor horrible, une chose que notre famille pouvait s'attribuer et qui n'appartenait à personne d'autre, une distinction dont on ne se déferait jamais. En les écoutant j'avais toujours eu l'impression qu'une connivence obscène avait lieu, un tripotage friand de ce qui était macabre ou désastreux. Leurs voix ressemblaient à des vers grouillant dans mon ventre.

Les hommes n'étaient pas comme ça, d'après mon expérience. Les hommes détournaient le regard des événements effroyables dès qu'ils le pouvaient et se conduisaient comme si cela ne servait à rien, une fois que les choses s'étaient passées, d'en parler ou d'y repenser jamais. Ils ne voulaient pas s'émouvoir, ou émouvoir les autres.

Alors si Alfrida allait en parler, pensai-je, heureusement que mon fiancé n'était pas venu. Heureusement qu'il ne serait pas obligé d'entendre parler de la mère d'Alfrida, en plus de recevoir des informations sur ma mère et la pauvreté relative ou peut-être considérable de ma famille. Il admirait l'opéra et le *Hamlet* de Laurence Olivier, mais il ne supportait pas la tragédie – le sordide de la tragédie – dans la vie courante. Ses parents étaient en bonne santé, beaux et prospères (bien qu'il les jugeât ennuyeux évidemment) et il n'avait apparemment jamais été obligé de connaître personne qui ne vécût dans des conditions assez privilégiées. Les échecs dans la vie – de chance, de santé, de finances – le frappaient tous comme des erreurs et sa ferme approbation à mon égard ne s'étendait pas à mon milieu familial hétéroclite.

« Ils n'ont pas voulu me laisser entrer pour la voir, à l'hôpital », dit Alfrida, et elle le disait au moins de sa voix normale, pas en préparant le terrain avec une piété spéciale ou une excitation huileuse. « Eh bien, je ne me serais probablement pas laissée entrer non plus, si j'avais été à leur place. Je n'ai aucune idée de son aspect. Probablement tout emmaillotée comme une momie. Ou, si elle ne l'était pas, elle aurait dû l'être. Je n'y étais pas quand c'est arrivé, j'étais en classe. Il a fait très noir et la maîtresse a allumé les lumières : nous avions les lumières, à l'école – et nous avons tous été obligés de rester jusqu'à la fin de l'orage. Alors ma tante Lily – eh bien, ta grand-mère – est venue me chercher et m'a emmenée chez elle. Et je n'ai jamais revu ma mère. »

Je pensai que c'était tout ce qu'elle allait dire, mais au bout d'un instant elle reprit, d'une voix qui s'était un peu animée, comme si elle se préparait à rire.

« J'ai hurlé tant et plus, à en perdre la tête, que je voulais la voir. J'ai fait scène sur scène et pour finir, quand ils ne sont pas parvenus à me faire taire, ta grand-mère m'a dit : "Ça vaut mieux pour toi de pas la voir. Tu ne voudrais pas la voir si tu savais à quoi elle ressemble maintenant. Tu ne voudrais pas te la rappeler comme ça." Mais tu sais ce que j'ai dit ? Je me rappelle l'avoir dit. J'ai dit : "Mais elle, elle voudrait me voir. *Elle voudrait me voir.*" »

Alors elle a ri effectivement, ou émis une sorte d'ébrouement évasif et méprisant.

« Je devais me prendre pour une grosse légume, hein ? *Elle voudrait me voir.* »

C'était une partie de l'histoire que je n'avais jamais entendue.

Dès l'instant où je l'ai entendue, quelque chose s'est passé. C'était comme si un piège s'était fermé, pour retenir ces mots dans ma tête. Je ne comprenais pas précisément à quoi ils me serviraient. Je savais seulement qu'ils m'avaient secouée et libérée, aussitôt, me permettant de respirer un air différent, accessible à moi seule.

Elle voudrait me voir.

La nouvelle que j'écrivis, en y incluant cette phrase, ne serait rédigée que des années plus tard, à l'époque où savoir qui en premier m'avait mis cette idée en tête n'avait plus aucune importance.

Je remerciai Alfrida et dis qu'il fallait que je parte. Alfrida alla appeler Bill pour qu'il me dise au revoir, mais il s'était endormi.

« Il va s'en vouloir quand il se réveillera, dit-elle. Il était content de faire ta connaissance. »

Elle enleva son tablier et m'accompagna dans l'escalier extérieur. Au bas des marches une allée couverte de gravier menait vers le trottoir. Le gravier crissait sous nos pas et elle trébucha dans ses chaussures d'intérieur à semelles minces.

« Aïe ! dit-elle. Nom de Dieu ! » en s'accrochant à mon épaule.

« Comment va ton père ? demanda-t-elle.
– Ça va.
– Il travaille trop.
– Il est bien obligé.
– Oh, je sais. Et ta mère ?
– À peu près pareille. »

Elle se détourna vers la vitrine de la boutique.

« Qui va jamais acheter ces vieilleries à ton avis ? Regarde ce seau à miel. Ton père et moi nous emportions notre déjeuner à l'école dans exactement les mêmes seaux.
– Moi aussi, dis-je.
– C'est vrai ? Elle me serra contre elle. Tu diras à tes parents que je pense à eux, veux-tu ? »

Alfrida n'est pas venue à l'enterrement de mon père. Je me suis demandé si c'était parce qu'elle ne voulait pas me rencontrer. À ma connaissance, elle n'avait jamais rendu public ce qu'elle me reprochait, personne n'était au courant. Mais mon père l'avait su. Quand j'étais venue séjourner avec lui à la maison et que j'avais appris qu'Alfrida habitait dans les parages, dans la maison de ma grand-mère, en fait, dont elle avait hérité finalement, je proposai d'aller la voir. Cela se passait dans l'agitation entre mes deux mariages, quand je me trouvais d'humeur communicative, nouvellement libérée et prête à entrer en contact avec tous ceux que je choisissais.

« Eh bien, dit mon père, tu sais, Alfrida a été un peu contrariée. »

Il l'appelait Alfrida maintenant. Depuis quand ?

Je ne parvenais même pas à comprendre ce qui aurait pu contrarier Alfrida. Il fallut que mon père me rappelle ma nouvelle, publiée plusieurs années auparavant, et j'étais surprise, agacée même et un peu fâchée, de penser qu'Alfrida désapprouvait une chose qui semblait maintenant avoir si peu de rapports avec elle.

« Ce n'était pas Alfrida du tout, dis-je à mon père. Je l'ai changée, je ne pensais même pas à elle. C'était un personnage. N'importe qui pouvait s'en rendre compte. »

Mais à vrai dire il y avait quand même la lampe qui explosait, la mère dans ses bandelettes de charnier, l'enfant loyale, endeuillée.

« Eh bien », dit mon père. En général il était assez satisfait que je sois devenue écrivaine, mais il faisait des réserves à propos de ce que l'on pourrait appeler mon caractère. À propos du fait que j'aie mis fin à mon mariage pour raisons personnelles, c'est-à-dire libertines, et la façon dont j'allais partout en me justifiant, ou peut-être, comme il l'aurait dit, en me tirant d'affaire en misant sur l'ambiguïté. Il ne le dirait pas : cela ne le regardait plus.

Je lui demandai comment il savait qu'Alfrida était dans cet état d'esprit.

« Une lettre », dit-il.

Une lettre, malgré la proximité de leurs maisons. J'étais vraiment désolée de penser qu'il devait supporter le poids de ce qui pourrait passer pour mon manque de prévenance, voire ma mauvaise action. Également qu'Alfrida et lui semblent être en termes si formels. Je me demandais ce qu'il omettait. S'était-il senti tenu de prendre ma défense contre Alfrida, comme il devait défendre mes écrits contre d'autres personnes ? Il le ferait maintenant, bien que ce ne lui fût jamais facile. Dans sa défense difficile il avait peut-être dit quelque chose de dur.

À cause de moi, des problèmes particuliers lui étaient apparus.

Il y avait un danger chaque fois que je me trouvais à la maison. C'était le danger de voir ma vie par d'autres yeux que les miens. La voir comme un rouleau toujours croissant de mots tel du fil de fer barbelé, complexe, déroutante, inconfortable, en comparaison avec les productions opulentes, la nourriture, les fleurs, les tricots, de la vie domestique d'autres femmes. Il devenait plus difficile de dire que cela valait la peine.

Cela valait ma peine, peut-être, mais qu'en était-il de celle des autres ?

Mon père me dit qu'Alfrida vivait seule à présent. Je lui demandai ce qu'était devenu Bill. Il répondit que tout cela

était hors de sa compétence. Mais il pensait qu'une opération de récupération avait eu lieu.
« De Bill ? De la part de qui ?
– Eh bien, je crois qu'il y avait une épouse.
– Je l'ai rencontré un jour chez Alfrida. Je l'ai trouvé sympathique.
– C'était l'opinion courante. Des femmes. »

Je fus obligée de considérer que je n'étais peut-être responsable en rien de la rupture. Ma belle-mère avait poussé mon père à un nouveau style de vie. Ils faisaient du bowling, du curling et se retrouvaient régulièrement avec d'autres couples pour le café et les beignets chez Tim Horton. Elle était veuve depuis un certain temps avant de l'épouser et elle avait conservé beaucoup d'amis de cette époque, avec lesquels il se lia. Ce qui s'était passé entre Alfrida et lui avait sans doute été un changement parmi d'autres, l'usure d'attachements anciens, que je comprenais si bien dans ma propre vie mais que je n'étais pas préparée à envisager dans la vie de personnes plus âgées, particulièrement, comme je l'aurais dit, dans la vie des gens de ma famille.

Ma belle-mère mourut très peu de temps avant mon père. Après leur mariage bref et heureux, on les envoya dans des cimetières séparés, reposer aux côtés de leur conjoint initial, plus difficile à supporter. Avant leur mort, Alfrida était retournée vivre en ville. Elle ne vendit pas la maison, elle partit simplement en la laissant. « C'est une bien drôle de façon de faire les choses », m'écrivit mon père.

Il y avait beaucoup de gens à l'enterrement de mon père, un tas de gens que je ne connaissais pas. Une femme traversa la pelouse du cimetière pour me parler. Je crus d'abord que ce devait être une amie de ma belle-mère. Puis je m'aperçus que cette femme n'avait que quelques années de plus que moi. La silhouette trapue et la couronne de boucles d'un blond gris lui donnaient l'air plus âgé.

« Je vous ai reconnue à votre photographie, dit-elle. Alfrida faisait sans cesse votre éloge autrefois.
– Elle n'est pas morte ?

– Oh non », dit la femme. Elle me raconta ensuite qu'Alfrida se trouvait en maison de santé, dans une ville juste au nord de Toronto.

« Je suis allée m'installer là-bas pour pouvoir la surveiller. »

Maintenant il était facile de reconnaître – ne serait-ce qu'à sa voix – que c'était quelqu'un de ma génération et il me vint à l'esprit qu'elle devait appartenir à l'autre famille, une demi-sœur d'Alfrida, née quand celle-ci était déjà presque adulte.

Elle me dit son nom et ce n'était évidemment pas le même que celui d'Alfrida : elle avait dû se marier. Je ne me rappelais pas non plus qu'Alfrida ait jamais fait allusion à quelqu'un de sa demi-famille par son prénom.

Je pris des nouvelles d'Alfrida et la femme me raconta que sa vision était si mauvaise qu'elle était légalement aveugle. Qu'elle souffrait d'un problème grave aux reins, ce qui signifiait qu'elle devait subir une dialyse deux fois par semaine.

« Autre chose… ? » demanda-t-elle en riant ensuite. Je pensai, oui, une sœur, parce que j'entendais quelque chose d'Alfrida dans ce rire insouciant, lancé à la volée.

« Alors elle voyage pas trop bien, dit-elle. Sinon je l'aurais amenée. Elle reçoit encore le journal d'ici et je le lui lis parfois. C'est là que j'ai su pour votre père. »

Je me demandai tout haut, dans une impulsion, si je devrais aller la voir à la maison de santé. Les émotions de l'enterrement – tous les sentiments chaleureux, soulagés et réconciliés déclenchés en moi par la mort de mon père à un âge raisonnable – avaient provoqué cette suggestion. Elle aurait été difficile à réaliser. Mon mari – mon second mari – et moi ne disposions que de deux jours avant de prendre l'avion pour l'Europe et des vacances déjà retardées.

« Je ne sais pas si cela vous apporterait grand-chose, dit la femme. Elle a de bons jours. Puis elle a de mauvais jours. On ne sait jamais. Quelquefois je crois qu'elle fait semblant. Du genre, elle reste assise là toute la journée et quoiqu'on lui dise, elle répète la même chose. *En pleine forme et prête à l'amour.* Voilà ce qu'elle dira toute la journée. *En – pleine*

– *forme – et – prête – à – l'amour.* Elle vous rendra folle. Les autres jours elle peut répondre sans problème. »

De nouveau, sa voix et son rire – cette fois à demi étouffé – me rappelèrent Alfrida et je dis : « Vous savez, j'ai dû vous rencontrer, je me souviens d'un jour où la belle-mère d'Alfrida et son père sont venus en passant, ou peut-être que c'était seulement son père et quelques-uns des enfants...

– Oh, vous n'y êtes pas, répliqua la femme. Vous pensiez que j'étais la sœur d'Alfrida ? Seigneur. Je dois faire mon âge. »

Je commençai de lui dire que je ne la voyais pas très bien, ce qui était vrai. En octobre, le soleil d'après-midi était bas et il m'arrivait directement dans les yeux. La femme se trouvait à contre-jour si bien qu'il était difficile de distinguer ses traits ou son expression.

Elle eut un mouvement convulsif et large des épaules. « Alfrida était ma maman biologique. »

Maman. Mère.

Alors elle me raconta, sans trop s'étendre, l'histoire qu'elle avait dû raconter souvent, car il s'agissait d'un événement majeur de sa vie et d'une aventure dans laquelle elle s'était embarquée seule. Elle avait été adoptée par une famille dans l'est de l'Ontario, la seule famille qu'elle ait jamais connue (« et je les aime tendrement »), s'était mariée, avait eu des enfants qui étaient adultes avant qu'elle ressente le besoin de découvrir qui était sa vraie mère. Ce n'était pas très facile à cause de la façon dont on conservait les archives autrefois, du secret (« le secret de ma naissance était gardé à cent pour cent »), mais il y a quelques années elle avait retrouvé Alfrida. « Juste à temps, en plus, dit-elle. Je veux dire, il était temps que quelqu'un vienne s'en occuper. Autant que je le peux.

– Je ne l'ai jamais su, dis-je.

– Non. En ce temps-là, je ne pense pas que beaucoup de gens l'aient su. On vous prévient quand vous vous engagez dans cette recherche que cela pourrait causer un choc quand vous ferez surface. Les gens âgés, ils résistent encore. Enfin. Je ne crois pas que ça l'ait ennuyée. Plus tôt, peut-être que oui. »

Elle dégageait une sorte de sentiment de triomphe, ce qui n'était pas difficile à comprendre. Si vous avez quelque chose à raconter qui va stupéfier quelqu'un, et que, une fois que vous l'avez raconté, la personne est stupéfiée, il faut que survienne un instant de puissance d'une douceur exquise. Dans ce cas, il fut si complet qu'elle éprouva le besoin de s'excuser.

« Je suis désolée d'avoir parlé de moi et de ne pas avoir dit comme j'étais triste pour votre papa. »

Je la remerciai.

« Alfrida m'a raconté qu'un jour votre papa et elle rentraient à pied de l'école, lorsqu'ils allaient au lycée. Ils ne pouvaient pas faire tout le chemin ensemble parce que, vous savez, à cette époque, un garçon et une fille, on les aurait fait enrager. Alors si c'était lui qui sortait le premier, il attendait juste à l'endroit où leur chemin quittait la grand-route, en dehors de la ville, et si c'était elle, elle faisait pareil, elle l'attendait. Et un jour qu'ils marchaient ensemble ils ont entendu toutes les cloches se mettre à sonner et vous savez ce que c'était ? C'était la fin de la Première Guerre mondiale. »

Je lui dis que j'avais aussi entendu cette histoire.

« Mais je croyais qu'ils étaient encore enfants.

– Alors comment pouvaient-ils revenir du lycée si ce n'étaient que des enfants ? »

Je répliquai que je pensais qu'ils étaient allés jouer dans les champs. « Ils avaient emmené le chien de mon père. Il s'appelait Mack.

– Peut-être bien qu'ils avaient emmené le chien. Peut-être qu'il était venu à leur rencontre. Je ne pense pas qu'elle ait pu s'embrouiller dans ce qu'elle me racontait. Elle se rappelait plutôt bien tout ce qui concernait votre père. »

Maintenant je me rendais compte de deux choses. D'abord, que mon père était né en 1902 et qu'Alfrida avait à peu près le même âge. Il était donc beaucoup plus probable qu'ils étaient en train de rentrer à pied de l'école plutôt que de jouer dans les champs, et c'était bizarre que je n'y aie jamais pensé jusque-là. Peut-être avaient-ils raconté qu'ils étaient dans les champs, c'est-à-dire rentrant à pied à travers champ. Peut-être n'avaient-ils jamais dit « jouant ».

Aussi, l'impression de regret ou d'amitié, l'innocence que j'avais ressentie chez cette femme peu de temps auparavant, avait disparu maintenant.

« Les choses se chamboulent, dis je.

– C'est ça, répondit la femme. Les gens les chamboulent. Vous voulez savoir ce qu'Alfrida disait de vous ? »

Maintenant. Je savais que c'était en train de venir maintenant.

« Quoi ?

– Elle disait que vous étiez maligne, mais jamais tout à fait autant que vous pensiez l'être. »

Je m'obligeai à ne pas cesser de regarder le visage sombre à contre-jour.

Maligne, trop maligne, pas assez maligne.

« C'est tout ? demandai-je.

– Elle disait que vous étiez du genre pisse-froid. C'est ce qu'elle disait, pas moi. Moi, je n'ai rien à vous reprocher. »

Ce dimanche-là, après le déjeuner chez Alfrida, je me mis en route pour faire à pied tout le chemin jusqu'à ma pension de famille. Je calculai que si je marchais également au retour, j'aurais parcouru environ seize kilomètres, ce qui devait contrebalancer les effets du repas que j'avais absorbé. Je me sentais bourrée, pas seulement de nourriture mais de tout ce que j'avais vu et perçu dans l'appartement. L'encombrement de meubles démodés. Les silences de Bill. L'amour d'Alfrida, d'une obstination fangeuse, inopportune, désespérée – selon ma perspective – ne serait-ce qu'en raison de l'âge.

Après avoir marché pendant un moment, mon estomac ne sembla plus si lourd. Je fis le vœu de ne plus rien manger pendant les vingt-quatre heures suivantes. J'allai vers le nord et l'ouest, le nord et l'ouest, longeant les rues de la petite ville à l'ordre rectangulaire. Un dimanche après-midi, il n'y avait presque pas de circulation, sauf dans les artères principales. Il arrivait que mon itinéraire coïncidât, le long de quelques pâtés de maisons, avec une ligne d'autobus. Il en passait parfois un transportant deux ou trois voyageurs. Des gens que je ne connaissais pas et qui ne me connaissaient pas. Quelle bénédiction. J'avais menti. Je n'avais pas rendez-vous avec des amis. Pour la plupart, ceux-ci étaient rentrés dans leurs foyers. Mon fiancé serait absent jusqu'au lendemain : il était passé voir ses parents à Cobourg, en rentrant d'Ottawa. Il n'y aurait personne à la pension de famille quand j'y arriverais, personne qui m'obligerait à faire l'effort de parler ou d'écouter.

Au bout d'une bonne heure de marche, j'aperçus un drugstore ouvert. J'entrai et pris un café. Il était réchauffé, noir et amer, avec un goût médicinal, exactement ce qu'il me fallait. Je me sentais déjà soulagée, et maintenant je commençai à me sentir heureuse. C'était un tel bonheur, d'être seule. De voir la chaude lumière de fin d'après-midi dehors sur le trottoir, les branches d'un arbre dont les feuilles venaient de sortir, répandant leur ombre parcimonieuse. D'entendre du fond du magasin les bruits de la partie de base-ball que l'homme qui m'avait servie écoutait à la radio. Je ne pensais pas à la nouvelle que j'allais imaginer sur Alfrida – pas à cela en particulier – mais au travail que je voulais faire, qui reviendrait plus à saisir une atmosphère dans l'air qu'à construire des narrations. Les cris de la foule me parvenaient comme des battements de cœur, remplis de chagrins. De ravissantes vagues au son cérémonieux, pourvues d'un accord et d'une lamentation lointains et presque inhumains.

C'était ce que je voulais, c'était à cela que je pensais devoir consacrer mon attention, c'était ainsi que je voulais ma vie.

Le réconfort

Nina avait joué au tennis en fin d'après-midi sur les courts du lycée. Quand Lewis avait quitté son poste, elle avait boycotté les courts pendant un certain temps, mais cela remontait à près d'un an et son amie Margaret – autre professeur à la retraite, dont le départ s'était déroulé selon la coutume et avec solennité, à la différence de celui de Lewis – l'avait persuadée d'y jouer de nouveau.

« Il vaut mieux que tu sortes un peu tant que c'est encore possible. »

Margaret était déjà partie quand les ennuis de Lewis avaient commencé. Elle avait écrit d'Écosse pour prendre sa défense. Mais c'était une personne dont les sympathies étaient si vastes, la compréhension si ouverte, les amitiés à si longue portée que la lettre n'exerça peut-être pas beaucoup d'influence. Traduisant plutôt le bon cœur de Margaret.

« Comment va Lewis ? » demanda-t-elle, quand Nina la raccompagna cet après-midi-là.

« En roue libre », répondit Nina.

Le soleil était déjà presque au niveau du lac. Certains arbres qui avaient gardé leurs feuilles flamboyaient d'or, mais la chaleur estivale de l'après-midi avait été enlevée brusquement. Les arbustes devant la maison de Margaret étaient tous emmaillotés comme des momies.

Ce moment de la journée rappelait à Nina les promenades qu'elle faisait avec Lewis entre la fin des cours et le dîner. De courtes promenades obligatoirement, à mesure que les journées s'assombrissaient, le long de petites routes hors de la ville et d'anciens remblais de chemins de fer. Mais comblées de toute cette observation, formulée ou non, qu'elle avait apprise ou absorbée de Lewis. Les insectes, larves, escargots, mousses, roseaux dans les fossés et coprins noirs dans l'herbe, traces de bêtes, viornes à manchette, canneberges : une préparation touillée un peu différemment tous les jours. Et chaque jour un nouveau pas vers l'hiver, une frugalité accrue, un flétrissement.

La maison qu'habitaient Nina et Lewis avait été construite vers 1840, tout près du trottoir, à la façon de l'époque. Si vous vous trouviez dans le séjour ou la salle à manger, vous entendiez non seulement les pas mais les conversations à l'extérieur. Nina pensait que Lewis aurait entendu la portière de la voiture se fermer. Elle entra en sifflant de son mieux. *C'est le grand roi qui s'avance, roi qui s'avance...*

« J'ai gagné. J'ai gagné. Holà ? »

Mais pendant qu'elle était sortie, Lewis mourait. En fait, il se tuait. Sur la table de chevet étaient déposés quatre sachets en plastique renforcés de feuille métallique. Chacun avait contenu deux analgésiques puissants. Deux autres sachets gisaient à côté de ceux-ci, sans avoir été ouverts, les capsules blanches gonflant encore l'enveloppe de plastique. Quand Nina les ramasserait plus tard, elle verrait que l'un d'entre eux portait une marque sur le métal, comme s'il avait commencé de l'entailler, avec un ongle, puis renoncé, comme s'il avait décidé qu'il en avait assez absorbé ou avait plongé dans l'inconscience à cet instant-là.

Son verre était presque vide. Pas d'eau renversée.

C'était une chose dont ils avaient parlé. Ils étaient tombés d'accord sur le plan, mais toujours comme quelque chose qui pourrait se passer – se passerait – dans l'avenir. Nina avait présumé qu'elle serait présente et qu'il y aurait une sorte de manifestation d'estime rituelle. De la musique. Les oreillers bien calés et un fauteuil proche pour qu'elle puisse lui tenir la main. Deux choses lui avaient échappé : l'hostilité extrême de Lewis à toute forme de cérémonial et le fardeau qu'une telle participation ferait peser sur elle. Les questions posées, les opinions exprimées, sa compromission en tant que complice de ce geste.

En agissant ainsi, il lui avait laissé peu de chose qui vaille la peine d'être dissimulé.

Elle chercha un petit mot. Que croyait-elle qu'il dirait ? Elle n'avait pas besoin d'instructions. Elle n'avait certainement pas besoin d'une explication, encore moins d'une excuse. Rien de ce qu'un mot pourrait lui dire ne lui était déjà connu. Même à la question : pourquoi si vite ?, elle était capable de trouver la réponse seule. Ils avaient parlé – ou était-ce lui seul ? – du seuil de faiblesse, de douleur ou de dégoût de soi intolérable, et comme il était important de reconnaître ce seuil, de ne pas glisser au-delà. Avant terme plutôt que trop tard.

Tout de même, il lui semblait impossible qu'il n'eût pas encore quelque chose à lui dire. Elle regarda par terre d'abord, en pensant qu'il avait pu faire tomber le papier de la table de chevet avec sa manche de pyjama quand il avait posé le verre à eau pour la dernière fois. Ou bien il avait pris grand soin de ne pas le faire : elle regarda sous le pied de la lampe. Puis dans le tiroir de la table. Puis sous, et dans, ses pantoufles. Elle prit le livre qu'il lisait récemment, un ouvrage de paléontologie sur ce que l'on appelait, lui semblait-il, l'explosion cambrienne de formes de vie multicellulaires, et en fit voler les pages.

Rien là.

Elle entreprit de fouiller la literie. Elle enleva la couette, puis le drap de dessus. Le voilà étendu là, dans son pyjama en soie bleu foncé qu'elle lui avait acheté deux semaines auparavant. Il s'était plaint d'avoir froid – lui qui n'avait jamais eu froid au lit – alors elle était sortie et avait acheté le pyjama le plus cher du magasin. Elle l'avait acheté parce que la soie était à la fois légère et chaude et parce que tous les autres pyjamas qu'elle voyait, avec leurs rayures et leurs messages fantaisistes ou coquins lui évoquaient des vieux messieurs ou des maris de bandes dessinées, des familiers de faux-fuyants déjoués. Il était presque de la même couleur que les draps, si bien qu'une faible partie de Lewis lui apparut. Pieds, chevilles, tibias. Mains, poignets, cou, tête. Il était couché sur le côté, lui tournant le dos. Encore préoccupée par le petit mot, elle déplaça l'oreiller, le retirant brutalement de sous sa tête.

Non. Non.

En passant de l'oreiller au matelas, la tête fit un certain bruit, un bruit plus fort qu'elle n'aurait prévu. Et c'est cela, autant que l'étendue vide du drap, qui sembla lui dire que la recherche était vaine.

Les comprimés avaient dû l'endormir, s'emparer furtivement de ses fonctions, si bien qu'il n'y avait pas de regard fixe, pas de contorsion. Sa bouche était légèrement ouverte, mais sèche. Ces deux derniers mois l'avaient beaucoup changé : à quel point, elle n'en prenait vraiment conscience que maintenant. Quand il avait les yeux ouverts, ou même quand il dormait, un effort de sa part avait entretenu l'illusion que les dégâts n'étaient que temporaires, que le visage d'un homme de soixante-deux ans, vigoureux et toujours potentiellement agressif, se trouvait encore là, sous les plis de peau bleuâtre, sous la vigilance dure de la maladie. Le caractère farouche et vivant de son visage n'avait jamais tenu à sa structure osseuse : tout provenait des yeux brillants très enfoncés, de la bouche frémissante, de l'expressivité, de la mobilité des plis déployés, interprétant son répertoire de moquerie, d'incrédulité, de patience ironique, de dégoût subi. Un répertoire de salle de classe, qui ne s'y était pas toujours limité.

Plus jamais. Plus jamais. Maintenant, deux heures après sa mort (car il avait dû se mettre en train dès son départ, ne voulant pas courir le risque qu'elle revienne avant que l'ouvrage fût terminé), maintenant il était clair que le dépérissement et la décrépitude avaient remporté la partie et que son visage était profondément émacié. Il était scellé, lointain, âgé et infantile, peut-être comme la figure d'un enfant mort-né.

Les prémices de la maladie étaient de trois sortes. L'une attaquait les mains et les bras. Les doigts devenaient gourds et stupides, leur étreinte maladroite puis impossible. Ou bien c'étaient les jambes qui s'affaiblissaient en premier et les pieds qui commençaient de trébucher, refusant bientôt de se lever devant les marches ou même devant le bord des tapis.

La troisième et probablement la pire des atteintes se faisait sur la gorge et la langue. Avaler devenait aléatoire, effrayant, un drame d'étouffement, et la parole se transformait en flot coagulé de syllabes importunes. C'étaient les muscles volontaires qui étaient affectés, toujours, et au début cela paraissait vraiment un moindre mal. Pas de ratés du cœur ou du cerveau, pas de signaux partis à vau-l'eau, pas de modifications malveillantes de la personnalité. La vue et l'ouïe, le goût et le toucher, et mieux que tout l'intelligence, aussi vivaces et forts que jamais. Le cerveau restait actif, contrôlant tous les blocages alentour, faisant le compte des manques et des diminutions. N'était-ce pas préférable ?

Bien sûr, avait dit Lewis. Mais seulement en raison de la chance qui vous est laissée d'agir.

Ses problèmes à lui avaient commencé par les muscles des jambes. Il s'était inscrit dans un cours de gymnastique pour seniors (bien que l'idée lui fît horreur) afin de voir si on pouvait leur redonner de la force en les brutalisant. Il crut que cela marchait, pendant une semaine ou deux. Puis survinrent les pieds en plomb, qui traînaient et trébuchaient, et peu de temps après, le diagnostic. Dès qu'ils furent suffisamment éclairés, ils avaient parlé de ce qui serait fait le moment venu. Au début de l'été, il marchait avec deux cannes. À la fin de l'été, il ne marchait plus du tout. Mais ses mains pouvaient encore tourner les pages d'un livre et se débrouiller, tant bien que mal, avec une fourchette, une cuillère ou un stylo. Sa diction semblait presque intacte à Nina, bien qu'elle parût difficile à suivre pour les visiteurs. De toute façon, il avait décidé qu'il fallait exclure les visiteurs. On avait changé son régime pour qu'il puisse avaler plus facilement et parfois des jours entiers passaient sans difficulté dans ce domaine.

Nina s'était renseignée sur les fauteuils roulants. Il ne s'y était pas opposé. Ils ne parlaient plus de ce qu'ils appelaient la Grande Fermeture. Elle s'était même demandé si eux – ou lui – n'entraient pas dans une phase qu'elle avait relevée dans ses lectures, un changement qui se produisait parfois chez des gens au milieu d'une maladie mortelle. Un certain optimisme était mis en vedette à grand peine non pas parce qu'il était justifié, mais parce que toute cette expérience étant devenue réalité et non abstraction, les façons d'y faire face étaient devenues permanentes, ne représentaient plus une gêne.

La fin n'est pas encore là. Vivre pour le présent. Saisir le jour.

Ce type d'évolution ne paraissait pas ressembler à Lewis. Nina ne l'aurait pas cru capable même du plus utile des aveuglements. Mais elle ne l'aurait jamais imaginé non plus rattrapé par l'effondrement physique. Et maintenant qu'une chose improbable était survenue, pourquoi d'autres ne surviendraient-elles pas ? Était-il impossible que des changements arrivés à d'autres le touchent également ? Les espoirs secrets, le regard détourné, les marchandages rusés ?

Non. Elle prit l'annuaire du téléphone à la tête du lit et chercha « Services funéraires » qui ne s'y trouvaient évidemment pas. « Entreprises de pompes funèbres ». L'exaspération qu'elle éprouva était du genre de celles qu'elle partageait habituellement avec lui. Services funéraires, pour l'amour du ciel, qu'y avait-il là à redire ? Elle se tourna vers lui et vit comment elle l'avait laissé, réduit à l'impuissance, sans couverture. Avant de composer le numéro, elle remit le drap et la couette.

Une voix de jeune homme lui demanda si le médecin était là, le médecin était-il déjà venu ?

« Il n'avait pas besoin de médecin. Quand je suis rentrée, je l'ai trouvé mort.

– C'était quand donc, ça ?

– Je ne sais pas, il y a vingt minutes.

– Vous l'avez trouvé décédé ? Alors, qui est votre médecin ? Je vais téléphoner et l'envoyer chez vous. »

Dans leurs discussions terre à terre sur le suicide, Nina et Lewis n'avaient jamais, selon ses souvenirs, parlé de la nécessité de tenir ce fait secret ou de le divulguer. D'un certain côté, elle en était sûre, Lewis aurait voulu que cela se sache. Il aurait voulu faire savoir que telle était sa conception de la manière honorable et sensée de faire face à la situation dans laquelle il se trouvait. Mais d'un autre côté, il aurait pu préférer qu'aucune révélation de cet ordre ne se fît.

Il n'aurait pas voulu que l'on attribue cela à la perte de son poste, à l'échec de son combat au lycée. Leur faire penser qu'il s'était effondré ainsi à cause de sa défaite là-bas, cela l'aurait mis en fureur.

Elle ramassa les sachets sur la table de nuit, les pleins comme les vides, les jeta dans la cuvette des cabinets et tira la chasse d'eau.

Les employés des pompes funèbres étaient de grands gars du pays, d'anciens élèves, un peu plus troublés qu'ils ne voulaient le paraître. Le médecin aussi était jeune, un inconnu : le médecin habituel de Lewis était en vacances en Grèce.

« Une bénédiction, donc », fit le médecin quand il eut été informé des faits. Elle fut un peu surprise de l'entendre le reconnaître aussi ouvertement et pensa que Lewis, s'il avait pu l'entendre, aurait peut-être reniflé une bouffée indésirable de religion. Ce que le médecin dit ensuite était moins surprenant.

« Souhaiteriez-vous parler à quelqu'un ? Nous disposons maintenant de personnes qui, vous savez, peuvent vous aider simplement à clarifier vos sentiments.

– Non. Non. Merci, je me sens bien.

– Vous habitez ici depuis longtemps ? Vous avez des amis à qui vous pouvez faire appel ?

– Oh, oui. Oui.

– Allez-vous appeler quelqu'un maintenant ?

– Oui », dit Nina. Elle mentait. Dès que le médecin et les jeunes porteurs, et Lewis, eurent quitté la maison – Lewis porté comme un meuble, enveloppé pour le protéger des heurts – elle dut reprendre sa quête. Il lui apparut à présent qu'elle avait été bête de la restreindre au voisinage du lit. Elle se trouva en train d'explorer les poches de sa robe de chambre, pendue derrière la porte de la salle de bains. Endroit excellent puisque c'était un vêtement qu'elle mettait tous les matins avant de partir en hâte faire le café et dont elle fouillait sans cesse les poches pour trouver un Kleenex, un rouge à lèvres. Sauf qu'il aurait été obligé de se lever du lit et de traverser la pièce, lui qui, depuis des semaines n'avait pas pu faire un pas sans son aide.

Mais pourquoi aurait-il fallu que le mot soit rédigé et mis en place hier ? N'aurait-il pas été logique de l'avoir écrit et caché depuis des semaines, surtout qu'il ne savait pas à quelle vitesse son écriture allait se détériorer ? Et si c'était le cas, il pouvait se trouver n'importe où. Dans les tiroirs de son bureau à elle, qu'elle passait en ce moment au peigne fin. Ou sous la bouteille de champagne, qu'elle avait achetée pour la boire le jour de son anniversaire, posée sur le buffet, pour lui rappeler la date dans deux semaines. Ou entre les pages de n'importe lequel des livres qu'elle ouvrait ces temps-ci. Il lui avait effectivement demandé, peu de temps auparavant : « Que lis-tu de ton côté en ce moment ? » Il voulait dire, en plus du livre qu'elle lui lisait, *Frédéric le Grand* par Nancy Mitford. Elle choisissait de lui lire de l'histoire divertissante – il ne supportait pas la fiction – et le laissait se débrouiller seul avec les ouvrages scientifiques. « Juste des contes japonais », avait-elle répondu en lui montrant l'ouvrage. Maintenant elle repoussa des livres pour trouver celui-là, le tenir à l'envers et faire voler les pages. Tous les livres qu'elle avait écartés reçurent alors le même traitement. Les coussins dans le fauteuil où elle s'asseyait habituellement furent jetés à terre, pour voir ce qui se trouvait derrière eux. Finalement, tous les coussins du canapé furent dispersés de façon semblable. Les grains de café vidés de la boîte au cas où il aurait bizarrement dissimulé un adieu là-dedans.

Elle voulait n'avoir personne avec elle, personne pour observer cette recherche, qu'elle accomplissait, cependant, avec toutes les lumières allumées et les rideaux ouverts. Personne pour lui rappeler qu'il lui fallait se prendre en main. Il faisait nuit depuis un certain temps et elle se rendit compte qu'elle devrait manger quelque chose. Elle pourrait téléphoner à Margaret. Mais elle ne fit rien. Elle se leva pour fermer les rideaux, au lieu de quoi elle éteignit les lumières.

Nina mesurait un peu plus de deux mètres. Même adolescente, les professeurs d'éducation physique, les conseillers d'orientation, les amis de sa mère, inquiets, l'avaient poussée à lutter contre son dos rond. Elle avait fait de son mieux, mais encore maintenant, quand elle regardait des photos d'elle, elle était désolée de voir comme elle s'était rendue flexible, les épaules rentrées, la tête penchée de côté, la posture d'une accompagnatrice souriante. Dans sa jeunesse, elle s'était habituée aux rencontres arrangées, aux hommes grands que ses amis lui présentaient. Il semblait que rien d'autre n'importât chez l'homme : s'il mesurait plus de deux mètres, il fallait l'apparier avec Nina. Assez souvent cette situation le rendait maussade – un homme grand, après tout, pouvait faire son choix librement – et Nina, toujours voûtée et souriante, était submergée par l'embarras.

Ses parents, au moins, se comportaient comme si sa vie ne regardait qu'elle. Tous deux médecins, ils habitaient dans une petite ville du Michigan. Nina vécut chez eux après avoir terminé ses études universitaires. Elle enseigna le latin au lycée local. Pendant les vacances, elle partait en Europe avec les camarades d'études qui n'avaient pas encore été écrémées pour se marier et se remarier, et ne le seraient probablement pas. En faisant une excursion dans les Cairngorms [1], son groupe et elle se lièrent avec une équipe d'Australiens et de Néo-Zélandais, hippies provisoires dont le chef semblait être Lewis. Il avait quelques années de plus que les autres, était moins hippie que vagabond chevronné et certainement celui que l'on sollicitait quand des conflits ou des difficultés survenaient. Il n'était pas particulièrement grand : il mesurait huit ou neuf centimètres de moins que Nina. Cependant, il s'attacha à elle, la persuada de changer d'itinéraire et de partir avec lui, laissant joyeusement son équipe se débrouiller seule.

Il s'avéra qu'il en avait assez de l'errance, qu'il avait un diplôme de biologie en bonne et due forme et un certificat néo-zélandais d'aptitude au professorat. Nina lui parla de la ville sur la rive est du lac Huron, au Canada, où elle avait séjourné chez des parents dans son enfance. Elle décrivit les

---

1. Région montagneuse au nord de l'Écosse.

grands arbres bordant les rues, les vieilles maisons simples, les couchers de soleil sur le lac : un lieu idéal où vivre ensemble et un endroit où, grâce à des relations du Commonwealth, Lewis pourrait trouver du travail plus facilement. Ils trouvèrent effectivement du travail tous les deux, au lycée, bien que Nina cessât d'enseigner quelques années plus tard, quand le latin disparut des programmes. Elle aurait pu suivre des cours pour monter en grade en se préparant à enseigner autre chose, mais elle était secrètement assez heureuse de ne plus travailler au même endroit, au même genre de poste que Lewis. La force de sa personnalité, le style déstabilisant de son enseignement, suscitaient des ennemis aussi bien que des amis et il fut reposant, pour elle, de ne plus se trouver au beau milieu de tout ça.

Ils avaient un peu trop attendu pour avoir un enfant. Et elle avait aussi le sentiment qu'ils étaient tous deux un peu trop vaniteux, n'aimant pas l'idée de revêtir les identités plutôt comiques et rabaissées de Maman et Papa. Ils étaient tous les deux, mais Lewis en particulier, admirés par les élèves pour la différence entre eux et les adultes de leur entourage. Plus énergiques mentalement et physiquement, plus complexes et vivants et capables de profiter de la vie.

Elle entra dans une chorale. Nombre des récitals étaient donnés dans des églises et c'est alors qu'elle apprit l'aversion qu'avait Lewis pour ces endroits. Elle soutint que souvent, il n'y avait pas d'autre espace adéquat disponible et que cela ne signifiait pas que la musique fût religieuse (quoique ce fut difficile de l'affirmer quand la musique était le *Messie*). Elle déclara qu'il était vieux jeu et que la religion ne pouvait pas faire grand mal de nos jours. Cela déclencha une énorme dispute. Ils furent obligés de courir dans toute la maison fermer les fenêtres rapidement pour que leurs voix furibondes ne s'entendent pas depuis le trottoir par cette soirée d'été.

Un conflit comme celui-là était stupéfiant, révélant à quel point il guettait les ennemis, mais signalant qu'elle aussi était incapable de renoncer à une discussion qui allait s'intensifiant jusqu'à la rage. Ni l'un ni l'autre n'allait abandonner, ils tenaient âprement aux principes.

« Ne peux-tu tolérer que les gens soient différents, pourquoi est-ce si important ?
– Si ce n'est pas important, rien ne l'est. »
L'air semblait se charger de haine. Tout cela à propos d'une question qui ne pourrait jamais être résolue. Ils se couchèrent sans se parler, se séparèrent sans se parler le lendemain matin et furent envahis de peur pendant la journée : celle de Nina, qu'il ne rentrât pas à la maison, celle de Lewis que lorsqu'il le ferait elle ne fût pas là. La chance tint bon, toutefois. Ils se retrouvèrent en fin d'après-midi, pâles de contrition, tremblants d'amour, comme des gens qui ont échappé de justesse à un tremblement de terre et ont erré dans une désolation ravagée.

Ce ne fut pas la dernière fois. Nina, que son éducation avait rendue si pacifique, se demanda si c'était la vie normale. Elle ne pouvait pas en parler avec lui : leurs retrouvailles étaient trop pleines de gratitude, trop douces et sottes. Il l'appelait Douce Nina-Etna et elle l'appelait Lewis Beau-Temps.

Quelques années auparavant, un nouveau genre de panneau avait commencé d'apparaître au bord des routes. Depuis longtemps, des panneaux incitaient à la conversion et ceux qui affichaient de grands cœurs roses et un tracé d'électrocardiogramme allant en s'aplatissant, destinés à décourager de l'avortement. Faisaient maintenant leur apparition des citations de la Genèse.

> *Au commencement, Dieu créa les cieux et la terre.*
> *Dieu dit : Que la lumière soit ! et la lumière fut.*
> *Dieu créa l'homme à son image ; il le créa à l'image de Dieu ; il les créa mâle et femelle.*

En général il y avait un arc-en-ciel ou une rose ou un symbole de beauté édénique peint à côté des textes.

« Qu'est-ce que tout cela signifie ? demanda Nina. Ça change, en tout cas. De "Dieu a tant aimé le monde".
– C'est le créationnisme, dit Lewis.

– Je l'avais compris. Je veux dire, pourquoi est-ce que c'est affiché sur des panneaux dans tout le pays ? »

Lewis expliqua qu'il y avait maintenant une entreprise caractérisée destinée à renforcer la croyance dans le récit biblique littéral.

« Adam et Ève. Les mêmes vieilles sornettes. »

Cela ne semblait pas le préoccuper outre mesure, ou pas plus que la crèche mise en place chaque Noël non pas devant une église, mais sur la pelouse de l'hôtel de ville. Sur une propriété de l'église, c'était une chose, disait-il, la propriété municipale en était une autre. L'éducation quaker de Nina n'avait pas trop insisté sur Adam et Ève, alors quand elle rentra chez elle, elle prit la Bible de King James[1] et lut l'histoire d'un bout à l'autre. Elle fut enchantée par la progression majestueuse de ces six premiers jours : la séparation des eaux, la création du soleil et de la lune, l'apparition des animaux qui rampent sur la terre et les oiseaux du ciel et ainsi de suite.

« C'est beau, déclara-t-elle. C'est de la grande poésie. Les gens devraient le lire. »

Il répliqua que ce n'était ni meilleur ni pire que quoi que ce soit d'autre dans tout le paquet de mythes de création qui avaient surgi dans tous les coins du monde et qu'il en avait plein le dos d'entendre comme c'était beau, et quelle poésie.

« C'est un rideau de fumée, affirma-t-il. Ils se foutent de la poésie.

– *Coins du monde*, dit Nina en riant. C'est quoi cette façon de parler pour un scientifique ? Je parie que ça vient de la Bible. »

De temps à autre elle se hasardait à la moquerie à ce sujet. Mais elle devait prendre garde de ne pas aller trop loin. Il fallait qu'elle guette le moment où il risquait de ressentir la menace mortelle, l'insulte déshonorante.

De loin en loin elle trouvait une brochure dans le courrier. Elle ne la lisait pas en entier et pendant un certain temps,

---

1. La Bible de 1611 (*Authorized Version*) traduite sur ordre du roi Jacques Premier par une équipe de traducteurs. Sur le plan littéraire, c'est la plus belle.

pensa que tout le monde devait recevoir ce genre de chose, en même temps que les imprimés publicitaires vantant des vacances tropicales et autres aubaines criardes. Puis elle s'aperçut que Lewis recevait le même matériel au lycée – « propagande créationniste » comme il l'appelait – posé sur sa table ou fourré dans son casier dans le bureau.

« Les gosses ont accès à ma table, mais qui diable bourre mon casier ici ? » avait-il demandé au principal.

Celui-ci avait répondu qu'il n'arrivait pas à le comprendre, qu'il recevait aussi ce matériel. Lewis avança le nom de deux professeurs, deux crypto-chrétiens comme il les appelait, et le principal dit qu'il ne fallait pas en faire un fromage, que l'on pouvait toujours mettre ces trucs à la poubelle.

On posa des questions pendant le cours. Bien sûr, on l'avait toujours fait. On pouvait compter dessus, disait Lewis. Une écœurante sainte nitouche ou des petits malins de l'un ou l'autre sexe qui essaient de flanquer la pagaille dans la théorie de l'évolution. Lewis disposait de techniques éprouvées pour y faire face. Il disait aux perturbateurs que s'ils souhaitaient entendre l'interprétation religieuse de l'histoire du monde, il y avait l'école chrétienne privée dans la ville voisine et qu'ils seraient bien inspirés d'y aller. Comme les questions devenaient plus fréquentes, il ajouta qu'il y avait des cars pour les y emmener, qu'ils pouvaient ramasser leurs manuels et partir sur-le-champ s'ils le voulaient.

« Allez vous faire… », ajouta-t-il. Plus tard on polémiqua pour savoir s'il avait effectivement dit le mot « foutre » ou s'il l'avait laissé en suspens dans l'air sans le prononcer. Mais même s'il ne l'avait pas dit effectivement, il avait assurément été offensant, parce que tout le monde savait comment compléter l'expression.

Puis les élèves essayèrent une autre tactique.

« Ce n'est pas que nous voulions nécessairement avoir le point de vue religieux, monsieur. C'est simplement que nous nous demandons pourquoi vous ne lui accordez pas une durée égale. »

Lewis se laissa entraîner dans une discussion.

« C'est parce que je suis ici pour vous enseigner la science, pas la religion. »
Selon lui, c'est ce qu'il avait dit. Certains rapportèrent qu'il avait dit : « Parce que je ne suis pas ici pour vous enseigner des conneries. » Et de fait, de fait, reconnut Lewis, après la quatrième ou la cinquième interruption, la question aurait été posée d'une façon légèrement différente (« Pensez-vous que cela nous nuise d'entendre l'autre aspect de l'histoire ? Si l'on nous enseigne l'athéisme, n'est-ce pas un peu comme nous enseigner une sorte de religion ? »), le mot avait pu lui échapper et en proie à une telle provocation, il ne s'en était pas excusé.
« Il se trouve que je suis le patron de cette salle de classe et que je décide ce qui y sera enseigné.
– Je croyais que c'était Dieu le patron, monsieur. »
Des élèves furent expulsés de la salle. Des parents arrivèrent pour parler au principal. Ou bien ils avaient l'intention de parler à Lewis mais le principal fit le nécessaire pour l'éviter. Lewis entendit seulement évoquer ces entretiens plus tard, par des remarques faites sur un ton plus ou moins plaisant dans la salle des professeurs.
« Il ne faut pas vous en inquiéter, déclara le principal (il s'appelait Paul Gibbings et avait quelques années de moins que lui), ils ont besoin d'être flattés.
– Je leur en aurais fichu des flatteries, répliqua Lewis.
– Ouais. C'est pas tout à fait les flatteries que j'avais en tête.
– Il devrait y avoir un écriteau. Lieu interdit aux chiens et aux parents.
– Ça se défend, dit Paul Gibbings en souriant aimablement. Mais je suppose qu'ils ont des droits. »
Des lettres commencèrent de paraître dans le journal local. Une toutes les deux semaines, signée « un parent inquiet » ou « un contribuable chrétien » ou « Où Va le Monde ? ». Elles étaient bien écrites, avec des paragraphes ciselés, des arguments valables, comme si elles étaient toutes issues d'une seule main. Leur propos était que tous les parents n'avaient pas les moyens d'envoyer leurs enfants à l'école chrétienne privée, et cependant tous les parents payaient des impôts. Par

conséquent, ils méritaient que leurs enfants reçoivent dans les écoles publiques un enseignement qui ne soit pas offensant pour leur foi ni ne la détruise pas délibérément. En termes scientifiques, certaines expliquaient que l'étude avait été mal compris, et comment des découvertes qui semblaient soutenir l'évolution confirmaient en fait le récit biblique. S'ensuivaient des textes bibliques prédisant l'enseignement mensonger d'aujourd'hui et annonçant comment il menait à l'abandon de toutes les règles de vie convenables.

Avec le temps, le ton changea et devint courroucé. Des agents de l'Antéchrist à la tête du gouvernement et de l'éducation. Les griffes de Satan tendues vers les âmes des enfants, véritablement contraints d'ânonner, pour leurs examens, les doctrines de la damnation.

« Quelle est la différence entre Satan et l'Antéchrist, et y en a-t-il une ? demanda Nina. Les quakers étaient très négligents sur ces questions-là. »

Lewis déclara qu'il la dispensait de traiter tout cela comme une plaisanterie.

« Désolée, dit-elle gravement. Qui les écrit vraiment à ton avis ? Un pasteur ? »

Il dit que non, que c'était mieux organisé que ça. Une campagne organisée, un bureau central, fournissant des lettres à expédier à partir d'adresses locales. Il doutait que quoi que ce fût soit parti de là, de sa salle de classe. C'était entièrement planifié, des écoles étaient visées, probablement dans des régions où ils avaient de bonnes chances d'être soutenus par l'opinion publique.

« Alors ? Ce n'est pas personnel ?

– Ce n'est pas une consolation.

– Non ? Ce devrait l'être à mon avis. »

Quelqu'un écrivit « Les Flammes de l'Enfer » sur la voiture de Lewis. Ce n'était pas fait à la bombe, seulement dessiné avec un doigt dans la poussière.

Son cours de terminale commença d'être boycotté par une minorité d'élèves qui s'assirent par terre à l'extérieur, armés de mots de leurs parents. Quand Lewis entama son cours, ils se mirent à chanter.

Toutes choses belles et vives
Toutes créatures grandes et petites
Toutes choses sages et merveilleuses
Le Seigneur Dieu les créa toutes...

Le principal invoqua une règle interdisant de s'asseoir par terre dans le couloir mais ne leur ordonna pas de rentrer en classe. Ils furent obligés d'aller dans une réserve à côté du gymnase où ils continuèrent de chanter : ils avaient préparé d'autres cantiques. Leurs voix se mêlaient de façon déconcertante avec les instructions rauques du professeur d'éducation physique et le martèlement des pieds sur le sol du gymnase.

Un lundi matin, une pétition fit son apparition sur le bureau du principal et on en livra en même temps une copie au bureau du journal de la ville. Des signatures avaient été récoltées non seulement auprès des parents dont les enfants étaient concernés mais aussi auprès de diverses congrégations religieuses de la ville. La plupart étaient fondamentalistes, mais certaines provenaient également d'églises unitaires, anglicanes et presbytériennes.

Il n'était pas question des flammes de l'enfer dans la pétition. Aucune allusion à Satan ou à l'Antéchrist. La seule demande était que l'on consacre une durée égale à la version biblique de la création et qu'elle soit considérée avec respect comme un choix.

« Nous soussignés, croyons que Dieu a depuis trop longtemps été laissé sur la touche. »

« Cela ne tient pas debout, affirma Lewis. Ils ne croient pas à l'égalité, ils ne croient pas à la liberté de choix. Ce sont des absolutistes. Des fascistes. »

Paul Gibbings était venu chez Lewis et Nina. Il ne voulait pas discuter de la question là où des espions pourraient écouter. (L'une des secrétaires était fidèle de la chapelle biblique.) Il ne s'attendait pas vraiment à enjôler Lewis, mais il fallait bien qu'il tente sa chance.

« Ils me tiennent à leur foutue merci, déclara-t-il.

– Vire-moi, dit Lewis. Recrute un pauvre con de créationniste. »

Ce salaud y prend plaisir, songea Paul. Mais il se maîtrisa. Il lui sembla que dernièrement il passait la plupart du temps à se maîtriser.

« Je ne suis pas venu ici parler de ça. Je veux dire que beaucoup de gens penseront que ce groupe est simplement raisonnable. Y compris parmi les membres du conseil d'administration.

– Fais-leur plaisir. Vire-moi. Fais entrer Adam et Ève. »

Nina leur apporta du café. Paul la remercia et essaya d'attirer son regard pour voir quelle était son opinion à ce sujet. Sans succès.

« Ouais, bien sûr, répondit-il. Je ne pourrais pas le faire même si je le voulais. J'aurais le syndicat aux fesses. Ça se répandrait dans toute la province et pourrait même déclencher une grève. Il faut qu'on pense aux gosses. »

On pouvait espérer que cela toucherait Lewis, penser aux gosses. Mais il était déjà parti sur son cheval de bataille, comme d'habitude.

« Fais entrer Adam et Ève. Avec ou sans feuilles de vigne.

– Tout ce que je demande c'est un petit laïus pour indiquer qu'il existe une interprétation différente et que certaines personnes croient une chose et certaines croient une autre. Réduis l'histoire transmise par la Genèse à quinze ou vingt minutes. Lis-la à voix haute. Mais fais-le avec respect. Tu sais de quoi il s'agit, n'est-ce pas ? De gens qui ont le sentiment qu'on ne tient pas compte d'eux. Les gens n'aiment simplement pas sentir qu'on ne tient pas compte de leur avis. »

Lewis resta silencieux pendant assez longtemps pour nourrir un espoir – chez Paul, et peut-être chez Nina, qui sait ? – mais cette longue pause était seulement destinée à laisser pénétrer le sentiment d'iniquité provoqué par cette suggestion.

« Qu'en dis tu ? demanda Paul prudemment.

– Je lirai en entier le livre de la Genèse, si tu veux, puis j'annoncerai que c'est un salmigondis d'autoglorification tribale et de conceptions théologiques empruntées pour la plupart à d'autres cultures supérieures...

– Des mythes, dit Nina. Après tout, un mythe n'est pas une contrevérité, c'est juste... »

Paul ne vit pas l'intérêt de lui prêter attention. Lewis ne le faisait pas.

Lewis envoya une lettre au journal. La première partie était mesurée et savante, décrivant la dérive des continents, l'ouverture et la fermeture des mers et le commencement de la vie sous de fâcheux auspices. Des microbes anciens, des océans sans poissons, des cieux sans oiseaux. Le développement et la destruction, le règne des amphibies, des reptiles, des dinosaures, le changement des climats, les premiers petits mammifères crasseux. Les tâtonnements, les primates peu prometteurs arrivant tard sur les lieux, les humanoïdes se dressant sur leurs pattes arrière et inventant le feu, aiguisant les pierres, marquant leur territoire et pour finir, dans une bousculade récente, construisant des navires et des pyramides, fabriquant des bombes, créant des langues et des dieux, se sacrifiant et s'assassinant. Se livrant des combats pour déterminer si leur Dieu se nommait Jehovah ou Krishna (ici la langue commençait de s'échauffer) ou s'il était licite de manger du porc, se mettant à genoux et hurlant leurs prières à un Vieux Bonhomme dans le ciel qui prenait un vif intérêt aux vainqueurs des guerres et aux matchs de football. Finalement, de façon stupéfiante, alors qu'ils étaient arrivés à comprendre un certain nombre de choses et qu'ils commençaient à se connaître eux-mêmes ainsi que l'univers dans lequel ils se trouvaient, les voilà décidant qu'ils iraient mieux en bazardant toute cette science difficilement acquise, en ramenant le Vieux Bonhomme et en remettant tout le monde à genoux, pour écouter et vénérer les vieilles balivernes, pourquoi ne pas en revenir à la Terre plate pendant qu'on y est ?

Avec mes sentiments respectueux, Lewis Spiers.

Le rédacteur en chef du journal, étranger à la ville, était récemment diplômé d'une école de journalisme. La tempête de protestations lui plut et il continua d'imprimer les réponses (« On ne se moque pas de Dieu » au-dessus des signatures de chaque fidèle de la congrégation de la chapelle biblique, « Correspondant déprécie la discussion » venant du pasteur tolérant mais attristé de l'église unitaire, blessé par les « balivernes » et « le Vieux Bonhomme ») jusqu'à ce que le directeur de la chaîne de journaux fasse savoir que ce genre de grabuge était passé de mode, déplacé et décourageait les publicitaires. Il fallait en finir, dit-il.

Lewis écrivit une autre lettre, celle-ci de démission. Elle fut acceptée à regret, déclara Paul Gibbings – également dans le journal – pour raisons de santé.

Ce qui était vrai, bien que ce ne fût pas une raison que Lewis aurait aimé rendre publique. Depuis plusieurs semaines il éprouvait une faiblesse dans les jambes. Juste au moment où il lui importait de se mettre debout et de marcher en long et en large devant sa classe, il s'était senti trembler, pris d'un grand besoin de s'asseoir. Il n'y céda jamais, mais fut parfois obligé de saisir le dossier de sa chaise, comme pour insister. De temps en temps, il se rendait aussi compte qu'il ne savait pas où se trouvaient ses pieds. S'il y avait eu de la moquette, il aurait pu trébucher sur le moindre pli et même dans la salle de classe, où il n'y avait pas de moquette, une craie, un crayon auraient provoqué le désastre.

Cette affection, qu'il croyait psychosomatique, le rendait furieux. Il n'avait jamais souffert de nervosité devant une classe ni devant aucun groupe. Quand on lui livra le diagnostic, dans le cabinet du neurologue, ce qu'il ressentit d'abord – dit-il à Nina – fut un soulagement ridicule.

« J'avais peur qu'il s'agisse d'une névrose », raconta-t-il, et ils se mirent à rire tous les deux.

« J'avais peur que ce soit une névrose, mais c'est seulement une sclérose latérale amyotrophique. » Ils rirent, en trébuchant sur la moquette épaisse dans le couloir silencieux, et prirent l'ascenseur où on les regarda avec étonnement, le rire étant très peu répandu dans cet endroit.

Le salon funéraire LakeShore était un vaste édifice neuf en brique dorée, si neuf que le champ qui l'entourait n'avait pas encore été transformé en pelouses et en massifs d'arbustes. N'était l'enseigne, vous l'auriez pris pour une clinique ou un bâtiment de bureaux gouvernementaux. Le nom LakeShore ne signifiait pas qu'il se trouvait sur le rivage du lac mais incorporait astucieusement le nom de famille de l'entrepreneur : Bruce Shore. Certains trouvaient cela de mauvais goût. Du temps où le siège de l'entreprise se trouvait dans l'une des grandes maisons victoriennes en ville appartenant au père de Bruce, elle s'intitulait simplement Salon funéraire Shore. Ed et Kitty Shore y vivaient avec leurs cinq enfants aux premier et second étages.

Personne n'habitait ce nouvel établissement, mais il y avait une chambre avec une cuisine équipée, et une douche. C'était au cas où Bruce Shore trouve plus commode d'y passer la nuit que de faire vingt kilomètres pour rejoindre la maison de campagne où sa femme et lui élevaient des chevaux.

La nuit dernière avait été une de ces nuits, à cause de l'accident au nord de la ville. Une voiture pleine d'adolescents avait percuté une butée de pont. Ce genre de chose – un conducteur au permis récent, ou sans permis, tout le monde fin saoul – avait lieu en général au printemps, à l'époque de la remise des diplômes, ou dans l'excitation des premières semaines de cours en septembre. À présent on s'attendait plus aux accidents mortels de nouveaux venus – des infirmières récemment arrivées des Philippines l'année dernière – saisies par la première neige, absolument inconnue.

Cependant, par une très belle nuit, sur une route sèche, ç'avait été deux jeunes âgés de dix-sept ans, tous deux de la ville. Et juste avant, voilà qu'était arrivé Lewis Spiers. Bruce était débordé : le travail qu'il avait à accomplir sur les adolescents pour les rendre présentables l'avait pris jusque tard dans la nuit. Il avait appelé son père. Ed et Kitty, qui passaient encore l'été dans la maison de ville, n'étaient pas encore partis en Floride, alors Ed était arrivé pour s'occuper de Lewis.

Bruce était parti courir, pour se rafraîchir. Il n'avait même pas pris de petit déjeuner et portait encore sa tenue de jogging quand il vit la vieille Accord Honda de Mrs Spiers s'arrêter. Il se hâta vers la salle d'attente pour lui ouvrir la porte.

C'était une grande femme maigrichonne, aux cheveux gris, mais dont les mouvements avaient encore une rapidité juvénile. Elle n'avait pas l'air trop affecté ce matin, bien qu'elle eût négligé de prendre un manteau, remarqua-t-il.

« Désolé. Désolé, dit-il. Je viens juste de prendre un peu d'exercice. Shirley n'est pas encore là, je le regrette. Nous sommes vraiment tristes de votre malheur.

– Oui, dit-elle.

– Mr Spiers m'a enseigné les sciences en première et en terminale, c'est un professeur que je n'oublierai jamais. Voulez-vous vous asseoir ? Je sais que vous avez dû vous préparer d'une certaine manière, mais c'est tout de même une expérience à laquelle on n'est jamais prêt quand elle arrive. Souhaiteriez-vous que nous nous occupions ensemble de la paperasserie maintenant ou souhaiteriez-vous voir votre mari ?

– Tout ce que nous désirions était une crémation », dit-elle.

Il fit oui de la tête. « C'est ça. La crémation ensuite.

– Non. On était censé l'incinérer immédiatement. C'est ce qu'il voulait. Je pensais venir chercher ses cendres.

– Eh bien, nous n'avons pas reçu d'instructions dans ce sens, répliqua Bruce fermement. Nous avons préparé le corps pour qu'il soit présenté. Il a très bon air, en fait. Je crois que vous serez contente. »

Elle resta immobile à le regarder fixement.

« Ne voulez-vous pas vous asseoir ? demanda-t-il. Vous comptiez quand même organiser une réception, n'est-ce pas ? Un genre d'office ? Il va y avoir un tas de gens qui voudront présenter leurs respects à Mr Spiers. Vous savez, nous avons célébré des cérémonies ici sans qu'il y eût de référence religieuse. Juste une personne qui prononce un éloge, au lieu d'un prédicateur. Ou si vous ne souhaitez pas que ce soit aussi solennel, vous pouvez simplement avoir des gens qui se lèvent et expriment leurs pensées. C'est à vous de décider si vous voulez le cercueil ouvert ou fermé. Mais par ici les gens semblent habituellement préférer l'avoir ouvert. Quand vous choisissez la crémation vous n'avez pas la même gamme de cercueils, évidemment. Nous avons de très jolis cercueils dont le prix est largement inférieur. »

Immobile, les yeux fixes.

C'est que le travail avait été fait et qu'il n'y avait pas eu d'instructions pour qu'il ne fût pas fait. Un travail comme n'importe quel travail qu'il fallait payer. Sans compter les matériaux.

« Je parle simplement de ce que vous voudrez, à mon avis, quand vous aurez eu le temps de vous asseoir et d'y réfléchir. Nous sommes ici pour nous conformer à vos souhaits... »

Affirmation peut-être excessive.

« Mais nous avons procédé de cette manière parce qu'il n'y avait pas d'instructions contraires. »

Une voiture s'arrêta dehors, une portière claqua et Ed Shore entra dans la salle d'attente. Bruce éprouva un soulagement immense. Il avait encore beaucoup à apprendre dans ce métier. Le côté comment-s'y-prendre-avec-le-survivant.

« Bonjour Nina, dit Ed. J'ai vu ta voiture. J'ai pensé que j'allais entrer te dire que j'étais désolé. »

Nina avait passé la nuit dans le séjour. Elle supposait qu'elle avait dormi, mais son sommeil était si léger qu'elle avait constamment été consciente de l'endroit où elle se trouvait – sur le canapé – et d'où se trouvait Lewis : au salon funéraire.

Maintenant, quand elle essayait de parler, elle claquait des dents. Elle en fut complètement surprise.

« Je veux qu'il soit incinéré immédiatement », était ce qu'elle essayait de dire, et ce qu'elle commença de dire, en pensant qu'elle parlait normalement. Puis elle entendit, ou sentit, ses halètements et son bégaiement incoercible.

« Je veux – je veux – il voulait... »

Ed Shore prit son avant-bras et passa son autre bras autour de ses épaules. Bruce avait levé les bras mais sans la toucher.

« J'aurais dû la faire asseoir, dit-il d'un ton plaintif.

– Ne t'en fais pas, répliqua Ed. Tu veux marcher jusqu'à ma voiture, Nina ? On va aller prendre un peu d'air frais. » Ed conduisait avec les vitres baissées. Il monta vers la partie ancienne de la ville et s'engagea dans une impasse qui aboutissait à un endroit où faire demi-tour, donnant sur le lac. Pendant la journée, les gens venaient ici pour le panorama – et pique-niquaient parfois – mais la nuit, c'était un lieu pour amoureux. Cette pensée avait pu traverser l'esprit d'Ed, comme elle traversa celui de Nina, tandis qu'il garait la voiture.

« Ça suffit comme air frais ? demanda-t-il. Il ne faut pas prendre froid, dehors sans manteau.

– Il commence à faire chaud », dit-elle avec circonspection.

Ils n'étaient jamais restés assis ensemble dans une voiture garée, ni dans le noir ni en plein jour, n'avaient jamais cherché un endroit pareil pour se trouver seuls ensemble.

Il semblait inconvenant de faire une réflexion pareille maintenant.

« Excuse-moi, dit Nina. Je ne me suis plus maîtrisée. Je voulais seulement dire que Lewis – que nous – que lui... »

Et cela recommença. De nouveau les dents qui claquaient, le tremblement, les mots qui se fendaient en deux. Son côté atrocement pitoyable. Ce n'était même pas l'expression de ce qu'elle éprouvait vraiment. Ce qu'elle avait senti auparavant était la colère et la frustration, d'avoir parlé avec Bruce ou de l'avoir écouté. Cette fois-ci, elle se sentait, ou croyait se sentir, tout à fait calme et raisonnable.

Et cette fois, parce qu'ils étaient ensemble seuls, il ne la toucha pas. Il se mit simplement à parler. Ne t'inquiète pas de tout ça. Je vais m'en occuper. Tout de suite. Je ferai en sorte que tout aille bien. Je comprends. Crémation.

« Respire, dit-il. Aspire. Retiens ton souffle. Expire.

– Ça va.

– J'en suis sûr.

– Je ne sais pas ce qui m'arrive.

– Le choc, dit-il d'un ton neutre.

– Ça ne me ressemble pas.

– Regarde l'horizon. Ça aide aussi. »

Il sortait quelque chose de sa poche. Un mouchoir ? Mais elle n'avait pas besoin de mouchoir ; elle n'avait pas de larmes. Tout ce qu'elle avait, c'était la tremblote.

Il s'agissait d'un bout de papier bien plié.

« J'ai mis ça de côté pour toi, dit-il. C'était dans sa poche de pyjama. »

Elle rangea le papier dans son sac, soigneusement et sans agitation, comme si c'était une ordonnance. Puis elle se rendit compte de ce qu'il lui disait.

« C'est moi qui me suis occupé de lui. Bruce m'a appelé. Il y avait l'accident d'auto et il était un peu dépassé. »

Elle ne dit même pas, Quel accident ? Cela lui était égal. Tout ce qu'elle voulait maintenant c'était lire son message.

La poche de pyjama. Le seul endroit où elle n'avait pas regardé. Elle n'avait pas touché son corps.

Elle rentra chez elle dans sa propre voiture, après qu'Ed l'eut ramenée. Dès qu'elle le perdit de vue agitant le bras, elle se rangea au bord du trottoir. D'une main elle avait tiré le papier de son sac tout en conduisant. Elle lut ce qui y était écrit, tandis que le moteur tournait, puis continua sa route.

Sur le trottoir devant sa maison il y avait un autre message. *La Volonté de Dieu.*

Une écriture hâtive, patte de mouche, à la craie. Ce serait facile à effacer.

Ce que Lewis avait écrit et avait laissé pour elle était un poème. Plusieurs strophes de vers de mirliton cinglants. Il était intitulé : « La Bataille des Genésistes et des Fils de Darwin pour l'Âme de la Génération Flasque. »

> *S'élevait un Temple du Savoir*
> *Sur la rive du lac Huron*
> *Où venait maint Cancre à tête de plomb*
> *Écouter maint Maître rasoir.*
>
> *Et le Roi des Raseurs était une belle lopette*
> *De rire étirant sa bouche à la fendre*
> *Un pauvre type avec une seule Idée en tête*
> *Leur dire ce qu'ils voulaient entendre !*

Un hiver, Margaret avait eu l'idée d'organiser une série de soirées où les gens parleraient – pas trop longuement – du sujet qu'ils connaissaient le mieux et qui comptait le plus pour eux. Elle pensait que cela serait destiné à des enseignants (« Les enseignants sont toujours debout en train de jacasser devant un auditoire captif, dit-elle. Ils ont besoin de s'asseoir et d'écouter quelqu'un d'autre leur dire quelque chose *à eux* pour changer »), puis on décida d'inviter aussi des non-enseignants. On mangerait à la fortune du pot, avec du vin, chez Margaret d'abord.

C'est ainsi que par une nuit claire et froide, Nina se trouva devant la porte de la cuisine de Margaret, dans l'entrée sombre, encombrée des manteaux, cartables et crosses de hockey des fils de Margaret : c'était au temps où ils étaient encore à la maison. Dans le séjour, d'où aucun bruit ne pouvait plus atteindre Nina, Kitty Shore discourait sur le sujet de son choix : les saints. Kitty et Ed Shore faisaient partie des gens « vrais », invités à faire partie du groupe : c'étaient aussi les voisins de Margaret. Ed avait parlé, au cours d'une autre soirée, de l'alpinisme. Il en avait fait lui-même, dans les Rocheuses, mais il avait surtout parlé des expéditions périlleuses et tragiques dont il aimait lire les récits. (Margaret avait confié à Nina, pendant qu'elles préparaient le café ce soir-là : « J'avais un peu peur qu'il parle de thanatopraxie », et Nina avait gloussé et dit : « Mais ce n'est pas ce qui compte le plus pour lui. Ce n'est pas un truc d'amateur. Je n'imagine pas qu'on rencontre beaucoup d'embaumeurs amateurs. »)

Ed et Kitty étaient un couple séduisant. Margaret et Nina étaient convenues, en confidence, que n'était sa profession, Ed aurait été rudement emballant. La pâleur récurée de ses longues mains adroites était extraordinaire et vous amenait à penser : Où ont été ces mains ? On appelait souvent Kitty, la bien balancée, un amour : c'était une petite brune à la poitrine opulente, au regard chaleureux, avec une voix voilée pleine d'enthousiasme. Enthousiasme pour son mariage, ses enfants, les saisons, la ville et surtout sa religion. Dans l'église anglicane, à laquelle elle appartenait, des enthousiastes comme elle étaient rares et on rapportait qu'elle était éprouvante avec sa rigueur, ses singularités et son penchant pour des cérémonies ésotériques comme les relevailles des femmes. Nina et Margaret, elles aussi, la trouvaient difficile à supporter et Lewis la trouvait toxique. Mais la plupart des gens étaient sous le charme.

Ce soir-là, elle portait une robe en lainage rouge foncé et les boucles d'oreille que l'un de ses enfants lui avaient faites pour Noël. Elle était assise dans un angle du canapé avec ses jambes repliées sous elle. Tant qu'elle s'en tenait à la fréquence historique et géographique des saints, ça allait : c'est-à-dire que ça allait pour Nina, qui espérait que Lewis n'éprouverait pas le besoin de se lancer à l'assaut. Kitty expliqua qu'elle était obligée d'omettre tous les saints d'Europe de l'Est et de se concentrer la plupart du temps sur les saints des îles britanniques, particulièrement ceux de Cornouailles, du Pays de Galles et d'Irlande, les saints celtes aux noms merveilleux qui étaient ses préférés. Quand elle aborda les guérisons, les miracles, et surtout parce que sa voix devenait plus joyeuse et confiante et que ses boucles d'oreilles tintaient, Nina eut de l'appréhension. Elle savait que les gens pourraient la trouver frivole, dit Kitty, d'en appeler à un saint quand il lui arrivait un désastre culinaire, mais c'était vraiment à cette fin que les saints existaient, à son avis. Ils n'étaient pas trop élevés ni trop puissants pour s'intéresser à toutes ces épreuves et tribulations, aux détails de nos vies dont nous n'oserions pas faire état auprès du Dieu de l'univers. Avec l'aide des saints, l'on pouvait rester en partie à l'intérieur d'un monde enfantin, avec un espoir enfantin d'aide et de consolation. Vous devez devenir ainsi que des petits enfants. Et c'étaient les petits miracles, c'étaient sûrement les petits miracles qui aidaient à nous préparer pour les grands.

Maintenant, y avait-il des questions ?

Quelqu'un demanda quel était le statut des saints dans l'église anglicane.

« Eh bien, à proprement parler je ne crois pas que l'église anglicane soit protestante, dit Kitty. Mais je ne veux pas me lancer là-dedans. Quand nous disons dans le Credo "Je crois à la sainte église catholique", à mon sens cela concerne simplement la grande église chrétienne universelle tout entière. Et ensuite nous disons : "Je crois à la communion des saints." Bien sûr, nous n'avons pas de statues dans l'église, quoique personnellement je trouve que ce serait beau si nous en avions. »

Margaret dit : « Café ? » et l'on comprit que la partie formelle de la soirée était achevée. Mais Lewis approcha son fauteuil de Kitty et demanda d'un ton presque amical : « Alors ? Devons-nous penser que tu crois à ces miracles ?

– Absolument, dit Kitty en riant. Je ne pourrais pas vivre si je ne croyais pas aux miracles. »

Alors Nina sut ce qui allait suivre fatalement. Lewis attaquant tranquillement et sans répit, Kitty parant avec une conviction joyeuse et ce qu'elle voyait peut-être comme des inconséquences charmantes et féminines. Là résidait sa foi, assurément : dans son charme. Mais Lewis ne voulait pas être charmé. Il voulait savoir. Quelle forme prennent ces saints à l'heure actuelle ? Au Paradis, occupent-ils les mêmes places que ceux qui sont simplement morts, les ancêtres vertueux ? Et comment sont-ils choisis ? N'est-ce pas en raison de miracles attestés, les miracles prouvés ? Et comment allez-vous prouver les miracles de quelqu'un qui a vécu quinze siècles auparavant ? Comment prouver des miracles, de toute façon ? Dans le cas des pains et des poissons, en comptant. Mais était-ce un calcul véritable, ou juste une perception ? La foi ? Ah, oui. Alors tout se réduit donc à la foi. Dans les questions quotidiennes, dans son existence entière, Kitty vit par la foi ?

C'est vrai.

Elle ne compte sur la science d'aucune manière ? Sûrement pas. Quand ses enfants sont malades elle ne leur donne pas de médicaments. Elle ne s'occupe pas du carburant pour sa voiture, elle a la foi...

Une douzaine de conversations étaient entamées autour d'eux et pourtant, à cause de son intensité et de son danger – la voix de Kitty sautillant maintenant comme un oiseau sur un fil de fer, disant ne sois pas idiot, et crois-tu que je sois complètement fêlée ? et le harcèlement de Lewis devenant toujours plus méprisant, plus implacable – cette conversation sera entendue entre toutes les autres, à tout moment, partout dans la pièce.

Nina a un goût amer dans la bouche. Elle va à la cuisine aider Margaret. Elles se croisent, Margaret portant le café. Nina continue tout droit, traverse la cuisine et sort dans le couloir. Par le petit carreau dans la porte de derrière, elle cherche à voir la nuit sans lune, les talus de neige bordant la rue, les étoiles. Elle appuie sa joue chaude contre le verre.

Elle se redresse tout de suite quand la porte de la cuisine s'ouvre et s'apprête à dire : « Je suis juste venue vérifier le temps qu'il fait. » Mais quand elle voit le visage d'Ed Shore à contre-jour avant qu'il ferme la porte, elle pense qu'elle n'est pas obligée de le dire. Ils se saluent d'un rire abrégé, sociable, exprimant légèrement les excuses et le désaveu, par lequel il semble que beaucoup de choses se transmettent et se comprennent.

Ils désertent Kitty et Lewis. Pour un petit moment seulement. Kitty et Lewis ne s'en apercevront pas. Lewis ne s'essoufflera pas et Kitty trouvera une issue – plaindre Lewis pourrait en être une – pour ne plus être acculée à se faire dévorer. Kitty et Lewis ne vont pas être las d'eux-mêmes.

Est-ce ce qu'éprouvent Ed et Nina ? Las de ces autres, ou à tout le moins las des discussions et des convictions. Las du jamais-vouloir-céder de ces personnalités combattantes.

Ils ne le diront pas tout à fait. Ils diront seulement qu'ils sont fatigués.

Ed Shore passe un bras autour de Nina. Il l'embrasse, pas sur la bouche, pas sur le visage, mais sur la gorge. À l'endroit où une pulsation agitée pourrait se sentir, dans sa gorge.

C'est un homme qui doit se baisser pour faire cela. Pour beaucoup d'hommes, ce serait peut-être l'endroit naturel pour embrasser Nina, quand elle est debout. Mais lui est assez grand pour se courber et ainsi l'embrasser délibérément à cet endroit exposé et tendre.

« Tu vas avoir froid ici, dit-il.
– Je sais. Je vais rentrer. »

Jusqu'à ce jour, Nina n'a jamais eu de rapports sexuels avec un autre homme que Lewis. Ne s'en est jamais approchée.

Rapports sexuels. Avoir des rapports avec. Pendant longtemps, elle n'a pas pu le dire. Elle disait faire l'amour. Lewis ne disait rien. C'était un partenaire athlétique et inventif et sous l'angle physique, il la prenait en compte. Il ne manquait pas d'égards, mais se méfiait de tout ce qui frisait la sentimentalité et de son point de vue, beaucoup de choses s'en approchaient. Elle en vint à être très sensible à sa répugnance, à la partager presque.

Son souvenir du baiser d'Ed Shore devant la porte de la cuisine devint bien, cependant, un trésor. Quand Ed chantait les solos de ténor dans l'exécution annuelle du *Messie* à Noël par la Société chorale, cet instant lui revenait en mémoire. *Apporte le réconfort à mon peuple* lui perçait la gorge d'aiguilles étoilées. Comme si tout ce qui la caractérisait était reconnu à cet instant-là, honoré et embrasé.

Paul Gibbings ne s'était pas attendu que Nina lui fît des ennuis. Il avait toujours pensé que c'était une personne chaleureuse, à sa manière réservée. Pas caustique comme Lewis. Mais intelligente.

« Non, dit-elle. Il ne l'aurait pas voulu.

– Nina. L'enseignement c'était sa vie. Il a beaucoup donné. Il y a tant de gens, je ne sais pas si tu comprends combien de gens, qui se rappellent être simplement restés assis subjugués dans sa salle de classe. Ils ne se souviennent probablement de rien d'autre du lycée comme ils se souviennent de Lewis. Il avait une présence, Nina. Ou on l'a ou on ne l'a pas. Lewis en avait des tonnes.

– Je ne discute pas ça.

– Alors tu as tous ces gens qui veulent dire adieu d'une façon ou d'une autre. Nous avons tous besoin de dire adieu. De lui rendre hommage également. Tu sais ce que je veux dire ? Après toutes ces histoires. Une clôture.

– Oui. J'entends. *Clôture.* »

Un ton désagréable là, se dit-il. Mais n'en tint pas compte. « Cela n'impose pas de teinte de religiosité. Pas de prières.

Pas d'allusion. Je sais aussi bien que toi comme il le détesterait.
— Il le détesterait.
— Je sais. Je peux faire en quelque sorte le maître de cérémonie de l'ensemble, si ce terme convient. Je crois avoir en tête le genre de gens à qui demander d'exprimer juste un petit témoignage d'estime. Peut-être une demi-douzaine, et pour terminer une courte contribution de ma part. "Éloges", je crois que c'est le mot, mais je préfère "témoignage d'estime…"
— Lewis préférerait rien du tout.
— Et tu pourrais participer au moment que tu choisirais…
— Paul. Écoute. Écoute-moi maintenant.
— Bien sûr. J'écoute.
— Si tu mets ce projet à exécution, je vais participer.
— Bien. Tant mieux.
— Quand Lewis est mort il avait laissé un… il avait laissé un poème, en fait. Si tu mets ce projet à exécution je le lirai.
— Oui ?
— Je veux dire que je le lirai là, à voix haute. Je vais t'en lire un extrait maintenant.
— Entendu. Vas-y.

S'élevait un Temple du Savoir
Sur la rive du lac Huron
Où venait maint Cancre à tête de plomb
Écouter maint Maître rasoir.

« Ça ressemble bien à du Lewis ».

Et le Roi des Raseurs était une belle lopette
De rire étirant sa bouche à la fendre…

« Nina. D'accord. D'accord. Je t'ai comprise. Alors c'est ça que tu veux, hein ? L'Association des parents d'élèves de Harper Valley ?
— Il y a une suite.
— Ça ne m'étonne pas. Je pense que tu es très bouleversée, Nina. Je pense que tu ne te conduirais pas de cette façon si

tu n'étais pas très bouleversée. Et quand tu te sentiras mieux, tu vas avoir des regrets.
— Non.
— Je crois que tu vas le regretter. Je vais raccrocher maintenant. Je vais être obligé de dire adieu. »

« Oh là là, dit Margaret. Comment l'a-t-il pris ?
— Il a dit qu'il allait être obligé de dire adieu.
— Veux-tu que je vienne ? Je pourrais juste te tenir compagnie.
— Non. Merci.
— Tu ne veux pas de compagnie ?
— Je ne pense pas. Pas juste maintenant.
— Tu es sûre ? Tu te sens bien ?
— Ça va. »
En fait, elle n'était pas tellement contente d'elle, à propos de cette prestation au téléphone. Lewis lui avait dit : « Metsleur des bâtons dans les roues s'ils veulent t'emmerder avec des commémorations à la noix. Cette couille molle en est capable. » Alors il avait fallu mettre un frein à Paul d'une façon quelconque, mais celle qu'elle avait choisie semblait grossièrement théâtrale. Le scandale avait été le propre de Lewis, les représailles sa spécialité : tout ce qu'elle avait réussi à faire était de le citer.

Elle ne parvenait pas à voir comment elle pourrait vivre, avec ses seules habitudes pacifiques. Froide et mise en sourdine, dépouillée de lui.

Peu après la tombée de la nuit, Ed Shore frappa à sa porte de service. Il portait une boîte de cendres et un bouquet de roses blanches.

Il lui donna d'abord les cendres.
« Oh, dit-elle. C'est fait. »
Elle sentit une chaleur à travers le carton épais. Cette chaleur ne passa pas tout de suite mais graduellement, comme celle du sang à travers la peau.

Où devait-elle poser la boîte ? Pas sur la table de la cuisine, à côté de son souper tardif, à peine touché. Des œufs brouillés et de la sauce aux oignons, tomates et poivrons, un mélange qu'elle savourait d'avance les soirs où Lewis était retardé pour quelque raison et mangeait avec d'autres professeurs chez Tim Horton ou au bistrot. Ce soir, le choix s'était révélé mauvais.

Pas sur le comptoir non plus. Elle ressemblerait à un produit d'épicerie volumineux. Et pas par terre, où il serait plus facile de ne pas y faire attention mais où elle semblerait reléguée à une position humble, comme si elle contenait de la litière à chats ou de l'engrais pour le jardin, un produit qu'il ne fallait pas trop rapprocher de la vaisselle et de la nourriture.

Elle voulait, en fait, l'emporter dans une autre pièce, la poser quelque part dans les pièces sombres du devant de la maison. Encore mieux, sur une étagère dans un placard. Mais il lui sembla qu'il était trop tôt pour ce bannissement. De plus, étant donné qu'Ed Shore l'observait, cela pourrait donner l'impression d'un déblayage rapide et brutal, d'une invitation vulgaire.

Elle finit par poser la boîte sur la table basse du téléphone.

« Je ne voulais pas t'obliger à rester debout, dit-elle. Assieds-toi donc. S'il te plaît.

– J'ai interrompu ton repas.

– Je n'avais pas envie de le finir. »

Il tenait encore les fleurs. « Elles sont pour moi ? » demanda-t-elle. La vision de lui avec le bouquet, la vision de lui avec la boîte de cendres et le bouquet quand elle avait ouvert la porte : cela lui parut grotesque maintenant qu'elle y pensait, et affreusement drôle. C'était le genre de chose qui pouvait lui donner le fou rire en le racontant à quelqu'un. À Margaret. Elle espéra ne jamais le faire.

Elles sont pour moi ?

Elles pourraient facilement être pour les morts. Des fleurs pour la maison des morts. Elle se mit à chercher un vase, puis remplit la bouilloire en disant : « J'allais justement faire du thé », retourna chercher le vase, le trouva et le remplit d'eau, trouva les ciseaux qu'il lui fallait pour tailler les tiges et finit par le débarrasser des fleurs. Puis elle s'aperçut qu'elle n'avait pas allumé le brûleur sous la bouilloire. Elle se maîtrisait à peine. Elle avait l'impression qu'elle pourrait facilement jeter les roses par terre, fracasser le vase, écraser entre ses doigts la matière figée sur son assiette. Mais pourquoi ? Elle n'était pas en colère. Cela représentait seulement un effort si aberrant, de continuer à faire une chose après l'autre. Maintenant il faudrait qu'elle réchauffe la théière, qu'elle mesure le thé.

« As-tu lu ce que tu as retiré de la poche de Lewis ? » demanda-t-elle.

Il fit non de la tête, sans la regarder. Elle sut qu'il mentait. Il mentait, il était bouleversé, jusqu'où comptait-il pénétrer dans sa vie ? Et si elle fondait en larmes et lui racontait l'étonnement qui l'avait frappée – pourquoi ne pas le dire, le froid glacé autour du cœur – quand elle avait vu ce que Lewis avait écrit ? Quand elle avait vu que c'était tout ce qu'il avait écrit ?

« Peu importe, dit-elle. C'étaient juste quelques vers. »

C'étaient deux personnes sans terrain médian, rien entre des politesses convenues et une intimité dans laquelle ils allaient sombrer. Ce qui avait existé entre eux, pendant toutes ces années, avait été maintenu en équilibre à cause de leurs deux mariages. Leurs mariages étaient le véritable contenu de leurs vies ; le mariage de Nina à Lewis, le contenu parfois dur et déroutant, mais indispensable, de sa vie. Cette autre chose dépendait de ces mariages, en raison de sa douceur, de sa promesse consolatrice. Ce ne serait probablement pas quelque chose qui tiendrait debout seul, même s'ils étaient libres tous les deux. Pourtant ce n'était pas rien. Le danger serait de l'essayer, de le voir se défaire et de penser ensuite que cela n'avait été rien.

Elle avait allumé le brûleur, elle tenait la théière prête à réchauffer. « Tu as été très gentil, déclara-t-elle, et je ne t'ai même pas remercié. Il faut que tu prennes du thé.

– C'est une bonne idée », dit-il.

Et quand ils furent installés à la table, leurs tasses remplies, le lait et le sucre proposés – à l'instant où il aurait pu y avoir de l'affolement – une inspiration très bizarre la saisit.

« Que fais-tu vraiment ? demanda-t-elle.

– Ce que je fais ?

– Je veux dire : ce que tu lui as fait, hier soir ? Ou ne te demande-t-on pas cela habituellement ?
– Pas explicitement.
– Est-ce que cela t'ennuie ? Ne me réponds pas si cela t'ennuie.
– Je suis simplement surpris. Cela ne m'ennuie pas.
– Je suis surprise de l'avoir demandé.
– Bon, d'accord, dit-il, en reposant sa tasse dans sa soucoupe. En fait, ce qu'il faut faire, c'est vider les vaisseaux sanguins et la cavité corporelle : c'est là que l'on peut rencontrer des problèmes, à cause de caillots et ainsi de suite, alors on fait ce qu'il faut pour les résoudre. Dans la plupart des cas on peut utiliser la veine jugulaire, mais on est parfois obligé de vider le cœur. Et on draine la cavité corporelle avec un trocart, c'est une aiguille plus ou moins longue au bout d'une canule. Mais c'est différent bien sûr s'il y a eu une autopsie et que les organes ont été retirés. Il faut rembourrer, pour restaurer le contour naturel... »

Il ne la quittait pas des yeux tant qu'il racontait cela et avançait prudemment. Tout allait bien : ce qu'elle sentait s'éveiller en elle n'était qu'une curiosité fraîche et vaste.

« Est-ce bien ce que tu voulais savoir ?
– Oui », répondit-elle sans sourciller.

Il vit que tout allait bien. Il fut soulagé. Soulagé et peut-être reconnaissant. Il devait avoir l'habitude de gens qui voulaient ignorer complètement ce qu'il faisait ou qui en tiraient un sujet de plaisanterie.

« Ensuite on injecte le liquide, une solution de formaldéhyde, de phénol et d'alcool, et souvent un petit ajout de teinture pour les mains et le visage. Tout le monde pense que le visage est important, alors il y a beaucoup de travail à faire sur les paupières et les gencives. Ainsi que pour le massage, les petits soins aux cils et le maquillage spécial. Mais certaines personnes peuvent tout aussi bien attacher de l'importance aux mains et les vouloir souples et naturelles, pas ridées au bout des doigts...

– Tu as fait tout ce travail.
– Ça n'a pas d'importance. Ce n'est pas ce que tu voulais. Nous ne faisons que de la cosmétique, pour l'essentiel. C'est

ce qui nous intéresse actuellement plutôt que la conservation à long terme. Même le vieux Lénine, tu sais, ils étaient obligés d'y aller et de lui refaire des injections pour qu'il ne se dessèche et ne se décolore pas. Je ne sais pas s'ils le font encore. »

Un certain épanouissement, ou une certaine aisance, associés au sérieux de la voix, lui rappela Lewis. Elle repensa à Lewis l'avant-veille, lui parlant d'une voix faible mais avec satisfaction des créatures monocellulaires – pas de noyaux, pas de chromosomes appariés, pas de quoi d'autre ? – qui avaient constitué la seule forme de vie sur Terre pendant près des deux tiers de l'histoire de la vie sur Terre.

« Or chez les Égyptiens de l'Antiquité, on croyait que l'âme faisait un voyage, qui prenait trois mille ans, puis qu'elle revenait dans le corps, donc il fallait que le corps soit en assez bonne forme. Ainsi leur souci primordial était la conservation, que nous ne connaissons pas aujourd'hui à un degré comparable. »

Pas de chloroplastes et pas de… mitochondries.

« Trois mille ans, reprit-elle. Ensuite l'âme revient.

– Oui, selon eux », fit-il. Il posa sa tasse vide et annonça qu'il ferait bien de rentrer chez lui.

« Merci », dit Nina. Puis, précipitamment : « Crois-tu à une chose telle que l'âme ? »

Les mains appuyées sur la table de cuisine, il soupira, secoua la tête et dit : « Oui. »

Peu de temps après son départ, elle prit les cendres et les posa sur le siège arrière de la voiture. Ensuite elle retourna dans la maison chercher ses clés et un manteau. Elle partit à environ deux kilomètres de la ville, jusqu'à un carrefour où elle se gara puis longea une petite route en portant la boîte. La nuit était assez froide et calme, la lune déjà haute dans le ciel.

Cette route traversait d'abord un terrain marécageux où poussaient des massettes à présent desséchées – hautes et d'aspect hivernal. Il y avait aussi des asclépias dont les cosses étaient vides et luisaient comme des coquillages. Tout était distinct sous la lune. Elle sentait des chevaux.

Oui, il y en avait deux tout près, des formes noires massives au-delà des massettes et de la clôture de la ferme. Ils se tenaient là à l'observer en frottant leurs gros corps l'un contre l'autre.

Elle ouvrit la boîte, plongea la main dans les cendres qui refroidissaient et les lança ou les laissa tomber – avec d'autres petits fragments récalcitrants du corps – parmi ces plantes de talus. Faire cela était comme avancer dans l'eau puis se jeter dans le lac pour le premier bain glacé, au mois de juin. Un choc qui serrait le cœur d'abord, puis la stupéfaction d'être encore en mouvement, soulevée sur un courant d'attachement inébranlable, calme au-dessus de la surface de sa vie, survivant, bien que la douleur causée par le froid ne cesse d'envahir son corps.

Les orties

Au cours de l'été 1979, je suis entrée dans la cuisine de mon amie Sunny près d'Uxbridge en Ontario, et j'ai vu un homme debout devant le comptoir, en train de se préparer un sandwich au ketchup.

J'ai circulé dans les collines au nord-est de Toronto avec mon mari – mon second mari, pas celui que j'avais quitté cet été-là – et j'ai cherché la maison, avec une persévérance paresseuse. J'ai essayé de repérer sur quelle route elle se trouvait, mais je n'y suis jamais arrivée. Elle a probablement été démolie. Sunny et son mari l'ont vendue quelques années après que j'ai séjourné chez eux. C'était trop loin d'Ottawa, où ils habitaient, pour servir de résidence d'été commode. Leurs enfants, en atteignant l'adolescence, rechignaient à y aller. Il y avait aussi trop d'entretien à faire pour Johnston, le mari de Sunny, qui aimait passer ses week-ends à jouer au golf.

J'ai trouvé le golf : je crois que c'est le bon, bien que les bordures broussailleuses aient été nettoyées et qu'il y ait un club house plus chic.

Dans la campagne où j'ai vécu dans mon enfance, les puits se tarissaient en été. Cela arrivait tous les cinq ou six ans environ, quand il n'avait pas plu suffisamment. Ces puits étaient des trous creusés dans la terre. Le nôtre était un trou plus profond que la plupart d'entre eux, mais nous avions besoin d'une grande quantité d'eau pour nos bêtes parquées – mon père élevait des renards argentés et des visons –, alors un jour le puisatier est arrivé avec un équipement impressionnant et le trou a été enfoncé loin, loin, profondément dans la terre jusqu'à ce que de l'eau affleure dans la roche. À partir de cette époque, nous avons pu pomper de l'eau pure et froide à tout moment de l'année et si sec que fût le temps. C'était quelque chose dont on pouvait être fier. Un gobelet en fer blanc était pendu à la pompe, et quand je buvais dedans par une journée brûlante, je pensais à des rochers noirs où l'eau coulait en étincelant comme des diamants.

Le foreur de puits – on l'appelait parfois le puisatier, comme si personne ne se donnait la peine de préciser ce qu'il faisait et que l'on trouve l'ancienne appellation plus commode – était un dénommé Mike McCallum. Il habitait la ville proche de notre ferme mais n'y possédait pas de maison. Il logeait à l'hôtel Clark : il s'y était installé au printemps et y resterait jusqu'à ce qu'il ait terminé le travail qu'il trouverait à faire dans la région. Ensuite il irait ailleurs.

Mike McCallum était plus jeune que mon père, mais il avait un fils qui avait un an et deux mois de plus que moi. Ce garçon vivait avec son père dans des hôtels ou des pensions de famille, là ou travaillait son père, et il fréquentait l'école qui se trouvait à portée. Il s'appelait aussi Mike McCallum.

Je connais son âge exact parce que c'est quelque chose que les enfants tirent au clair immédiatement, c'est l'une des questions essentielles qu'ils règlent pour être amis ou pas. Il avait neuf ans et moi huit. Son anniversaire était en avril, le mien en juin. Les vacances d'été étaient bien entamées quand il est arrivé chez nous avec son père.

Le père conduisait un camion rouge foncé qui était toujours boueux ou poussiéreux. Mike et moi, nous montions dans la cabine quand il pleuvait. Je ne me rappelle pas si son père entrait dans la cuisine pendant ce temps-là, pour fumer et boire une tasse de thé, ou se mettait sous un arbre, ou continuait à travailler. La pluie coulait à flots sur les vitres de la cabine et faisait un vacarme semblable à des cailloux tombant sur le toit. Il y avait une odeur d'hommes : vêtements de travail, outils, tabac, bottes crottées et le fromage rance de leurs chaussettes. De chien à longs poils mouillé aussi, parce que nous avions fait entrer Ranger avec nous. Ranger allait de soi pour moi, j'avais l'habitude qu'il me suive partout. Parfois, sans raison valable, je lui ordonnais de rester à la maison, d'aller dans la grange, de me laisser tranquille. Mais Mike l'aimait et s'adressait toujours à lui gentiment, par son nom, lui racontant nos projets et l'attendant quand il partait pour l'un de ses programmes spécial chien, poursuivre une marmotte ou un lapin. En vivant comme il le faisait avec son père, Mike ne pouvait pas avoir de chien à lui.

Un jour que Ranger nous accompagnait, il a poursuivi une mouffette : celle-ci s'est retournée et l'a aspergé. On nous a tenus un peu responsables, Mike et moi. Ma mère a été obligée d'interrompre ce qu'elle était en train de faire, de prendre la voiture et d'aller en ville acheter plusieurs grandes boîtes de jus de tomate. Mike a persuadé Ranger de se mettre dans un baquet : nous l'avons arrosé de jus de tomate que nous avons fait pénétrer dans les poils en le brossant. On aurait dit que nous le lavions avec du sang. Combien de personnes faudrait-il pour fournir une telle quantité de sang, nous demandions-nous. Combien de chevaux ? D'éléphants ?

J'étais plus familière du sang et de l'abattage d'animaux que Mike. Je l'ai emmené voir l'endroit au coin du pré, près de la barrière de la basse-cour, où mon père abattait et dépeçait les chevaux dont on nourrissait les renards et les visons. À force d'être piétiné, le sol était nu et semblait profondément taché de sang, rouge fer. Puis je l'ai emmené au local à viande dans la basse-cour, où l'on suspendait les carcasses de chevaux avant de les hacher pour en faire l'aliment. Ce local n'était qu'une cabane avec des parois en grillage, lesquelles parois étaient noires de mouches ivres de l'odeur de charogne. Nous prenions des bardeaux et les écrasions.

Notre ferme était petite : quatre hectares et demi. Elle était si petite que j'en avais exploré toutes les parties. Chacune avait un aspect et un caractère particuliers, que je n'aurais pas pu exprimer par des mots. Il est facile de voir ce qu'il y avait de spécial dans la cabane en grillage, avec les longues carcasses pâles de chevaux suspendues à des crocs barbares, ou dans le sol piétiné imbibé de sang où, de bêtes vivantes, elles s'étaient transformées en provisions de viande. Mais il y avait d'autres choses, comme les pierres bordant la rampe de la grange qui me parlaient tout autant, bien que rien de mémorable ne s'y fût jamais passé. D'un côté, il y avait une grosse pierre lisse, blanchâtre, qui faisait saillie et dominait toutes les autres, si bien que ce côté-là me paraissait expansif et public, et je choisissais toujours de monter par là plutôt que par l'autre côté, où les pierres étaient plus sombres et se collaient les unes aux autres dans un esprit plus mesquin. Chacun des arbres de ce lieu avait également une attitude et une présence – l'orme avait l'air serein et le chêne menaçant, les érables amicaux et banals, l'aubépine vieille et revêche. Même les excavations dans les marécages au bord de la rivière, là où mon père avait exploité le gravier des années auparavant, avaient leur caractère distinct, peut-être plus facile à repérer lorsqu'on les voyait pleines d'eau lors du retrait des crues de printemps. Il y avait celle qui était petite, ronde, profonde et parfaite, celle qui s'étirait comme une queue, et celle qui était large, d'une forme incertaine et où il y avait toujours un clapotis parce que l'eau était très peu profonde.

Mike voyait toutes ces choses sous un angle différent. Comme moi, maintenant que je l'accompagnais. Je les voyais à sa façon et à la mienne, et ma façon était par nature impossible à transmettre, si bien qu'elle devait rester secrète. La sienne était liée à l'avantage immédiat. La grosse pierre pâle de la rampe servait de tremplin : on prenait un élan bref et sec, puis on se lançait dans le vide pour éviter les pierres plus petites sur la pente en dessous et atterrir sur la terre tassée à côté de la porte de l'écurie. Tous les arbres servaient à grimper, mais en particulier l'érable près de la maison, avec la branche le long de laquelle on pouvait ramper pour se laisser tomber sur le toit de la véranda. Et les gravières servaient simplement à sauter dedans, en poussant des cris de bêtes bondissant sur leur proie, après une course échevelée dans l'herbe haute. Si l'année avait été moins avancée, disait Mike, à l'époque où il y avait plus d'eau dans les trous, nous aurions pu construire un radeau.

Ce projet fut étudié, par rapport à la rivière. Mais en août celle-ci était presque autant une route pierreuse qu'un cours d'eau et, au lieu d'essayer de la descendre en flottant ou d'y nager, nous enlevions nos souliers et nous pataugions, nous sautions d'un rocher nu, blanc comme un os, à l'autre, nous glissions sur les rochers enduits de vase sous la surface, en nous frayant un chemin à travers des nappes de nénuphars aux feuilles plates et d'autres plantes aquatiques dont je ne me rappelle pas, ou n'ai jamais connu, le nom (panais sauvage, grande ciguë ?). Elles poussaient si dru qu'on aurait dit qu'elles étaient enracinées sur des îles, sur une terre ferme, mais en fait elles sortaient de la souille fluviale et nous enlaçaient les jambes dans leurs racines sinueuses.

La rivière était celle qui coulait à ciel ouvert à travers la ville et en remontant le courant, nous sommes arrivés en vue du pont routier à double travée. Quand j'étais seule ou seulement en compagnie de Ranger je n'allais jamais jusqu'au pont, parce que des gens de la ville s'y trouvaient d'habitude. Ils y venaient pêcher depuis le bord ou bien, quand l'eau était assez haute, des garçons sautaient du garde-fou. Ils ne devaient pas le faire à présent, mais très probablement certains seraient en train de barboter en dessous, braillards et hostiles comme l'étaient toujours les enfants de la ville.

On risquait aussi de trouver des vagabonds. Mais je n'en ai rien dit à Mike, qui marchait devant moi comme si le pont était une destination ordinaire et qu'il ne représentât rien de désagréable ou d'interdit. Des voix ont atteint nos oreilles et comme je m'y attendais, c'étaient les voix de garçons qui hurlaient : on aurait cru que le pont leur appartenait. Ranger nous avait suivis jusqu'à présent, sans enthousiasme, mais à ce moment-là il a pris une tangente vers la rive. C'était devenu un vieux chien à cette époque, et il n'avait jamais eu un amour aveugle pour les enfants.

Un homme pêchait, pas depuis le pont mais depuis la rive, et il a juré à cause de la perturbation que Ranger a provoquée en sortant de l'eau. Il nous a demandé si nous ne pouvions pas laisser notre couillon de chien à la maison. Mike a poursuivi son chemin tout droit comme si ce type n'avait fait que nous siffler, puis nous sommes arrivés à l'ombre du pont, où je n'étais jamais venue de ma vie.

Le plancher du pont était notre toit, avec des stries de soleil passant entre les planches. Et alors une voiture a roulé dessus, avec un bruit de tonnerre et en occultant la lumière. Pour cet événement nous sommes restés immobiles, les yeux levés. Sous-le-pont était un endroit en soi, pas simplement une courte partie de la rivière. Une fois que la voiture est passée et que le soleil a de nouveau brillé entre les fentes, son reflet sur l'eau a répandu des vagues de lumière, d'étranges bulles de lumière, au sommet des pilotis de ciment. Mike a crié pour essayer l'écho, et j'en ai fait autant, mais doucement, parce que les garçons sur la rive, les étrangers, de l'autre côté du pont, m'effrayaient plus que ne l'auraient fait des vagabonds.

J'allais à l'école rurale au-delà de notre ferme. La fréquentation y avait diminué au point que j'étais seule dans ma classe. Mais Mike allait à l'école en ville depuis le printemps et ces garçons ne lui étaient pas inconnus. Il aurait probablement été en train de jouer avec eux, pas avec moi, si son père n'avait pas eu l'idée de l'emmener là où il travaillait pour pouvoir, de temps en temps, le surveiller.

Quelques salutations avaient dû être échangées entre ces garçons de la ville et Mike.

« Hé. Qu'est-ce que tu viens foutre ici ?
– Rien. Et vous qu'est-ce que vous foutez ?
– Rien. Qui c'est qu'est avec toi ?
– Personne. C'est elle, quoi.
– Gna-gna. Elle, quoi. »

En fait, un jeu se déroulait qui retenait l'attention de tout le monde. Et tout le monde comprenait des filles – il y en avait plus loin sur la rive, absorbées par leurs propres affaires – bien que nous ayons tous passé l'âge où garçons et filles jouent ensemble de manière courante. Elles avaient peut-être quitté la ville derrière les garçons, en faisant semblant de ne pas les suivre, ou bien les garçons leur avaient emboîté le pas avec l'intention de les asticoter, mais d'une façon ou d'une autre, quand ils s'étaient tous retrouvés, ce jeu avait pris forme et nécessité la participation de tous, si bien que les restrictions habituelles s'étaient effondrées. Et plus il comprenait de participants, mieux c'était, aussi Mike n'eut-il pas de peine à s'y introduire et à m'y emmener avec lui.

C'était un jeu de guerre. Les garçons s'étaient partagés en deux armées qui se combattaient derrière des barricades construites sommairement avec des branches, ainsi qu'à l'abri de l'herbe grossière et coupante, des joncs et des plantes aquatiques plus hautes que nos têtes. Les principales armes étaient des boules d'argile, boules de boue, environ de la taille de balles de base-ball. Il se trouvait qu'il y avait là une source spéciale d'argile, une fosse grise déjà creusée, à demi cachée par les plantes, un peu en hauteur sur la rive (sa découverte avait peut-être été à l'origine du jeu) et c'est là qu'opéraient les filles, à préparer les munitions. On comprimait et tapotait l'argile collante pour en faire une boule aussi dure que possible – elle pouvait contenir du gravier et un mélange liant d'herbe, de feuilles, de fragments de brindilles cueillies sur place, mais pas de cailloux ajoutés exprès – et il fallait qu'il y ait un grand nombre de ces boules parce qu'elles ne pouvaient servir qu'à un seul jet. Il n'était pas permis de ramasser les boules qui avaient raté leur but, de les tasser et de les jeter une nouvelle fois.

Les règles de la guerre étaient simples. Si vous étiez touché par une boule – le nom officiel qu'elles portaient était boulet de canon – à la figure, à la tête, ou au torse, vous deviez tomber mort. Si vous étiez atteint aux bras ou aux jambes il fallait tomber, mais vous étiez seulement blessé. Alors les filles avaient une autre chose à faire : sortir en rampant et tirer les soldats blessés jusqu'à un endroit piétiné qui était l'hôpital. Des feuilles étaient appliquées sur leurs blessures et ils étaient censés rester étendus immobiles tant qu'ils n'avaient pas compté jusqu'à cent. Après quoi, ils pouvaient se relever et se battre de nouveau. Les morts ne devaient pas se relever avant que la guerre soit finie et la guerre n'était pas finie tant que tout le monde n'était pas mort dans l'une des armées.

Comme les garçons, les filles étaient partagées en deux camps, mais puisqu'il n'y avait pas autant de filles que de garçons, tant s'en faut, nous ne pouvions pas servir de fabricants de munitions et d'infirmières pour un seul soldat. Il y avait des alliances, tout de même. Chaque fille avait sa pile de boules et travaillait pour certains soldats en particulier, et quand un soldat tombait blessé il criait le nom d'une fille, pour qu'elle puisse le traîner hors du champ et panser ses blessures au plus tôt. Je fabriquais des armes pour Mike et c'était mon nom qu'il criait. Le bruit ambiant était tel – les cris constants de « T'es mort », les cris triomphants ou scandalisés (car naturellement des enfants censés être morts essayaient tout le temps de réintégrer le combat en catimini) et les aboiements d'un chien, pas Ranger, qui s'était bizarrement mêlé à la bataille – il y avait tant de bruit qu'il fallait toujours tendre l'oreille vers la voix du garçon qui criait votre nom. Quand l'appel arrivait, on éprouvait une angoisse aiguë, un fil électrisant le corps entier, un sentiment fanatique de dévouement. (Enfin, c'était mon cas, car à la différence des autres filles, mes services n'étaient attribués qu'à un seul guerrier.)

Je ne pense pas non plus avoir jamais joué ainsi au sein d'un groupe, comme cela, auparavant. C'était une telle joie de faire partie d'une grande entreprise dangereuse, et d'y être distinguée pour être engagée au service d'un seul combattant. Quand Mike a été blessé, il n'a pas ouvert les yeux, il est resté étendu, abandonné et immobile, pendant que je lui appliquais les grandes feuilles visqueuses au front et à la gorge et – en sortant sa chemise – au ventre pâle et tendre, avec son joli nombril vulnérable.

Personne n'a gagné. Le jeu a dégénéré au bout d'un long moment en discussions et résurrections massives. Nous avons essayé de nous débarrasser d'un peu d'argile pendant le retour à la maison, en nous couchant dans l'eau de la rivière. Nos shorts et nos chemises dégoûtants ruisselaient.

Il était tard dans l'après-midi. Le père de Mike s'apprêtait à partir.

« Grand Dieu », s'est-il exclamé.

Nous avions un ouvrier à la journée qui venait aider mon père quand il y avait du dépeçage ou du travail supplémentaire à faire. Il avait un air à la fois âgé et enfantin, et une respiration asthmatique sifflante. Il aimait m'attraper et me chatouiller jusqu'à ce que je me croie sur le point de suffo-

quer. Personne ne s'y opposait. Ça ne plaisait pas à ma mère, mais mon père lui disait que c'était juste une plaisanterie. Il était là dans la cour, en train d'aider le père de Mike.
« Vous deux, vous vous êtes roulés dans la boue, dit-il. Avant d'avoir eu le temps de vous retourner, vous allez être obligés de vous marier. »
De derrière la porte grillagée ma mère l'a entendu. (Si les hommes avaient su qu'elle était là, ni l'un ni l'autre n'aurait parlé comme ils l'avaient fait.) Elle est sortie dire quelque chose à l'ouvrier d'une voix basse et réprobatrice avant de faire un commentaire sur notre aspect.
J'ai entendu une partie de ce qu'elle disait.
« Comme frère et sœur. »
L'ouvrier a regardé ses bottes avec un grand sourire désarmé.
Elle avait tort. L'ouvrier s'approchait plus qu'elle de la vérité. Nous n'étions pas comme frère et sœur, en tout cas comme aucun frère et sœur que j'aie connus. Mon unique frère était à peine plus âgé qu'un bébé, alors je n'avais aucune expérience propre en ce domaine. Et nous ne ressemblions pas aux épouses et maris que je connaissais, qui étaient vieux, d'une part, et vivaient d'autre part dans des mondes tellement séparés qu'ils semblaient à peine se reconnaître. Nous étions comme des amoureux solides et familiers, dont le lien ne nécessite pas beaucoup d'expression extérieure. Ce qui, pour moi au moins, était grave et passionnant.
Je savais que l'ouvrier parlait de sexualité, bien que je ne crois pas avoir connu ce mot. Et je l'ai détesté pour cela encore plus que je le détestais habituellement. De façon précise, il se trompait. Nous ne pratiquions pas d'exhibitions, de frottis-frottas ou de privautés : il n'y avait pas de recherche gênée de cachettes, pas trace du plaisir frustrant à se tripoter suivi de honte immédiate et âpre. Des situations semblables s'étaient produites pour moi avec un cousin et deux filles un peu plus vieilles que moi, des sœurs, qui fréquentaient mon école. J'avais de l'aversion pour ces partenaires avant et après l'occurrence, et je niais avec colère,

même mentalement, qu'aucune de ces choses fussent arrivées. De telles escapades n'auraient jamais pu être envisagées avec une personne pour qui j'éprouvais affection ou respect, seulement avec des gens qui me dégoûtaient, comme ces odieuses démangeaisons libidineuses me dégoûtaient de moi-même.

Dans mes sentiments pour Mike, le démon localisé se transformait en excitation diffuse et en tendresse répandue partout sous la peau, un plaisir des yeux et des oreilles ainsi qu'un picotement satisfait en présence de l'autre personne. Je me réveillais chaque matin avide de le voir, d'entendre le camion du puisatier cahoter et brinquebaler sur la petite route. Je vouais un culte, sans le manifester, à sa nuque et à la forme de sa tête, au froncement de ses sourcils, à ses longs orteils nus et à ses coudes sales, à sa voix forte et assurée, à son odeur. J'acceptais de bon gré, avec dévotion même, les rôles qui n'avaient pas à être expliqués ou déterminés entre nous : je l'aiderais et l'admirerais, lui dirigerait et se tiendrait prêt à me protéger.

Et puis un matin, le camion n'est pas venu. Un matin, bien sûr, le travail était achevé, le puits couvert, la pompe réinstallée, l'eau fraîche objet d'émerveillement. Il y avait deux chaises de moins à table pour le repas de midi. Les deux Mike, l'aîné et le jeune, avaient toujours pris le déjeuner avec nous. Le jeune Mike et moi ne nous parlions jamais et nous regardions à peine. Il aimait mettre du ketchup sur son pain. Son père parlait au mien et la conversation portait surtout sur les puits, les accidents, les nappes phréatiques. Un homme sérieux. Pourtant, lui, le père de Mike, terminait presque tous ses propos par un rire. On entendait une résonance solitaire dans ce rire, comme s'il était encore au fond du puits.

Ils ne sont pas venus. La tâche était achevée, il n'y avait aucune raison pour qu'ils reviennent jamais. Et il s'avéra que ce travail était le dernier que le puisatier eût à réaliser dans notre région. Il avait d'autres besognes en attente ailleurs et il voulait s'y atteler aussi vite que possible, tant que le beau temps durait. Vivant comme il le faisait, à l'hôtel, il pouvait simplement emballer ses affaires et s'en aller. Et c'est ce qu'il avait fait.

Pourquoi n'avais-je pas compris ce qui se passait ? N'y avait-il eu aucun au revoir, aucune conscience que lorsque Mike était monté dans le camion ce dernier après-midi, il s'en allait pour de bon ? Aucun geste de la main, pas de tête tournée vers moi – ou détournée de moi – quand le camion, alourdi maintenant de tout l'équipement, était parti le long de notre route en faisant des embardées ? Quand l'eau avait jailli – je me la rappelle jaillissant et les gens rassemblés autour pour boire – pourquoi n'avais-je pas compris combien de choses avaient pris fin pour moi ? Je me demande maintenant si de propos délibéré on n'avait pas cherché à minimiser l'occasion, pour éliminer les adieux afin d'éviter que je sois, ou que nous soyons, trop malheureux et trop difficiles.

Il est peu probable qu'à cette époque-là on ait tenu compte à ce point des sentiments d'enfants. Il nous appartenait d'en souffrir ou de les étouffer.

Je ne suis pas devenue difficile. Le premier choc passé, je n'ai rien laissé voir à personne. L'ouvrier journalier me taquinait chaque fois qu'il m'apercevait (« Alors ton petit ami t'a laissée tomber ? ») mais je ne regardais jamais dans sa direction.

Je devais savoir que Mike allait partir. De même que je savais que Ranger était vieux et allait mourir bientôt. J'acceptais l'absence future : c'est juste que je n'avais aucune idée, jusqu'à la disparition de Mike, de ce à quoi pouvait ressembler l'absence. Comment tout mon territoire serait transformé, comme si un éboulement l'avait traversé et avait arraché toute signification autre que la perte de Mike. Je ne pouvais plus regarder la pierre blanche de la rampe sans penser à lui, ce qui m'amena à avoir de l'aversion pour elle. J'avais également ce sentiment à l'égard de la grosse branche de l'érable puis, lorsque mon père l'a coupée parce qu'elle était trop près de la maison, j'ai continué de l'éprouver à l'égard de la cicatrice qui est restée.

Un jour, des semaines plus tard, alors que je portais mon manteau d'automne, je me trouvais debout près de la porte du magasin de chaussures pendant que ma mère faisait un essayage, et j'ai entendu une femme appeler : « Mike. » Elle a dépassé le magasin en courant, en criant : « Mike. » J'ai tout à coup été convaincue que cette femme que je ne connaissais pas devait être la mère de Mike – je savais, sans que lui en ait parlé, qu'elle était séparée de son père, pas morte – et qu'ils étaient revenus en ville pour quelque raison. Je n'ai pas considéré si ce retour était temporaire ou permanent, seulement – maintenant je quittais le magasin à toutes jambes – qu'une minute plus tard je verrais Mike.

La femme avait rattrapé un gamin de cinq ans environ qui venait de prélever une pomme dans un cageot sur le trottoir devant l'épicerie voisine.

Je me suis arrêtée et j'ai regardé le garçon avec incrédulité, comme si un sortilège scandaleux, injuste, avait eu lieu sous mes yeux.

Un nom banal. Un enfant stupide à face plate avec des cheveux blonds sales.

Mon cœur battait la chamade, comme des hurlements dans ma poitrine.

Sunny est venue me chercher au car à Uxbridge. C'était une femme au squelette massif, avec un visage animé, des cheveux bouclés châtain argenté retenus de chaque côté par des peignes dépareillés. Même ayant grossi – ce qui lui était arrivé – elle n'avait pas l'air d'une matrone mais d'une jeune fille majestueuse.

Elle m'a introduite dans sa vie avec volubilité, comme elle l'avait toujours fait, en me racontant qu'elle avait craint d'être en retard parce qu'une bestiole était entrée dans l'oreille de Claire ce matin-là et qu'il avait fallu emmener la petite à l'hôpital pour évacuer l'insecte, puis que le chien avait vomi sur la marche de la cuisine, probablement parce qu'il détestait le voyage, la maison et la campagne et qu'au moment où elle, Sunny, partait me chercher, Johnston obligeait les garçons à nettoyer les saletés parce que c'étaient eux qui avaient voulu un chien et Claire se plaignait qu'elle entendait encore quelque chose qui faisait bzz-bzz dans son oreille.

« Alors qu'en dirais-tu si nous allions dans un endroit sympathique et tranquille nous saouler et ne jamais retourner là-bas ? demanda-t-elle. Pourtant, il faut qu'on y aille. Johnston a invité un ami dont la femme et les enfants sont partis en Irlande et ils veulent aller jouer au golf. »

Sunny et moi avions été amies à Vancouver. Nos grossesses avaient alterné joliment, si bien que nous pouvions nous débrouiller avec une seule série de tenues de maternité. Dans ma cuisine ou dans la sienne, une fois par semaine environ, rendues folles par nos enfants et titubant parfois à cause du manque de sommeil, nous nous remontions à coups de café fort et de cigarettes en nous livrant à un déchaînement verbal – sur nos mariages, nos affrontements, nos insuffisances personnelles, nos motivations intéressantes et indignes, nos ambitions décidées d'avance. Nous lisions Jung en même temps et essayions de nous rappeler nos rêves. Pendant l'époque de la vie censée être un hébètement reproducteur, l'esprit de la femme étant complètement submergé de sucs maternels, nous étions encore poussées à discuter de Simone de Beauvoir, Arthur Koestler et *La Cocktail-Party*[1].

Nos maris ne partageaient absolument pas cette disposition d'esprit. Quand nous essayions de parler de ces choses avec eux, ils disaient : « Oh, ça c'est juste de la littérature » ou « À t'entendre, on dirait un cours de philo de première année. »

À présent, nous avions toutes les deux quitté Vancouver. Mais Sunny avait déménagé avec son mari, ses enfants et ses meubles, de façon normale et pour la raison habituelle : son mari avait changé d'emploi. Et moi j'avais déménagé pour la raison dernier cri, approuvée hautement mais de façon fugitive et seulement dans des cercles restreints, que je quittais le mari, la maison et tout ce qui avait été acquis pendant le mariage (à part les enfants, bien sûr, qui allaient

---

1. Pièce de théâtre de T.S. Eliot.

être partagés) avec l'espoir de faire une vie qui puisse être vécue sans hypocrisie, privation ni honte.

J'habitais maintenant le premier étage d'une maison à Toronto. Les gens du rez-de-chaussée – les propriétaires de la maison – étaient arrivés de Trinidad une douzaine d'années auparavant. Dans toute la rue, les vieilles maisons en brique avec leurs vérandas, leurs hautes fenêtres étroites, autrefois demeures de méthodistes et de presbytériens avec des noms comme Henderson, Grisham et McAllister, étaient pleines de gens au teint olivâtre ou basané parlant l'anglais d'une façon qui ne m'était pas familière, quand ils le parlaient, remplissant l'air à tout instant de l'odeur de leur cuisine épicée et sucrée. Tout cela me convenait, me donnait l'impression d'avoir effectué un véritable changement, un long voyage nécessaire depuis la maison du mariage. Mais c'était trop attendre de la part de mes filles, qui avaient dix et douze ans, qu'elles éprouvent le même sentiment. J'avais quitté Vancouver au printemps et elles étaient venues me retrouver au début des vacances d'été, en principe pour passer les deux mois entiers. Elles trouvaient écœurantes les odeurs de la rue et le bruit leur faisait peur. Il faisait chaud et elles ne parvenaient pas à dormir, même avec le ventilateur que j'avais acheté. Il fallait garder les fenêtres ouvertes et les fêtes dans les jardins duraient parfois jusqu'à quatre heures du matin.

Des expéditions à la Cité des sciences, à la tour Canadian National[1], au musée et au zoo, des régals dans les restaurants climatisés des grands magasins, une sortie en bateau à l'île de Toronto n'ont pas pu compenser l'absence de leurs amis ni les réconcilier avec la parodie de foyer que je leur offrais. Leurs chats leur manquaient. Elles voulaient avoir une chambre individuelle, se promener librement, traîner à la maison au cours de journées tranquilles.

Pendant un certain temps elles ne se sont pas plaintes. J'ai entendu l'aînée dire à la plus jeune : « On fera croire à maman qu'on est heureuses. Ou alors elle sera triste. »

---

1. La plus grande tour du monde à l'époque, appartenant à une chaîne hôtelière.

Une explosion pour finir. Des accusations, des confessions de souffrance (souffrance exagérée même, ai-je pensé, développée à mon intention). La plus jeune gémissant : « Pourquoi est-ce qu'on peut pas simplement vivre à la maison ? » et l'aînée lui disant amèrement : « Parce qu'elle déteste papa. »

J'ai téléphoné à mon mari, qui m'a posé presque la même question, et a fourni, tout seul, presque la même réponse. J'ai échangé les billets, aidé mes enfants à faire leurs bagages, puis je les ai emmenées à l'aéroport. Pendant tout le chemin nous avons joué à un jeu idiot suggéré par l'aînée. Il fallait choisir un chiffre, 27, 42, puis regarder par la fenêtre, compter les hommes que l'on voyait et le 27e ou le 42e, c'est selon, serait celui que vous alliez épouser. Quand je suis rentrée, seule, j'ai rassemblé tout ce qui les rappelait – un dessin humoristique fait par l'une d'elles, un exemplaire du magazine *Glamour* que l'aînée avait acheté, divers articles de bijouterie et d'habillement qu'elles pouvaient porter à Toronto mais pas chez elles – et j'ai tout fourré dans un sac poubelle. Je faisais à peu près la même chose chaque fois que je pensais à elles : je bouclais mon esprit. Il y avait des souffrances que je pouvais supporter : celles qui avaient trait aux hommes. Et d'autres souffrances, celles qui avaient trait aux enfants, qui m'étaient insupportables.

Je me suis remise à vivre comme je le faisais avant leur arrivée. J'ai cessé de préparer un petit déjeuner et suis sortie tous les matins pour prendre le café avec des petits pains frais chez le traiteur italien. L'idée d'être à ce point libérée des obligations domestiques m'enchantait. Mais j'ai remarqué alors, comme je ne l'avais pas fait auparavant, l'expression sur les visages de certaines personnes assises tous les matins sur les tabourets derrière la vitrine ou aux tables sur le trottoir, des gens pour qui ce n'était d'aucune manière l'accomplissement d'une action admirable et étonnante mais l'habitude éculée d'une vie solitaire.

De retour à la maison, donc, je restais assise à écrire pendant des heures sous les vitres d'une ancienne véranda transformée à présent en cuisine de fortune. J'espérais gagner ma vie comme écrivaine. Le soleil échauffait bientôt la petite pièce et le dos de mes jambes – je portais un short – collait à la chaise. Je sentais l'odeur chimique douceâtre particulière de mes sandales en plastique qui absorbaient la transpiration de mes pieds. Cela me plaisait : c'était l'odeur de mon industrie, et, espérais-je, de mon œuvre accomplie. Ce que j'écrivais ne valait pas mieux que ce que j'arrivais à produire dans mon ancienne vie pendant que les pommes de terre cuisaient ou que le linge tournait bruyamment dans son cycle automatique. C'était simplement plus abondant et ce n'était pas pire, voilà tout.

Plus tard dans la journée, je prenais un bain et j'allais retrouver l'une ou l'autre de mes amies. Nous buvions du vin aux tables sur le trottoir devant les petits restaurants de Queen Street, Baldwin Street ou Brunswick Street et parlions de nos vies, de nos amants surtout, mais dire « amant » nous écœurait, alors nous les appelions « les hommes avec lesquels nous étions liées ». Et parfois je retrouvais l'homme avec lequel j'étais liée. Il avait été banni tant que les petites étaient chez moi, bien que j'eusse enfreint cette règle deux fois, en laissant mes filles dans un cinéma climatisé.

J'avais connu cet homme avant de rompre mon mariage et il avait constitué la raison immédiate de la rupture, bien que j'eusse prétendu – auprès de lui/et de tout le monde – que ce n'était pas le cas. Quand je le voyais, j'essayais d'être insouciante et de manifester un esprit d'indépendance. Nous échangions des informations – je m'assurais d'en avoir –, nous riions, et nous allions nous promener dans le ravin, mais ce que je voulais vraiment c'était l'inciter à me faire l'amour, parce que je pensais que les élans intenses de la sexualité faisaient fusionner le meilleur des êtres. J'étais sotte à cet égard, d'une façon qui était très risquée, particulièrement pour une femme de mon âge. Parfois j'étais tellement heureuse après nos rencontres, éblouie et tranquille, d'autres fois, je restais étendue, lourde d'appréhension comme une pierre. Après qu'il s'en était allé, je sentais les larmes couler de mes yeux avant de savoir que je pleurais. C'était dû à une ombre que j'avais aperçue en lui ou à certaine désinvolture, ou bien à un avertissement détourné qu'il m'avait donné. Derrière les vitres, quand la nuit tombait, les fêtes dans les jardins démarraient, accompagnées de la musique, des cris et des provocations qui pourraient dégénérer en bagarres, et alors j'aurais peur, non pas d'une hostilité quelconque mais d'une forme de non-existence.

C'est dans l'un de ces états d'esprit, que j'ai un jour téléphoné à Sunny et reçu l'invitation à passer le week-end à la campagne.

« C'est beau ici », ai-je déclaré.

Mais la campagne que nous traversions ne représentait rien pour moi. Les collines étaient une série de bosses vertes, avec parfois des vaches. Il y avait des ponts bas en béton par-dessus des ruisseaux étouffés d'herbes. Le foin était récolté d'une nouvelle manière, en rouleaux laissés dans les champs.

« Attends d'avoir vu la maison, dit Sunny. Elle est sordide. Il y avait une souris dans la tuyauterie. Morte. Nous trouvions sans arrêt des petits poils dans l'eau du bain. Tout ça est réglé maintenant, mais on ne sait jamais ce qui va arriver. »

Elle ne m'a pas interrogée – était-ce par délicatesse ou désapprobation ? – sur ma nouvelle vie. Peut-être ne savait-elle pas par où commencer, ne pouvait-elle pas l'imaginer. Je lui aurais menti, de toute façon, ou à demi menti. *C'était dur de prendre la fuite mais il fallait le faire. Les enfants me manquent affreusement mais il y a toujours un prix à payer. J'apprends à laisser un homme libre et à être libre moi-même. J'apprends à prendre la sexualité à la légère, ce qui me pose problème parce que ce n'est pas ainsi que j'ai débuté dans la vie et que je ne suis pas jeune, mais j'apprends.*

Un week-end, me suis-je dit. Cela m'a paru très long.

Les briques de la maison portaient une cicatrice là où une véranda avait été démolie. Les fils de Sunny tourbillonnaient bruyamment dans la cour.

« Mark a perdu la balle », a crié l'aîné, Gregory.

Sunny lui a dit de me saluer.

« Hello. Mark a lancé la balle par-dessus la remise et maintenant on ne peut pas la trouver. »

La fillette de trois ans, née depuis ma dernière rencontre avec Sunny, est sortie en courant par la porte de la cuisine puis s'est arrêtée, étonnée de voir une inconnue. Mais elle s'est reprise et m'a expliqué : « Une sorte d'insecte a volé dans ma tête. »

Sunny l'a prise dans ses bras, j'ai ramassé mon petit sac de voyage et nous sommes entrées dans la cuisine où Mike McCallum était en train d'étendre du ketchup sur une tranche de pain.

« C'est toi », avons-nous dit presque à la même seconde. Nous avons ri, je me suis précipitée vers lui et lui est venu vers moi. Nous nous sommes serré la main.

« Je croyais que c'était ton père », ai-je déclaré.

Je ne sais pas si j'en étais arrivée à penser au puisatier. J'avais pensé : qui est cet homme qui me paraît familier ? Un homme qui se meut avec légèreté, comme si descendre dans un puits et en sortir ne lui poserait aucun problème. Des cheveux coupés court, grisonnants, des yeux clairs très enfoncés. Un visage maigre, jovial mais austère. Une réserve habituelle, pas désagréable.

« Impossible, dit-il. Papa est mort. »

Johnston est entré dans la cuisine avec les sacs à crosses de golf, m'a saluée et a dit à Mike de se dépêcher, alors Sunny a expliqué : « Ils se connaissent, chéri. Ils se connaissaient. Tu t'imagines.

– Quand nous étions mômes, a commenté Mike.

– Vraiment ? a dit Johnston. C'est remarquable. » Et nous avons tous dit ensemble ce qu'il allait dire, de toute évidence.

« Comme le monde est petit ! »

Mike et moi nous nous regardions encore en riant : nous semblions nous faire mutuellement comprendre que cette découverte, que Sunny et Johnston pouvaient trouver remarquable, représentait pour nous une recrudescence éblouissante et comique de bonheur.

Tout l'après-midi, pendant que les hommes étaient partis, j'étais pleine d'énergie heureuse. J'ai préparé une tourte aux pêches pour le dîner et j'ai fait la lecture à Claire afin de la calmer pour sa sieste, pendant que Sunny emmenait les garçons pêcher, sans succès, dans le ruisseau étouffé d'algues. Puis nous nous sommes assises par terre dans le séjour, elle et moi, avec une bouteille de vin et sommes redevenues amies, en parlant de livres au lieu de la vie.

Ce que Mike se rappelait était différent de ce que je me rappelais. Il se rappelait avoir marché sur le pourtour étroit au sommet d'une ancienne fondation en ciment, en jouant à que c'était aussi haut que le plus haut des immeubles et que si nous trébuchions, notre chute serait mortelle. J'ai dit que cela devait se passer ailleurs, puis je me suis souvenue des fondations pour un garage qui avaient été coulées, sans que le garage soit construit, là où notre petite route rejoignait la grande. Avions-nous marché là-dessus ?
Oui.
Je me suis rappelée avoir voulu crier fort sous le pont mais avoir eu peur des gosses de la ville. Il ne se rappelait aucun pont.

Nous nous rappelions tous deux les boulets de canon en argile, et la guerre.

Nous faisions la vaisselle ensemble, si bien que nous pouvions parler tout notre saoul sans être grossiers.

Il m'a raconté comment son père était mort. Il avait été tué dans un accident de la route en rentrant d'un travail près de Bancroft.

« Tes parents sont-ils encore en vie ? »

J'ai expliqué que ma mère était morte et que mon père s'était remarié.

À un moment donné, je lui ai dit que j'étais séparée de mon mari, que j'habitais Toronto. J'ai indiqué que mes enfants avaient passé quelque temps avec moi mais étaient maintenant en vacances avec leur père.

Lui m'a dit qu'il habitait Kingston, mais pas depuis très longtemps. Il avait rencontré Johnston grâce à son travail. Comme Johnston, il était ingénieur des travaux publics. Sa femme était irlandaise, née en Irlande mais travaillant au Canada quand il l'avait rencontrée. Elle était infirmière. À présent elle était retournée en Irlande, dans le County Clare, voir sa famille. Elle avait emmené les enfants.

« Combien d'enfants ?

— Trois. »

La vaisselle une fois finie, nous sommes allés dans le séjour proposer de jouer au Scrabble avec les garçons pour que Sunny et Johnston puissent aller se promener. Une seule partie, puis c'était l'heure du lit en principe. Mais ils nous ont persuadés de commencer une autre série, si bien que nous jouions encore quand leurs parents sont rentrés.

« Qu'est-ce que je t'avais dit ? a demandé Johnston.

— C'est la même partie, a soutenu Gregory. Tu as dit qu'on pouvait finir la partie et c'est la même partie.

— Tu parles », a dit Sunny.

La nuit était superbe selon elle, et ils étaient gâtés en ayant des baby-sitters à domicile.

« Hier soir nous sommes effectivement allés au cinéma tandis que Mike restait avec les mômes. Un vieux film. *Le Pont sur la rivière Kwaï.*

— De, a dit Johnston. De la rivière Kwaï.

— Je l'avais vu de toute façon, a ajouté Mike. Il y a des années de ça.

— C'était plutôt bon, a jugé Sunny. Sauf que je n'étais pas d'accord avec la fin. J'ai pensé que la fin n'allait pas. Vous savez, quand Alec Guiness voit le fil de fer dans l'eau le matin et se rend compte que quelqu'un va faire sauter le pont ? Alors il pète les plombs, et puis ça devient tellement compliqué, il faut que tout le monde soit tué et tout et tout. Eh bien moi je pense qu'il aurait dû juste voir le fil, savoir ce qui allait se passer, rester sur le pont et sauter avec lui. Je pense que c'est ce que son personnage aurait fait et que cela aurait eu un impact dramatique plus puissant.

— Non, a répliqué Johnston, du ton de qui a déjà subi ce genre de discussion. Où est le suspense ?

— Je suis d'accord avec Sunny, ai-je dit. Je me rappelle avoir pensé que la fin était trop compliquée.

— Mike ? a interrogé Johnston.

– Moi, j'ai pensé que c'était pas mal, a répondu Mike. Pas mal comme c'était.
– Les mecs contre les femmes, a commenté Johnston. Les mecs gagnent. »
Puis il a dit aux garçons de ranger le jeu de Scrabble et ils ont obéi. Mais Gregory a pensé à demander de voir les étoiles. « C'est le seul endroit où on arrive à les voir, a-t-il dit. À la maison il y a tous ces éclairages et toutes ces merdes.
– Nous y voilà », a répliqué son père. Puis, OK, donc, cinq minutes, alors nous sommes tous sortis regarder le ciel. Nous avons cherché l'étoile polaire, juste à côté de la deuxième étoile dans la queue de la Petite Ourse. « Si vous pouviez la voir, a expliqué Johnston, alors votre vue était assez bonne pour vous faire entrer dans l'armée de l'air, enfin, c'était comme ça pendant la Seconde Guerre mondiale.
– Eh bien, a dit Sunny, moi je peux la voir, mais je savais déjà qu'elle était là. »
Pour Mike c'était la même chose.
« Moi je peux la voir, a déclaré Gregory d'un ton méprisant. Moi je pourrais la voir que je sache qu'elle était là ou pas.
– Moi aussi je pourrais la voir », a ajouté Mark.
Mike se tenait devant moi à une certaine distance et un peu à l'écart. Il était en fait plus près de Sunny que de moi. Personne n'était derrière nous et j'avais envie de le frôler, légèrement et comme par hasard, au bras ou à l'épaule. Puis, s'il ne s'écartait pas – par courtoisie, prenant mon effleurement pour un accident véritable ? – j'avais envie de poser un doigt sur son cou nu. Était-ce ce qu'il aurait fait, s'il s'était trouvé derrière moi ? Aurait-ce été l'objet de sa concentration, au lieu des étoiles ?
J'avais le sentiment, toutefois, que c'était un homme scrupuleux, qu'il s'abstiendrait.
Et pour cette raison, certainement, il ne rejoindrait pas mon lit ce soir. C'était tellement risqué que cela devenait impossible, de toute façon. Il y avait trois chambres au premier étage : la chambre d'amis et celle des parents ouvrant

toutes deux sur la pièce plus spacieuse où dormaient les enfants. Quiconque s'approchait de l'une ou l'autre des chambres plus petites était obligé de le faire en passant par la chambre des enfants. Mike, qui avait dormi dans la chambre d'amis la nuit dernière avait été déménagé en bas, sur le canapé-lit du séjour. Sunny lui avait mis des draps frais plutôt que de défaire et refaire le lit qu'il m'avait laissé.

« Il est plutôt propre, a-t-elle déclaré. Et après tout, c'est un vieil ami. »

De coucher dans ces draps-là n'a pas contribué à rendre la nuit paisible. Dans mes rêves, bien que ce ne fût pas la réalité, ils sentaient les plantes aquatiques, la vase et les roseaux à la chaleur du soleil.

Je savais qu'il ne viendrait pas, si faible que soit le risque. Ce serait un comportement sordide, dans la maison de ses amis, qui seraient – s'ils ne l'étaient pas déjà – également les amis de sa femme. Et comment pouvait-il être sûr que c'était ce que je voulais ? Ou que c'était ce qu'il voulait vraiment ? Même moi je n'en étais pas sûre. Jusqu'à présent, j'avais toujours pu me voir en femme fidèle à son amant du moment.

Mon sommeil était léger, mes rêves d'une lubricité monotone, avec des intrigues secondaires irritantes et désagréables. Mike était parfois prêt à coopérer, mais nous rencontrions des obstacles. Il lui arrivait d'être à côté du sujet comme lorsqu'il annonçait m'avoir apporté un cadeau, mais l'avoir perdu et qu'il lui importait énormément de le retrouver. Je lui disais de ne pas s'en soucier, que le cadeau ne m'intéressait pas, car c'était lui mon cadeau, la personne que j'aimais et avais toujours aimée, voilà ce que je disais. Mais il était préoccupé. Et me faisait parfois des reproches.

Toute la nuit – tout au moins, quand je me réveillais, et je me réveillais souvent – les grillons ont chanté devant ma fenêtre. J'ai d'abord cru que c'étaient des oiseaux, un chœur d'oiseaux de nuit infatigables. D'avoir vécu longtemps en ville, j'avais oublié que les grillons peuvent produire une véritable cascade de bruit.

Il faut également dire que lorsque je me réveillais, je me trouvais parfois abandonnée dans un lieu aride. Une lucidité importune. Que sais-tu vraiment de cet homme ? Ou lui de toi ? Quelle musique aime-t-il, quelles sont ses opinions politiques ? Qu'attend-il des femmes ?

« Avez-vous bien dormi, tous les deux ? a demandé Sunny.
– Comme un loir, a répondu Mike.
– Bien, ai-je dit. Parfaitement. »
Tout le monde était invité ce matin-là à un brunch chez des amis qui avaient une piscine. Mike a déclaré qu'il préférait faire le tour du golf, si ça ne posait pas de problème.

Sunny a répondu : « Bien sûr » et m'a regardée. « Eh bien, ai-je dit, je ne sais pas si… » et Mike est intervenu : « Tu ne joues pas au golf, n'est-ce pas ?
– Non.
– Quand même, tu pourrais venir faire le caddie pour moi.
– Moi je vais être caddie », a proposé Gregory. Il était prêt à se joindre à n'importe laquelle de nos expéditions, sûr que nous serions plus ouverts et distrayants que ses parents.

Sunny a dit non. « Tu viens avec nous. Tu ne veux pas profiter de la piscine ?
– Tous les gosses pissent dans la piscine. J'espère que tu le sais. »

Johnston nous avait prévenus avant notre départ qu'on avait annoncé de la pluie. Mike a répondu que nous allions courir ce risque. J'ai aimé qu'il dise « nous » et j'étais heureuse d'être assise à côté de lui, à la place de l'épouse. J'ai éprouvé du plaisir à l'idée de nous en tant que couple, un plaisir dont je savais qu'il était aussi écervelé que celui d'une adolescente. L'idée d'être une épouse me captivait, comme si je ne l'avais jamais été. Cela ne m'était jamais arrivé avec l'homme qui était mon véritable amant. Aurais-je vraiment pu m'installer, avec un amoureux, me débarrasser en quelque sorte des parties de moi qui ne s'adaptaient pas et être heureuse ?

Mais maintenant que nous étions seuls, une gêne se faisait sentir.

« La campagne est belle ici, tu ne trouves pas ? » ai-je dit. Et aujourd'hui c'était sincère. Les collines paraissaient plus douces, sous ce ciel blanc nuageux, qu'elles n'avaient paru la veille avec le soleil cuivré. Les arbres, à la fin de l'été, avaient un feuillage déchiqueté, un grand nombre de leurs feuilles commençaient à rouiller et certaines étaient en vérité devenues brunes ou rouges. Je reconnaissais maintenant différentes feuilles. « Des chênes, ai-je observé.
– C'est une terre sablonneuse, a expliqué Mike, dans toute cette région : on l'appelle Les Crêtes des Chênes. »
J'ai dit que je supposais que l'Irlande était belle.
« Dans certains coins c'est vraiment nu. De la roche nue.
– Est-ce que ta femme a grandi là ? A-t-elle ce joli accent ?
– Tu le croirais à l'entendre. Mais quand elle retourne là-bas, on lui dit qu'elle l'a perdu. On lui dit qu'à son accent on dirait une Américaine. Américaine, voilà ce qu'ils disent toujours. Canadienne, ce n'est pas la peine.
– Et tes enfants : je suppose qu'eux n'ont pas d'accent irlandais du tout ?
– Non.
– Au fait ce sont des filles ou des garçons ?
– Deux garçons et une fille. »
Je me sentais maintenant poussée à lui parler des contradictions, des chagrins et des exigences de ma vie. J'ai dit : « Mes gamines me manquent. »
Mais il n'a fait aucun commentaire. Ni parole de sympathie, ni encouragement. Peut-être jugeait-il inconvenant de parler de nos partenaires ou de nos enfants dans ces circonstances.
Peu de temps après nous nous sommes garés à côté du club house et il a dit d'un ton plutôt exubérant, comme pour compenser sa raideur : « On dirait que la menace de pluie a retenu les golfeurs du dimanche à la maison. » Il n'y avait qu'une voiture sur le parc de stationnement.
Il est descendu et est allé au bureau payer l'entrée du visiteur.
Je ne m'étais jamais trouvée sur un terrain de golf. J'avais vu jouer le jeu à la télévision, une ou deux fois, mais jamais

de mon plein gré. J'avais idée que certaines des crosses s'appelaient des fers, ou certains des fers des crosses, qu'il y en avait une appelée niblick et le terrain lui même links. Quand je le lui ai dit, Mike a déclaré : « Il se peut que tu t'ennuies épouvantablement.
— Si c'est le cas, j'irai me promener. »
Cela a paru lui faire plaisir. Il fit porter le poids de sa main chaleureuse sur mon épaule et répliqua : « Et tu le ferais, bien sûr. »
Mon ignorance n'avait pas d'importance – je n'étais évidemment pas obligée de faire le caddie – et je ne me suis pas ennuyée. Tout ce que je devais faire, c'était de le suivre et de l'observer. Je n'étais même pas obligée de l'observer. J'aurais pu observer les arbres au bord du terrain – c'étaient de grands arbres avec des cimes plumeuses et des troncs effilés, dont je n'étais pas sûre de connaître le nom – des acacias ? – ébouriffés par des coups de vent que nous ne sentions pas du tout, ici en dessous. Il y avait aussi des nuées d'oiseaux, merles ou étourneaux, volant avec un sentiment d'urgence partagé, mais seulement d'une cime d'arbre à une autre. Je me suis rappelée que les oiseaux faisaient cela : en août ou même fin juillet, ils commençaient à tenir de grands rassemblements préparant leur migration vers le sud.
Mike parlait de temps en temps, mais ne s'adressait pas vraiment à moi. Je n'avais pas besoin de répondre et à vrai dire en aurais été incapable. Je trouvais qu'il parlait plus, cependant, qu'un homme ne l'aurait fait s'il avait joué là tout seul. Ses propos décousus étaient des reproches, de prudents éloges ou des avertissements qu'il s'adressait, ou à peine des mots, juste le genre de bruits ayant pour but de faire sens, et qui font effectivement sens, dans la longue intimité de vies vécues dans une proximité consentante.
C'était donc ce que j'étais censée faire, lui donner une idée amplifiée, étendue, de sa personne. Une idée plus confortable, pourrait-on dire, un sentiment rassurant de rembourrage humain autour de sa solitude. Il ne l'aurait pas attendu tout à fait de la même manière, ni demandé tout à fait aussi naturellement et facilement, si j'avais été un autre

homme. Ou si j'avais été une femme à laquelle il ne se sentait pas lié.

Je n'ai pas réfléchi à tout cela. Cela résidait intégralement dans le plaisir que j'ai senti m'envahir tandis que nous cheminions sur les links. Le désir qui m'avait taraudée pendant la nuit était complètement calmé et maintenant mouché en flamme de veilleuse nette, attentive, conjugale. Je le suivais dans l'installation, les choix, la réflexion, les coups d'œil, les swings et j'observais la trajectoire de la balle, qui semblait toujours triomphale à mes yeux mais était habituellement problématique aux siens, jusqu'au site de notre défi suivant, notre avenir immédiat.

En marchant, nous parlions à peine. Va-t-il pleuvoir ? disions-nous. As-tu senti une goutte ? J'ai cru sentir une goutte. Peut-être pas. Ce n'était pas une conversation météorologique de convenance. Cela relevait du contexte de la partie. Allions-nous l'achever ou pas ?

Il s'est trouvé que non. Il y a eu une goutte de pluie, assurément une goutte de pluie, puis une autre, puis des éclaboussures. Mike a regardé le bout du terrain, là où les nuages avaient changé de couleur, passant du blanc au bleu foncé et a déclaré, sans inquiétude ou déception particulière : « Voilà notre mauvais temps. » Il s'est mis à ramasser ses affaires méthodiquement puis a bouclé son sac.

Nous nous trouvions alors à peu près aussi loin que possible du club house. Les oiseaux étaient de plus en plus agités et tournoyaient en l'air d'une façon inquiète et désordonnée. Les cimes des arbres se balançaient et il y avait un bruit – il semblait se trouver au-dessus de nos têtes – comme celui d'une vague chargée de galets s'abattant sur une plage. Mike a dit : « D'accord. Il vaut mieux que nous entrions ici », et il m'a prise par la main et nous a menés précipitamment, à travers le gazon tondu, au milieu des buissons et des hautes herbes qui poussaient entre le terrain et la rivière.

Les buissons juste au bord de l'herbe avaient des feuilles sombres et un air presque conventionnel, comme s'il s'était agi d'une haie, plantée là. Mais ils formaient un bouquet, d'origine sauvage. Ils avaient aussi l'air impénétrables, mais vus de près ils étaient percés de petites ouvertures, les sentiers étroits faits par les bêtes ou les gens cherchant des balles de golf. Le terrain était légèrement en pente et une fois que l'on avait franchi le mur irrégulier des buissons, on apercevait une partie de la rivière, celle qui justifiait l'enseigne à la grille, le nom sur le club house. Riverside Golf Club. L'eau était gris acier et paraissait rouler sans se mettre à clapoter comme le ferait l'eau d'une mare par un tel coup de mauvais temps. Entre elle et nous il y avait une prairie d'herbes folles qui semblaient toutes en fleur. Verges d'or, impatiens du Cap avec leurs clochettes rouges et jaunes et ce que j'ai pris pour des orties en fleur, avec des grappes d'un violet rosâtre, ainsi que des asters sauvages. De la vigne aussi, s'accrochant à ce qu'elle trouvait et l'enveloppant, créant un enchevêtrement sous les pieds. La terre était molle, pas vraiment collante. Même les plantes aux tiges les plus frêles, à l'aspect délicat, avaient atteint ou même dépassé la hauteur de nos têtes. Quand nous nous arrêtions et levions les yeux pour regarder au travers, nous voyions les arbres à proximité s'agiter comme des bouquets. Et quelque chose qui venait depuis les nuages de minuit. C'était la vraie pluie, arrivant vers nous derrière les éclaboussures que nous recevions, mais cela paraissait être tellement plus que de la pluie. C'était comme si un grand pan de ciel s'était détaché et fonçait vers le sol, affairé et résolu, prenant une forme difficilement reconnaissable mais animée. Des rideaux de pluie – pas des voiles mais des rideaux vraiment épais et battant follement – étaient poussés devant lui. Nous les voyions distinctement alors que tout ce que nous sentions jusque-là étaient ces gouttes légères et paresseuses. C'était presque comme si nous regardions par une fenêtre sans croire vraiment que la vitre allait se fracasser, jusqu'à ce qu'elle le fasse et que la pluie et le vent nous frappent ensemble, et que mes cheveux soient soulevés et ouverts en éventail autour de ma tête. J'ai eu l'impression que ma peau allait suivre.

À cet instant, j'ai essayé de me retourner, saisie d'une impulsion que je n'avais pas eue auparavant, m'incitant à me précipiter hors des buissons et à foncer vers le club house. Mais je ne pouvais pas bouger. Se tenir debout était déjà suffisamment difficile : dans un espace dégagé le vent vous aurait renversé aussitôt.

Penché en avant, donnant des coups de tête dans les herbes et contre le vent, Mike m'a contournée pour se placer devant moi en me tenant constamment par le bras. Puis il s'est mis de face, son corps interposé entre moi et la tempête. Un cure-dent aurait fait autant de différence. Il m'a dit quelque chose en pleine figure, mais je ne l'entendais pas. Il criait, mais aucun son venant de lui ne m'atteignait. Il avait maintenant empoigné mes deux bras, il a fait descendre ses mains jusqu'à mes poignets et les a serrés. Il m'a tirée vers le bas – nous chancelions tous les deux dès que nous tentions le moindre changement de position – si bien que nous étions accroupis près du sol. Si près l'un de l'autre que nous ne pouvions pas nous regarder, nous ne pouvions regarder que les rivières miniatures désagrégeant déjà la terre autour de nos pieds, les plantes écrasées et nos chaussures trempées. Même cela, il fallait le voir à travers la cascade qui coulait sur nos visages.

Mike a lâché mes poignets et bloqué mes épaules avec ses mains. Son contact restait plus contraignant que réconfortant.

Nous sommes restés ainsi jusqu'à ce que le vent se dissipe. Cela n'a sans doute pas duré plus de cinq minutes, deux ou trois peut-être. La pluie tombait encore, mais à présent c'était une forte pluie ordinaire. Il a enlevé ses mains et nous nous sommes levés tout tremblants. Nos chemises et pantalons étaient complètement collés à nos corps. Mes cheveux me tombaient sur la figure en longues vrilles de sorcière et les siens étaient aplatis en courtes queues sombres sur son front. Nous avons essayé de sourire mais en avions à peine la force. Puis nous nous sommes embrassés et étreints brièvement. Il s'agissait plutôt d'un rituel, de reconnaître notre survie plutôt que les inclinations de nos corps. Nos bouches ont glissé l'une sur l'autre, lisses et fraîches, et la pression de l'étreinte nous a un peu frigorifiés, quand l'eau froide s'est essorée de nos vêtements.

À chaque instant la pluie devenait plus fine. Nous nous sommes frayés un chemin en titubant à travers les herbes à demi aplaties, puis entre les buissons touffus et lourds d'eau, qui nous trempaient. Le terrain de golf tout entier était jonché de grandes branches que la tempête avait projetées. J'ai seulement pris conscience par la suite que n'importe laquelle de ces branches aurait pu nous tuer en tombant.

Nous avons marché à découvert, en les contournant. La pluie avait presque cessé et l'air s'était éclairci. J'allais tête baissée, si bien que l'eau de mes cheveux tombait par terre et pas sur ma figure, et j'ai senti la chaleur du soleil frapper mes épaules avant de lever les yeux vers sa lumière festive.

Je me suis arrêtée, j'ai respiré profondément et d'un coup de tête j'ai écarté mes cheveux de mon visage. Le moment était venu, alors que nous étions trempés, en sécurité et face au rayonnement. Le moment était venu de dire quelque chose.

« Il y a une chose dont je ne t'ai pas parlé. »

Sa voix m'a surprise, comme le soleil. Mais en sens inverse. Elle portait un poids, un avertissement : la détermination avec un accent coupable.

« À propos de notre plus jeune enfant, a-t-il dit. Il a été tué l'été dernier. »

Oh.

« Il a été écrasé, a-t-il expliqué. C'est moi qui l'ai écrasé. En faisant marche arrière pour sortir de notre allée. »

Je me suis arrêtée de nouveau. Il s'est arrêté avec moi. Nous avons tous deux regardé fixement droit devant nous.

« Il s'appelait Brian. Il avait trois ans. Tu comprends, je croyais qu'il était au lit, en haut. Les autres étaient encore levés mais lui avait été couché. Il s'était relevé. J'aurais dû regarder, quand même. J'aurais dû regarder plus attentivement. »

J'ai pensé à l'instant où il est descendu de la voiture. Au bruit qu'il avait dû faire. L'instant où la mère était sortie en courant de la maison. *Ce n'est pas lui, il n'est pas ici, ce n'est pas arrivé.*

En haut, couché.

Il s'est remis à marcher, entrant sur le parking. Je l'ai suivi un peu en arrière. Et je n'ai rien dit, pas le moindre mot gentil, banal, désarmé. Nous étions passés à côté.

Il n'a pas dit : « C'était ma faute et je ne m'en remettrai jamais. Mais je fais mon possible. »

Ou bien : « Ma femme me pardonne mais elle ne s'en remettra jamais non plus. »

Je savais tout cela. Je savais maintenant que c'était quelqu'un qui avait touché le fond. Quelqu'un qui savait – comme je ne le savais pas, n'étais pas près de savoir – à quoi ressemblait le fond. Sa femme et lui le savaient ensemble et cela les liait, car soit un tel événement vous séparait brutalement, soit il vous liait pour la vie. Non que le fond soit un endroit où ils puissent vivre. Mais ils en partageraient la connaissance : cet espace frais, vide, verrouillé, et central.

Cela pourrait arriver à n'importe qui.

Oui. Mais ce n'est pas ainsi que cela se présente. On dirait que cela arrive aux gens, choisis spécialement, çà et là, un à la fois.

« Ce n'est pas juste », ai-je dit. Je parlais de la façon de distribuer ces punitions immotivées, ces baffes malfaisantes et ruineuses. Pires dans ces circonstances, peut-être, que lorsqu'elles arrivent au cœur de malheurs abondants, pendant les guerres ou les désastres naturels. Pire que tout quand il s'agit d'une personne dont l'acte, probablement peu caractéristique, le rend responsable lui seul et pour toujours.

C'est de cela que je parlais. Mais cela signifiait également : *Ce n'est pas juste. En quoi cela nous concerne-t-il ?*

Une protestation si brutale qu'elle paraît presque innocente, en provenant d'un noyau d'ego aussi sensible. Innocente, c'est-à-dire, si vous êtes à l'origine de l'observation et si elle n'a pas été rendue publique.

« Eh bien », a-t-il dit assez doucement. La justice n'ayant rien à y voir.

« Sunny et Johnston ne sont pas au courant, a-t-il expliqué. Personne ne sait, des gens que nous avons rencontrés depuis notre déménagement. Il semblait que cela irait mieux de cette manière. Même les enfants : ils n'en parlent presque jamais. Ne prononcent jamais son nom. »

Je ne faisais pas partie des gens rencontrés depuis leur déménagement. Pas partie des gens parmi lesquels ils allaient créer leur vie nouvelle, difficile, normale. J'étais une personne qui savait, voilà tout. Une personne qui lui appartenait en propre, qui savait.

« C'est bizarre, ça », a-t-il commenté en jetant un coup d'œil alentour avant d'ouvrir le coffre de la voiture pour y ranger le sac de golf.

« Qu'est devenu le type qui était garé ici tout à l'heure ? Tu n'as pas vu une autre voiture garée ici quand nous sommes arrivés ? Mais je n'ai vu personne d'autre sur le terrain. Maintenant que j'y pense. Et toi ? »

J'ai répondu que non.

« Mystère », a-t-il dit, et de conclure : « Et puis... »

Je l'avais entendu dire cela assez souvent, de ce même ton de voix, quand j'étais petite. Un pont entre une chose et une autre, ou une conclusion, ou une façon de dire quelque chose qui ne pouvait pas se dire, ou se penser, plus complètement.

« Un puits est un trou dans la terre. » C'était ça, la réponse en forme de plaisanterie.

La tempête avait mis fin à la fête en piscine. Trop de gens étaient présents pour que tout le monde puisse se tasser dans la maison et la plupart de ceux qui avaient des enfants avaient choisi de rentrer chez eux.

Sur le chemin du retour, Mike et moi avions tous les deux ressenti un picotement, une démangeaison ou sensation cuisante aux avant-bras nus, au dos des mains et autour des chevilles. Des endroits qui n'avaient pas été protégés par nos vêtements quand nous étions accroupis dans les herbes. J'ai repensé aux orties.

Assis dans la cuisine rustique de Sunny, avec des vêtements secs, nous avons raconté notre aventure et exposé nos éruptions.

Sunny savait comment nous soigner. Le déplacement de la veille avec Claire aux urgences de l'hôpital local n'avait pas été le premier. Au cours d'un week-end antérieur, les garçons étaient descendus dans le champ de terre alluviale envahi d'herbes folles derrière la grange, et ils étaient revenus couverts de zébrures et de boutons. Le docteur avait suggéré qu'ils avaient dû marcher au milieu d'orties. Avaient dû se rouler dedans, avait-il dit. Des compresses froides avaient été prescrites, une lotion antihistaminique et des pilules. Une partie du flacon n'avait pas été utilisée et il restait aussi des pilules, parce que Mark et Gregory s'étaient vite remis.

Nous avons refusé les comprimés : notre cas ne nous semblait pas assez grave.

Sunny a raconté qu'elle en avait parlé à la femme sur la route nationale, chez qui elle prenait l'essence pour sa voiture, et cette femme lui avait dit qu'il y avait une plante dont les feuilles fournissaient les meilleurs cataplasmes qu'on puisse trouver pour l'urticaire. « Vous avez pas besoin de toutes ces pilules et ces cochonneries », avait dit la femme. Le nom de la plante ressemblait à quelque chose comme pied de veau. Pied d'ormeau ? La femme lui avait dit qu'elle la trouverait dans certain cul-de-sac, près d'un pont.

Elle avait très envie de le faire, l'idée d'une médication folklorique lui plaisait. Il a fallu que nous lui fassions remarquer que la lotion était déjà là et payée.

Sunny était heureuse de s'occuper de nous. En fait, notre triste état a mis toute la famille de bonne humeur, l'a sortie du cafard de la journée trempée et des projets annulés. Que nous ayons choisi de partir ensemble et que cette aventure nous soit arrivée – aventure qui avait laissé sa marque sur nos corps – semblait éveiller chez Sunny et Johnston une excitation taquine. Des regards bizarres de sa part à lui, une sollicitude animée de sa part à elle. Si nous avions rapporté des indices de véritable inconduite – des marbrures sur les fesses, des éclaboussures rouges sur les cuisses et le ventre – ils n'auraient évidemment pas été aussi enchantés ni indulgents.

Les enfants trouvaient drôle de nous voir assis là, les pieds dans des cuvettes, nos bras et mains engoncés dans des enveloppements de tissus épais. Claire en particulier était ravie à la vue de nos pieds adultes nus et stupides. Mike a agité ses longs orteils à son intention et elle a eu une crise de fous rires angoissés.

Eh bien. Ce serait toujours pareil, si jamais nous nous rencontrions de nouveau. Ou non. Un amour qui ne pouvait pas servir, qui connaissait sa place. (Certains diraient pas véritable, car il ne courrait jamais le risque de se faire tordre le cou, de devenir une mauvaise plaisanterie, ou de s'user tristement.) Ne courant aucun risque mais restant vivant comme un doux ruissellement, une ressource souterraine. Supportant le poids de cette nouvelle immobilité, ce sceau.

Je n'ai jamais demandé de ses nouvelles à Sunny, ni n'en ai reçu, pendant toutes les années de notre amitié décroissante.

Ces plantes aux grosses fleurs violet rosâtre ne sont pas des orties. J'ai découvert qu'elles s'appellent « eupatoires pourpres ». Les orties brûlantes dans lesquelles nous avions dû passer sont des plantes plus insignifiantes, avec une fleur d'un violet plus pâle et des tiges cruellement équipées d'épines fines, féroces, qui percent la peau et l'enflamment. Elles devaient être présentes aussi, dissimulées, dans le foisonnement du pré abandonné.

Poutre et poteau

Lionel leur raconta comment sa mère était morte.
Elle avait demandé ses produits de maquillage. Lionel tenait le miroir.
« Cela va prendre une heure environ », avait-elle dit.
Fond de teint, poudre de riz, crayon à sourcils, mascara, crayon à lèvres, rouge à lèvres, blush. Elle était lente et tremblante, mais elle ne s'en tira pas mal.
« Ça ne t'a pas pris une heure », observa Lionel.
Elle répondit, non, ce n'était pas ce qu'elle avait voulu dire. Elle avait voulu dire, de mourir.
« Veux-tu que je fasse venir mon père ? » Son mari, son pasteur.
Elle répondit : « Pour quoi faire ? »
Elle ne s'était trompée que de cinq minutes dans sa prévision.

Ils étaient assis derrière la maison – la maison de Lorna et Brendan – sur une petite terrasse qui donnait sur Burrard Inlet et les lumières de Point Grey. Brendan se leva pour porter le tourniquet d'arrosage sur un autre carré de gazon.
Lorna avait rencontré la mère de Lionel quelques mois auparavant. Une jolie petite femme à cheveux blancs, au charme vaillant, qui était venue à Vancouver depuis une ville des Rocheuses pour voir la Comédie française en tournée. Lionel avait demandé à Lorna de les accompagner. Après la représentation, tandis que Lionel déployait sa cape en velours bleu, la mère avait confié à Lorna : « Je suis tellement heureuse de faire la connaissance de la *belle amie* de mon fils.

– N'abusons pas des Français », avait dit Lionel.
Lorna n'était même pas sûre de ce que cela signifiait. *Belle amie.* Belle amie ? Maîtresse ?
Lionel lui avait lancé un regard perplexe par-dessus la tête de sa mère. Comme pour dire : Quoi qu'elle ait sorti, je n'en suis pas responsable.
Lionel avait autrefois été étudiant de Brendan à l'université. Un prodige mal dégrossi, âgé de seize ans. La plus brillante intelligence mathématique que Brendan ait jamais connue. Lorna se demandait si Brendan ne forçait pas le trait rétrospectivement, à cause de sa générosité exceptionnelle envers les étudiants doués. Également en raison de la façon dont les choses s'étaient passées. Brendan avait tourné le dos à toute la lyre irlandaise – sa famille, son Église et les chansons sentimentales – mais il avait un faible pour les histoires tragiques. Et comme de juste, après son démarrage flamboyant, Lionel avait été victime d'une sorte de dépression, avait dû être hospitalisé, et s'était évanoui dans la nature. Jusqu'à ce que Brendan le rencontre au supermarché et découvre qu'il habitait à moins de deux kilomètres de leur maison, ici dans North Vancouver. Il avait complètement renoncé aux mathématiques et travaillait dans la maison d'édition de l'église anglicane.
« Viens nous voir », avait dit Brendan. Il lui semblait que Lionel avait l'air un peu mal fichu, et solitaire. « Viens faire la connaissance de ma femme. »
Il était heureux d'avoir un foyer maintenant, pour y inviter les gens.
« Alors je ne savais pas comment tu serais, dit Lionel quand il le raconta à Lorna. Je pensais que tu serais peut-être affreuse.
– Oh, fit Lorna. Pourquoi ?
– Je ne sais pas. Les épouses. »
Il venait les voir le soir, quand les enfants étaient couchés. Les intrusions légères de vie domestique – le cri du bébé leur parvenant à travers une fenêtre ouverte, les remontrances que Brendan était parfois obligé de faire à Lorna au sujet des jouets qui traînaient sur la pelouse au lieu d'être rangés dans le bac à sable, l'appel depuis la cuisine deman-

dant si elle avait pensé à acheter des citrons verts pour le gin tonic – tout paraissait provoquer un frisson, une tension du grand corps étroit de Lionel et de son visage attentif et méfiant. Il fallait qu'une pause intervienne à ce moment-là, un retour au niveau du contact humain valable. Un jour il chanta très doucement, sur l'air de *Ô Tannenbaum* : « Ô vie conjugale, ô vie conjugale. » Il eut l'ombre d'un sourire, ou c'est ce que pensa Lorna, dans le noir. Ce sourire lui parut ressembler à celui de sa fille de quatre ans, Elizabeth, quand elle chuchotait une remarque légèrement scandaleuse à sa mère dans un endroit public. Un petit sourire secret, satisfait, un peu inquiet.

Lionel gravissait la côte sur sa haute bicyclette antique, à une époque ou pratiquement personne d'autre que les enfants n'allait à bicyclette. Il ne s'était pas changé après le travail. Un pantalon foncé, une chemise blanche qui avait toujours l'air crasseux et usé aux poignets et au col, une cravate quelconque. Quand ils étaient allés voir la Comédie française, il y avait ajouté une veste de tweed, trop large de carrure et aux manches trop courtes. Il ne possédait peut-être pas d'autres vêtements.

« Je travaille pour un salaire de misère, déclarait-il. Et même pas dans les Vignes du Seigneur. Dans le diocèse de l'archevêque. »

Et : « Il m'arrive de penser que je suis un personnage d'un roman de Dickens. Et ce qui est drôle, c'est que je n'ai même pas de goût pour Dickens. »

Il parlait avec la tête de côté, habituellement, le regard posé sur une chose légèrement par-delà la tête de Lorna. Sa voix était légère et rapide, grinçant parfois d'une sorte de griserie nerveuse. Il racontait tout d'une manière un peu étonnée. Il décrivait le bureau où il travaillait, dans l'immeuble derrière la cathédrale. Les petites fenêtres gothiques élancées et les boiseries vernies (pour que les choses s'imprègnent d'un caractère ecclésiastique), le porte-chapeaux et le porte-parapluies (qui le remplissaient de mélancolie pour une raison obscure), la dactylo, Janine, et la rédactrice en chef de *Nouvelles de l'Église*, Mrs Penfound. L'archevêque, spectral et affolé, faisant des apparitions épisodiques. Il se livrait un conflit non résolu à propos de thé en sachets, entre Janine, qui les approuvait, et Mrs Penfound, qui ne les aimait pas. Tout le monde grignotait des friandises en cachette et personne ne les partageait jamais. Pour Janine, c'étaient des caramels et pour Lionel, c'étaient les dragées. Ce qui constituait le plaisir secret de Mrs Penfound, Janine et lui ne l'avaient pas découvert, parce qu'elle ne mettait pas les papiers dans la corbeille. Mais ses mâchoires étaient toujours furtivement en action.

Il parla de l'hôpital où il avait été soigné pendant un certain temps et des ressemblances qu'il présentait avec le bureau, en ce qui concernait les grignotages secrets. Les secrets en général. Mais la différence tenait au fait que de temps à autre à l'hôpital on venait vous ligoter, vous emmener et vous brancher, selon ses termes, sur la prise de courant.

« C'était assez intéressant. En fait, c'était atroce. Mais je ne peux pas le décrire. C'est ce qui est étrange. Je me le rappelle mais je ne peux pas le décrire. »

À cause de ces épisodes à l'hôpital, expliqua-t-il, il était à court de souvenirs. À court de détails. Il aimait entendre Lorna lui raconter les siens.

Elle lui raconta sa vie avant son mariage avec Brendan. Décrivant les deux maisons absolument semblables, côte à côte dans la ville où elle avait grandi. Un fossé profond passait devant, baptisé Ruisseau Teinture parce que s'y écoulait l'eau colorée par la teinture de l'usine de bonneterie. Par-derrière il y avait un pré en friche où les filles n'étaient pas censées aller. Une des maisons était celle où elle habitait avec son père, dans l'autre vivaient sa grand-mère, sa tante Béatrice et sa cousine Polly.

Polly n'avait pas de père. C'était ce que l'on disait et ce que Lorna avait cru autrefois. Polly n'avait pas de père, de même qu'un chat de l'île de Man n'avait pas de queue.

Dans le salon de la grand-mère se trouvait une carte de la Terre Sainte brodée en de nombreuses teintes de laine, représentant les sites bibliques. Elle fut léguée dans son testament à l'école du dimanche de l'église unitaire. La tante Béatrice n'avait mené aucune vie sociale impliquant la présence d'un homme depuis son déshonneur gommé, et elle était tellement pointilleuse, tellement excessive sur la manière de se conduire dans la vie qu'il était vraiment facile de voir la conception de Polly comme immaculée. La seule chose que Lorna apprit de la tante Béatrice était qu'il fallait toujours repasser une couture depuis le côté, pas ouverte, pour que la marque du fer ne se voie pas, et qu'aucun corsage transparent ne devait se porter sans son fond, pour cacher les bretelles du soutien-gorge.

« Ah oui. Oui », commenta Lionel. Il tendit les jambes comme si la satisfaction avait atteint ses orteils même. « Voyons Polly. Issue de cette maisonnée obscurantiste, à quoi ressemble Polly ? »

Polly était très bien, dit Lorna. Pleine d'énergie et de convivialité, bonne, assurée.

« Ah, dit Lionel. Reparle-moi de la cuisine.
– Quelle cuisine ?
– Celle sans canari.
– La nôtre. » Elle raconta comment elle frottait le fourneau avec les emballages du pain paraffinés pour le faire briller, les étagères noircies installées derrière pour poser les poêles à frire, l'évier et la petite glace au-dessus, où manquait un petit triangle de verre dans un coin, et l'auget en fer blanc en dessous – fabriqué par son père – dans lequel il y avait toujours un peigne, une vieille anse de tasse, un minuscule pot de rouge à joues desséché qui avait dû autrefois appartenir à sa mère.

Elle lui raconta son unique souvenir de sa mère. Lorna était en ville avec elle, un jour d'hiver. Il y avait de la neige entre le trottoir et la chaussée. Lorna venait d'apprendre à lire l'heure : elle leva les yeux vers l'horloge du bureau de poste et vit que le moment du soap opera que sa mère et elle écoutaient tous les jours à la radio était arrivé. Elle éprouva une inquiétude profonde, non de manquer l'épisode mais parce qu'elle se demanda ce qui allait arriver aux gens dans l'histoire, la radio n'étant pas allumée et sa mère et elle ne l'écoutant pas. Ce qu'elle ressentait était plus que de l'inquiétude, c'était de l'horreur, de penser à la manière dont des choses pouvaient se perdre, ne pas arriver, en raison d'une absence aléatoire ou d'un hasard.

Et même dans ce souvenir, sa mère n'était qu'une hanche et une épaule, dans un manteau épais.

Lionel dit qu'il parvenait à peine à se faire une idée plus précise que ça de son père, bien que celui-ci fût encore en vie. Le bruissement d'un surplis ? Sa mère et Lionel pariaient sur le temps que le père pouvait passer sans leur adresser la parole. Un jour il avait demandé à sa mère ce qui mettait son père dans une telle colère, et elle avait répondu qu'elle ne le savait pas vraiment.

« Je pense qu'il n'aime pas son travail, avait-elle dit.

– Pourquoi ne fait-il pas autre chose ? avait suggéré Lionel.

– Il n'en trouve peut-être aucun qui lui plaise. »

Lionel s'était alors souvenu que lorsqu'elle l'avait emmené au musée, il avait eu peur des momies et qu'elle lui avait dit que celles-ci n'étaient pas vraiment mortes mais pouvaient sortir de leurs vitrines quand tout le monde rentrait à la maison. Il avait alors demandé s'il ne pouvait être une momie. Sa mère confondait mamie et momie et raconta plus tard cette histoire comme une plaisanterie : il avait été trop découragé, vraiment, pour la corriger. Trop découragé, à cet âge tendre, par le problème énorme de la communication.

C'était l'un des rares souvenirs qu'il ait conservé.

Brendan rit : cette histoire le fit plus rire que Lorna ou Lionel. Brendan s'asseyait auprès d'eux pendant quelque temps, en disant : « De quoi jacassez-vous tous les deux ? » puis avec un certain soulagement, comme s'il avait payé ses redevances pour le moment, il se levait en disant qu'il avait un travail en cours, et rentrait dans la maison. Comme s'il se réjouissait de leur amitié, l'avait prévue et occasionnée d'une certaine manière, mais s'impatientait de leur conversation.

« Ça lui fait du bien de monter ici et de se comporter normalement pendant un moment au lieu de rester assis dans sa chambre, disait-il à Lorna. Il te désire, bien sûr. Pauvre bougre. »

Il aimait dire que les hommes désiraient Lorna. Particulièrement quand ils étaient allés à une fête du département et qu'elle y avait été la plus jeune épouse. Cela l'aurait gênée si quelqu'un l'avait entendu le dire, de peur qu'ils pensent que c'était un vœu pieux exagéré et sot. Mais parfois, surtout si elle était un peu ivre, cela l'excitait autant que cela excitait Brendan de penser qu'elle puisse exercer une attraction aussi universelle. Dans le cas de Lionel, cependant, elle était assez sûre que ce n'était pas vrai et elle espérait beaucoup que Brendan ne laisserait jamais entendre une chose pareille devant lui. Elle se rappela le regard qu'il lui avait lancé par-dessus la tête de sa mère. Un désaveu, un avertissement discret.

Elle ne parla pas des poèmes à Brendan. Environ une fois par semaine un poème arrivait dans une enveloppe soigneusement cachetée et mise à la poste, avec le courrier. Ils n'étaient pas anonymes : Lionel les signait. Sa signature n'était qu'un gribouillis, très difficile à déchiffrer, mais comme l'était chaque mot du poème. Par chance il n'y avait jamais beaucoup de mots – quelquefois une douzaine en tout – et ils dessinaient un chemin curieux à travers la page, comme de vagues traces d'oiseau. Au premier coup d'œil, Lorna ne comprenait jamais rien. Elle s'aperçut qu'il valait mieux ne pas faire trop d'efforts mais simplement tenir la feuille devant elle et la regarder longuement et fermement comme si elle était entrée en transe. D'habitude des mots apparaissaient alors. Pas tous : il y en avait deux ou trois dans chaque poème qu'elle ne décryptait pas, mais cela n'avait pas beaucoup d'importance. Il n'y avait pas de ponctuation, que des tirets. Les mots étaient des substantifs pour la plupart. Lorna n'était pas étrangère à la poésie, ni quelqu'un qui renonçait facilement à maîtriser ce qu'elle ne comprenait pas rapidement. Mais elle avait pour les poèmes de Lionel à peu près les mêmes sentiments que pour, mettons, le bouddhisme : ils constituaient une ressource qu'elle serait peut-être capable de comprendre, d'exploiter, plus tard, mais elle ne pouvait pas le faire juste à présent.

Après le premier poème elle souffrit le martyre à l'idée de ce qu'elle devrait dire. Une formule élogieuse mais pas stupide. Tout ce qu'elle trouva fut : « Merci pour le poème », quand Brendan fut hors de portée de voix. Elle se retint de dire : « Cela m'a plu. » Lionel fit un signe de tête saccadé et un bruit qui mit fin à la conversation. Des poèmes continuèrent d'arriver et ne furent plus évoqués. Elle commença de penser qu'elle pouvait les considérer comme des offrandes, pas des messages. Mais pas des offrandes amoureuses, comme Brendan le supposerait par exemple. Ils ne contenaient aucune expression des sentiments de Lionel pour elle, absolument rien de personnel. Ils lui rappelaient les empreintes légères que l'on distingue parfois sur les trottoirs au printemps, des ombres laissées par les feuilles mouillées collées là l'année précédente.

Il y avait autre chose, de plus urgent, dont elle ne parlait pas à Brendan. Ni à Lionel. Elle n'avait pas dit que Polly venait les voir. Polly, sa cousine, venait de chez elle.

Elle avait cinq ans de plus que Lorna et avait travaillé, depuis qu'elle avait eu son diplôme de fin d'études secondaires, dans la banque locale. Elle avait déjà économisé presque assez d'argent pour faire ce voyage autrefois, mais avait décidé de le consacrer à l'achat d'une pompe à puisard. Maintenant, toutefois, elle était en train de traverser le pays en autocar. À elle, cela paraissait la chose du monde la plus naturelle et convenable à faire : aller voir sa cousine, le mari de la cousine et la famille de la cousine. À Brendan cela paraîtrait presque certainement une intrusion, quelque chose qui ne se faisait pas à moins d'être invité. Il n'était pas ennemi des visiteurs – voyez Lionel – mais il voulait faire les choix lui-même. Tous les jours Lorna se demandait comment lui annoncer la nouvelle. Tous les jours elle la remettait à plus tard.

Ce n'était pas non plus une chose dont elle pouvait parler à Lionel. On ne pouvait pas lui parler d'un sujet qu'on estimait sérieusement comme un problème. Parler de problèmes signifiait chercher, espérer, des solutions. Ce qui n'était pas intéressant, ce qui n'indiquait pas une attitude intéressante à l'égard de la vie. Plutôt un optimisme superficiel et ennuyeux. Les angoisses ordinaires, les émotions sans complexité n'étaient pas ce dont il aimait entendre parler. Il préférait que les choses soient complètement déroutantes et au-delà du supportable, et pourtant supportées avec ironie, voire joyeusement. Elle lui avait bien dit une chose qui aurait pu être risquée. Elle lui avait raconté qu'elle avait pleuré le jour de ses noces et pendant la cérémonie elle-même. Mais elle était capable d'en plaisanter, parce qu'elle pouvait raconter comment elle avait essayé de retirer sa main de la poigne de Brendan pour prendre son mouchoir, mais il ne voulait pas lâcher prise et elle avait dû continuer à renifler. En fait elle n'avait pas pleuré parce qu'elle ne voulait pas se marier ou qu'elle n'aimait pas Brendan. Elle avait pleuré parce que tout ce qu'il y avait à la maison lui paraissait soudain tellement précieux – bien qu'elle eût toujours projeté de partir – et les gens présents lui semblaient plus proches d'elle que personne d'autre ne pourrait jamais l'être, bien qu'elle leur eût caché toutes ses pensées intimes. Elle pleurait parce que Polly avait ri tandis qu'elles nettoyaient les étagères de la cuisine et lavaient à grande eau le linoléum la veille : elle avait fait semblant de jouer dans une pièce de théâtre sentimentale en disant, adieu, vieux linoléum, adieu, fêlure de la théière, adieu, l'endroit où je collais mon chewing-gum sous la table, adieu.

Pourquoi est-ce que tu lui dis pas simplement, n'y pense plus, avait suggéré Polly. Mais ce n'était pas ce qu'elle pensait, elle était fière, et Lorna aussi était fière, dix-huit ans, sans jamais avoir eu de vrai petit ami, et la voilà épousant un bel homme de trente ans, un professeur.

Malgré tout, elle pleura, et pleurait de nouveau quand elle recevait des lettres de chez elle aux premiers temps du mariage. Brendan l'avait surprise et avait dit : « Tu aimes ta famille, n'est-ce pas ?

– Oui, avait-elle répondu en pensant que son ton était plein de sympathie.

– Je crois, avait-il soupiré, que tu les aimes plus que tu ne m'aimes. »

Elle avait dit que ce n'était pas vrai, que c'était seulement parce qu'elle plaignait parfois les siens. Ils avaient la vie dure, sa grand-mère enseignant en cours préparatoire année après année, bien que ses yeux fussent si malades qu'elle voyait à peine pour écrire au tableau, et tante Béatrice avec trop de maux nerveux pour trouver un emploi et son père, le père de Lorna, travaillant dans la quincaillerie qui ne lui appartenait même pas.

« La vie dure ? avait interrogé Brendan. Ils ont été en camp de concentration, hein ? »

Puis il avait dit que les gens avaient besoin de savoir se débrouiller dans ce monde. Alors Lorna s'était effondrée sur le lit nuptial et s'était livrée à l'une de ces crises de larmes furieuses qu'elle avait honte de se rappeler maintenant. Brendan était venu la consoler mais croyait encore qu'elle pleurait comme les femmes le font toujours quand elles n'ont pas d'autre moyen pour triompher dans une discussion.

Lorna avait oublié certaines des caractéristiques physiques de Polly. Comme elle était grande, comme son cou était long et sa taille fine, et comme sa poitrine était presque parfaitement plate. Un petit menton bosselé et une bouche amère. Un teint pâle, des cheveux châtain clair coupés court, d'une finesse de plume. Elle paraissait à la fois frêle et résistante, comme une pâquerette au bout d'une longue tige. Elle portait une jupe froncée en toile de jean brodée.

Brendan savait qu'elle venait depuis quarante-huit heures. Elle avait téléphoné en PCV depuis Calgary et c'est lui qui avait répondu. Il avait trois questions à poser ensuite. Son ton était distant, mais calme.

« Combien de temps reste-t-elle ?

Pourquoi ne m'en as-tu pas parlé ?

Pourquoi a-t-elle téléphoné en PCV ?

– Je ne sais pas », avait répondu Lorna.

Maintenant, depuis la cuisine où elle préparait le repas, Lorna tendit l'oreille pour entendre ce qu'ils se disaient. Brendan venait de rentrer. Elle n'entendit pas ses salutations, mais la voix de Polly était forte et pleine d'un enjouement périlleux.

« Alors je suis vraiment mal barrée, Brendan, attends de savoir ce que j'ai dit. Lorna et moi on longeait la rue depuis l'arrêt d'autobus et je me suis exclamée, oh dis donc, tu habites un voisinage vachement classe, Lorna – et puis j'ai dit, mais regarde cette baraque, qu'est-ce qu'elle fout là ? J'ai ajouté : ça ressemble à une grange. »

Elle n'aurait pas pu trouver pire entrée en matière. Brendan était très fier de leur maison. C'était une maison contemporaine, construite dans le style de la côte ouest appelé Poutre et Poteau. Les maisons Poutre et Poteau n'étaient pas peintes, le principe étant qu'elles se confondent avec les forêts originelles. Alors l'effet était simple et fonctionnel de l'extérieur, avec un toit plat dépassant des murs. À l'intérieur, les poutres étaient nues et le bois n'était recouvert nulle part. L'âtre était installé dans une cheminée en pierre qui montait jusqu'au plafond et les fenêtres étaient longues, étroites et sans rideaux. L'architecture est toujours prééminente, leur avait dit l'entrepreneur, et Brendan le répétait, ainsi que le mot « contemporain » lorsqu'il présentait la maison à quelqu'un pour la première fois.

Il ne se donna pas la peine de le dire à Polly, ni de sortir le magazine dans lequel il y avait un article sur ce style, avec des photographies – pas de cette maison-ci, toutefois.

Polly avait apporté de chez elle l'habitude de commencer ses phrases par le nom de la personne à laquelle elle s'adressait. « Lorna » disait-elle, ou « Brendan ». Lorna avait oublié cette façon de parler qui lui semblait à présent assez péremptoire et impolie. La plupart des phrases de Polly à table commençaient par « Lorna » et avaient trait à des gens qui n'étaient connus que de Polly et d'elle. Lorna savait que Polly n'avait pas l'intention d'être malpolie, qu'elle faisait un effort agaçant mais courageux pour paraître à l'aise. Et elle avait essayé d'englober Brendan au début. Lorna et elle l'avaient fait toutes les deux, elles s'étaient lancées dans des explications sur la personne dont elles parlaient, mais cela n'avait pas marché. Brendan ne parlait que pour attirer l'attention de Lorna sur une chose qui manquait à table ou pour signaler que Daniel avait fait tomber sa purée par terre autour de sa chaise haute.

Polly continuait à parler pendant qu'elle débarrassait la table avec Lorna, puis en faisant la vaisselle. D'habitude Lorna donnait leur bain aux enfants et les couchait avant de se mettre à la vaisselle, mais ce soir elle était trop ébranlée – elle sentait que Polly était au bord des larmes – pour s'occuper des choses suivant l'ordre convenu. Elle laissa Daniel ramper par terre pendant qu'Elizabeth, qui aimait les mondanités et les personnalités nouvelles, traînait en écoutant la conversation. Cela dura jusqu'à ce que Daniel renverse sa chaise haute – heureusement pas sur lui, mais il hurla de peur – et que Brendan arrive du séjour.

« On dirait que l'heure du lit a été retardée, déclara-t-il en retirant son fils des bras de Lorna. Elizabeth. Va te préparer pour ton bain. »

Polly avait progressé de propos sur les gens en ville à une description de la façon dont allait la vie à la maison. Pas bien. Le propriétaire de la quincaillerie – un homme dont le père de Lorna avait toujours parlé comme étant plus un ami qu'un employeur – avait vendu l'affaire sans un mot de ce qu'il avait l'intention de faire jusqu'à ce que ce fût accompli. Le nouveau propriétaire développait le magasin au moment même où le commerce diminuait au profit de Canadian Tire, et il ne se passait pas un jour sans qu'il déclenche une querelle quelconque avec le père de Lorna. Celui-ci rentrait du magasin si découragé qu'il ne voulait rien faire d'autre que s'étendre sur le canapé. Il ne s'intéressait pas au journal ni aux informations. Il buvait du bicarbonate de soude mais ne voulait pas parler des douleurs qu'il avait à l'estomac.

Lorna fit allusion à une lettre reçue de son père qui traitait ces ennuis à la légère.

« Eh bien, ça lui ressemble, non ? dit Polly. Pour toi. »

L'entretien des deux maisons, expliqua Polly, était un cauchemar permanent. Il faudrait qu'ils s'installent tous dans une maison et qu'ils vendent l'autre, mais maintenant que leur grand-mère avait pris sa retraite, elle était sans arrêt sur le dos de la mère de Polly et le père de Lorna ne supportait pas l'idée de vivre avec ces deux-là. Polly avait souvent envie de sortir et de ne jamais revenir, mais que feraient-ils sans elle ?

« Tu devrais vivre ta vie », conseilla Lorna. Il lui parut étrange de donner des conseils à Polly.

« Oh d'accord, d'accord, répliqua Polly. J'aurais dû me tirer au bon moment, c'est ce que j'aurais dû faire, je pense. Mais c'était quand ? Je ne me rappelle pas de moment particulièrement bon. J'étais coincée parce qu'il fallait que tu aies quitté le lycée d'abord, pour commencer. »

Lorna avait parlé d'une voix pleine de regrets, obligeante, mais elle refusa d'arrêter son travail pour se consacrer aux nouvelles de Polly. Elle les acceptait comme si elles avaient trait à des gens qu'elle connaissait et aimait, mais dont elle n'était pas responsable. Elle pensa à son père étendu sur le canapé le soir, se soignant pour des douleurs qu'il ne voulait pas reconnaître, et la tante Béatrice à côté, soucieuse de ce que les gens disaient d'elle, craignant qu'ils se moquent d'elle derrière son dos, écrivant des choses à son sujet sur les murs. Pleurant parce qu'elle était allée à l'église avec une combinaison qui dépassait. Lorna éprouva de la douleur en pensant à sa famille, mais elle ne put s'empêcher de sentir que Polly la harcelait, en essayant de l'entraîner dans une capitulation, de l'envelopper dans une souffrance intime. Et elle se jura de ne pas céder.

Regarde-toi. Regarde ta vie. Ton évier en acier inoxydable. Ta maison où l'architecture est prééminente.

« Si je partais maintenant je crois que je me sentirais trop coupable, dit Polly. Je ne pourrais pas le supporter. Je me sentirais trop coupable de les quitter. »

Bien sûr certaines personnes n'éprouvent jamais de culpabilité. Certaines personnes n'éprouvent jamais rien.

« C'est un vrai récit de malheur que tu as entendu, dit Brendan alors qu'ils étaient couchés côte à côte dans le noir.
– Ça la fait souffrir, répliqua Lorna.
– Rappelle-toi. Nous ne sommes pas des millionnaires. »
Lorna fut très surprise. « Elle ne veut pas d'argent.

– Ah bon ?
– Ce n'est pas le but de son récit.
– N'en sois pas si sûre. »
Elle resta étendue rigide, sans répondre. Puis elle songea à quelque chose qui pourrait le mettre de meilleure humeur.
« Elle va seulement rester quinze jours. »
À son tour de ne pas répondre.
« Tu ne trouves pas qu'elle est agréable à voir ?
– Non. »
Elle était sur le point de dire que Polly avait fait sa robe de mariage. Elle avait pensé porter son tailleur bleu marine et Polly avait dit, quelques jours avant la noce : « Ça ne va pas convenir. » Alors elle avait sorti sa propre robe pour les soirées du lycée (Polly avait toujours eu plus de succès que Lorna, elle allait aux bals) et y avait ajouté des soufflets ainsi que des manches de dentelle blanche. Parce que, avait-elle dit, une mariée ne peut pas se passer de manches.
Qu'est-ce que ça aurait bien pu lui faire ?

Lionel était parti pour quelques jours. Son père avait pris sa retraite et il l'aidait à déménager de la ville des Rocheuses à Vancouver Island. Le lendemain de l'arrivée de Polly, Lorna reçut une lettre de lui. Pas un poème, une vraie lettre, quoique courte.
J'ai rêvé que je t'avais emmenée sur ma bicyclette. Nous roulions assez vite. Tu n'avais pas l'air effrayée, alors que tu aurais dû l'être, sans doute. Nous ne devons pas nous sentir obligés d'interpréter cela.

Brendan partit de bonne heure. Il enseignait à l'université d'été et annonça qu'il prendrait le petit déjeuner à la cafétéria. Polly sortit de la pièce aussitôt après son départ. Elle portait un pantalon au lieu de la jupe froncée, et souriait tout le temps comme d'une plaisanterie intime. Elle baissait sans cesse la tête légèrement pour éviter les yeux de Lorna.
« J'ai intérêt à jeter un œil à Vancouver, dit-elle, puisqu'il est peu probable que j'y revienne. »
Lorna nota quelques indications sur un plan, lui donna des instructions et dit qu'elle était désolée de ne pas pouvoir

l'accompagner, mais que ça donnerait plus de mal que ça ne le valait, à cause des enfants.

« Oh. Oh, non. Je ne pensais pas que tu le ferais. Je ne suis pas venue ici pour que tu m'aies tout le temps sur les bras. »

Elizabeth sentit la tension dans l'air. « Pourquoi est-ce qu'on se donne du mal ? » demanda-t-elle.

Lorna avança la sieste de Daniel et quand il se réveilla, elle l'installa dans la poussette et dit à Elizabeth qu'ils allaient sur un terrain de jeux. Celui qu'elle avait choisi n'était pas celui du parc proche : il était en bas de la côte, près de la rue où habitait Lionel. Lorna connaissait son adresse, bien qu'elle n'eût jamais vu la maison. Elle savait que c'était une maison, pas un immeuble. Il vivait dans une pièce, à l'étage.

Elle mit peu de temps à y arriver, mais le retour lui prendrait sans doute plus longtemps, car il y aurait la côte à remonter avec la poussette. Elle était déjà arrivée dans la partie plus ancienne de North Vancouver, là où les maisons étaient plus petites, perchées sur des parcelles étroites. Le nom de Lionel figurait à côté d'une sonnette dans la maison qu'il habitait, et le nom B. Hutchison à côté de l'autre. Elle savait que Mrs Hutchison était la propriétaire. Elle appuya sur cette sonnette-là.

« Je sais que Lionel est absent et cela m'ennuie de vous déranger, dit-elle. Mais je lui ai prêté un livre, c'est un livre de bibliothèque et maintenant la date de retour est dépassée, je me suis demandé si je pouvais monter dans son logement voir si je le trouve.

– Oh », dit la propriétaire. C'était une vieille femme avec un bandana autour de la tête et de grandes taches foncées sur le visage.

« Mon mari et moi sommes des amis de Lionel. Mon mari a été son professeur à l'université. »

Le mot « professeur » était toujours utile. Lorna se fit remettre la clé. Elle gara la poussette à l'ombre de la maison et dit à Elizabeth de rester surveiller Daniel.

« Ce n'est pas un terrain de jeux, protesta Elizabeth.

– Il faut juste que je monte un instant. Je reviens dans une minute, OK ? »

La chambre de Lionel comportait une alcôve, pour un réchaud à gaz à deux brûleurs et un placard. Pas de réfrigérateur ni d'évier, à part le lavabo des toilettes. Un store vénitien coincé à mi-hauteur de la fenêtre et un carré de linoléum dont les motifs étaient recouverts de peinture marron. Il régnait l'odeur vague du réchaud à gaz mêlée à celle de vêtements épais mal aérés, de sueur et d'un décongestionnant parfumé au pin, qu'elle accepta – en y pensant à peine et sans la trouver du tout déplaisante – comme étant l'odeur intime de Lionel.

Autres que ceux-là, la pièce n'offrait presque pas d'indices. Elle n'était pas venue ici pour le moindre livre de bibliothèque, bien sûr, mais pour passer un instant dans l'espace où il vivait, respirer le même air que lui, regarder par sa fenêtre. La vue donnait sur d'autres maisons, probablement débitées comme celle-ci en petits logements, sur la pente boisée de Grouse Mountain. Le dépouillement, le caractère anonyme de cette chambre était profondément provocateur. Lit, commode, table, chaise. Seulement les meubles qu'il fallait fournir pour que la pièce puisse être annoncée comme meublée. Même le dessus-de-lit en chenille ocre avait dû se trouver là quand il s'était installé. Pas de gravures, pas même un calendrier, et, plus surprenant, pas de livres.

Des affaires devaient être cachées quelque part. Dans les tiroirs de la commode ? Elle ne pouvait pas regarder. Pas faute de temps – elle entendait Elizabeth l'appeler depuis le jardin – mais parce que l'absence même de ce qui pouvait être personnel renforçait la présence de Lionel. Pas simplement la présence de son austérité et de ses secrets, mais celle d'une vigilance, presque comme s'il avait installé un piège pour voir ce qu'elle allait faire.

Ce qu'elle voulait vraiment faire n'était pas de pousser plus loin ses investigations mais de s'asseoir par terre, au milieu du carré de linoléum. S'asseoir pendant des heures pour s'engloutir dans cette pièce plutôt que de la regarder. Rester dans cette pièce où personne ne la connaissait ni ne voulait lui demander quelque chose. Rester ici longtemps, longtemps, devenant toujours plus aiguë et légère, aussi légère qu'une aiguille.

Le samedi matin, Lorna, Brendan et les enfants devaient aller à Penticon en voiture. Un étudiant de troisième cycle les avait invités à son mariage. Ils allaient passer là-bas la nuit du samedi, tout le dimanche et la nuit de dimanche aussi, puis rentrer à la maison le lundi matin.
« L'as-tu prévenue ? demanda Brendan.
– Pas de problème. Elle ne s'attend pas à venir.
– Mais *l'as-tu prévenue* ? »
Le jeudi se passa à Ambleside Beach. Lorna, Polly et les enfants y allèrent en autocar, changeant deux fois, encombrées de draps de bain, de jouets de plage, de couches, du déjeuner et du dauphin gonflable d'Elizabeth. Les difficultés pratiques qu'elles rencontrèrent, l'irritation et la consternation que la vue de leur troupe suscitaient chez les autres passagers entraînèrent une réaction typiquement féminine, une humeur proche de l'hilarité. S'éloigner de la maison où Lorna siégeait en épouse fut salutaire aussi. Elles atteignirent la plage en triomphe, dans un désordre populacier et installèrent leur campement, d'où elles entraient dans l'eau à tour de rôle, en surveillant les enfants, en allant chercher des sodas, des sucettes glacées et des chips.

Lorna était légèrement hâlée, Polly pas du tout. Elle tendit une jambe à côté de celles de Lorna et commenta : « Regarde-moi ça. De la pâte crue. »

Avec tout le travail qu'il lui fallait faire dans les deux maisons et son emploi à la banque, expliqua-t-elle, elle ne disposait pas d'un quart d'heure de liberté pour s'asseoir au soleil. Mais elle parlait à présent d'un ton neutre, sans affirmation de vertu et plaintes sous-jacentes. L'atmosphère aigre qui l'avait enveloppée – comme de vieilles lavettes – était en train de se dissiper. Elle s'était débrouillée dans Vancouver toute seule, c'était la première fois qu'elle faisait ça dans une ville. Elle avait parlé à des étrangers aux arrêts d'autobus et demandé quels lieux il fallait voir : suivant un conseil, elle avait pris le télésiège jusqu'au sommet de Grouse Mountain.

Alors qu'elles étaient couchées sur le sable, Lorna proposa une explication.

« C'est un mauvais moment de l'année pour Brendan. C'est vraiment très éprouvant d'enseigner à l'université d'été, il faut tant en faire et si vite.

– Ouais ? dit Polly. C'est pas seulement moi, alors ?

– Ne sois pas sotte. Bien sûr que ce n'est pas toi.

– Eh bien c'est un soulagement. Je croyais qu'il ne pouvait pas me blairer. »

Elle parla ensuite d'un homme au pays qui voulait sortir avec elle.

« Il est trop sérieux. Il cherche une épouse. Je suppose que Brendan le faisait aussi, mais tu devais être amoureuse de lui.

– Je l'étais et le suis, répliqua Lorna.

– Eh bien, moi je ne crois pas l'être. » Polly parlait avec la figure appuyée contre son coude. « Je suppose que ça pourrait marcher quand même si on trouvait quelqu'un sympathique, qu'on sortait avec lui et décidait de voir ses qualités.

– Alors quelles sont les qualités ? » Lorna s'était redressée pour pouvoir surveiller Elizabeth qui chevauchait le dauphin.

« Laisse-moi le temps de réfléchir, dit Polly en gloussant. Non. Y'en a beaucoup. C'est méchant de ma part. »

Comme elles ramassaient les jouets et les draps de bain, elle dit : « Ça ne m'ennuierait pas de refaire tout ça demain.

– Moi non plus, répliqua Lorna, mais il faut que je me prépare pour aller en Okanagan. Nous sommes invités à ce mariage. » Elle s'arrangea pour que cela ait l'air d'être une corvée, quelque chose dont elle ne s'était pas donné la peine de parler jusqu'à présent parce que c'était trop désagréable et ennuyeux.

« Oh, dit Polly. Eh bien, je pourrais venir toute seule dans ce cas.

– Bien sûr. Tu devrais.

– Où est l'Okanagan[1] ? »

---

1. Région de l'ouest à la limite des États-Unis, où se trouve une chaîne de montagnes, une rivière et une réserve indienne.

Le lendemain soir, après avoir couché les enfants, Lorna entra dans la chambre où dormait Polly. Elle y allait chercher une valise dans le placard, pensant que la pièce serait vide, et que Polly serait encore dans la salle de bains en train de tremper le coup de soleil de la journée dans de l'eau tiède et du bicarbonate.

Mais Polly était au lit, le drap remonté autour d'elle comme un linceul.

« Tu es sortie du bain, commenta Lorna comme si elle trouvait tout cela parfaitement normal. Comment va ton coup de soleil maintenant ?

– Ça va », répondit Polly d'une voix étouffée. Lorna sut aussitôt qu'elle avait pleuré et pleurait peut-être encore. Elle resta au pied du lit, incapable de quitter la pièce. Une déception l'avait submergée qui ressemblait à une nausée, une vague de dégoût. Polly n'avait pas vraiment l'intention de rester cachée, elle se retourna et ouvrit les yeux, le visage fripé et défait, rouge de soleil et de pleurs. De nouvelles larmes lui montèrent aux yeux. C'était un monceau de souffrance, une accusation massive.

« Qu'y a-t-il ? » demanda Lorna. Elle feignit la surprise, elle feignit la compassion.

« Tu ne veux pas de moi. »

Elle ne quittait pas Lorna des yeux pendant tout ce temps, ne débordant pas seulement de larmes, d'amertume et d'accusation de trahison mais de son exigence scandaleuse d'être enlacée, bercée, réconfortée.

Lorna aurait plutôt été tentée de la frapper. Qu'est-ce qui te donne le droit ? voulait-elle dire. Pourquoi te colles-tu à moi comme une sangsue ? Qu'est-ce qui t'en donne le droit ?

La famille. La famille donne ce droit à Polly. Elle a mis son argent de côté et organisé sa fuite, avec l'idée que Lorna allait la recueillir. Était-ce vrai : avait-elle rêvé de rester ici et de ne jamais être obligée de retourner là-bas ? Faire partie de la chance de Lorna, du monde transformé de Lorna ?

« Que crois-tu que je puisse faire ? » demanda Lorna assez méchamment, à sa surprise. « Crois-tu que j'aie un pouvoir quelconque ? Il ne me donne jamais plus d'un billet de vingt dollars à la fois. »

Elle traîna la valise hors de la pièce. Tout était si faux et révoltant : pousser ses propres lamentations de cette façon, pour aller de pair avec celles de Polly. Comment vingt dollars à la fois avaient-ils un rapport avec quoi que ce soit ? Elle avait un compte en banque, il n'opposait jamais de refus quand elle demandait.

Elle ne parvenait pas à s'endormir, réprimandant mentalement Polly.

La chaleur de l'Okanagan fit paraître l'été plus authentique que celui de la côte. Les collines avec leur herbe pâle, l'ombre avare des pins des terres fermes, semblaient un décor naturel pour une noce aussi festive avec ses flots intarissables de champagne, la danse, les flirts et le débordement d'amitiés et de bienveillance instantanés. Lorna s'enivra rapidement et fut stupéfaite de voir comme il était aisé avec l'alcool de se libérer de son asservissement mental. Les vapeurs mélancoliques se levèrent. Elle alla se coucher encore ivre, et lascive, au bénéfice de Brendan. Même sa gueule de bois le lendemain sembla peu sévère, purifiante plutôt que punitive. Se sentant frêle mais pas du tout autocritique, elle resta étendue près des rives du lac et regarda Brendan aider Elizabeth à construire un château de sable.

« Savais-tu que ton papa et moi nous nous sommes rencontrés à une noce ? demanda-t-elle.

– Pas vraiment comme celle-ci, quand même », dit Brendan. Il voulait dire que la noce à laquelle il avait assisté, quand un de ses amis avait épousé la fille McQuaig (les McQuaig étant une famille éminente dans la ville natale de Lorna), avait été officiellement sans alcool. La réception avait eu lieu dans le foyer de l'église unitaire – Lorna faisait partie des jeunes filles recrutées pour faire passer les sandwichs – et on buvait à la va-vite, sur le parking. Lorna n'avait pas l'habitude de sentir le whisky dans l'haleine des hommes et avait pensé que Brendan avait dû abuser d'un produit capillaire qu'elle ne connaissait pas. Cependant elle avait admiré ses larges épaules, son cou de taureau, son rire et ses yeux noisette impérieux. Quand elle apprit qu'il était professeur de mathématiques elle tomba également amoureuse de ce qui se trouvait dans sa tête. Elle était excitée par les connaissances qu'un homme pouvait avoir et qui lui étaient entièrement étrangères. Une connaissance de la mécanique automobile aurait eu le même effet.

L'attraction qu'elle exerça sur lui en retour sembla tenir du miracle. Elle apprit plus tard qu'il cherchait une épouse, il avait l'âge, il était temps. Il voulait quelqu'un de jeune. Pas une collègue, ni une étudiante, peut-être même pas le genre de fille que des parents seraient en mesure d'envoyer à l'université. Pas adultérée. Intelligente, mais pas adultérée. « Une fleur des champs », disait-il dans la chaleur de ces premiers temps, et parfois même encore maintenant.

Sur le chemin du retour, ils laissèrent ce pays chaud et doré derrière eux, quelque part entre Keremeos et Princeton. Mais le soleil brillait encore et Lorna n'éprouvait qu'une vague perturbation dans son esprit, comme un cheveu devant les yeux que l'on pouvait chasser d'une chiquenaude ou qui pouvait s'éclipser tout seul.

Mais elle revenait quand même constamment. Elle devint plus menaçante et persistante et finit par lui bondir dessus, se laissant identifier.

Elle craignait – avec une demi-certitude – que pendant qu'ils étaient partis en Okanagan, Polly se soit suicidée dans la cuisine de la maison de North Vancouver.

Dans la cuisine. C'était une image précise que se figurait Lorna. Elle voyait exactement la façon dont Polly l'aurait fait. Elle se serait pendue juste au cadre de la porte de service. Quand ils reviendraient, quand ils entreraient dans la maison en sortant du garage, ils trouveraient la porte fermée à clé. Ils l'ouvriraient et essaieraient de la pousser mais sans y parvenir à cause de la masse du corps de Polly appuyée contre. Ils se précipiteraient jusqu'à la grande porte, entreraient dans la cuisine par là et seraient affrontés à la vue intégrale de Polly morte. Elle porterait la jupe froncée en toile de jean et le corsage blanc à cordon : la tenue soignée dans laquelle elle était apparue pour éprouver leur hospitalité. Ses longues jambes pâles pendantes, sa tête tordue mortellement sur son cou délicat. Devant son corps il y aurait la chaise de la cuisine sur laquelle elle était montée et d'où elle avait fait un pas, ou avait sauté, pour voir comment la souffrance pouvait s'achever.

Seule dans la maison de gens qui ne voulaient pas d'elle, où les murs mêmes et les fenêtres et la tasse dans laquelle elle buvait son café paraissaient la mépriser.

Lorna se rappela avoir été laissée une fois seule avec Polly, confiée à Polly pour une journée, dans la maison de leur grand-mère. Son père était peut-être au magasin. Mais elle avait idée que lui aussi était parti, que les trois adultes étaient ailleurs. Ce devait avoir été une occasion inhabituelle, puisqu'ils ne faisaient jamais de sorties pour faire les magasins, encore moins pour le plaisir. Un enterrement, presque certainement un enterrement. Ce jour-là était un samedi, il n'y avait pas classe. Lorna était trop jeune de toute façon pour aller à l'école. Ses cheveux n'étaient pas assez longs pour être nattés. Ils volaient en mèches folles autour de sa tête, comme le faisaient ceux de Polly maintenant.

Polly traversait alors un stade où elle aimait faire des bonbons ou de riches friandises de toute sorte, tirées du livre de cuisine de sa grand-mère. Du gâteau au chocolat et aux dattes, des macarons, du caramel mou. Elle était en plein milieu d'une préparation ce jour-là quand elle s'aperçut qu'un ingrédient dont elle avait besoin ne se trouvait pas dans le placard. Il fallait qu'elle aille en ville à bicyclette, pour le prendre à la boutique. Le temps était venteux et froid, la terre nue, ce devait être la fin de l'automne ou le début du printemps. Avant de partir, Polly avait poussé le registre du poêle à bois. Mais elle avait encore en tête les histoires qu'elle avait entendues à propos d'enfants qui mouraient dans des incendies quand leur mère était sortie faire ce genre de course rapide. Alors elle avait dit à Lorna de mettre son manteau et l'avait emmenée dehors, à l'angle entre la cuisine et la partie principale de la maison où le vent était moins fort. La maison voisine devait être fermée à clé, sinon c'est là qu'elle aurait pu l'emmener. Elle lui avait dit de rester immobile et était partie à la boutique sur sa bicyclette. « Reste là, ne bouge pas, ne t'inquiète pas », avait-elle dit. Puis elle avait embrassé Lorna à l'oreille. Lorna lui avait obéi à la lettre. Pendant dix minutes, quinze peut-être, elle était restée accroupie derrière le lilas blanc, à observer les formes des pierres, les foncées et les claires, dans les fondations de la maison. Jusqu'à ce que Polly arrive ventre à terre, en jetant la bicyclette dans le jardin et en appelant son nom. Lorna, Lorna, abandonnant le sac de sucre roux ou de noix et couvrant sa tête de baisers. Car l'idée lui était venue que Lorna avait pu être repérée dans son coin par des kidnappeurs rôdant par là : ces méchants hommes qui étaient la raison pour laquelle les filles ne devaient pas aller dans le champ derrière les maisons. Elle avait prié tout le long du chemin du retour pour que cela ne se soit pas passé. Et c'était le cas. Elle avait fait rentrer Lorna en vitesse pour réchauffer ses genoux et ses mains nus.

« Oh, les pauvres petites menottes, disait-elle. Oh, as-tu eu peur ? » Lorna était ravie d'être chouchoutée et penchait la tête pour la faire caresser, comme si elle était un poney.

Les pins firent place à la forêt aux feuilles persistantes plus denses, aux masses brunes des collines, aux éminences des montagnes bleu vert. Daniel se mit à pleurnicher et Lorna sortit son biberon de jus de fruit. Plus tard, elle demanda à Brendan de s'arrêter pour qu'elle puisse étendre le bébé sur le siège avant et changer sa couche. Brendan s'éloigna et fuma une cigarette pendant qu'elle le faisait. Les rituels des couches l'offusquaient toujours un peu.

Lorna en profita aussi pour prendre un des livres d'histoires d'Elizabeth et quand ils furent réinstallés elle fit la lecture aux enfants. C'était un Dr Seuss. Elizabeth connaissait tous les poèmes et même Daniel avait une idée d'où il fallait faire chorus avec ses paroles inventées.

Polly n'était plus la personne qui avait frotté les petites mains de Lorna entre les siennes, celle qui savait toutes les choses que Lorna ignorait et à qui on pouvait faire confiance pour s'occuper d'elle sur terre. Tout avait été inversé et il semblait que, pendant les années écoulées depuis que Lorna s'était mariée, Polly s'était immobilisée. Lorna l'avait laissée de côté. Et maintenant Lorna avait les enfants sur la banquette arrière à soigner et à aimer, et il était inconvenant qu'une personne de l'âge de Polly vienne s'agripper pour avoir sa part.

Ce n'était pas la peine que Lorna le pense. Elle n'avait pas plus tôt mis ce raisonnement en place qu'elle sentait le corps heurter la porte quand ils essayaient de la pousser. Le poids mort, le corps gris. Le corps de Polly à qui l'on n'avait rien donné du tout. Aucun rôle dans la famille qu'elle avait trouvée et aucun espoir du changement dont elle avait rêvé qu'il survienne dans sa vie.

« Maintenant lis Madeline, dit Elizabeth.

– Je crois que je n'ai pas apporté Madeline, répondit Lorna. Non. Je ne l'ai pas apporté. Ça ne fait rien, tu le sais par cœur.

Elizabeth et elle commencèrent ensemble :

À Paris dans une vieille maison
Aux murs recouverts de vigne
Vivaient douze petites filles
Sur deux rangs elles déjeunaient
Se brossaient les dents
Et puis se couchaient.

C'est de la sottise, c'est du mélodrame, c'est de la culpabilité. Cela n'aura pas eu lieu.

Mais des choses pareilles ont bien lieu. Il y a des personnes qui sombrent, que l'on n'aide pas à temps. Que l'on n'aide pas du tout. Certaines personnes sont jetées dans les ténèbres.

Au beau milieu d'une nuit
Miss Clavel allume et dit
Mais j'entends quelqu'un qui crie !

« Moman, protesta Elizabeth, pourquoi tu t'es arrêtée ?

– J'étais obligée pendant un instant, expliqua Lorna. J'ai eu la bouche sèche. »

À Hope ils prirent des hamburgers et des milk-shakes. Puis ils descendirent dans la Fraser Valley, tandis que les enfants dormaient sur la banquette arrière. Il reste encore un peu de temps. Jusqu'à ce qu'ils atteignent Chilliwack, jusqu'à ce qu'ils atteignent Abbotsford, jusqu'à ce qu'ils voient les collines de New Westminster ainsi que les autres collines couronnées de maisons, les débuts de la ville, s'élever devant eux. Encore des ponts qu'il leur fallait traverser, des virages à prendre, des rues à longer, des coins à dépasser. Tout cela serait au temps d'avant. La prochaine fois qu'elle reverrait quoi que ce soit, serait au temps d'après.

Quand ils entrèrent dans Stanley Park l'idée de prier lui vint à l'esprit. C'était sans vergogne, la prière opportune de l'impie. L'ineptie du faites-que-cela-n'ait-pas-lieu, faites-que-cela-n'ait-pas-lieu. *Faites que cela n'ait pas eu lieu.*

La journée était encore sans nuage. Depuis le Lion's Gate Bridge ils regardèrent vers le détroit de Georgia.

« Voyez-vous l'île de Vancouver aujourd'hui ? demanda Brendan. Regardez, vous. Moi je ne peux pas. »

Lorna tendit le cou pour que son regard passe devant lui.

« Au loin, dit-elle. Très vague, mais elle est là. »

À la vue des ces masses bleues, qui allaient en devenant plus floues pour se dissoudre finalement, paraissant flotter sur la mer, elle pensa qu'il lui restait une chose à faire. Marchander. Croire qu'il était encore possible, que jusqu'à la dernière minute il était possible de marchander.

Il fallait que ce soit sérieux, une promesse ou une offre des plus définitives et éprouvantes. Prenez ceci. Je promets ceci. Si cela pouvait faire que ce ne soit pas vrai, si cela pouvait ne pas avoir eu lieu.

Pas les enfants. Elle extirpa cette idée violemment, comme si elle les arrachait d'un feu. Pas Brendan, pour une raison opposée. Elle ne l'aimait pas assez. Elle disait qu'elle l'aimait, et le pensait, jusqu'à un certain point, et elle voulait qu'il l'aime, mais un petit fredonnement de haine accompagnait son amour presque constamment. Alors il serait répréhensible, inutile également, de l'offrir dans un quelconque marchandage.

Elle-même ? Sa beauté ? Sa santé ?

Il lui vint à l'esprit qu'elle risquait de faire fausse route. Dans un cas comme celui-ci, ce n'était peut-être pas à vous de choisir. Pas à vous d'en établir les termes. Vous les connaîtriez quand vous les aborderiez. Vous devez promettre de les respecter, sans savoir ce qu'ils vont être. Promettez.

Mais rien à voir avec les enfants.

On remontait Capilano Road, dans leur quartier de la ville et leur partie du monde, où leurs vies pesaient de leur poids et leurs actes entraînaient des conséquences. Voici venus les murs en bois sans concessions de leur maison, paraissant entre les arbres.

« La grande porte poserait moins de problèmes, dit Lorna. Alors nous n'aurions pas de marches.

– Où est la difficulté pour deux marches ? demanda Brendan.

– J'ai jamais pu voir le pont, cria Elizabeth, soudain réveillée et déçue. Pourquoi vous m'avez pas réveillée pour voir le pont ? »

Personne ne lui répondit.

« Daniel a un coup de soleil sur tout le bras », annonça-t-elle d'un ton à demi satisfait.

Lorna entendit des voix qui, lui sembla-t-elle, venaient du jardin de la maison voisine. Elle suivit Brendan autour de la maison. Daniel était appuyé contre son épaule, encore lourd de sommeil. Elle portait le sac des couches, le sac des livres d'histoires et Brendan portait la valise.

Elle vit que les gens dont elle avait entendu les voix étaient dans son propre jardin de derrière. Polly et Lionel. Ils avaient tiré deux chaises longues pour pouvoir s'installer à l'ombre. Ils tournaient le dos à la vue.

Lionel. Elle l'avait totalement oublié.

Il se leva précipitamment et courut ouvrir la porte de service.

« L'expédition est de retour au complet », déclara-t-il d'une voix que Lorna pensait avoir jamais entendue auparavant. Imprégnée d'une jovialité naturelle, d'une assurance tranquille et opportune. La voix d'un ami de la famille. En tenant la porte ouverte, il la regarda droit dans les yeux – chose qu'il n'avait jamais faite – et lui adressa un sourire d'où la subtilité, le secret, la complicité ironique et l'attachement mystérieux avaient été entièrement retirés. Toutes les complexités, tous les messages confidentiels avaient disparu.

Elle lui dit en écho : « Et toi, quand es-tu rentré ?

– Samedi, répondit-il. J'avais oublié que vous vous absentiez. Je suis monté ici péniblement pour dire bonjour et vous n'étiez pas là, mais Polly y était et m'a expliqué et donc je me le suis rappelé.

– Polly t'a dit quoi ? » demanda celle-ci en arrivant derrière lui. Ce n'était pas vraiment une question mais la remarque à demi taquine d'une femme qui sait que pratiquement tout ce qu'elle dit sera bien accepté.

Son coup de soleil avait viré au hâle, ou au moins à une nouvelle couleur, au front et au cou.

« Donne, dit-elle à Lorna, la soulageant des deux sacs qu'elle avait sur les bras et du biberon de jus vide à la main. Je prends tout sauf le bébé. »

Les cheveux flottants de Lionel étaient maintenant plus châtain foncé que noirs – bien sûr, elle le voyait pour la première fois en plein soleil – et il était hâlé aussi, suffisamment pour que son front ait perdu sa luisance blême. Il portait le sempiternel pantalon noir, mais sa chemise était inconnue à Lorna. Une chemise jaune à manches courtes en tissu maintes fois repassé, lustré, bon marché, à la carrure trop large, achetée peut-être à la vente de charité de l'église.

Lorna monta Daniel dans sa chambre. Elle le posa dans son berceau et resta à côté de lui en faisant des bruits doux et en lui caressant le dos.

Elle pensa que Lionel la punissait pour l'erreur qu'elle avait commise en allant dans sa chambre. La propriétaire devait le lui avoir raconté. Lorna aurait dû s'y attendre, si elle avait pris le temps de réfléchir. Elle n'avait pas pris le temps de réfléchir, probablement, parce qu'à son idée cela n'avait pas d'importance. Elle avait même pu penser qu'elle le lui dirait elle-même.

Je passais par là en allant au terrain de jeux et je me suis juste dit que j'entrerais m'asseoir au milieu de son plancher. Je ne peux pas l'expliquer. Il m'a semblé que cela me procurerait un instant de paix, d'être assise au milieu du plancher dans ta chambre.

Elle avait pensé – après la lettre ? – qu'il existait un lien entre eux, qui ne devait pas être précisé mais sur lequel l'on pouvait compter. Et elle avait eu tort, elle lui avait fait peur. S'était montrée présomptueuse. Il s'était retourné et Polly se trouvait là. À cause de l'affront de Lorna, il s'était lié avec Polly.

Peut-être pas, malgré tout. Peut-être avait-il simplement changé. Elle se rappela l'extraordinaire dépouillement de sa chambre, la lumière sur ses murs. Il pouvait en provenir des versions si modifiées de sa personne, créées sans effort en un clin d'œil. Cela pouvait se passer en réponse à une chose qui avait mal tourné, ou à la prise de conscience de ne pouvoir mener une chose à bien. Ou rien d'aussi précis, simplement un clin d'œil.

Quand Daniel se fut profondément endormi, elle descendit. Dans la salle de bains elle découvrit que Polly avait parfaitement rincé les couches et les avait mises dans le seau, couvertes de la solution bleue qui les désinfecterait. Elle prit la valise posée au milieu de la cuisine, la monta et la posa sur le grand lit, l'ouvrant pour trier les vêtements qui devaient être lavés et ceux qui étaient bons à ranger.

La fenêtre de cette pièce donnait sur le jardin de derrière. Elle entendit des voix : celle d'Elizabeth, élevée, criant presque à cause de l'excitation du retour à la maison ainsi que de l'effort pour retenir l'attention d'un auditoire élargi, celle de Brendan, autoritaire mais agréable, faisant un compte rendu de leur voyage.

Elle s'approcha de la fenêtre et regarda en bas. Elle vit Brendan se diriger vers la remise, ouvrir la porte, et commencer d'en tirer la pataugeoire des enfants. La porte allait se refermer sur lui mais Polly se précipita pour la tenir ouverte.

Lionel se leva et alla dérouler le tuyau d'arrosage. Elle n'aurait pas cru qu'il savait même où le tuyau se trouvait.

Brendan dit quelque chose à Polly. La remerciant ? On aurait pensé qu'ils avaient d'excellents rapports.

Comment cela s'était-il produit ?

Il se pouvait que Polly fût maintenant digne d'attention, étant choisie par Lionel. Choisie par Lionel, pas imposée par Lorna.

Ou bien Brendan était-il simplement plus heureux parce qu'ils étaient partis. Était-ce d'avoir pu lâcher pendant un certain temps le fardeau du maintien de l'ordre familial ? D'avoir pu constater, à très juste titre, que cette Polly transformée ne représentait pas une menace ?

Une scène si ordinaire et si stupéfiante, survenue comme par magie. Tout le monde heureux.

Brendan avait commencé de gonfler le bord de la piscine en plastique. Elizabeth s'était dévêtue jusqu'à la culotte et gambadait avec impatience. Brendan ne s'était pas donné la peine de lui dire d'aller mettre son maillot de bain, que la culotte ne convenait pas. Lionel avait ouvert l'eau et en attendant qu'elle serve à la piscine, il arrosait les capucines, comme n'importe quel propriétaire. Polly dit un mot à Brendan, alors il ferma en le pinçant l'orifice dans lequel il soufflait et lui passa le tas de plastique à demi gonflé.

Lorna se rappela que c'était Polly qui avait gonflé le dauphin à la plage. Comme elle le disait, elle avait du souffle. Elle soufflait régulièrement et sans effort apparent, debout là en short, jambes nues fermement écartées, sa peau luisant comme de l'écorce de bouleau. Et Lionel l'observait. Exactement ce qu'il me faut, se disait-il peut-être. Une femme si compétente et sensée, souple mais solide. Une personne ni vaniteuse, ni rêveuse, ni grincheuse. Ce serait peut-être bien le genre de personne qu'il épouserait un jour. Une épouse qui pourrait prendre les responsabilités. Ensuite il changerait et changerait encore, tomberait peut-être amoureux d'une autre femme, à sa manière, mais son épouse serait trop occupée pour s'en apercevoir.

Cela pourrait arriver. Polly et Lionel. Ou peut-être pas. Polly pourrait rentrer chez elle comme prévu, et si elle le faisait, elle n'aurait pas le cœur brisé. Enfin, c'était ce que pensait Lorna. Polly se marierait ou ne se marierait pas, mais d'une façon ou d'une autre, elle n'aurait pas le cœur brisé par la faute des hommes.

En peu de temps le bord était gonflé et lisse. La piscine fut posée sur le gazon, le tuyau mis à l'intérieur et Elizabeth s'éclaboussait les pieds dans l'eau. Elle leva les yeux vers Lorna comme si elle avait tout le temps su qu'elle était là.

« C'est froid, cria-t-elle ravie. Moman, c'est froid. »

Maintenant Brendan leva aussi les yeux vers Lorna.

« Que fais-tu là-haut ?

– Je défais la valise.

– Tu n'as pas besoin de le faire maintenant. Viens donc dehors.

– Entendu. Dans un instant. »

Depuis qu'elle était entrée dans la maison – en fait, depuis qu'elle avait compris que les voix qu'elle entendait venaient de son jardin à elle et appartenaient à Polly et Lionel – Lorna n'avait pas pensé à la vision qu'elle avait eue, kilomètre après kilomètre, de Polly attachée à la porte de service. Elle s'en étonnait maintenant comme l'on s'étonne parfois, longtemps après le réveil, du souvenir d'un rêve. Elle avait la puissance et l'indignité d'un rêve. L'inutilité d'un rêve, également.

Pas tout à fait en même temps, à retardement, le souvenir de son marchandage revint. Son idée névrotique, faible et primitive, d'un marchandage. Mais qu'avait-elle promis ?

Rien qui concerne les enfants.

Une chose qui la concerne elle ?

Elle avait promis de faire ce qu'elle devait faire, quand elle reconnaîtrait ce que c'était.

C'était une esquive, un marchandage qui n'en était pas un, une promesse qui n'avait aucune signification.

Mais elle mit à l'essai diverses possibilités. Presque comme si elle façonnait cette histoire pour qu'elle soit racontée à quelqu'un – pas à Lionel à présent – mais à quelqu'un, comme distraction.

Renoncer à lire des livres.

Prendre en charge des enfants placés venus de foyers indignes et de pays pauvres. S'évertuer à les guérir de blessures et de manque de soins.

Aller à l'église. Consentir à croire en Dieu.

Avoir les cheveux coupés court, cesser de se maquiller, ne jamais plus se remonter les seins dans des soutiens-gorge à armature.

Elle s'assit sur le lit, lasse de ce sport, de son manque d'à-propos.

Ce qui avait plus de sens était que le marchandage auquel elle était tenue consistait à continuer de vivre comme elle l'avait fait jusque-là. Ce marchandage était déjà en vigueur. Accepter ce qui s'était passé et voir clairement ce qui se passerait. Des jours et des années et des sentiments en gros semblables, sinon que les enfants deviendraient adultes, qu'il pourrait y en avoir un ou deux de plus et qu'eux aussi deviendraient adultes, et que Brendan et elle mûriraient puis deviendraient vieux.

C'est seulement maintenant, pas avant cet instant, qu'elle reconnut si nettement s'attendre à ce que quelque chose ait lieu, une chose qui changerait sa vie. Elle avait accepté son mariage en tant que grand changement, mais pas comme le dernier.

Alors, rien à présent que ce qu'elle ou n'importe qui pouvait raisonnablement prévoir. C'est ce qui devait constituer son bonheur, c'était cela l'objet de son marchandage. Rien de secret, ou d'étrange.

Prêtes-y attention, pensa-t-elle. Il lui vint l'idée théâtrale de se mettre à genoux. Cela est sérieux.

Elizabeth appela de nouveau : « Moman. Viens ici. » Puis les autres, Brendan, Polly et Lionel, en succession, l'appelaient, moqueurs.

Moman.

Moman.

Viens ici.

Cela s'est passé il y a longtemps. Dans North Vancouver, quand ils habitaient une maison Poutre et Poteau. Quand elle avait vingt-quatre ans et était nouvellement acquise au marchandage.

Ce dont on se souvient

Dans une chambre d'hôtel à Vancouver, Meriel, jeune femme, enfile ses courts gants d'été blancs. Elle porte une robe de lin beige et un léger foulard blanc sur ses cheveux. Des cheveux foncés à l'époque. Elle sourit parce qu'elle se rappelle une chose dite par la reine Sirikit de Thaïlande, ou citée dans un magazine comme ayant été dite par elle. Une citation à l'intérieur d'une citation, une chose dite par Balmain d'après la reine Sirikit.

« Balmain m'a tout enseigné. Il disait : "Portez toujours des gants blancs. C'est ce qu'il y a de mieux." »

C'est ce qu'il y a de mieux. Pourquoi cela la fait-il sourire ? Cela paraît un conseil murmuré si doucement, une sagesse si absurde et définitive. Ses mains gantées sont soignées, mais d'aspect aussi tendre que des pattes de chaton.

Pierre lui demande pourquoi elle sourit et elle répond : « Rien », puis le lui raconte.

« Qui est Balmain ? » dit-il.

Ils se préparaient à aller à un enterrement. Ils étaient arrivés par le ferry la veille au soir, venant de chez eux sur Vancouver Island, pour être sûrs d'être à l'heure pour la cérémonie du matin. C'était la première fois qu'ils séjournaient dans un hôtel depuis leur nuit de noces. Quand ils partaient en vacances maintenant, c'était toujours avec leurs deux enfants et ils cherchaient des motels bon marché qui acceptaient les familles.

C'était seulement le second enterrement auquel ils assistaient comme couple marié. Le père de Pierre était mort et la mère de Meriel était morte, mais ces morts avaient eu lieu avant que Pierre et Meriel se rencontrent. L'année précédente un professeur au lycée de Pierre était mort brusquement et il y avait eu un beau service, avec la chorale des lycéens et les paroles du XVIe siècle pour l'inhumation des défunts. L'homme avait dépassé la soixantaine et sa mort avait seulement paru un peu surprenante à Meriel et Pierre, et à peine triste. Cela ne faisait pas de différence, à leurs yeux, que vous mouriez à soixante-cinq, soixante-quinze ou quatre-vingt-cinq ans.

L'enterrement d'aujourd'hui, c'était tout autre chose. C'était Jonas que l'on enterrait. Le meilleur ami de Pierre et du même âge que lui : vingt-neuf ans. Pierre et Jonas avaient grandi ensemble dans West Vancouver : ils se souvenaient du lieu avant la construction de Lion's Gate Bridge, lorsqu'il ressemblait à une petite ville. Leurs parents étaient amis. À onze ou douze ans, ils avaient construit un canot à rames qu'ils avaient lancé à Dundarave Pier. À l'université ils s'étaient séparés pendant quelque temps : Jonas faisait des études d'ingénieur alors que Pierre était inscrit en humanités. Les étudiants en lettres et les futurs ingénieurs se méprisaient traditionnellement, mais au cours des années suivantes l'amitié avait été ranimée dans une certaine mesure. Jonas, qui n'était pas marié, venait voir Pierre et Meriel et séjournait parfois chez eux pendant une semaine entière.

Ces deux jeunes gens étaient surpris de ce qui s'était passé dans leurs vies et ils en plaisantaient. Jonas était celui dont le choix de profession avait paru si rassurant à ses parents, et avait éveillé une jalousie sourde chez les parents de Pierre ; et pourtant ce fut Pierre qui se maria, obtint un poste de professeur et assuma des responsabilités ordinaires, tandis que Jonas, après l'université, ne s'était jamais fixé avec une fille ou sur un emploi. Il passait son temps à l'essai, en quelque sorte, n'aboutissant jamais à un engagement ferme dans une entreprise, et les filles – à l'en croire – étaient toujours à l'essai avec lui. Son dernier travail d'ingénieur s'était déroulé dans le nord de la province et il y était resté après avoir soit démissionné soit avoir été viré. « Emploi terminé par consentement mutuel », avait-il écrit à Pierre, en ajoutant qu'il vivait à l'hôtel, où habitaient tous les gens bien, et qu'il trouverait peut-être du travail dans une équipe de bûcherons. Il prenait des leçons pour devenir pilote de liaison entre les communautés les plus reculées. Il promettait aussi à Pierre et Meriel de venir les voir dès que les présentes complications financières seraient résolues.

Meriel avait espéré que cela n'arriverait pas. Jonas dormait sur le canapé du séjour et lui laissait les couvertures par terre à ramasser le matin. Il tenait Pierre éveillé la moitié de la nuit en parlant de choses qui étaient arrivées quand ils étaient adolescents, ou même plus jeunes. Il l'appelait Pisseair, sobriquet de ces années-là, et il faisait allusion à d'autres vieux amis sous les noms de Quipue ou Doc ou Pote, jamais ceux que Meriel avait toujours entendus, Stan ou Don ou Rick. Il évoquait avec une pédanterie rébarbative les détails d'incidents que Meriel ne trouvait pas si remarquables ou si drôles (le sac de crottes de chien brûlé sur le perron du maître, le harcèlement du vieil homme qui offrait une pièce aux gamins pour qu'ils baissent leur pantalon), et s'irritait si la conversation revenait vers le temps présent.

Quand elle fut obligée d'apprendre à Pierre que Jonas était mort, elle était contrite, ébranlée. Contrite parce qu'elle n'avait pas aimé Jonas et ébranlée parce qu'il était le premier à mourir des gens qu'ils connaissaient bien dans leur entourage. Mais Pierre ne sembla ni surpris ni particulièrement éprouvé.

« Suicide, déclara-t-il.

– Non, dit-elle, un accident. Il roulait à moto, après la tombée de la nuit, sur du gravier, et il a quitté la route. Quelqu'un l'a trouvé, ou l'accompagnait, des secours sont arrivés mais il est mort moins d'une heure plus tard. Ses blessures étaient fatales. »

C'est ce qu'avait dit sa mère, au téléphone. *Ses blessures étaient fatales*. Elle avait paru si rapidement résignée, si peu surprise. Comme Pierre l'avait été quand il avait déclaré : « Suicide. »

Par la suite Pierre et Meriel avaient à peine parlé de la mort elle-même, seulement de l'enterrement, de la chambre d'hôtel, de la nécessité de prendre une baby-sitter pour la nuit entière. De son costume à nettoyer, de se procurer une chemise blanche. C'est Meriel qui prenait les dispositions, tandis que Pierre vérifiait sans cesse ce qu'elle faisait, à la manière d'un mari. Elle comprit qu'il voulait qu'elle fasse preuve de maîtrise de soi et de sens pratique, comme lui, et qu'elle ne prétende pas à un chagrin qu'elle – il en serait certain – ne pourrait réellement éprouver. Elle lui avait demandé pourquoi il avait dit : « Suicide », et il lui avait répondu : « C'est simplement ce qui m'est venu à l'esprit. » Elle comprit son échappatoire comme une sorte d'avertissement ou même un reproche. Comme s'il la soupçonnait de puiser dans cette mort – ou de leur proximité de cette mort – un sentiment à la fois indigne et égocentrique. Une excitation morbide, complaisante.

Les jeunes maris étaient sévères en ce temps-là. Peu de temps auparavant ils avaient été des soupirants, presque grotesques, aux jambes tremblantes, désespérés par leurs tourments sexuels. À présent, leur couchage assuré, ils devenaient déterminés et désapprobateurs. Partant au travail tous les matins, rasés de près, des cravates nouées autour de leurs jeunes cous, passant les journées en travaux inconnus, de retour à la maison à l'heure du dîner pour jeter un coup d'œil critique sur le repas du soir et ouvrir le journal, le lever entre eux et le désordre de la cuisine, les maux et les émotions, les bébés. Quelle quantité de choses à apprendre, si vite. Comment faire des courbettes devant les patrons et comment s'y prendre avec les femmes. Comment imposer sa volonté à propos des hypothèques, des murs de soutènement, du gazon de la pelouse, des canalisations, de la politique, autant que des emplois qui devaient entretenir leur famille pendant le quart de siècle suivant. C'étaient donc les femmes qui pouvaient régresser – pendant la journée, et toujours en tenant compte de la responsabilité abrutissante qui leur était tombée dessus – à une sorte de seconde adolescence. Une humeur qui s'allégeait quand les maris partaient. Une rébellion rêveuse, des petites réunions subversives, des fous rires qui les ramenaient au temps du lycée, se multipliant entre les murs que finançait le mari, pendant les heures où il n'était pas là.

Après l'enterrement, un certain nombre de personnes avaient été conviées chez les parents de Jonas à Dundarave. La haie de rhododendrons était en fleurs, rouges, roses et violettes. On complimenta le père de Jonas sur le jardin.

« Ah, enfin, je ne sais pas, dit-il. Il a fallu le rendre présentable un peu vite. »

La mère de Jonas s'excusa : « Ce n'est pas un vrai déjeuner, j'en suis désolée. Juste un en-cas. » La plupart des gens buvaient du xérès, certains hommes du whisky. La nourriture était présentée sur la table de la salle à manger avec ses rallonges : mousse de saumon et crackers, tartes aux champignons, friands aux saucisses, un gâteau au citron léger et des biscuits aux fruits confits et aux amandes pilées, ainsi que des sandwichs aux crevettes, au jambon, au concombre mélangé à l'avocat. Pierre entassa le tout sur sa petite assiette en porcelaine et Meriel entendit sa mère lui dire : « Tu sais, tu pourrais toujours venir te resservir. »

Sa mère n'habitait plus West Vancouver mais était venue de White Rock pour l'enterrement. Et elle n'était pas vraiment sûre d'elle en faisant un reproche direct, maintenant que Pierre était professeur et marié.

« Pensais-tu qu'il n'en resterait pas ? demanda-t-elle.

– Peut-être pas ce dont j'avais envie, répliqua Pierre nonchalamment.

– Quelle jolie robe, dit sa mère à Meriel.

– Oui, mais regardez, fit remarquer Meriel, en lissant les faux plis formés pendant qu'elle était assise pour le service.

– C'est ça le problème, commenta la mère de Pierre.

– Quel problème y a-t-il ? demanda vivement la mère de Jonas, en faisant glisser des tartes sur le chauffe-plat.

– C'est le problème du lin, expliqua la mère de Pierre. Meriel vient d'expliquer que sa robe s'était froissée – elle ne dit pas "pendant le service funèbre" – et je disais que c'était ça le problème du lin. »

La mère de Jonas n'écoutait peut-être pas. En promenant son regard à travers la pièce, elle annonça : « Voilà le médecin qui s'est occupé de lui. Il est venu de Smithers en

pilotant son propre avion. Vraiment, nous avons pensé que c'était tellement gentil de sa part.
– C'est plutôt hasardeux, commenta la mère de Pierre.
– Oui. Eh bien. Je suppose qu'il circule de cette manière, pour soigner les gens en forêt. »

L'homme dont il était question parlait à Pierre. Il ne portait pas de costume, mais une veste convenable sur un chandail à col roulé.

« Je suppose que oui », dit la mère de Pierre, et celle de Jonas dit : « Oui », alors Meriel eut le sentiment que quelque chose – concernant la façon dont il était vêtu ? – avait été expliqué et réglé entre elles.

Elle baissa les yeux sur les serviettes de table, pliées en quatre. Elles n'étaient pas aussi grandes que des serviettes pour un repas ni aussi petites que des serviettes de cocktail. Elles étaient disposées en rangées qui se chevauchaient de sorte que le coin de chaque serviette (le coin brodé d'une fleur minuscule, bleue ou rose ou jaune) empiète sur le coin plié de sa voisine. Il n'y avait pas deux serviettes brodées de fleurs de la même couleur qui se touchaient. Personne ne les avait dérangées, ou si on l'avait fait – car elle avait bien vu quelques personnes dans la pièce tenant des serviettes – on avait pris avec soin celles qui étaient au bout de la rangée, ainsi cet ordonnancement avait-il été conservé.

Pendant le service, le pasteur avait comparé la vie de Jonas à celle d'un bébé dans l'utérus. « Le bébé, dit-il, ne connaît rien d'une autre existence et vit dans sa caverne chaude, sombre, aqueuse, sans la moindre idée du grand monde éclatant dans lequel il va bientôt se trouver projeté. Et nous sur terre avons une idée, mais ne sommes pas vraiment capables d'imaginer la lumière dans laquelle nous pénétrerons une fois que nous aurons survécu au labeur de la mort. Si l'on pouvait d'une manière quelconque informer le bébé de ce qui lui arriverait dans un avenir proche, ne serait-il pas incrédule autant qu'effrayé ? Comme nous le sommes, la plupart du temps, mais nous ne devrions pas l'être, car l'on nous a fait des promesses. Mais même ainsi, nos cerveaux aveugles ne peuvent pas imaginer, ne peuvent pas concevoir, le lieu où nous allons entrer. Le bébé est langé dans son ignorance, dans la foi de son être muet, impuissant. Et nous qui ne sommes pas entièrement ignorants ni entièrement sages devons nous efforcer de nous ceindre de notre foi, de la parole de Notre Seigneur. »

Meriel regarda le pasteur qui se tenait sur le pas de la porte du vestibule, un verre de xérès à la main, en train d'écouter une femme enjouée aux cheveux blonds crêpés. Elle n'eut pas l'impression qu'ils parlaient des affres de la mort et de la lumière ultime. Que ferait-il si elle s'approchait de lui et le questionnait à ce sujet ?

Personne n'aurait le courage de le faire. Ni le manque d'éducation.

Elle regarda Pierre et le médecin de brousse. Pierre parlait avec une vivacité juvénile peu fréquente chez lui ces temps-ci. Ou pas souvent devant Meriel. Elle s'occupa en faisant semblant de le voir pour la première fois, à ce moment-là. Ses cheveux frisés très foncés coupés court, dégarnissant les tempes, dégageant la peau lisse, couleur ivoire teintée d'or. Ses épaules larges, anguleuses, ses beaux membres longs et son crâne, plutôt petit, d'une forme agréable. Il souriait de façon charmante mais jamais par stratégie et paraissait complètement se méfier du sourire depuis qu'il enseignait à des garçons. De fines rides de souci permanent étaient inscrites sur son front.

Elle repensa à une fête d'enseignants – plus d'un an auparavant – quand ils s'étaient trouvés à des extrémités opposées de la pièce, à l'écart des conversations voisines. Elle avait tourné autour de la pièce et s'était approchée de lui sans qu'il s'en aperçoive, puis s'était mise à lui parler comme si elle était une inconnue discrètement aguichante. Il avait souri comme il souriait maintenant – mais différemment, comme il était naturel en parlant à une enjôleuse – et il était entré dans le jeu. Ils avaient échangé des regards et des propos insipides jusqu'à ce qu'ils s'effondrent tous les deux en pouffant. Quelqu'un était venu les trouver en disant que les plaisanteries conjugales n'étaient pas autorisées.

« Qu'est-ce qui vous fait croire que nous sommes vraiment mariés ? » avait demandé Pierre, dont le comportement dans ce genre de fêtes était d'habitude si circonspect.

Elle traversa la pièce sans avoir en tête pareille idiotie. Il fallait lui rappeler qu'ils devaient bientôt s'en aller chacun de son côté. Lui partait pour Horseshoe Bay en voiture pour attraper le prochain ferry, et elle devait traverser North Shore en autocar jusqu'à Lynn Valley. Elle avait prévu de profiter de cette occasion pour rendre visite à une femme que sa mère avait aimée et admirée, au point, en fait, de donner son nom à sa fille. Meriel l'avait toujours appelée Tante, bien qu'elles ne fussent pas parentes. Tante Muriel. (Meriel avait changé l'orthographe lorsqu'elle était partie à l'université.) Cette vieille femme vivait dans une maison de retraite de Lynn Valley et Meriel ne l'avait pas vue depuis plus d'un an. Cela prenait trop de temps pour y aller au cours de leurs rares sorties de famille à Vancouver, et les enfants étaient perturbés par l'atmosphère de la maison de retraite et l'aspect des gens qui y vivaient. Comme l'était Pierre, sans qu'il veuille l'avouer. Au lieu de quoi il demandait quelle était la parenté de cette personne avec Meriel, de toute façon.

Ce n'est pas comme si c'était une vraie tante.

Alors maintenant Meriel allait lui rendre visite toute seule. Elle avait dit qu'elle se sentirait coupable si elle n'y allait pas quand elle en avait l'occasion. Également, sans qu'elle le dise, elle se réjouissait à l'idée du temps dont elle disposerait loin de sa famille.

« Je pourrais peut-être t'accompagner en voiture, dit Pierre. Dieu sait combien de temps il te faudra attendre le car.

– Tu ne peux pas, répondit-elle. Tu raterais le ferry. » Elle lui rappela ce qui était convenu avec la baby-sitter.

« Tu as raison », admit-il.

L'homme auquel il parlait, le médecin, n'avait pu faire autrement que d'écouter cette conversation et il proposa, de manière inattendue : « Permettez-moi de vous emmener.

– Je croyais que vous étiez venu en avion », dit Meriel, au moment même où Pierre intervenait : « Je vous présente ma femme, excusez-moi. Meriel. »

Le docteur prononça un nom qu'elle entendit à peine.

« Ce n'est pas si facile d'atterrir sur Hollyburn Mountain, expliqua-t-il. Alors j'ai laissé le coucou à l'aéroport et j'ai loué une voiture. »

Une courtoisie légèrement forcée de sa part fit penser à Meriel qu'elle avait paru odieuse. Elle était soit trop audacieuse soit trop timide, la plupart du temps.

« Ça ne vous gênerait vraiment pas ? demanda Pierre. Vous avez le temps ? »

Le docteur dévisagea Meriel. Son regard n'était pas désagréable, il n'était pas effronté ou sournois, il ne la jaugeait pas. Mais il n'était pas non plus socialement respectueux.

« Bien sûr », répondit-il.

Alors on se mit d'accord sur la façon de procéder. Ils allaient commencer à faire leurs adieux maintenant, Pierre partirait pour le ferry et Asher, c'était son nom – ou le docteur Asher – conduirait Meriel à Lynn Valley.

Meriel comptait rendre visite à Tante Muriel, peut-être même rester à ses côtés pendant le souper, ensuite prendre le car depuis Lynn Valley jusqu'au dépôt du centre (les cars vers la ville étaient relativement fréquents), puis l'autobus de fin de soirée qui l'emmènerait au ferry, et enfin rentrer chez elle.

La maison de retraite s'appelait le Manoir de la Princesse. C'était une maison de plain-pied avec des ailes agrandies, enduite de stuc d'un brun rosâtre. La rue était animée et il n'y avait pratiquement pas de parc, pas de haies ou de clôtures pour assourdir le bruit ou protéger les bouts de pelouse. D'un côté il y avait la Salle des évangélistes avec un clocher farce, de l'autre une station-service.

« Le mot "Manoir" ne signifie plus rien, n'est-ce pas ? demanda Meriel. Cela ne signifie même pas qu'il y a un étage. Cela signifie simplement que vous êtes censés penser qu'un endroit est une chose qu'il ne feint même pas d'être. »

Le docteur ne dit rien : peut-être que ce qu'elle avait dit lui était incompréhensible. Ou ne valait simplement pas la peine d'être dit même si c'était vrai. Pendant tout le trajet depuis Dundarave elle s'était écoutée parler et avait été navrée. Ce n'était pas tant qu'elle jacassait – disant tout ce qui lui passait par la tête – plutôt que les tentatives qu'elle faisait pour exprimer des choses qui lui paraissaient intéressantes, ou qui auraient pu être intéressantes si elle avait pu les formuler correctement. Mais ces idées devaient probablement avoir l'air prétentieux sinon dément, débitées à toute allure comme c'était le cas. Elle devait donner l'impression d'être une de ces femmes décidées à ne pas avoir une conversation ordinaire mais *vraie*. Et bien qu'elle sache que rien ne marchait, qu'il devait trouver ses propos fatigants, elle était incapable de s'arrêter.

Elle ne savait pas ce qui l'avait déclenchée. Une gêne, simplement parce qu'elle parlait si rarement à un inconnu ces temps-ci. La bizarrerie de circuler seule dans une voiture avec un homme qui n'était pas son mari.

Elle avait même demandé, imprudemment, ce qu'il pensait de l'idée de Pierre que l'accident de moto était un suicide.

« Vous pourriez soutenir cette idée à propos de quantité d'accidents violents », avait-il répliqué.

« Ne vous donnez pas la peine de remonter l'allée, dit-elle. Je peux descendre ici. » Elle était tellement embarrassée, tellement pressée de s'éloigner de lui et de son indifférence à peine polie qu'elle posa la main sur la poignée de la porte comme pour l'ouvrir, alors qu'ils longeaient encore la rue.

« J'allais me garer, déclara-t-il, en s'engageant dans l'allée. Je n'allais pas vous abandonner là.

– Je risque de rester un bon moment.

– Ça ne fait rien. Je peux attendre. Ou bien je pourrais entrer et faire un tour. Si ça ne vous ennuie pas. »

Elle était sur le point de dire que les maisons de retraite pouvaient être mornes et troublantes. Puis elle se rappela qu'il était médecin et ne verrait rien ici qu'il n'eût déjà vu. Dans sa voix, de plus, elle perçut une intonation qu'elle n'avait pas repérée auparavant, dans la façon de dire « si ça ne vous ennuie pas », une certaine formalité mais aussi une hésitation qui la surprirent. Il lui apparut qu'il faisait une offrande de son temps et de sa présence qui avait peu de rapport avec la courtoisie, mais plutôt avec elle. L'offre était faite avec un soupçon de franche humilité, mais ce n'était pas une supplique. Si elle disait qu'elle ne tenait vraiment pas à prendre plus de son temps, il ne tenterait pas de faire encore appel à la persuasion, il dirait au revoir avec une courtoisie neutre et démarrerait.

Les choses étant ce qu'elles étaient, ils descendirent de voiture et traversèrent le parking côte à côte en se dirigeant vers l'entrée principale.

Plusieurs personne âgées ou infirmes étaient installées sur un carré pavé entouré de quelques arbustes d'aspect bourru et de pots de pétunias, pour évoquer un jardin-patio. Tante Muriel n'en faisait pas partie, mais Meriel se trouva en train de distribuer des salutations joyeuses. Quelque chose lui était arrivé. Elle éprouvait un sentiment mystérieux de puissance et de plaisir, comme si à chaque pas qu'elle faisait, un message lumineux circulait depuis ses talons jusqu'au sommet de son crâne.

Lorsqu'elle lui demanda plus tard : « Pourquoi m'as-tu accompagné à l'intérieur ? », il répondit : « Parce que je ne voulais pas te perdre de vue. »

Tante Muriel était assise seule, dans un fauteuil roulant, juste devant la porte de sa chambre dans le couloir obscur. Elle était gonflée et peu visible, car on l'avait emmaillotée dans un tablier en amiante pour qu'elle puisse fumer une cigarette. Meriel était persuadée que lorsqu'elle lui avait dit au revoir, des mois et des saisons auparavant, elle était assise au même endroit, quoique sans le tablier en amiante, qui devait être en conformité avec une nouvelle règle, ou répondre à un déclin supplémentaire. Elle était très probablement restée assise là tous les jours à côté du cendrier fixe rempli de sable, regardant le mur peint d'une teinte hépatique – rose ou mauve mais paraissant hépatique à cause de l'obscurité du couloir – décoré d'une petite étagère-console portant une coulée de lierre factice.

« Meriel ? Je pensais que c'était toi, dit-elle. Je m'en rendais compte à ta façon de marcher. Je m'en rendais compte à ta respiration. Mes cataractes sont devenues de foutues merdes. Tout ce que je vois c'est des taches.

– C'est bien moi, comment vas-tu ? » Meriel l'embrassa à la tempe. « Pourquoi n'es-tu pas dehors au soleil ?
– Je n'aime pas le soleil, répliqua la vieille dame. Il faut que je fasse attention à mon teint. »

Elle plaisantait peut-être, mais ce pouvait être la vérité. Son visage et ses mains pâles étaient couverts de grosses taches, des taches d'un blanc absolu qui accrochaient le peu de lumière qu'il y avait là, devenant argentées. Elle avait été une vraie blonde, au teint rose, mince, avec des cheveux raides bien coupés qui avaient blanchi la trentaine arrivée. Maintenant sa chevelure était effilochée, emmêlée à force de frotter sur les oreillers et les lobes de ses oreilles en pendaient comme des tétines aplaties. Elle portait autrefois des brillants aux oreilles – où étaient-ils passés ? Des diamants aux oreilles, des chaînes en or massif, de vraies perles, des chemisiers en soie de couleurs singulières – ambre, aubergine – et de belles chaussures étroites.

Elle sentait le produit hospitalier et les pastilles à la réglisse qu'elle suçait toute la journée entre les cigarettes rationnées.

« Nous avons besoin de chaises », dit-elle. Elle se pencha en avant, agita la main qui tenait la cigarette en l'air, essaya de siffler. « Service, s'il vous plaît. Des chaises.
– Je vais en chercher », proposa le docteur.

La vieille Muriel et la jeune restèrent seules.

« Comment s'appelle ton mari ?
– Pierre.
– Et vous avez deux enfants, n'est-ce pas ? Jane et David ?
– C'est ça. Mais l'homme qui m'accompagne n'est pas...
– Ah, non, dit la vieille Muriel. Ce n'est pas ton mari. »

Tante Muriel appartenait plutôt à la génération de la grand-mère de Meriel qu'à celle de sa mère. Elle avait été le professeur d'arts plastiques de la mère de Meriel au lycée. D'abord une inspiratrice, puis une alliée, puis une amie. Elle avait peint de grands tableaux abstraits dont l'un, cadeau fait à la mère de Meriel, avait été accroché dans le vestibule à l'arrière de la maison où Meriel avait grandi, et était transporté dans la salle à manger chaque fois que l'artiste venait leur rendre visite. Ses couleurs étaient terreuses – des rouges et des bruns foncés – (le père de Meriel le surnommait « Tas de fumier embrasé »), mais le tempérament de tante Muriel semblait toujours vif et intrépide. Elle avait vécu à Vancouver dans sa jeunesse, avant d'en arriver à enseigner dans cette ville de l'intérieur. Elle avait eu pour amis des artistes dont le nom figurait à présent dans les journaux. Il lui tardait d'y revenir et elle le fit finalement, pour vivre avec un vieux couple fortuné, ami et mécène d'artistes, et s'occuper de leurs affaires. Elle semblait avoir eu beaucoup d'argent tant qu'elle avait vécu avec eux, mais elle se retrouva sur le sable à leur mort. Elle subsistait grâce à sa retraite, se mit à l'aquarelle parce que la peinture à l'huile dépassait ses moyens, se privait de manger (selon les soupçons de la mère de Meriel) pour pouvoir inviter Meriel au restaurant (Meriel étant étudiante à l'époque). À ces occasions, elle débitait une avalanche de plaisanteries et de jugements, dont la plupart indiquaient que les œuvres et les idées qui faisaient délirer les gens ne valaient rien, mais comment çà et là, dans la production d'un contemporain obscur ou figure à demi oubliée d'un autre siècle, il se trouvait quelque chose d'extraordinaire. C'était son terme d'éloges absolu : « extraordinaire ». La voix étouffée, comme si à cet instant précis elle était tombée sur une qualité au monde à laquelle l'on devait encore absolument faire honneur.

Le docteur revint avec deux chaises et se présenta, très naturellement, comme si l'occasion de le faire n'était pas encore survenue.

« Eric Asher.

– C'est un médecin », ajouta Meriel. Elle allait commencer de fournir des renseignements sur l'enterrement, l'accident, le vol depuis Smithers, mais la conversation lui échappa.

« Je ne suis pas ici à titre officiel, ne vous inquiétez pas, dit le docteur.

– Oh, non, répliqua tante Muriel, vous êtes avec elle.

– Oui. »

À cet instant, il tendit la main par-dessus l'espace entre leurs deux chaises et prit celle de Meriel, la serrant fermement pendant un petit moment, puis l'abandonnant. Il demanda alors à Tante Muriel : « Comment pouviez-vous le savoir ? À ma respiration ?

– Je le savais, répondit-elle avec une certaine impatience. J'étais une diablesse moi-même autrefois. »

Sa voix – le chevrotement ou gloussement que l'on y entendait – ne ressemblait à aucune de ses voix dont Meriel se souvenait. Elle eut l'impression qu'une trahison était à l'œuvre chez cette vieille femme soudain étrangère. Une trahison du passé, de la mère de Meriel peut-être et de l'amitié avec une personne supérieure qui lui avait été précieuse. Ou de ces déjeuners avec Meriel, de ces conversations trop raffinées. Une dégradation se profilait. Meriel en était bouleversée, vaguement excitée.

« Oh, j'avais des amis autrefois », dit Tante Muriel, et Meriel ajouta : « Tu avais un tas d'amis. » Elle en nomma deux.

« Morts », répliqua Tante Muriel.

Meriel dit que non, elle avait lu quelque chose très récemment dans le journal, une exposition rétrospective ou un prix.

« Oh, je croyais qu'il était mort. Je pensais peut-être à quelqu'un d'autre... Connaissiez-vous les Delaney ? »

Elle s'adressait directement à l'homme, pas à Meriel.

« Je ne crois pas, dit-il. Non.

– Des gens qui avaient une propriété où nous allions tous, sur Bowen Island. Les Delaney. Je pensais que vous en aviez peut-être entendu parler. Eh bien. Il s'en passait des choses. C'est ce que je voulais dire quand j'ai raconté que j'étais une diablesse autrefois. Des aventures. Eh bien. Cela ressemblait à des aventures mais tout était écrit d'avance, si vous voyez ce que je veux dire. Pas si aventureux que ça, en fait. Nous nous saoulions tous comme des grives, bien sûr. Mais il fallait toujours qu'il y ait un cercle de bougies allumées et que la musique joue, évidemment. Plutôt comme un rite. Mais pas complètement. Cela ne signifiait pas qu'il était impossible de rencontrer un inconnu et de jeter le script aux orties. Se rencontrer pour la première fois, s'embrasser follement et se sauver dans la forêt. Dans le noir. On ne pouvait pas aller très loin. Peu importe. Abattus. »

Elle s'était mise à tousser, essaya de parler malgré la toux, renonça et eut des quintes violentes. Le docteur se leva et la frappa deux fois de façon experte, sur son dos courbé. La toux s'acheva dans un gémissement.

« Mieux, dit-elle. Oh, on savait ce qu'on faisait mais on faisait semblant que non. Un jour ils m'avaient bandé les yeux. Pas dans les bois, c'était à l'intérieur. Ça ne me gênait pas, j'étais d'accord. Ça n'a pas été un succès, quand même : je veux dire, je savais bien. Il n'y avait probablement aucune personne présente que je n'aurais pas reconnue, de toute façon. »

Elle toussa de nouveau, mais de façon moins violente. Puis elle leva la tête, respira profondément et bruyamment pendant quelques minutes, levant les mains pour interrompre la conversation, comme si elle allait bientôt dire quelque chose de plus, quelque chose d'important. Mais tout ce qu'elle fit, en fin de compte, fut de rire et de dire : « Maintenant j'ai les yeux bandés en permanence. Les cataractes. On n'en profite pas pour abuser de moi maintenant, dans aucune débauche dont j'aie connaissance.

– Depuis quand se développent-elles ? » demanda le docteur avec un intérêt respectueux et, au grand soulagement de Meriel, une conversation soutenue débuta, une discussion bien informée sur le mûrissement des cataractes, leur ablation, les pour et les contre de cette opération ainsi que la méfiance de Tante Muriel à l'endroit de l'ophtalmologue, que l'on avait dérivé sur une voie de garage – selon les termes de Tante Muriel – pour s'occuper des pensionnaires de la maison. Fantasme salace, voilà la conclusion que Meriel tira de ses propos, glissé sans la moindre difficulté dans un bavardage médical, agréablement pessimiste de la part de Tante Muriel et prudemment rassurant de celle du médecin. Le genre de conversation qui devait avoir lieu régulièrement dans ces murs.

Au bout d'un petit moment, un coup d'œil fut échangé entre Muriel et le docteur, pour savoir si la visite avait suffisamment duré. Un coup d'œil furtif, étant donné les circonstances, presque conjugal, la mascarade et l'intimité fade se révélant excitante pour ceux qui après tout n'étaient pas mariés.

Peu après.

Tante Muriel prit l'initiative elle-même. « Je suis désolée, dit-elle, c'est grossier de ma part, il faut que je vous le dise, je me fatigue. » Pas trace à présent dans son attitude de la personne qui avait lancé la première partie de la conversation. Bouleversée, jouant la comédie, avec un vague sentiment de honte, Muriel se pencha pour l'embrasser et lui dire adieu. Elle avait l'impression qu'elle ne la reverrait jamais, ce qui fut le cas.

Après avoir contourné un coin, on voyait les portes ouvertes sur des chambres où les gens gisaient endormis ou regardaient peut-être depuis leur lit. Le docteur toucha Meriel entre les omoplates et fit glisser sa main le long de son dos jusqu'à sa taille. Elle se rendit compte qu'il tirait sur le tissu de sa robe, qui s'était collé à sa peau humide quand elle était assise appuyée contre le dossier de la chaise. La robe était également humide aux aisselles.

Il fallait aussi qu'elle aille aux toilettes. Elle s'évertua à trouver celles des visiteurs, qu'elle croyait avoir repérées quand ils étaient entrés.

Voilà. Elle avait raison. Un soulagement mais un problème aussi, parce qu'elle était obligée de sortir soudain de l'orbite du docteur et de dire : « Un instant », d'une voix qu'elle entendait distante et irritée. « Oui », répliqua-t-il puis se dirigea d'un pas vif vers les Hommes, si bien que la délicatesse du moment se perdit.

Quand elle émergea dans le soleil éclatant elle le vit déambuler à côté de la voiture en fumant. Il n'avait pas fumé auparavant, pas dans la maison des parents de Jonas ni avec Tante Muriel. Cet acte semblait l'isoler, manifester de l'impatience, peut-être l'impatience d'en avoir fini avec une chose et de passer à la suivante. Elle ne savait plus avec certitude si elle était la chose suivante ou la chose dont il fallait avoir fini.

« Dans quelle direction ? » demanda-t-il, une fois au volant. Puis, comme s'il avait parlé trop brusquement : « Où aimeriez-vous aller ? » C'était presque comme s'il parlait à un enfant, ou à Tante Muriel, à quelqu'un qu'il devait distraire pendant tout l'après-midi. « Je ne sais pas », répondit alors Meriel, comme si elle n'avait d'autre choix que de devenir cet enfant encombrant. Elle retenait un gémissement de déception, un cri de désir. Un désir qui avait paru timide et sporadique mais inévitable et était maintenant déclaré déplacé, unilatéral. Les mains sur le volant appartenaient entièrement au docteur, reprises comme s'il ne l'avait jamais touchée.

« Pourquoi pas Stanley Park ? demanda-t-il. Est ce que ça vous plairait d'aller faire un tour dans Stanley Park ?

– Oh, Stanley Park, dit-elle, il y a une éternité que je n'y suis pas allée », comme si l'idée l'avait ragaillardie et qu'elle ne pouvait rien imaginer de mieux. Elle aggrava son cas en ajoutant : « La journée est tellement magnifique.

– C'est juste. Elle l'est vraiment. »

Ils parlaient comme des caricatures, c'était intolérable.

« On ne vous fournit pas de radio, dans ces voitures de location. Enfin, ils le font parfois. Parfois pas. »

Elle baissa sa vitre en traversant le Lion's Gate Bridge et lui demanda si cela le gênait.

« Non. Pas du tout.

– C'est toujours un signe d'été pour moi. Avoir la vitre baissée, le coude sorti et la brise qui entre : je crois que je ne m'habituerai jamais à la climatisation.

– À certaines températures, vous le pourriez. »

Elle s'imposa le silence, jusqu'à ce que la forêt du parc les accueille et que le grands arbres touffus avalent peut-être la stupidité et la honte. Ensuite elle gâcha tout par son soupir trop admiratif.

« Prospect Point. » Il lut le panneau à voix haute.

Beaucoup de gens étaient sortis, bien que l'on fût en semaine au mois de mai, les vacances n'ayant pas encore débuté. Un instant après, ils allaient peut-être en faire la remarque. Des voitures étaient garées tout le long de l'allée qui menait au restaurant et l'on faisait la queue devant la plate-forme panoramique pour les jumelles payantes.

« Aha. » Il avait repéré une voiture qui allait démarrer. Un sursis provisoire à une nécessité de se parler pendant qu'il traînait, faisait marche arrière pour laisser de la place à l'autre voiture, puis se rangeait dans l'endroit plutôt exigu. Ils descendirent en même temps, firent le tour pour se retrouver sur le trottoir. Il regarda par-ci, par-là, comme s'il décidait dans quelle direction ils allaient se porter. Des marcheurs allant et venant sur tous les chemins en vue.

Ses jambes flageolaient, elle n'en pouvait plus.

« Emmenez-moi ailleurs, dit-elle.

– Oui », répondit-il, après l'avoir dévisagée.

Là, sur le trottoir, à la vue du monde. S'embrassant comme des fous.

Emmenez-moi, était ce qu'elle avait dit. *Emmenez-moi ailleurs*, non pas *Allons ailleurs*. Cela compte pour elle. Le risque, la passation du pouvoir. Risque absolu et passation. *Allons* : cela aurait comporté le risque, mais pas l'abdication qui marque le départ pour elle – dans toute remémoration de cet instant – du glissement érotique. Et si lui avait abdiqué à son tour ? *Où* d'autre ? cela n'aurait pas convenu non plus. Il fallait qu'il dise ce qu'il avait dit effectivement. Il fallait qu'il dise : *Oui*.

Il l'emmena dans l'appartement où il logeait, à Kitsilano, appartenant à un ami parti en mer sur un bateau de pêche, quelque part au large de la côte ouest de l'île de Vancouver. Il se trouvait dans un petit immeuble convenable, de deux ou trois étages. Tout ce qu'elle en retiendrait était les briques de verre autour de l'entrée principale et l'équipement hi-fi lourd et compliqué de cette époque qui paraissait constituer le mobilier du séjour.

Elle aurait préféré un autre décor et c'est celui qu'elle substitua dans son souvenir. Un hôtel étroit de cinq ou six étages, autrefois lieu de résidence à la mode, à l'ouest de Vancouver. Des rideaux de dentelle jaunie, des plafonds hauts, peut-être une grille en fer devant une partie de la fenêtre, un faux balcon. Rien de véritablement sale ou louche, simplement l'impression d'un accommodement de longue date avec les afflictions et les péchés secrets. Là elle serait obligée de traverser le petit hall tête baissée, les bras serrés contre ses hanches, le corps tout entier imprégné de honte exquise. Il parlerait au réceptionniste d'une voix sourde qui ne mettrait pas en évidence mais ne dissimulerait pas leur intention, ni ne chercherait à l'excuser.

Ensuite la montée dans la cage surannée de l'ascenseur, manœuvré par un vieillard, ou une vieille femme, peut-être un infirme, serviteur sournois du vice.

Pourquoi concevait-elle, pourquoi ajoutait-elle : ce décor ? C'était pour l'instant de mise à nu, le sentiment poignant de honte et de fierté qui s'empara de son corps tandis qu'elle traversait le hall (fantasmé) et pour le son de la voix du docteur, sa discrétion et son autorité, en disant au réceptionniste des paroles qu'elle ne pouvait pas distinguer clairement.

C'était peut-être son ton au drugstore à quelques pâtés de maison de l'appartement, une fois qu'il eut garé la voiture en disant : « Un instant. » Les dispositions pratiques qui semblaient décourageantes, prises à contrecœur au cours de la vie conjugale, pouvaient dans ces circonstances différentes provoquer en elle une chaleur subtile, une léthargie et une soumission inédites.

À la nuit tombée, elle fut raccompagnée à travers le parc, le pont, l'ouest de Vancouver, passant à proximité de la maison des parents de Jonas. Elle atteignit Horseshoe Bay presque à la dernière minute et monta sur le ferry. Fin mai les jours sont parmi les plus longs de l'année et malgré les feux du bassin des ferrys et les phares des voitures entrant à flots dans le ventre du bateau, elle voyait un rayonnement dans le ciel à l'ouest, sur lequel se détachait la masse noire d'une île – pas Bowen, mais une île dont elle ne connaissait pas le nom – aussi bien moulée qu'un pudding, posée à l'entrée de la baie.

Elle dut se joindre à la bousculade des gens qui montaient l'escalier et en atteignant le pont des passagers, s'assit à la première place qu'elle vit. Elle ne prit pas la peine, comme elle le faisait d'habitude, de chercher un siège à côté d'une fenêtre. Elle disposait d'une heure et demie avant que le bateau accoste l'autre rive du détroit, et pendant ce temps elle avait beaucoup de travail à faire.

Le bateau n'avait pas plus tôt commencé de bouger que les gens à côté d'elle se mirent à parler. Ce n'étaient pas des interlocuteurs qui s'étaient rencontrés sur le ferry mais des amis ou des parents qui se connaissaient bien et auraient beaucoup de choses à se raconter pendant toute la traversée. Alors elle se leva et sortit sur le pont, grimpa jusqu'au pont supérieur où il y avait toujours moins de monde et s'assit sur un des coffres qui servaient à caser les gilets de sauvetage. Elle avait mal dans des endroits attendus et inattendus.

Le travail qu'elle avait à faire, à son avis, était de tout se rappeler – et par « rappeler » elle voulait dire l'éprouver mentalement, une fois encore – puis le ranger à tout jamais. L'expérience de ce jour-là, ordonnée, sans en laisser aucune partie en lambeaux ou éparse, entièrement rassemblée comme un trésor, dont elle n'avait plus rien à faire, qu'elle mettait de côté.

Elle s'accrocha à deux prédictions, la première agréable et la seconde assez facile à accepter à présent, même si elle la trouverait sans doute plus pénible, ultérieurement.

Son mariage avec Pierre se poursuivrait, durerait.

Elle ne reverrait jamais Asher.

Toutes deux se révélèrent exactes.

Son mariage dura effectivement, pendant plus de trente ans après, jusqu'à la mort de Pierre. Pendant un premier stade de sa maladie, assez peu éprouvant, elle lui fit la lecture, parcourant quelques livres qu'ils avaient lus tous les deux des années auparavant et avaient eu l'intention de retrouver. L'un d'eux était *Pères et Fils*. Après avoir lu la scène dans laquelle Bazarov déclare son amour passionné pour Anna Sergueievna, où celle-ci est horrifiée, ils firent une pause pour discuter. (Pas se disputer : ils éprouvaient maintenant trop de tendresse pour cela.)

Meriel voulait que la scène se passe autrement. Elle croyait qu'Anna ne réagirait pas de cette façon.

« C'est l'écrivain, dit-elle. Je ne sens pas cela habituellement chez Tourgueniev, mais ici je sens que c'est juste lui qui arrive et les sépare d'un coup sec et qu'il le fait dans un but personnel. »

Pierre eut l'ombre d'un sourire. Toutes ses expressions étaient esquissées désormais. « Tu crois qu'elle succomberait ?

– Non. Ne succomberait pas. Je ne le crois pas, je pense qu'elle est aussi ardente que lui. Ils le feraient.

– Ça c'est romanesque. Tu es en train de tordre les faits pour que ça se dénoue bien.

– Je n'ai rien dit du dénouement.

– Écoute », dit Pierre patiemment. Il aimait ce genre de conversation, mais elles l'éprouvaient, il était obligé de prendre des petits temps de repos pour rassembler ses forces. « Si Anna cédait, ce serait parce qu'elle l'aimait. Quand ce serait terminé, elle l'aimerait encore plus. Les femmes ne sont-elles pas comme ça ? Je veux dire, si elles sont amoureuses ? Et que ferait-il ? Il se tirerait le lendemain matin sans même lui parler, peut-être. C'est son tempérament. Il déteste être amoureux d'elle. Alors comment cela vaudrait-il mieux ?

– Ils auraient quelque chose. Leur expérience.

– Il l'oublierait assez bien et elle mourrait de honte et d'abandon. Elle est intelligente. Elle le sait.

– Eh bien, affirma Meriel en prenant son temps parce qu'elle se sentait coincée, eh bien Tourgueniev ne dit pas cela. Il dit qu'elle est complètement décontenancée. Il dit qu'elle est froide.

– C'est l'intelligence qui la rend froide. Intelligente veut dire froide, pour une femme.

– Non.

– Je veux dire au XIXe siècle. Au XIXe siècle c'est le cas. »

Cette nuit-là sur le ferry, pendant le temps où elle pensait qu'elle allait réussir à tout arranger, Meriel n'avait rien fait de tel. Ce qu'il lui fallut parcourir, c'était, vague après vague, des souvenirs intenses. Et c'est ce qu'il lui faudrait continuer de faire – à intervalles progressivement plus longs

– pendant les années à venir. Elle ne cessait de retrouver des moments qu'elle avait omis et qui la secouaient encore. Elle réentendrait ou reverrait quelque chose – un bruit qu'ils avaient fait ensemble, le genre de regard qu'ils avaient échangé, en se reconnaissant et en s'encourageant. Un regard qui était tout à fait froid à sa manière, pourtant profondément respectueux et plus intime qu'un regard échangé entre époux, ou entre des gens qui avaient une dette mutuelle.

Elle se rappelait ses yeux gris noisette, sa peau rugueuse vue de près, un cercle comme une vieille cicatrice près de son nez, la largeur lisse de sa poitrine quand il s'élevait au-dessus d'elle. Mais elle n'aurait pas pu donner de description utile de son apparence. Elle pensait sentir sa présence si fortement, dès le début, que l'observation ordinaire devenait impossible. Le souvenir brusque de leurs premiers instants incertains, hésitants, était encore à même de l'obliger à se recroqueviller comme pour protéger la surprise de son corps à vif, la tempête du désir. *Mon-amour-mon-amour* murmurait-elle d'une façon dure et mécanique, les paroles agissant comme un cataplasme intime.

Quand elle vit sa photographie dans le journal, elle ne souffrit pas de coup au cœur instantanément. La coupure avait été envoyée par la mère de Jonas, qui sa vie durant avait tenu à rester en contact et à leur rappeler Jonas chaque fois qu'elle le pouvait. « Vous vous souvenez du médecin à l'enterrement de Jonas ? » avait-elle écrit au-dessus du petit titre : « Médecin de brousse mort dans accident d'avion. » C'était une photographie ancienne, assurément, rendue floue par la reproduction du journal. Un visage plutôt poupin, souriant, ce qu'elle n'aurait jamais attendu de lui à l'intention d'un photographe. Il n'était pas mort dans son avion mais dans la chute d'un hélicoptère lors d'un vol en urgence. Elle montra la coupure à Pierre. « As-tu jamais compris pourquoi il était venu à l'enterrement ? lui demanda-t-elle.

– Ils étaient peut-être potes, d'une certaine façon. Toutes ces créatures perdues dans le nord.

– De quoi lui avais-tu parlé ?

– Il m'a raconté comment il avait emmené Jonas pour lui apprendre à piloter. "Jamais plus" avait-il commenté. »

Ensuite, il demanda : « Il ne t'avait pas conduite quelque part ? Où ça ?

– À Lynn Valley. Pour voir Tante Muriel.

– Alors de quoi aviez-vous parlé ?

– J'ai eu du mal à lui parler. »

Le fait qu'il fût mort ne sembla pas avoir beaucoup d'effet sur ses rêvasseries, si l'on peut ainsi les désigner. Celles dans lesquelles elle imaginait des rencontres fortuites ou même des retrouvailles arrangées à grand-peine ne s'étaient jamais imposées sur la réalité, de toute façon, et ne furent pas modifiées parce qu'il était mort. Il fallait qu'elles s'épuisent d'une manière qu'elle ne pouvait pas maîtriser et ne comprit jamais.

Pendant qu'elle rentrait cette nuit-là sur le ferry, il s'était mis à pleuvoir, pas très fort. Elle s'était levée, s'était promenée et ne pouvait pas se rasseoir sur le couvercle du coffre à gilets de sauvetage sans se faire une grande tache humide sur sa robe. Alors elle resta à regarder l'écume remuée dans le sillage du bateau et il lui vint à l'esprit que dans un certain type de nouvelle – du genre que l'on n'écrivait plus – ce qui lui restait à faire était de se jeter à l'eau. Telle qu'elle était, pleine à craquer de bonheur, comblée comme elle ne le serait sûrement jamais plus, chaque cellule de son corps gonflée d'une douce estime de soi. Un acte romantique qui pouvait se voir – d'un point de vue interdit – comme suprêmement rationnel.

Fut-elle tentée ? Elle se permettait probablement juste d'imaginer avoir été tentée. Probablement loin de s'abandonner, bien que l'abandon eût été à l'ordre du jour.

Ce n'est qu'après la mort de Pierre qu'elle se rappela un détail supplémentaire.

Asher l'avait conduite à Horseshoe Bay, au ferry. Il était sorti de la voiture et s'était approché d'elle. Elle se tenait là, attendant de lui dire au revoir. Elle avait esquissé un mouvement vers lui, pour l'embrasser – assurément chose naturelle à faire, après les dernières heures – et il avait dit : « Non. »

« Non, avait-il dit. Je ne le fais jamais. »

Ce n'était pas vrai, bien sûr, qu'il ne le faisait jamais. N'embrassait jamais dans un lieu public, où tout le monde pouvait le voir. Il l'avait fait cet après-midi même, à Prospect Point.

Non.

C'était simple. Un avertissement. Un refus. La protégeant, pourrait-on dire, aussi bien que lui. Même s'il ne s'en était pas soucié plus tôt dans la journée.

Je ne le fais jamais était tout autre chose. Un autre genre d'avertissement. Une information qui ne pouvait pas la rendre heureuse, bien qu'elle fût peut-être destinée à l'empêcher de faire une grave erreur. La sauver des espoirs erronés et de l'humiliation d'un certain type d'erreur.

Comment s'étaient-ils donc dit au revoir ? S'étaient-ils serré la main ? Elle ne pouvait pas se le rappeler.

Mais elle entendait sa voix, la légèreté et pourtant la gravité de son ton, elle voyait son visage décidé, simplement agréable, elle sentait le glissement infime hors de sa portée. Elle n'avait aucun doute que ce souvenir fût véritable. Elle ne comprenait pas comment elle avait pu le refouler avec tant de succès, pendant tout ce temps.

Elle avait idée que si elle n'avait pas pu le faire, sa vie aurait pu être différente.

Comment ?

Elle ne serait peut-être pas restée avec Pierre. Elle n'aurait peut-être pas pu conserver son équilibre. Essayer de faire concorder ce qui avait été dit au ferry avec ce qui avait été dit et fait plus tôt le même jour l'aurait rendue plus vigilante et plus curieuse. L'orgueil ou l'esprit de contradiction auraient pu jouer un rôle – le besoin de faire rentrer ces mots-là dans la gorge d'un homme, le refus d'apprendre sa leçon – mais il y avait autre chose. Il existait un autre genre de vie qu'elle aurait pu avoir, ce qui ne signifiait pas qu'elle l'aurait préféré. C'est probablement à cause de son âge (chose qu'elle oubliait toujours de prendre en compte) et à cause de l'air raréfié et froid respiré depuis la mort de Pierre qu'elle pouvait penser à cet autre genre de vie simplement comme une sorte de recherche qui recelait des embûches et des réussites.

Peut-être que l'on ne découvrait pas tant de choses, de toute façon. Peut-être la même chose, indéfiniment, par exemple une information évidente mais dérangeante vous concernant. Dans son cas, le fait que la prudence, ou au moins une forme économique de gestion affective, lui avait servi de fanal tout au long.

Le petit geste fait pour se préserver, l'avertissement gentil mais mortel, son attitude d'inflexibilité qui avait perdu sa fraîcheur, comme une pose démodée. Elle était capable à présent de le voir sous l'angle du faux-semblant quotidien, comme si c'était un mari.

Elle se demanda s'il resterait ainsi ou si elle disposait d'un nouveau rôle en attente pour lui, une utilité qu'elle pourrait encore lui trouver dans son esprit, pour le temps à venir.

Queenie

« Tu ferais peut-être mieux de ne plus m'appeler comme ça, a dit Queenie quand elle est venue me chercher à Union Station.
– Quoi ? ai-je demandé. Queenie ?
– Ça plaît pas à Stan. Il dit que ça lui rappelle un cheval. »

Ma surprise de l'entendre dire « Stan » a été plus grande que d'apprendre de sa bouche qu'elle n'était plus Queenie, mais Lena. Mais je pouvais difficilement m'être attendue à ce qu'elle appelle encore son mari Mr Vorguilla après un an et demi de mariage. Je ne l'avais pas revue pendant tout ce temps, et quand je l'ai aperçue il y a un instant, dans le groupe de gens qui attendaient à la gare, j'ai failli ne pas la reconnaître.

Ses cheveux étaient teints en noir et gonflés autour de la figure dans le style qui avait succédé à la choucroute en ce temps-là. Leur belle couleur sirop de maïs – dorée sur le dessus et foncée en dessous – comme leur longueur soyeuse étaient perdues à jamais. Elle portait une robe jaune imprimée qui lui frôlait le corps et s'arrêtait bien au-dessus des genoux. Les contours à la Cléopâtre lourdement dessinés, ainsi que le fard à paupières violet, faisaient paraître ses yeux plus petits et non plus grands, comme s'ils se cachaient délibérément. Elle avait les oreilles percées à présent, et il en pendait des créoles en or.

Je l'ai vue me regarder aussi avec une certaine surprise. J'ai essayé d'être hardie et insouciante. « Est-ce que c'est une robe ou un volant autour de ton cul ? ai-je demandé.

Qu'est-ce qu'il a fait chaud dans le train. J'ai transpiré comme un cochon. »

J'entendais l'effet que faisait ma voix, aussi nasillarde et cordiale que celle de ma belle-mère Bet.

J'ai transpiré comme un cochon.

Maintenant, dans le tramway en route pour la maison de Queenie, je ne pouvais pas m'empêcher de paraître sotte. « Sommes-nous encore en ville ? » ai-je demandé. Les grands immeubles avaient rapidement disparu, mais il ne me semblait pas qu'on puisse appeler ce quartier résidentiel. Le même genre de commerces se répétaient : un teinturier, un fleuriste, une épicerie, un restaurant. Des cageots de fruits et de légumes sur le trottoir, des enseignes de dentistes, de couturières, de fournisseurs de tuyauterie aux fenêtres du premier étage. Rarement un immeuble plus haut que cela, rarement un arbre.

« Ce n'est pas le vrai centre, dit Queenie. Tu te rappelles que je t'ai montré où se trouvait Simpson's ? Là où on est montées dans la tramway ? C'est ça le vrai.

– Alors on y est presque ?

– On a encore une trotte. Puis elle a ajouté, "du chemin". Stan n'aime pas que je dise "une trotte" non plus. »

La répétition ou peut-être la chaleur me rendait anxieuse et un peu nauséeuse. Nous tenions ma valise sur nos genoux et à quelques centimètres de mes doigts se trouvaient le cou épais et la tête chauve d'un homme. Quelques longs cheveux noirs humides de transpiration s'accrochaient à son crâne. Pour une raison quelconque cela m'a fait penser aux dents de Mr Vorguilla dans l'armoire à pharmacie, que Queenie m'avait montrées quand elle travaillait pour les Vorguilla à côté. C'était longtemps avant que l'on puisse penser à Mr Vorguilla sous le nom de Stan.

Deux dents raccordées posées à côté de son rasoir et du bol en bois contenant son savon à barbe plein de poils, répugnant.

« C'est son bridge », avait expliqué Queenie.

Bridge ?

« Un pont de dents, quoi.

– Beurk.

– Ce sont celles de rechange. Il porte les autres.
– Beurk. Qu'est-ce qu'elles sont jaunes. »
Queenie m'avait mis sa main sur la bouche. Elle ne voulait pas que Mrs Vorguilla nous entende. Elle était étendue en bas sur le canapé de la salle à manger. Elle avait les yeux fermés la plupart du temps, mais elle ne dormait peut-être pas.

Quand nous sommes enfin descendues du tramway, il a fallu gravir une colline raide en essayant maladroitement de partager le poids de la valise. Les maisons n'étaient pas absolument toutes pareilles, bien que ce fût l'impression qu'elles donnaient au début. Certains toits débordaient des murs comme des casquettes, ou bien le premier étage entier était comme un toit et couvert de bardeaux. Ceux-ci étaient vert foncé, bordeaux ou marron. Les porches avançaient jusqu'à quelques pas du trottoir et les espaces entre les maisons semblaient assez étroits pour que les gens puissent tendre le bras par les fenêtres latérales et se serrer la main. Des enfants jouaient sur le trottoir mais Queenie ne les a pas plus remarqués que s'ils avaient été des oiseaux picorant dans les interstices. Un homme très gras, nu jusqu'à la taille, assis sur son perron, nous a dévisagées d'un air si fixe et lugubre que j'ai été convaincue qu'il avait quelque chose à dire. Queenie l'a dépassé d'un pas martial.
À mi-chemin de la côte, elle a pris une allée de gravier entre des poubelles. D'une fenêtre du haut une femme a crié quelque chose qui m'a paru inintelligible. Queenie a répondu : « C'est juste ma sœur, elle est venue nous voir. »
« Notre propriétaire, a-t-elle expliqué. Ils habitent sur le devant et en haut. Ce sont des Grecs. Elle parle juste un peu d'anglais. »
Il s'est révélé que Queenie et Mr Vorguilla partageaient les toilettes avec les Grecs. Vous apportiez votre rouleau de papier hygiénique : si vous oubliiez, il n'y en avait pas. J'ai été obligée d'y aller tout de suite parce que j'avais des règles abondantes et qu'il fallait que je change mon tampon. Pendant des années après, la vue de certaines rues urbaines par temps chaud, certains tons de brique marron et de bardeaux

peints de couleurs sombres et le bruit des tramways me remettaient en mémoire les crampes dans le bas-ventre, les rougeurs souffertes par vagues, les fuites corporelles, la confusion cuisante.

Il y avait une chambre où Queenie dormait avec Mr Vorguilla et une autre chambre transformée en petit séjour, une cuisine exiguë et une véranda. C'est sur le lit de camp sur la véranda que j'allais dormir. Juste devant les fenêtres, le propriétaire et un autre homme réparaient une motocyclette. L'odeur d'huile de graissage, de métal et de mécanique se mêlait à celle des tomates mûres au soleil. Une radio tonitruante diffusait de la musique par une fenêtre en haut.

« Une chose que Stan ne peut pas supporter, a déclaré Queenie. Cette radio. » Elle a tiré les rideaux à fleurs mais le bruit et le soleil passaient encore à travers. « Je regrette de pas avoir eu les moyens de les doubler », dit-elle.

Je tenais le tampon plein de sang, enveloppé dans du papier hygiénique. Elle m'a apporté un sac en papier et m'a indiqué où se trouvait la poubelle à l'extérieur. « Tous sans exception. Dehors immédiatement. Tu n'oublieras pas, hein ? Et ne laisse pas le carton dans un endroit où il risque de le voir. Il déteste que ça lui soit rappelé. »

J'ai encore essayé d'être nonchalante, de me conduire comme si j'étais à l'aise. « J'ai besoin de m'acheter une jolie robe légère comme la tienne, ai-je dit.

– Je pourrais peut-être t'en faire une, a proposé Queenie, la tête dans le frigo. J'ai envie d'un Coca, pas toi ? Je vais aller dans cet endroit où ils vendent des coupons. Cette robe-ci m'a coûté environ trois dollars en tout. Tu fais quelle taille maintenant, à propos ? »

J'ai haussé les épaules. J'ai dit que j'essayais de perdre du poids.

« Eh bien. On pourra peut-être trouver quelque chose. »

« Je vais épouser une dame qui a une petite fille à peu près de ton âge, m'avait annoncé mon père. Et cette petite fille n'a pas de père dans le voisinage. Alors il faut que tu me promettes une seule chose, c'est que tu ne la taquineras jamais et que tu ne lui feras jamais de réflexion méchante à ce sujet. Il y aura des fois où vous vous disputerez peut-être et ne serez pas d'accord comme il arrive à des sœurs, mais ça c'est la seule chose que tu ne dois jamais dire. Et si d'autres gosses le font, tu ne prendras jamais leur parti. »

Pour le plaisir de discuter, j'ai dit que je n'avais pas de mère et que personne ne me disait jamais rien de méchant.

« C'est différent », avait répondu mon père.

Il avait tort en tout. Nous étions loin de paraître avoir le même âge, parce que Queenie avait neuf ans quand mon père a épousé Bet et moi j'en avais six. Quoique plus tard, après que j'eus sauté une classe et que Queenie eut redoublé, nous nous fussions rapprochées à l'école. Et je n'ai jamais connu personne qui essaie d'être méchant envers Queenie. C'était quelqu'un avec qui tout le monde voulait être ami. Elle avait été choisie la première pour l'équipe de base-ball bien qu'elle fût une joueuse négligente, et la première pour une équipe d'orthographe bien que son orthographe fût mauvaise. De plus, elle et moi nous ne nous disputions pas. Pas une seule fois. Elle me manifestait beaucoup de gentillesse et moi je l'admirais beaucoup. Je lui aurais voué un culte à cause de ses cheveux d'or foncé et ses yeux sombres à l'air endormi : pour son apparence et son rire seuls. Son rire était doux et rugueux comme du sucre roux. L'étonnant c'est qu'avec tous ses atouts elle puisse être gentille et avoir le cœur tendre.

Dès que je me suis réveillée le matin où Queenie avait disparu, ce matin de début d'hiver, j'ai senti qu'elle était partie.

Le jour ne s'était pas encore levé, il était entre six et sept heures. Il faisait froid dans la maison. J'ai enfilé la grande robe de chambre pelucheuse marron que nous partagions, Queenie et moi. Nous l'appelions Buffalo Bill et celle qui se levait la première le matin s'en emparait. Son origine était un mystère.

« Peut-être un ami de Bet avant qu'elle épouse ton père, avait suggéré Queenie. Mais n'en parle pas, elle me massacrerait. »

Son lit était vide et elle n'était pas à la salle de bains. J'ai descendu l'escalier sans allumer de lumières, ne voulant pas réveiller Bet. J'ai regardé par la petite vitre dans la porte d'entrée. La chaussée, le trottoir et le gazon dans le jardin de devant scintillaient de givre. La neige était en retard. J'ai remonté le thermostat dans l'entrée et la chaudière s'est agitée dans le noir, poussant son grognement rassurant. Nous venions d'acheter la chaudière à mazout et mon père affirmait qu'il se réveillait encore à cinq heures du matin en pensant qu'il était l'heure de descendre à la cave pour recharger le feu.

Mon père dormait dans ce qui avait été un office, communiquant avec la cuisine. Il avait un lit en fer et une chaise au dossier cassé sur laquelle il conservait sa pile de vieux *National Geographic*, pour les lire quand il ne pouvait pas dormir. Il éteignait et allumait la lumière au moyen d'un cordon attaché au cadre du lit. L'ensemble de cette installation me paraissait tout à fait naturelle et convenable pour l'homme de la maison, le père. Il devait dormir comme une sentinelle, enveloppé dans une couverture grossière et avec une odeur peu raffinée de moteur et de tabac traînant autour de lui. Lisant et veillant jusqu'à pas d'heure et vigilant pendant son sommeil.

Même ainsi, il n'avait pas entendu Queenie. Elle devait se trouver quelque part dans la maison, disait-il. « As-tu regardé dans la salle de bains ?

– Elle n'y est pas.

– Peut-être chez sa mère. Un coup de chocottes. »

Mon père parlait de chocottes quand Bet se réveillait – ou ne se réveillait pas tout à fait – d'un mauvais rêve. Elle sortait en titubant de sa chambre sans pouvoir dire ce qui lui avait fait peur, et c'était Queenie qui devait la ramener dans son lit. Queenie s'enroulait contre son dos en faisant des bruits réconfortants comme un chiot lapant du lait et Bet ne se rappelait rien le lendemain matin.

J'avais allumé la lumière de la cuisine.

« Je ne voulais pas la réveiller, ai-je expliqué. Bet. »

J'ai regardé la boîte à pain au fond rouillé d'avoir été trop souvent essuyé avec la lavette, les casseroles posées sur la cuisinière, lavées mais pas rangées et la devise fournie par la laiterie Fairholme : *Le Seigneur est le cœur de notre maison.* Toutes ces choses attendant bêtement que la journée commence sans savoir qu'elle avait été minée par une catastrophe.

La porte donnant sur le porche de côté avait été déverrouillée.

« Quelqu'un est entré, ai-je dit. Quelqu'un est entré et a pris Queenie. »

Mon père est sorti après avoir enfilé son pantalon pardessus son caleçon long. Bet descendait l'escalier avec ses pantoufles qui faisaient flip-flop et son déshabillé en chenille, allumant les lumières sur son chemin.

« Queenie n'est pas avec toi ? » a demandé mon père. À moi, il a déclaré : « Il a fallu que la porte soit déverrouillée de l'intérieur.

– Qu'est-ce qui se passe avec Queenie ? a demandé Bet.

– Elle a peut-être juste eu envie d'aller faire un tour », a suggéré mon père.

Bet n'a pas relevé cette suggestion. Elle portait sur le visage un masque séché d'une matière rose. Représentant une maison de produits de beauté, elle ne vendait jamais aucun cosmétique qu'elle n'eût essayé auparavant sur elle-même.

« Toi tu vas chez les Vorguilla, m'a-t-elle dit. Elle a peut-être pensé à quelque chose qu'elle était supposée faire là-bas. »

Cela se passait environ une semaine après l'enterrement de Mrs Vorguilla, mais Queenie avait continué d'y travailler, en aidant à faire des cartons de vaisselle et de linge pour que Mr Vorguilla puisse emménager dans un appartement. Il fallait qu'il prépare tous les concerts de Noël au lycée et ne pouvait pas s'occuper de tout l'emballage lui-même. Bet souhaitait que Queenie quitte tout bonnement la place, pour pouvoir se faire engager comme employée intérimaire dans l'un des grands magasins à Noël.

J'ai mis les bottes en caoutchouc de mon père qui se trouvaient à côté de la porte, au lieu de monter chercher mes chaussures. J'ai traversé le jardin en chancelant, jusqu'au porche des Vorguilla, et j'ai appuyé sur la sonnette. C'était un carillon qui semblait proclamer la musicalité de la maison. Je me pelotonnais dans Buffalo Bill et je priais. Oh, Queenie, Queenie, allume les lumières. J'oubliais que si Queenie se trouvait là, les lumières seraient déjà allumées.

Pas de réponse. J'ai martelé le bois. Mr Vorguilla allait être de mauvaise humeur quand je finirais par le réveiller. J'ai collé l'oreille à la porte pour écouter s'il y avait des mouvements.

« Mr Vorguilla. Mr Vorguilla. Je suis désolée de vous réveiller, Mr Vorguilla. Y a-t-il quelqu'un à la maison ? »

Une fenêtre s'est ouverte dans la maison de l'autre côté des Vorguilla. Mr Hovey, un vieux célibataire, y habitait avec sa sœur.

« Sers-toi de tes yeux, a crié Mr Hovey. Regarde dans l'allée. »

La voiture de Mr Vorguilla était partie.

Mr Hovey a fermé la fenêtre violemment.

Quand j'ai poussé la porte de notre cuisine, j'ai vu mon père et Bet installés à table avec des tasses de thé devant eux. L'espace d'un instant, j'ai cru que l'ordre était rétabli. Il y avait eu un coup de téléphone, peut-être, avec des nouvelles apaisantes.

« Mr Vorguilla n'est pas là, ai-je dit. Sa voiture est partie.

– Oh, nous sommes au courant, a répliqué Bet. Nous sommes au courant de tout ça.

– Regarde ce que voilà, a dit mon père », en faisant passer une feuille de papier sur la table.

Je vais épouser Mr Vorguilla. Sincèrement vôtre, Queenie. Tel était le texte.

« Sous le sucrier », a raconté mon père.

Bet a laissé tomber sa cuillère.

« Je veux qu'il soit poursuivi, a-t-elle crié. Je veux qu'elle soit enfermée dans une maison de correction. Je veux la police.

– Elle a dix-huit ans, a fait remarquer mon père, et elle peut se marier si elle le souhaite. La police ne va pas mettre un barrage routier en place.

– Qui dit qu'ils sont sur la route ? Ils se sont planqués dans un motel quelconque. Cette petite sotte et ce connard de Vorguilla aux yeux en boules de loto.
– Ce genre de propos ne va pas la ramener.
– Je ne veux pas qu'elle revienne. Pas même en rampant. Elle a fait son lit et elle peut y coucher avec son couillon aux yeux en boules de loto. Il peut la niquer dans l'oreille pour ce que ça me fait.
– Ça suffit », a dit mon père.

Queenie m'a apporté deux Diantalvic à prendre avec mon Coca.

« C'est étonnant comme les crampes disparaissent une fois qu'on est mariée. Alors, ton père t'a parlé de nous ? »

Quand j'avais prévenu mon père que je voulais trouver un emploi pour l'été avant d'entrer à l'école normale à l'automne, il avait dit que je devrais peut-être aller à Toronto, voir Queenie. Il m'avait raconté qu'elle lui avait écrit aux bons soins de son affaire de transport, en demandant s'il pouvait leur avancer un peu d'argent pour leur permettre de passer l'hiver.

« Je n'aurais jamais été obligée de lui écrire, a expliqué Queenie, si Stan n'avait pas eu une pneumonie l'année dernière.
– C'est la première fois que j'ai su où tu étais. » Des larmes m'étaient venues aux yeux sans que je sache pourquoi. Parce que j'avais été si heureuse quand j'avais su, si solitaire avant de savoir, parce que je souhaitais à cet instant qu'elle dise : « Bien sûr, j'ai toujours voulu entrer en contact avec *toi* », et qu'elle ne l'a pas dit.

« Bet n'est pas au courant, ai-je prévenu. Elle croit que je suis seule.
– J'espère que non, a répliqué Queenie calmement. Je veux dire que j'espère qu'elle n'est pas au courant. »

J'avais un tas de choses à lui raconter, sur la maison. Que l'entreprise de transport était passée de trois véhicules à une douzaine, que Bet avait acheté un manteau en ondatra et développé son affaire, effectuant maintenant des soins de beauté chez nous. À cette fin, elle avait arrangé la pièce où mon père dormait autrefois, et avait déménagé son lit de camp et les *National Geographic* dans son bureau : une baraque de l'Air Force qu'il avait remorquée jusqu'au dépôt des camions. Assise à la table de la cuisine en train de préparer mon baccalauréat, j'écoutais Bet dire : « Une peau aussi délicate, vous ne devriez jamais l'approcher avec un gant de toilette », avant de charger quelque femme au visage ingrat de lotions et de crèmes. Et parfois, d'un ton tout aussi fervent, mais moins optimiste : « Je vous l'affirme, j'avais le Mal, j'avais le Mal qui habitait juste à côté de moi et je ne m'en doutais pas, parce qu'on ne s'en doute pas, n'est-ce pas ? J'ai toujours la meilleure opinion des gens. Jusqu'à ce qu'ils me traitent avec mépris.

– C'est vrai, disait la cliente. Je suis pareille. »

Ou bien : « Vous croyez savoir ce qu'est le chagrin, mais vous n'en connaissez même pas la moitié. »

Ensuite Bet revenait d'accompagner la femme à la porte, gémissait et disait : « Si tu lui touchais la figure dans le noir tu ne verrais pas la différence avec du papier de verre. »

Queenie n'avait pas l'air d'être intéressée par ces récits. Et le temps était compté de toute façon. Avant que nos Coca soient finis, il y a eu des pas rapides et secs sur le gravier et Mr Vorguilla est entré dans la cuisine.

« Regarde qui est là », s'est écriée Queenie. Elle s'est levée à demi, comme pour le toucher, mais il a viré vers l'évier.

La voix de Queenie avait été si pleine de surprise enjouée que je me suis demandé s'il avait été informé de ma lettre ou du fait que j'étais en route.

« C'est Chrissy, a-t-elle dit.

– C'est ce que je vois, a répliqué Mr Vorguilla. Vous devez aimer la chaleur, Chrissy, si vous venez à Toronto en été.

– Elle vient chercher un travail, a expliqué Queenie.

– Et vous avez des qualifications ? a demandé Mr Vorguilla. Vous avez des qualifications pour trouver un travail à Toronto ?

– Elle a son baccalauréat, a répondu Queenie.

– Eh bien, espérons que c'est suffisant », a déclaré Mr Vorguilla. Il a fait couler un verre d'eau et l'a bu, debout en nous tournant le dos. Exactement comme il le faisait quand Mrs Vorguilla, Queenie et moi nous étions assises à la table de cuisine dans cette autre maison, la maison des Vorguilla voisine de la nôtre. Mr Vorguilla arrivait d'une répétition quelque part, ou bien il faisait une pause pendant qu'il donnait une leçon de piano au salon. Au bruit de ses pas, Mrs Vorguilla nous lançait un sourire d'avertissement. Alors nous baissions toutes les yeux sur nos lettres de Scrabble, en lui offrant le choix de nous remarquer ou non. Parfois il ne le faisait pas. L'ouverture d'un placard, d'un robinet, le verre posé sur le comptoir évoquaient une série de petites explosions. Comme s'il mettait quiconque au défi de respirer pendant qu'il était là.

Quand il nous enseignait la musique au lycée il était pareil. Il entrait dans la salle de classe du pas d'un homme qui n'a pas une minute à perdre : il tapait une fois avec la baguette et il était temps de commencer. Il arpentait les passages en se pavanant, oreilles dressées, yeux bleus globuleux en éveil, avec une expression tendue et querelleuse. À tout moment il pouvait s'arrêter à côté de votre pupitre pour vous écouter chanter, voir si vous faisiez semblant ou si vous chantiez faux. Alors il abaissait la tête lentement, ses yeux exorbités s'approchant des vôtres et ses mains faisant signe aux autres voix de se taire, pour vous faire honte. Le bruit courait qu'il était tout aussi dictatorial dans ses divers chœurs et chorales. Pourtant il avait du succès auprès de ses chanteurs, particulièrement les dames. Elles lui tricotaient des choses à Noël. Des chaussettes, des écharpes et des moufles pour lui tenir chaud pendant ses allées et venues d'école en école, de chœur en chœur.

Quand Queenie a eu toute la maison à sa disposition, après que Mrs Vorguilla a été trop malade pour s'en occuper, elle a pêché dans un tiroir un objet tricoté qu'elle m'a agité à la figure. Il était arrivé sans nom de donateur.

Je ne savais pas ce que c'était.

« C'est un chauffe-popaul, a expliqué Queenie. Mrs Vorguilla a dit qu'il ne fallait pas le lui montrer, que ça le ren-

drait furieux. Tu ne sais pas ce que c'est qu'un chauffe-popaul ?
– Beurk, ai-je dit.
– C'est juste une farce. »

Queenie et Mr Vorguilla étaient tous les deux obligés de sortir le soir. Mr Vorguilla jouait du piano dans un restaurant. Il portait un smoking. Queenie, elle, vendait les billets dans un cinéma. Il se trouvait juste à quelques pâtés de maisons alors je l'ai accompagnée à pied. Et c'est en la voyant assise à la caisse que j'ai compris que le maquillage, les cheveux teints et gonflés et les créoles n'étaient pas si étranges après tout. Queenie ressemblait à certaines des filles qui passaient dans la rue ou entraient voir le film avec leurs petits amis. Et elle ressemblait beaucoup à certaines des filles représentées sur les affiches qui l'entouraient. Elle paraissait liée au monde du théâtre, des histoires d'amour torrides et des dangers, dépeint à l'intérieur sur l'écran.

Elle donnait l'impression, aurait dit mon père, que personne ne devait la faire passer au second plan.

« Pourquoi ne vas-tu pas te balader pendant un petit moment ? » m'avait-elle dit. Mais il me semblait que j'attirais les regards. Je ne me voyais pas assise à une table buvant un café et montrant au monde entier que je n'avais rien à faire et nulle part où aller. Ou entrant dans un magasin pour essayer des vêtements que je n'avais aucun espoir d'acheter. J'ai gravi la côte de nouveau, j'ai fait bonjour de la main à la Grecque qui criait par la fenêtre. J'ai ouvert la porte avec la clé de Queenie.

Je me suis assise sur le lit de camp sur la véranda. Il n'y avait nulle part où suspendre les vêtements que j'avais apportés et j'ai pensé que de toute façon ce n'était peut-être pas une tellement bonne idée de défaire ma valise. Mr Vorguilla pourrait ne pas être content de constater que je restais.

J'ai trouvé que le physique de Mr Vorguilla avait changé, comme celui de Queenie. Mais celui de Mr Vorguilla n'avait pas changé comme celui de Queenie, en tendant vers ce qui était à mes yeux une séduction et une sophistication étrangères et dures. Ses cheveux, qui avaient été d'un roux grisonnant, étaient maintenant tout à fait gris et l'expression de son visage, toujours prêt à lancer des éclairs scandalisés en réponse à un manque de respect possible ou à une prestation insuffisante ou simplement parce que quelque chose dans sa maison ne se trouvait pas là où elle était censée être, paraissait maintenant traduire un grief permanent, comme si une insulte était proférée ou une conduite répréhensible restait constamment impunie, sous ses yeux.

Je me suis levée et j'ai fait le tour de l'appartement. On ne peut jamais bien voir les endroits où vivent les gens quand ils sont présents.

La cuisine était la pièce la plus agréable, quoique sombre. Queenie avait fait pousser un lierre autour de la fenêtre devant l'évier et elle avait planté des cuillères en bois dans un joli mug sans anse, tout comme le faisait Mrs Vorguilla. Le piano se trouvait dans le séjour, le même piano qui s'était trouvé dans l'autre séjour. Il y avait un fauteuil et une bibliothèque montée avec des briques et des planches, un électrophone et une quantité de disques posés par terre. Pas de télévision. Pas de rocking-chair en noyer ou de rideaux en tapisserie. Pas même le lampadaire dont l'abat-jour en parchemin était décoré de scènes japonaises. Pourtant, toutes ces choses avaient été envoyées à Toronto, par une journée neigeuse. J'étais à la maison à l'heure du déjeuner et j'avais vu le camion de déménagement. Bet ne pouvait pas s'éloigner de la vitre dans la porte d'entrée. Finalement elle avait oublié toute la dignité qu'elle aimait habituellement manifester devant les étrangers, elle avait ouvert la porte et hurlé aux déménageurs : « Retournez à Toronto et dites-lui que s'il se montre de nouveau ici, il le regrettera. »

Les déménageurs l'avaient saluée joyeusement, comme s'ils étaient habitués à ce genre de scène, peut-être l'étaient-ils. Déménager des meubles doit vous exposer à beaucoup de fulminations et de fureurs.

Mais où toutes ces choses étaient-elles parties ? Vendues, ai-je pensé. Elles devaient avoir été vendues. Mon père avait déclaré que Mr Vorguilla avait apparemment du mal à prendre le départ dans sa profession à Toronto. Et Queenie avait parlé d'« arriérés ». Elle n'aurait jamais écrit à mon père s'il n'y avait pas eu d'arriérés.

Ils avaient dû vendre les meubles avant qu'elle écrive.

Dans la bibliothèque j'ai vu l'*Encyclopédie de la musique, Le Compagnon mondial de l'opéra*, et les *Vies des grands compositeurs*. Également le grand livre fin à la belle reliure – le *Rubaiyyat* d'Omar Khayyam – que Mrs Vorguilla gardait souvent à côté de son canapé.

Il y avait un autre livre à la reliure décorée de façon semblable, dont le titre exact m'échappe. Un détail m'a fait penser que je pourrais l'aimer. Le mot « fleuri » ou « parfumé ». Je l'ai ouvert et je me souviens assez bien de la première phrase que j'ai lue.

L'on instruisit également les jeunes odalisques du harim dans l'utilisation exquise de leurs ongles.

Je ne savais pas exactement ce qu'était une odalisque, mais le mot « harim » (pourquoi pas « harem » ?) m'a fourni un indice. Et il a fallu que je continue de lire, pour découvrir ce qu'on leur apprenait à faire avec leurs ongles. J'ai continué de lire, lire encore, pendant une heure peut-être, puis j'ai laissé le livre tomber par terre. J'éprouvais de l'excitation, du dégoût, de l'incrédulité. Était-ce le genre de chose à laquelle les gens vraiment adultes s'intéressaient ? Même le motif sur la couverture, les jolis pampres de vigne tout arrondis et tordus, paraissait légèrement hostile et corrompu. J'ai ramassé le livre pour le remettre en place et il s'est ouvert, faisant apparaître les noms sur la page de garde, Stan et Marigold Vorguilla. D'une écriture féminine. Stan et Marigold.

J'ai pensé au grand front blanc de Mrs Vorguilla et à ses frisettes gris-noir. Ses boucles d'oreilles bouton de nacre et ses corsages qui s'attachaient au cou par un nœud. Elle était nettement plus grande que Mr Vorguilla et les gens pensaient que c'était la raison pour laquelle ils ne sortaient pas ensemble. Mais en fait c'était parce qu'elle s'essoufflait. Elle s'essoufflait en montant l'escalier ou en étendant le linge. Et pour finir, elle s'est même essoufflée assise à la table en jouant au Scrabble.

Au début mon père ne voulait pas que nous acceptions de l'argent quand nous allions lui chercher ses provisions ou que nous étendions son linge : d'après lui, c'étaient simplement des relations de bon voisinage.

Bet a déclaré qu'elle essaierait de s'affaler et de voir si on se mettait à son service gratuitement.

Alors Mr Vorguilla est venu conclure un accord pour que Queenie aille travailler chez eux. Queenie voulait y aller parce que son année de lycée s'était terminée par un échec et qu'elle n'avait pas envie de redoubler. Bet a fini par accepter, mais lui a interdit de s'occuper des soins.

« S'il est trop pingre pour engager une infirmière ce n'est pas ton affaire. »

Queenie a expliqué que Mr Vorguilla sortait les pilules tous les matins et faisait la toilette de Mrs Vorguilla tous les soirs. Il avait même essayé de laver ses draps dans la baignoire, comme s'il n'y avait pas de machine à laver dans la maison.

J'ai pensé aux occasions où nous jouions au Scrabble dans la cuisine et où Mr Vorguilla, après avoir bu son verre d'eau, posait la main sur l'épaule de Mrs Vorguilla en soupirant, comme s'il revenait d'un long voyage.

« Salut, chou », disait-il.

Mrs Vorguilla courbait la tête et lui donnait un baiser sec sur la main.

« Salut, chou », répliquait-elle.

Ensuite il nous regardait, Queenie et moi, comme si notre présence ne l'offusquait pas totalement.

« Salut, vous deux. »

Plus tard, Queenie et moi nous gloussions ensemble au lit dans le noir.

« Bonne nuit, chou.
– Bonne nuit, chou. »

Comme j'aurais souhaité que nous puissions revenir à cette époque-là.

Je suis allée aux toilettes le matin et suis sortie furtivement jeter mon tampon dans la poubelle, sinon je suis restée assise sur mon lit de camp rangé sur la véranda jusqu'à ce que Mr Vorguilla ait quitté la maison. Je craignais qu'il n'eût aucun endroit où aller, mais il en avait apparemment. Dès qu'il fut parti, Queenie m'a appelée. Elle avait disposé une orange pelée, des corn-flakes et du café sur la table.

« Et voilà le journal, a-t-elle dit. J'ai regardé les offres d'emploi. Mais d'abord, je voudrais t'arranger les cheveux. Je voudrais en couper un peu derrière et les mettre en plis avec des rouleaux. Ça te va ? »

J'ai dit que oui. Même pendant que je mangeais, Queenie a tourné autour de moi sans arrêt, en essayant de développer son idée. Ensuite elle m'a fait asseoir sur un tabouret – je buvais encore mon café – et elle s'est mise à peigner et à donner des petits coups de ciseaux.

« Quel genre de boulot est-ce que nous cherchons, voyons ? a-t-elle demandé. J'en ai vu un proposé chez un teinturier. Au comptoir. Ça irait ?

– Ce serait parfait.

– Tu projettes encore de devenir prof ? »

J'ai répondu que je ne savais pas. J'avais idée qu'à son avis c'était une occupation terne.

« Je crois que c'est ce que tu devrais faire. Tu es suffisamment intelligente. Les profs sont mieux payés. Ils sont mieux payés que des gens comme moi. On a plus d'indépendance. »

Mais son travail au cinéma n'était pas mal. Elle l'avait décroché un mois environ avant Noël et elle avait été vraiment heureuse à ce moment-là parce qu'elle avait enfin de l'argent à elle et pouvait acheter les ingrédients du Christmas cake. Elle s'était aussi liée d'amitié avec un homme qui vendait des sapins à l'arrière d'un camion. Il lui en avait laissé un pour cinquante cents et elle l'avait traîné en haut de la côte. Elle y avait suspendu des guirlandes de papier crépon rouge et vert, bon marché. Elle avait fabriqué des décorations en feuille d'aluminium collée sur du carton et en avait acheté d'autres la veille de Noël quand elles étaient soldées au drugstore. Elle avait fait des cookies et les avait suspendus sur l'arbre comme elle l'avait vu faire dans un magazine. C'était une coutume européenne.

Elle voulait faire une fête, mais ne savait pas qui inviter. Il y avait les Grecs, et Stan avait quelques amis. Puis elle avait eu l'idée d'inviter les élèves de Stan.

Je ne m'habituais pas encore à l'entendre dire « Stan ». Ce n'était pas simplement le rappel de son intimité avec Mr Vorguilla. Il y avait de ça, bien sûr. Mais cela tenait aussi à l'impression qui en émanait qu'elle l'avait inventé à partir de zéro. Une personne nouvelle. Stan. Comme s'il n'y avait jamais eu un Mr Vorguilla que nous avions connu ensemble – sans parler d'une Mrs Vorguilla – en premier lieu.

Les élèves de Stan étaient tous des adultes à présent. Il préférait les adultes aux lycéens, ce qui les avait dispensés de s'occuper du genre de jeux et de distractions que l'on prévoit pour des enfants. Ils avaient donné la fête un dimanche soir, parce que toutes les autres soirées étaient prises par le travail de Stan au restaurant et celui de Queenie au cinéma.

Les Grecs avaient apporté du vin qu'ils avaient fait et certains des élèves étaient venus munis de lait de poule, de rhum et de xérès. D'autres avec des disques pour danser, en pensant que Stan n'en aurait pas de ce genre de musique, en quoi ils avaient raison.

Queenie avait fait des friands à la saucisse et du pain d'épice tandis que la Grecque avait apporté des biscuits à sa façon. Tout était bon. La fête avait été une réussite. Queenie avait dansé avec un Chinois appelé Andrew, qui avait apporté un disque qu'elle aimait.

« Tourne, tourne, tourne », disait-elle, et j'ai bougé la tête selon l'instruction. Elle a ri : « Non, non, ce n'est pas toi que je voulais dire. C'est ce disque. C'est cette chanson. Ce sont les Byrds. »

« Tourne, tourne, tourne, chantait-elle. À chaque chose, sa saison... »

Andrew étudiait la dentisterie. Mais il voulait apprendre à jouer la *Sonate au clair de lune*. Stan l'avait prévenu que cela prendrait longtemps. Andrew était patient. Il avait raconté à Queenie qu'il n'avait pas les moyens de rentrer chez lui dans le nord de l'Ontario pour Noël.

« Je croyais qu'il venait de Chine, ai-je dit.
– Non, pas Chinois chinois. D'ici. »

Ils avaient quand même joué à un jeu. Ils avaient joué aux chaises musicales. Ils étaient devenus turbulents. Même Stan. Il avait tiré Queenie sur ses genoux quand elle passait devant lui en courant, et refusait de la lâcher. Quand tout le monde était parti, il ne voulait pas qu'elle fasse le ménage. Il voulait juste qu'elle vienne au lit.

« Tu sais comment sont les hommes, a commenté Queenie. As-tu déjà un petit ami, ou quelque chose ? »

J'ai répondu que non. Le dernier conducteur engagé par mon père venait tout le temps à la maison apporter des messages sans importance, et mon père disait : « Il cherche juste une occasion de parler à Chrissy. » Mais je le traitais avec froideur et jusqu'à présent il n'avait pas eu le toupet de m'inviter à sortir.

« Alors tu ne sais encore rien de tout ça ? a demandé Queenie.

– Bien sûr que si.

– Hum hum. »

Les invités de la fête avaient presque tout mangé sauf le gâteau. Ils n'en avaient pas beaucoup pris, mais Queenie n'avait pas été vexée. Il était très riche et quand ils en étaient arrivés là, ils étaient rassasiés de friands et d'autres choses. De plus, il n'avait pas eu le temps de se bonifier comme le livre disait, alors elle n'était pas mécontente qu'il en reste. Elle pensait, avant que Stan l'attire ailleurs, qu'elle devrait envelopper le gâteau dans un torchon trempé dans du vin et le mettre dans un endroit frais. Soit elle pensait le faire, soit elle l'avait vraiment fait et le lendemain matin, ayant vu que le gâteau ne se trouvait pas sur la table, elle s'était dit qu'elle l'avait fait. Bien, le gâteau est rangé, avait-elle pensé.

Un jour ou deux après, Stan avait suggéré : « Si on mangeait un morceau de gâteau ?

– Oh, avait-elle répondu, on devrait le laisser se bonifier encore », mais il avait insisté. Elle avait cherché dans le placard, puis dans le réfrigérateur, mais il n'y était pas. Elle avait fouillé un peu partout sans succès. Elle se rappela l'avoir vu sur la table. Un souvenir lui était venu, d'avoir sorti un torchon propre, de l'avoir trempé dans du vin et d'en avoir soigneusement enveloppé le reste de gâteau. Puis d'avoir entouré le tout de papier paraffiné. Mais quand l'avait-elle fait ? L'avait-elle vraiment fait ou seulement rêvé ? Où avait-elle mis le gâteau quand elle avait fini de l'envelopper ? Elle avait essayé de se revoir le rangeant, mais son esprit s'était vidé.

Elle avait fouillé le placard de haut en bas, mais elle savait que le gâteau était trop gros pour y être caché. Puis elle avait regardé dans le four et même dans des endroits aberrants comme les tiroirs de sa coiffeuse, sous le lit, sur l'étagère de la penderie. Il n'était nulle part.

« Si tu l'as mis quelque part, il doit y être, avait dit Stan.
– Je l'ai fait. Je l'ai mis quelque part.
– Tu étais peut-être ivre et tu l'as jeté.
– Je n'étais pas ivre. Je ne l'ai pas jeté. »
Mais elle était allée regarder dans les ordures. Non.

Il était installé à la table et l'observait. Si tu l'as mis quelque part il doit y être. Elle devenait folle.

« Es-tu sûre ? demanda Stan. Es-tu sûre que tu ne l'as pas donné tout simplement ? »

Elle était sûre. Elle était sûre de ne pas l'avoir donné.

« Oh, je me le demande. Je crois que tu as dû le donner. Et je crois savoir à qui. »

Queenie s'était immobilisée. À qui ?

« Je crois que tu l'as donné à Andrew. »

À Andrew ?

Oh, oui. Ce pauvre Andrew qui lui racontait qu'il n'avait pas les moyens de rentrer chez lui pour Noël. Elle plaignait Andrew.

« Alors tu lui as donné notre gâteau. »

– Non », avait dit Queenie. Pourquoi l'aurait-elle fait ? Elle n'avait jamais eu l'idée de donner le gâteau à Andrew.

« Lena, ne mens pas. »

C'était le début du long combat éprouvant de Queenie. Tout ce qu'elle pouvait dire était non. « Non, non, je n'ai donné le gâteau à personne. Je n'ai pas donné le gâteau à Andrew. Je ne mens pas. Non. Non.

– Tu étais probablement ivre. Tu étais ivre et tu ne te rappelles plus très bien. »

Queenie avait affirmé qu'elle n'était pas ivre.

« C'est toi qui étais ivre », avait-elle répliqué.

Il s'était levé et était venu vers elle la main levée, en lui intimant l'ordre de ne jamais dire qu'il avait été ivre, de ne jamais lui dire cela.

Queenie avait crié : « Je ne le ferai pas. Je ne le ferai pas. Je te demande pardon. » Et il ne l'avait pas frappée. Mais elle s'était mise à pleurer. Elle ne s'arrêtait pas de pleurer tout en essayant de le convaincre. Pourquoi aurait-elle donné le gâteau qui lui avait tant coûté à faire ? Pourquoi ne voulait-il pas la croire ? Pourquoi lui mentirait-elle ?

« Tout le monde ment », avait déclaré Stan. Plus elle pleurait en le suppliant de la croire, plus il devenait froid et sarcastique.

« Sois un peu logique. S'il est ici, lève-toi et trouve-le. S'il n'est pas ici, c'est que tu l'as donné. »

Queenie avait répliqué que ce n'était pas logique. Ce n'était pas parce qu'elle ne pouvait pas le trouver qu'il avait forcément été donné. Alors il s'était approché d'elle de nouveau d'une façon si calme, presque souriante, qu'elle avait pensé un instant qu'il allait l'embrasser. À la place, il lui avait serré la gorge dans ses mains et l'espace d'un instant lui avait coupé le souffle. Il n'avait même pas laissé de traces.

« Alors, avait-il dit. Alors vas-tu m'enseigner la logique maintenant ? »

Puis il était parti se changer pour aller jouer au restaurant.

Il avait cessé de lui parler. Il lui avait écrit un mot pour lui dire qu'il lui parlerait de nouveau quand elle dirait la vérité. Pendant toutes les fêtes de Noël elle ne pouvait pas s'arrêter de pleurer. Stan et elle étaient invités chez les Grecs le jour de Noël, mais sa figure était dans un tel état qu'elle ne pouvait pas y aller. Stan avait été obligé de leur dire qu'elle était malade. Ils connaissaient probablement la vérité de toute façon, ayant dû entendre le vacarme à travers les murs.

Elle avait mis une tonne de maquillage pour aller travailler, mais le directeur avait dit : « Vous voulez donner aux gens l'impression que c'est un mélo larmoyant ? » Elle avait prétexté une sinusite et il l'avait laissée rentrer chez elle.

Quand Stan était rentré ce soir-là en faisant semblant qu'elle n'existait pas, elle s'était retournée pour le regarder. Elle savait qu'il allait se mettre au lit et s'étendre à côté d'elle comme une bûche, que si elle se mettait contre lui il resterait comme une bûche jusqu'à ce qu'elle s'écarte. Elle avait compris qu'il pouvait continuer à vivre comme cela et qu'elle ne le pouvait pas, se disant que si elle devait subsister encore ainsi elle mourrait. Tout comme s'il lui avait vraiment coupé le souffle, elle mourrait.

Alors elle avait dit : « Pardonne-moi.

Pardonne-moi. J'ai fait ce que tu as dit. Je demande pardon.

S'il te plaît. S'il te plaît. Je demande pardon. »

Il s'était assis sur le lit. Il n'avait rien dit.

Elle avait prétendu avoir vraiment oublié qu'elle avait donné le gâteau, mais que maintenant elle se souvenait de l'avoir fait et demandait pardon.

« Je ne mentais pas, avait-elle déclaré. J'avais oublié.

– Tu avais oublié que tu avais donné le gâteau à Andrew ?

– C'est ce qui s'est passé. J'ai oublié.

– À Andrew. Tu l'as donné à Andrew. »

Oui, avait dit Queenie. Oui, oui, c'est ce qu'elle avait fait. Et elle s'était mise à hurler, à s'accrocher à lui en le suppliant de la pardonner.

« Ça va, arrête la crise de nerfs », avait-il ordonné. Il n'avait pas dit qu'il lui pardonnait, mais avait été chercher un gant de toilette chaud, lui avait essuyé le visage, l'avait câlinée et peu de temps après avait voulu faire tout le reste.

« Plus de leçons de musique pour Mr *Sonate au clair de lune.* »

Pour couronner le tout, elle avait trouvé le gâteau par la suite.

Elle l'avait trouvé enveloppé dans un torchon puis dans du papier paraffiné, exactement comme elle se le rappelait. Enfoui dans un cabas, suspendu à un crochet sur le balcon. Bien sûr. La véranda était l'endroit idéal parce qu'il y faisait trop froid pour qu'on l'utilise en hiver, mais il n'y gelait pas. C'est ce qu'elle avait dû penser quand elle y avait suspendu le gâteau. Que c'était l'endroit idéal. Puis elle l'avait oublié. Elle avait été un peu ivre, elle devait l'avoir été. Elle avait complètement oublié. Le voilà.

Elle l'avait trouvé et avait jeté le tout. Elle n'en avait jamais parlé à Stan.

« Je l'ai bazardé, a-t-elle raconté. Il était resté parfaitement bon, avec tous ces fruits confits coûteux et les autres choses qu'il y avait dedans, mais je ne voulais d'aucune manière que ce sujet revienne sur le tapis. Alors je l'ai bazardé. »

Sa voix, qui avait été si malheureuse pendant les moments douloureux du récit était maintenant malicieuse et enjouée, comme si pendant tout ce temps elle m'avait raconté une plaisanterie et que d'avoir jeté le gâteau en était la chute ridicule.

J'ai été obligée de retirer ma tête de ses mains, de me retourner et de la regarder.

« Mais il avait tort, ai-je déclaré.

– Eh bien, il avait tort, bien sûr. Les hommes ne sont pas normaux, Chrissy. C'est une chose que tu apprendras si jamais tu te maries.

– Alors je ne me marierai pas. Je ne me marierai jamais.

– Il était jaloux, voilà tout. Simplement si jaloux.

– Jamais.

– Eh bien, toi et moi nous sommes très différentes, Chrissy. Très différentes. » Elle soupira et dit : « Je suis un être d'amour. »

Je me suis dit que l'on verrait peut-être ces paroles sur une affiche de film. *Un être d'amour.* Peut-être sur une affiche d'un film donné au cinéma de Queenie.

« Comme tu vas être jolie quand j'enlèverai ces rouleaux, a-t-elle affirmé. Tu ne vas pas encore longtemps me dire que tu n'as pas de petit ami. Mais il est trop tard pour te mettre à répondre aux annonces aujourd'hui. De bonne heure demain. Si Stan te pose une question, dis-lui que tu es allée dans deux ou trois endroits et qu'ils ont pris ton numéro de téléphone. Dis un magasin ou un restaurant ou n'importe quoi, juste pour qu'il pense que tu cherches. »

J'ai été embauchée le lendemain au premier endroit où je me suis présentée, tout en n'ayant pas réussi à partir de si bonne heure que ça. Queenie avait décidé de me coiffer d'une autre manière et de me maquiller les yeux, mais le résultat n'avait pas correspondu à son attente. « Finalement tu es vraiment plutôt du genre naturel », avait-elle dit, alors j'ai tout enlevé, puis j'ai mis mon propre fard à lèvres, d'un rouge ordinaire, pas d'une pâleur luisante comme le sien.

À cette heure-là, il était trop tard pour que Queenie aille avec moi retirer le courrier de sa boîte postale. Il fallait qu'elle se prépare pour aller au cinéma. C'était un samedi, alors elle travaillait à la fois l'après-midi et le soir. Elle a sorti la clé et m'a demandé de prendre son courrier pour lui rendre service. Elle m'a expliqué où il se trouvait.

« Il a fallu que je loue une boîte quand j'ai écrit à ton papa », a-t-elle expliqué.

C'est dans un drugstore au sous-sol d'un immeuble que j'avais trouvé du travail. Quand j'y étais entrée, j'avais ressenti un certain désespoir. Ma coiffure pendait à cause de la chaleur et j'avais une moustache de sueur sur ma lèvre supérieure. Mais au moins mes crampes avaient diminué.

Une femme vêtue d'un uniforme blanc se trouvait au comptoir, en train de boire du café.

« Vous êtes venue pour l'emploi ? » a-t-elle demandé.

J'ai dit que oui. La femme avait un visage dur, carré, des sourcils dessinés, une choucroute de cheveux violacés.

« Vous parlez anglais, n'est-ce pas ?
– Oui.
– Je veux dire, vous ne l'avez pas appris, simplement ? Vous n'êtes pas étrangère ? »

J'ai dit que non.

« J'ai pris deux filles à l'essai ces deux derniers jours et j'ai été obligée de les congédier toutes les deux. L'une déclarait qu'elle parlait anglais mais ce n'était pas vrai, et à l'autre, il fallait que je répète tout dix fois de suite. Lavez-vous les mains comme il faut au lavabo et je vous donnerai un tablier. Mon mari est le pharmacien et moi je m'occupe de la caisse. (J'ai alors remarqué un homme à cheveux gris derrière un haut comptoir dans un coin qui me regardait en feignant de ne pas le faire.) C'est calme pour l'instant, mais ça va s'animer dans un petit moment. C'est tout des personnes âgées dans ce pâté de maisons et après la sieste elles commencent à descendre ici prendre un café. »

J'ai attaché mon tablier et j'ai pris ma place derrière le comptoir. Embauchée à Toronto. J'ai essayé de repérer où se trouvaient les choses sans poser de questions et il m'a seulement fallu en poser deux : comment faire fonctionner la machine à café et que faire de l'argent.

« Vous tapez l'addition et ils me l'apportent. Qu'est-ce que vous croyiez ? »

Tout allait bien. Il venait une ou deux personnes à la fois, la plupart voulant du café ou un Coca. Je veillais à ce que les tasses fussent lavées et essuyées, et apparemment je tapais les additions correctement puisqu'il n'y a pas eu de plainte. Les clients étaient en général âgés, comme la femme l'avait dit. Certains me parlaient gentiment, disant que j'étais nouvelle ici et demandant même d'où je venais. D'autres avaient l'air d'être dans une espèce de transe. Une femme voulait du pain grillé et je suis arrivée à le faire. Puis j'ai préparé un sandwich au jambon. Il y a eu une petite bousculade avec quatre personnes à la fois. Un homme voulait de l'apple-pie et de la glace : celle-ci était dure comme du ciment à creuser. Mais je l'ai servie. J'ai pris de l'assurance. Je leur disais : « Voilà l'affaire » quand j'apportais leur commande et « Voilà la douloureuse » quand je présentais l'addition.

Dans un moment de calme, la femme de la caisse est venue vers moi.

« Je vous ai vue faire griller du pain pour quelqu'un, a-t-elle dit. Savez-vous lire ? »

Elle a indiqué un avis collé sur la glace derrière le comptoir.

AUCUN PETIT DÉJEUNER SERVI APRÈS 11 HEURES DU MATIN

J'ai répondu que je pensais avoir le droit de faire griller du pain, puisqu'on pouvait faire des sandwichs grillés.

« Eh bien, vous avez mal pensé. Des sandwichs grillés, oui, supplément dix cents. Le pain grillé, non. Vous comprenez maintenant ? »

J'ai dit oui. Je n'étais pas aussi accablée que je l'aurais été au début. Pendant tout le temps où je travaillais je pensais au soulagement que ce serait quand je rentrerais dire à Mr Vorguilla que oui, j'avais du travail. Maintenant je pouvais me chercher une chambre où habiter. Demain peut-être, dimanche, si le drugstore était fermé. Si j'avais ne serait-ce qu'une pièce, ai-je pensé, Queenie aurait un endroit où se réfugier si Mr Vorguilla se mettait de nouveau en colère contre elle. Et si jamais Queenie décidait de quitter Mr Vorguilla (je persistais à envisager cette possibilité, malgré la manière dont Queenie avait terminé son récit) avec la paie de nos deux emplois, nous pourrions peut-être prendre un petit appartement. Ou au moins une pièce avec une plaque électrique, des toilettes et une douche à nous. Ce serait comme lorsque nous vivions à la maison avec nos parents, sauf que nos parents n'y seraient pas.

Je garnissais chaque sandwich avec un bout de laitue déchirée et un cornichon à l'aneth. C'est ce que promettait un autre avis sur la glace. Mais quand j'ai sorti le cornichon du pot j'ai pensé qu'il avait l'air trop gros, alors je l'ai coupé en deux. Je venais de servir un homme de cette façon quand la femme de la caisse est venue se servir un café. Elle l'a emporté à la caisse et l'a bu debout. Une fois que l'homme a eu fini son sandwich, payé et quitté le magasin, elle est revenue.

« Vous avez donné un demi cornichon à cet homme. Avez-vous fait ça avec tous les sandwichs ?

– Oui, ai-je dit.

– Ne savez-vous pas couper un cornichon en tranches ? Un cornichon doit suffire pour dix sandwichs. »

J'ai regardé l'avis. « Il ne dit pas une tranche. Il dit un cornichon.

– Ça suffit, a dit la femme. Quittez ce tablier. Je ne supporte pas d'impertinence de la part de mes employés, ça c'est une chose que je ne supporte pas. Vous pouvez prendre votre sac à main et partir. Et ne me demandez pas où est votre paie parce que vous ne m'avez rendu aucun service de toute façon et c'était juste supposé être une formation. »

L'homme aux cheveux gris jetait des coups d'œil, avec un sourire nerveux.

Ainsi je me suis retrouvée dans la rue, marchant vers l'arrêt du tramway. Mais je pouvais maintenant me repérer dans un certain nombre de rues et je savais utiliser une correspondance. J'avais même acquis l'expérience d'un emploi. Je pouvais dire que j'avais travaillé derrière un comptoir de sandwicherie. Si quelqu'un demandait une référence ce serait épineux, mais je pouvais dire que la sandwicherie se trouvait dans ma ville natale. Pendant que j'attendais le tramway, j'ai sorti la liste des autres endroits où j'avais l'intention de me présenter et le plan que Queenie m'avait donné. Mais il était plus tard que je ne le pensais et la plupart de ces endroits semblaient trop lointains. Je redoutais d'avoir à informer Mr Vorguilla. J'ai décidé de rentrer à pied, dans l'espoir que lorsque j'arriverais, il serait parti.

Je venais d'aborder la côte quand j'ai repensé au bureau de poste. J'y suis retournée, j'ai pris une lettre dans la boîte et je suis rentrée à la maison. Il serait sûrement parti à présent.

Mais non. Quand je suis passée devant la fenêtre du salon ouverte, donnant sur l'allée longeant la maison, j'ai entendu de la musique. Ce n'était pas ce que Queenie aurait écouté. C'était le genre de musique compliquée que nous entendions parfois arriver par les fenêtres ouvertes de la maison des Vorguilla, une musique exigeant votre attention et ne menant nulle part ensuite, ou du moins n'allant nulle part assez vite. Classique.

Queenie était à la cuisine, portant une autre de ses robes minimales, son maquillage au grand complet, des bracelets fins aux bras. Elle posait des tasses à thé sur un plateau. J'ai eu un instant de vertige, en sortant du soleil, et chaque centimètre de ma peau portait une pellicule de sueur.

« Chut, a fait Queenie, parce que j'avais fermé la porte bruyamment. Ils sont là en train d'écouter des disques. C'est lui et son ami Leslie. »

Au moment même où elle le disait la musique s'était arrêtée brusquement et une conversation excitée avait éclaté.

« Il y en a un qui met un disque et l'autre doit deviner ce que c'est juste à partir d'un petit bout, a expliqué Queenie. Ils passent ces petits bouts et puis ils s'arrêtent, à n'en plus finir. Ça te rend folle. » Elle s'est mise à couper des tranches d'un poulet de traiteur et à les poser sur des tranches de pain beurré. « As-tu trouvé un boulot ?

– Oui, mais ce n'était pas permanent.

– Ah, bon. » Elle n'avait pas l'air de s'y intéresser beaucoup. Mais quand la musique commença de nouveau, elle a levé les yeux, souri et demandé : « Es-tu allée à la... » puis elle a vu la lettre que je tenais.

Elle a lâché le couteau et s'est précipitée vers moi, en disant à voix basse : « Tu es entrée en la tenant à la main. J'aurais dû te le dire, de la mettre dans ton sac. Ma lettre confidentielle. » Elle s'en est emparée et à cet instant précis la bouilloire sur la cuisinière s'est mise à hurler.

« Oh, enlève la bouilloire, Chrissy, vite, vite ! Enlève la bouilloire ou il va venir ici, il ne supporte pas ce bruit. »

Elle avait tourné le dos et ouvrait l'enveloppe.

J'ai retiré la bouilloire du brûleur et elle m'a dit : « Fais le thé, s'il te plaît... » de la voix basse et préoccupée de quelqu'un qui lit un message urgent. « Il n'y a qu'à verser l'eau, le thé est dosé. »

Elle a ri comme si elle avait lu une plaisanterie pour initiés. J'ai versé l'eau sur les feuilles de thé et elle a dit : « Merci. Oh, merci Chrissy, merci. » Elle s'est retournée et m'a regardée. Sa figure était rose et tous les bracelets sur ses bras tintaient d'une agitation délicate. Elle a plié la lettre, remonté sa jupe et glissé le papier sous l'élastique de sa culotte.

« Il lui arrive de fouiller mon sac, a-t-elle expliqué.

– C'est pour eux, le thé ?

– Oui. Et il faut que je retourne au travail. Oh, qu'est-ce que je fais ? Il faut que je prépare les sandwichs. Où est le couteau ? »

J'ai pris le couteau, j'ai coupé les sandwichs et je les ai posés sur une assiette.

« Tu ne veux pas savoir qui m'a envoyé la lettre ? » a-t-elle dit.

Je n'avais aucune idée.

« Bet ? » ai-je proposé.

Parce que j'entretenais un espoir qu'un pardon personnel de Bet pouvait être ce qui avait fait fleurir les joues de Queenie.

Je n'avais même pas regardé l'écriture sur l'enveloppe.

Le visage de Queenie avait changé : pendant un instant elle avait l'air de ne pas savoir qui c'était. Puis elle a retrouvé sa joie. Elle est venue me prendre dans ses bras et me parler à l'oreille, d'une voix tremblante, timide et triomphante.

« C'est Andrew. Peux-tu leur porter le plateau ? Moi je ne peux pas. Je ne peux pas maintenant. Oh, merci. »

Avant de partir au travail, Queenie est allée au salon embrasser Mr Vorguilla et son ami. Elle les a embrassés sur le front. Elle m'a fait un signe d'adieu léger. « Bye-bye. »

Lorsque j'avais apporté le plateau, j'avais vu le mécontentement sur le visage de Mr Vorguilla, du fait que je n'étais pas Queenie. Mais il m'a parlé d'une façon étonnamment tolérante et m'a présentée à Leslie. Celui-ci était un chauve corpulent qui m'a paru au premier abord presque aussi âgé que Mr Vorguilla. Mais une fois qu'on s'y était habitué, qu'on avait pris en compte sa calvitie, on lui trouvait l'air beaucoup plus jeune. Je ne me serais pas attendue à ce que Mr Vorguilla ait ce genre d'ami. Il n'était ni brusque ni je-sais-tout, mais rassurant et encourageant. Par exemple, quand j'ai raconté mon travail à la sandwicherie, il a dit : « Eh bien voyez-vous, ça compte. Se faire embaucher au premier endroit où vous vous êtes présentée. Ça prouve que vous savez faire bonne impression. »

Je n'avais pas eu de mal à parler de cette expérience. La présence de Leslie rendait tout plus facile et paraissait adoucir le comportement de Mr Vorguilla. Comme s'il devait faire preuve d'une courtoisie de bon aloi en présence de son ami. Il se pouvait également qu'il ait perçu un changement chez moi. Les gens perçoivent effectivement la différence quand vous n'avez plus peur d'eux. Il pouvait ne pas être convaincu de cette différence et n'avoir eu aucune idée de la façon dont elle s'était produite, mais elle l'intriguerait et le rendrait plus prudent. Il a été d'accord avec Leslie quand celui-ci a affirmé que j'y gagnais en ayant perdu cet emploi, et il est même allé plus loin en disant que cette femme semblait être le genre de roublarde dure à cuire que l'on trouvait parfois dans ce type d'établissement douteux à Toronto.

« Et elle n'avait pas le droit de ne pas vous payer.

– On aurait pu croire que le mari interviendrait, a déclaré Leslie. Si c'était lui le pharmacien, c'était lui le patron.

– Il se pourrait qu'il concocte un philtre spécial un jour. Pour sa femme », a dit Mr Vorguilla.

Ce n'était pas si pénible de verser le thé, d'offrir du lait et du sucre, de faire passer des sandwichs, et même de parler, quand vous saviez une chose que quelqu'un d'autre ne savait pas, à propos du danger qu'il courait. C'est parce qu'il ne savait pas que je pouvais éprouver un autre sentiment que de la haine pour Mr Vorguilla. Ce n'était pas qu'il eût changé lui-même, ou s'il avait changé c'était probablement parce que moi j'avais changé.

Il n'a pas tardé à dire qu'il était temps qu'il se prépare pour aller travailler, et il est parti se changer. Ensuite Leslie m'a invité à dîner avec lui.

« Il y a un restaurant tout près où j'ai mes habitudes. Rien de chic. Pas comme chez Stan. »

J'étais contente d'apprendre que ce ne serait pas un endroit chic. J'ai dit : « Entendu. » Après avoir déposé Mr Vorguilla à son lieu de travail, Leslie m'a emmenée dans sa voiture dans une gargote *fish and chips*. Leslie a commandé le menu Super – bien qu'il ait déjà englouti plusieurs sandwichs au poulet – et moi j'ai pris l'Ordinaire. Lui a bu de la bière et moi un Coca.

Il a parlé de lui. Il m'a confié qu'il regrettait de ne pas avoir été à l'école normale au lieu de choisir la musique, qui ne permettait pas d'avoir une vie très stable.

J'étais trop absorbée par ma propre situation pour lui demander quel genre de musicien il était. Mon père m'avait acheté un aller-retour, en disant : « On ne sait jamais comment se passeront les choses avec eux. » J'avais pensé à ce billet au moment où j'avais regardé Queenie glisser la lettre d'Andrew sous l'élastique de sa culotte. Même sans savoir encore que c'était une lettre d'Andrew.

Je n'étais pas simplement venue à Toronto, ou venue à Toronto chercher un travail d'été. J'étais venue faire partie de la vie de Queenie. Ou, s'il le fallait, de la vie de Queenie et Mr Vorguilla. Même quand j'avais fantasmé sur Queenie installée avec moi, cela avait un rapport avec Mr Vorguilla et comme ce serait bien fait pour lui.

Quand je pensais à l'aller-retour, il y a autre chose que je trouvais naturel. Rentrer vivre avec Bet et mon père et faire partie de leur vie.

Mon père et Bet. Mr et Mrs Vorguilla. Queenie et Mr Vorguilla. Même Queenie et Andrew. C'étaient des couples et chacun d'eux, si disloqués qu'ils fussent, possédait dans le présent ou dans le passé un terrier secret avec sa chaleur et son agitation propres, dont j'étais isolée. Et il fallait que je le sois, je voulais l'être, isolée, car je ne voyais rien dans leurs vies qui m'instruise ou m'encourage.

Leslie aussi était isolé. Il m'a pourtant parlé de diverses personnes auxquelles il était lié par le sang ou l'amitié. Sa sœur et son mari. Ses neveux et nièces, les couples mariés qu'il allait voir et avec lesquels il passait les vacances. Toutes ces personnes avaient des problèmes, mais toutes avaient de la valeur. Il a évoqué leur travail, leur manque de travail, leurs talents, coups de chance, erreurs de jugement, avec beaucoup d'intérêt mais sans passion. Il était indifférent, semblait-il, à l'amour et à la rancœur.

Plus tard dans ma vie les failles de tout cela me seraient apparues. J'aurais éprouvé l'impatience, les doutes même qu'une femme peut ressentir à l'égard d'un homme qui n'a pas de mobile. Qui n'a que de l'amitié à proposer, et la propose si facilement que même si elle est rejetée il peut suivre son chemin avec la même gaieté. Ce n'était pas un solitaire espérant trouver une compagne. Même moi je le voyais.

Juste une personne qui faisait son miel de l'instant et d'une façade de vie raisonnable.

Sa compagnie était exactement ce qu'il me fallait, bien que je m'en rende à peine compte. Il me traitait probablement avec gentillesse à dessein. Comme j'avais pensé être gentille avec Mr Vorguilla, ou le protéger au moins, de façon si inattendue, peu de temps auparavant.

J'étais à l'école normale quand Queenie s'enfuit de nouveau. J'ai reçu la nouvelle dans une lettre de mon père, qui ne savait pas au juste comment ni quand c'était arrivé. Mr Vorguilla ne l'a pas prévenu tout de suite, puis l'avait fait au cas où Queenie serait revenue à la maison. Mon père avait dit à Mr Vorguilla qu'à son avis c'était improbable. Dans la lettre qu'il m'avait envoyée, il écrivait qu'au moins ce n'était pas le genre de chose dont nous dirions maintenant que Queenie ne le ferait pas.

Pendant des années, même après mon mariage, j'ai reçu des cartes de vœux de Mr Vorguilla. Des traîneaux chargés de paquets colorés, une famille heureuse sur le pas d'une porte décorée, accueillant des amis. Il pensait peut-être que c'était le genre de scène qui me plairait, dans mon mode de vie du moment. Ou il avait pris les cartes à l'aveuglette sur le présentoir. Il joignait toujours son adresse, me rappelant son existence et m'informant du lieu où il se trouvait, au cas où il y aurait des nouvelles.

Quant à moi, j'avais renoncé à en attendre. Je n'ai jamais découvert si c'est avec Andrew que Queenie était partie, ou avec quelqu'un d'autre. Ou si elle est restée avec Andrew, si c'était lui. Quand mon père est mort, il y a eu un legs d'argent : on a fait un sérieux effort pour la retrouver, sans succès.

Mais maintenant, il s'est passé quelque chose. Maintenant, au cours de ces années où mes enfants sont devenus adultes et où mon mari a pris sa retraite, où lui et moi nous voyageons beaucoup, j'ai parfois l'impression de voir Queenie. Ce n'est pas en raison d'un souhait ou d'un effort particuliers que je la vois, et ce n'est pas non plus comme si je croyais que c'était vraiment elle.

Une fois, cela s'est passé dans un aéroport bondé. Elle portait un sarong et un chapeau de paille orné de fleurs. Hâlée et excitée, l'air opulent, entourée d'amis. Une autre fois, elle se trouvait parmi les femmes à la porte d'une église, attendant d'apercevoir la noce. Elle portait une veste en daim tachée et n'avait l'air ni prospère ni en bonne santé. Une autre fois encore, elle s'était arrêtée devant un passage protégé, emmenant une ribambelle d'enfants de la maternelle à la piscine ou au parc. Il faisait chaud et sa silhouette épaisse de sexagénaire était franchement et tranquillement exposée, en short à fleurs et T-shirt à slogan.

La dernière fois, la plus étrange, cela s'est passé dans un supermarché à Twin Falls, Idaho. J'ai contourné un angle en portant les quelques denrées que j'avais rassemblées pour un pique-nique et je suis tombée sur une vieille femme appuyée sur son caddie, comme si elle m'attendait. Une petite femme ridée, à la bouche tordue, avec une peau brunâtre d'aspect malsain. Les cheveux châtain jauni hérissés, un pantalon violet remonté sur la rondeur du petit ventre : c'était l'une de ces femmes maigres qui ont malgré tout perdu avec l'âge la commodité d'une taille marquée. Le pantalon venait probablement d'une boutique caritative comme le tricot de couleur vive mais feutré et rétréci, boutonné sur une poitrine pas plus abondante que celle d'une enfant de dix ans.

À la différence de ces autres femmes, celle-ci semblait savoir qu'elle était Queenie. Elle m'a souri avec une gratitude si joyeuse et un tel désir d'être reconnue que vous auriez pensé que c'était une grande bénédiction, un instant qui lui était accordé où elle était libérée des ombres pour une journée entre mille.

Et tout ce que j'ai fait a été d'étirer ma bouche agréablement et de façon impersonnelle, comme m'adressant à une inconnue fêlée, et de poursuivre mon chemin vers la caisse.

Puis au parking je me suis excusée auprès de mon mari, disant que j'avais oublié quelque chose, et me suis dépêchée de rentrer dans le magasin. J'ai circulé dans toutes les allées, à sa recherche. Mais en si peu de temps la vieille femme semblait être partie. Elle était peut-être sortie juste après moi, elle était peut-être en train de longer les rues de Twin Falls. À pied ou dans une voiture conduite par un parent ou un voisin obligeant. Ou même dans une voiture qu'elle conduisait elle-même. Il restait une faible chance qu'elle fût encore dans le magasin et que nous arpentions les allées, nous manquant de peu. Je me suis trouvée allant dans un sens puis dans l'autre, grelottant dans le froid glacial du magasin en été, dévisageant les gens et leur faisant probablement peur, parce que je les suppliais en silence de me dire où je pouvais trouver Queenie.

Jusqu'à ce que je reprenne mes esprits et me persuade que ce n'était pas possible, et que celle qui était ou n'était pas Queenie m'avait abandonnée.

L'ours traversa la montagne

Fiona vivait dans la maison de ses parents, dans la ville où Grant et elle allaient à l'université. C'était une grande maison aux fenêtres en saillie, que Grant trouvait à la fois luxueuse et mal tenue, avec des tapis posés de travers et des auréoles creusées par les tasses dans le vernis des tables. Sa mère était islandaise, c'était une femme puissante aux cheveux blancs mousseux que l'indignation poussait à des prises de position d'extrême gauche. Le père était un cardiologue éminent, vénéré à l'hôpital mais heureux de se soumettre à la maison, où il écoutait d'étranges tirades avec un sourire distrait. Toutes sortes de gens, d'aspect opulent ou miteux, débitaient ces tirades, allaient et venaient constamment, en discussion et en conférence, parfois avec des accents étrangers. Fiona avait sa propre petite voiture et des tricots en cachemire, mais elle n'appartenait pas à un club d'étudiantes : probablement à cause des activités qui régnaient dans sa maison.

Peu lui importait. Elle trouvait farces les clubs d'étudiantes, comme la politique, bien qu'elle prît plaisir à passer *Les quatre généraux rebelles* sur son tourne-disque, et parfois aussi *L'Internationale*, très fort, s'il y avait un invité qu'elle espérait inquiéter. Un étranger aux cheveux frisés, à l'air sombre, lui faisait la cour – elle affirmait que c'était un Wisigoth – ainsi que deux ou trois internes tout à fait respectables et mal à l'aise. Elle se moquait d'eux tous et de Grant aussi, répétant de manière comique certaines de ses expressions provinciales. Il pensa peut-être qu'elle plaisantait quand elle le demanda en mariage, par une journée froide et lumineuse sur la plage à Port Stanley. Le sable leur piquait les yeux et les vagues soulevaient des masses de gravier qui s'écrasaient bruyamment à leurs pieds.

« Crois-tu que ce serait amusant, cria Fiona. Crois-tu que ce serait amusant si on se mariait ? »

Il la prit au mot et cria oui. Il voulait ne jamais s'éloigner d'elle. Elle possédait l'étincelle de vie.

Juste avant de quitter la maison, Fiona remarqua une trace sur le sol de la cuisine. Elle provenait des chaussures noires bon marché qu'elle avait portées en début de journée.

« Je croyais qu'elles ne tachaient plus », dit-elle d'un ton ordinaire d'irritation et de perplexité en frottant la traînée grise qui paraissait faite avec un crayon de couleur gras.

Elle dit qu'elle n'aurait plus à s'en occuper puisqu'elle n'emportait pas ces chaussures.

« Je suppose que je serai en tenue habillée tout le temps, déclara-t-elle. Ou demi-habillée. Ce sera un peu comme dans un hôtel. »

Elle rinça le chiffon qu'elle avait utilisé et le suspendit au fil à l'intérieur de la porte sous l'évier. Puis elle enfila son blouson de ski brun doré à col de fourrure par-dessus un chandail blanc à col roulé, avec un pantalon couleur fauve bien coupé. C'était une grande femme aux épaules étroites, âgée de soixante-dix ans mais encore droite et en bonne forme, avec de longues jambes et de longs pieds, des poignets et des chevilles délicats et des oreilles minuscules, à l'air presque comique. Ses cheveux, qui avaient la légèreté du duvet d'asclépias, étaient passés du blond pâle au blanc sans que Grant s'aperçoive exactement quand c'était arrivé, et elle les portait encore tombant sur les épaules, comme sa mère l'avait fait. (C'était ce qui avait effrayé la mère de Grant, une veuve provinciale qui travaillait comme réceptionniste chez un dentiste. Les longs cheveux blancs de la mère de Fiona, encore plus que l'état de sa maison, lui apprenait tout ce qu'elle avait besoin de savoir sur ses prises de position et ses idées politiques.)

Sinon, Fiona avec ses os fins et ses petits yeux couleur de saphir ne ressemblait en rien à sa mère. Elle avait une bouche légèrement tordue qu'elle mettait maintenant en évidence avec un fard à lèvres rouge, la dernière chose qu'elle faisait en général avant de quitter la maison. Elle paraissait elle-même ce jour-là franche et vague comme elle l'était en fait, douce et ironique.

Plus d'un an auparavant, Grant avait commencé à remarquer quantité de petits messages jaunes collés un peu partout dans la maison. Ce n'était pas entièrement nouveau. Elle avait toujours noté des choses, le titre d'un livre dont elle avait entendu parler à la radio ou les tâches qu'elle voulait s'assurer d'accomplir ce jour-là. Même son programme de la matinée était consigné : il trouvait sa précision déroutante et touchante.

7 heures yoga. 7 h 30 – 7 h 45 dents figure cheveux. 7 h 45 – 8 h 15 promenade. 8 h 15 Grant et petit déjeuner.

Les nouveaux messages étaient différents. Collés sur les tiroirs de la cuisine : couverts, torchons, couteaux. Ne pouvait-elle simplement ouvrir les tiroirs et regarder ce qu'il y avait à l'intérieur ? Il se rappelait une histoire de soldats allemands patrouillant sur la frontière en Tchécoslovaquie pendant la guerre. Un Tchèque lui avait raconté que chacun des chiens de la patrouille portait une étiquette disant *Hund*. « Pourquoi ? » demandaient les Tchèques, et les Allemands répondaient : « Parce que c'est un *hund*. »

Il allait le raconter à Fiona, puis se ravisa. Ils riaient toujours des mêmes choses, mais si elle ne riait pas cette fois-ci ?

Des choses pires se profilaient. Elle alla en ville et l'appela depuis une cabine pour lui demander comment ramener la voiture à la maison. Elle alla faire sa promenade à travers champs puis dans les bois et rentra en suivant la clôture, un très long parcours. Elle expliqua qu'elle avait escompté que les clôtures vous menaient toujours quelque part.

C'était difficile à comprendre. Elle avait tenu ces propos sur les clôtures sur le ton de la plaisanterie et elle s'était rappelé le numéro de téléphone sans peine.

« Je pense qu'il ne faut pas s'inquiéter, dit-elle. À mon avis je suis juste en train de perdre la tête. »

Il lui demanda si elle avait pris des somnifères.

« Si j'en ai pris je ne m'en souviens pas », dit-elle, puis s'excusa de paraître aussi désinvolte.

« Je suis sûre que je ne prends rien. Peut-être le devrais-je. Des vitamines peut-être. »

Les vitamines ne servirent à rien. Elle se tenait sur le pas des portes en essayant de se rappeler où elle allait. Elle oubliait d'allumer le brûleur sous les légumes ou de mettre de l'eau dans le percolateur. Elle demanda à Grant à quel moment ils s'étaient installés dans cette maison.

« Était-ce l'année dernière ou l'année d'avant ? »

Il lui répondit que c'était douze ans auparavant.

« C'est affreux », commenta-t-elle.

« Elle a toujours été un peu comme ça, a dit Grant au médecin. Un jour, elle a fait mettre son manteau de fourrure en chambre froide et l'a tout bonnement oublié. C'était à l'époque où nous allions toujours dans un pays chaud en hiver. Alors elle a dit que c'était un acte manqué, que c'était comme un péché qu'elle laissait derrière elle. Ce que certaines personnes lui faisaient ressentir à propos des manteaux de fourrure. »

Il essaya en pure perte d'expliquer quelque chose de plus : que la surprise et les excuses de Fiona concernant tout cela paraissaient bizarrement relever de la courtoisie routinière, ne dissimulant pas complètement un amusement intime. Comme si elle avait rencontré par hasard une aventure imprévue. Ou jouait un jeu qu'elle espérait comprendre. Ils avaient toujours eu des jeux à eux, des sabirs, des personnages inventés. Certaines des voix trafiquées de Fiona, pépiant ou embobelinant (il ne pouvait pas le raconter au docteur) avaient contrefait de façon troublante les voix de certaines de ses conquêtes féminines qu'elle n'avait jamais rencontrées et dont elle n'avait jamais entendu parler.

« Oui, eh bien, dit le médecin. Cela peut être sélectif pour commencer. Nous n'en savons rien, n'est-ce pas ? Jusqu'à ce que nous discernions le cheminement de la détérioration, nous ne pouvons vraiment pas nous faire une idée. »

Au bout de quelque temps, l'étiquette à poser dessus n'eut plus beaucoup d'importance. Fiona, qui n'allait plus faire des courses seule, disparut du supermarché pendant que

Grant avait le dos tourné. Un agent de police l'intercepta alors qu'elle marchait au milieu de la rue, à plusieurs pâtés de maisons de distance. Il lui demanda son nom et elle répondit sans difficulté. Puis il lui demanda le nom du premier ministre du pays.

« Si vous ne le connaissez pas, jeune homme, vous ne devriez vraiment pas occuper un poste d'une telle responsabilité. »

Il rit. Mais elle fit ensuite l'erreur de lui demander s'il avait vu Boris et Natasha.

C'étaient les chiens-loups russes qu'elle avait adoptés quelques années auparavant pour rendre service à une amie et qu'elle avait soignés avec dévouement pour le restant de leurs jours. Cette adoption avait peut-être coïncidé avec la découverte qu'elle n'aurait probablement pas d'enfants. Cela avait à voir avec une occlusion ou une torsion des trompes, Grant ne se le rappelait pas à présent. Il avait toujours évité de penser à tous ces dispositifs féminins. Ou c'était peut-être après la mort de sa mère. Les longues pattes et le poil soyeux des chiens, leurs visages allongés, doux, intransigeants lui fournissaient un pendant admirable quand elle les emmenait promener. Et Grant lui-même, en ce temps-là, ayant décroché son premier poste à l'université (l'argent de son beau-père était le bienvenu, en dépit de la souillure politique) aurait pu paraître à certains l'objet d'un autre caprice excentrique de Fiona, toiletté, soigné et adoré. Toutefois il ne le comprit, heureusement, que beaucoup plus tard.

Au dîner, le jour de sa disparition du supermarché, elle lui dit : « Tu sais ce que tu vas être obligé de faire de moi, n'est-ce pas ? Tu vas être obligé de me mettre dans cet endroit, Fond du lac ?

– Pré du lac. Nous n'avons pas encore atteint ce stade.

– Fond du lac, fendu lac, dit-elle comme s'ils concouraient dans un jeu. Fondulac. C'est bien Fondulac. »

Il se prit la tête dans les mains, ses coudes reposant sur la table. Il dit que s'ils l'envisageaient effectivement, il fallait concevoir cette solution comme provisoire. Une sorte de traitement expérimental. Une cure de repos.

Selon le règlement, personne n'était admis pendant le mois de décembre. La saison des fêtes comportait une multitude d'écueils émotifs. C'est donc en janvier qu'ils firent le trajet de vingt minutes. Avant d'atteindre la grand-route, la départementale plongeait dans un vallon marécageux à présent complètement recouvert de glace. Les chênes blancs d'Amérique et les érables projetaient leurs ombres comme des barres sur la neige éclatante.

« Oh, souviens-toi, dit Fiona.
– J'y pensais aussi, répondit Grant.
– Seulement c'était au clair de lune. »

Elle se rappelait qu'ils étaient allés faire du ski une nuit de pleine lune sur la neige rayée de noir, dans cet endroit accessible seulement au plus profond de l'hiver. Ils avaient entendu les branches se fendre dans le froid.

Alors si elle se rappelait cela de façon si vive et précise, était-elle vraiment tellement atteinte ?

Il dut se gendarmer pour ne pas faire demi-tour et rentrer à la maison.

Il y avait une autre règle que lui expliqua la surveillante. Les nouveaux résidents ne devaient pas recevoir de visites pendant les trente premiers jours. La plupart des gens avaient besoin de ce délai pour trouver leurs marques. Avant l'instauration de cette règle, il y avait eu des protestations, des larmes, des colères, même de la part de ceux qui y venaient de leur plein gré. Aux alentours du troisième ou du quatrième jour, ils commençaient à se lamenter et à supplier qu'on les ramène chez eux. Comme certains parents pouvaient y être sensibles, il arrivait que des gens soient reconduits à la maison sans qu'ils s'y portent mieux qu'auparavant. Six mois plus tard ou parfois seulement au bout de quelques semaines, il faudrait subir de nouveau tous ces bouleversements perturbants.

« Alors que nous nous apercevons, dit la surveillante, nous nous apercevons que s'ils sont livrés à eux-mêmes, en général ils finissent par être heureux comme des rois. Il faut pratiquement les attirer par la ruse dans un car pour les emmener faire un tour en ville. À ce moment-là, on peut parfaitement les ramener à la maison passer une heure ou deux : ce sont eux qui se préoccupent de revenir à l'heure pour le dîner. Leur foyer, c'est désormais le Pré du lac. Bien entendu, cela ne s'applique pas aux résidents du premier étage, nous ne pouvons pas les laisser sortir. C'est trop difficile, et ils ne savent pas où ils se trouvent, de toute façon.

– Ma femme ne va pas aller au premier, dit Grant.

– Non, répondit la surveillante avec prévenance. C'est juste parce que j'aime que tout soit clair dès le départ. »

Ils étaient allés quelquefois au Pré du lac plusieurs années auparavant, voir Mr Farquar, leur ancien voisin, vieux fermier célibataire. Il avait vécu seul dans une maison de brique pleine de courants d'air où rien n'avait changé depuis le début du siècle, n'était l'introduction d'un réfrigérateur et d'un téléviseur. Il rendait visite à Grant et Fiona sans prévenir, mais à intervalles bien espacés. En dehors des sujets locaux, il aimait parler des livres qu'il lisait, sur la guerre de Crimée, les expéditions polaires ou l'histoire des armes à feu. Mais une fois au Pré du lac, il ne parlait que du train-train de l'établissement et ils en conçurent que leurs visites, quoique gratifiantes, lui pesaient. Quant à Fiona, elle détestait les relents d'urine et d'eau de Javel, détestait les bouquets de fleurs en plastique posés pour la forme dans des niches, dans les couloirs sombres aux plafonds bas.

À présent, ce bâtiment avait disparu, bien qu'il ne datât que des années cinquante. De même que la maison de Mr Farquar avait disparu, remplacée par une sorte de château en carton-pâte, résidence secondaire de gens de Toronto. Le nouveau Pré du lac était un bâtiment clair, en voûte, où flottait dans l'air un agréable et léger parfum de pin. Une verdure abondante et véritable jaillissait de jarres énormes.

Cependant, c'était dans l'ancien bâtiment que Grant imaginait Fiona pendant le long mois qu'il dut passer sans la voir. Le mois le plus long de sa vie, pensa-t-il, plus long que le mois passé avec sa mère en visite chez des parents dans

Lanark County quand il avait treize ans, et plus long que le mois que Jacqui Adams passa en vacances avec sa famille, peu après le début de leur liaison. Il téléphonait au Pré du lac tous les jours en espérant entrer en communication avec l'infirmière appelée Kristy. Elle semblait s'amuser légèrement de sa constance, mais elle lui donnait des informations plus complètes qu'aucune des autres infirmières qu'on lui attribuait.

Fiona avait attrapé un rhume, mais ce n'était pas rare chez les nouveaux venus.

« Comme lorsque vos enfants vont à l'école pour la première fois, expliqua Kristy. Ils sont exposés à un tas de nouveaux microbes et pendant un certain temps ils attrapent tout. »

Puis le rhume s'améliora. Elle ne prenait plus d'antibiotiques et paraissait avoir l'esprit moins confus que lorsqu'elle était arrivée. (C'était la première fois que Grant entendait parler des antibiotiques ou de la confusion.) Elle avait assez bon appétit et paraissait heureuse de rester assise dans le solarium. Elle paraissait heureuse de regarder la télévision.

Une des choses qui avait été si intolérables dans l'ancien Pré du lac était la télévision omniprésente, envahissant vos pensées et vos conversations où que l'on choisisse de s'installer. Certains des pensionnaires (c'est ainsi que Grant et Fiona les appelaient alors, pas résidents) tournaient le regard dans sa direction, certains lui répliquaient, mais la plupart restaient inertes, subissant humblement son agression. Dans le nouveau bâtiment, autant qu'il s'en souvienne, la télévision se trouvait dans un salon isolé ou dans les chambres. On pouvait choisir de la regarder.

Alors Fiona avait dû faire un choix. De regarder quoi ?

Pendant les années où ils avaient vécu dans cette maison, Fiona et lui avaient regardé assez fréquemment la télévision ensemble. Ils avaient espionné les vies de l'ensemble des bêtes, reptiles, insectes ou créatures marines qu'une caméra pouvait atteindre, et ils avaient suivi les intrigues de ce qui semblait être des douzaines de beaux romans du XIXe siècle assez semblables. Ils s'étaient engoués d'une série anglaise sur la vie dans un grand magasin et en avaient vu tant de rediffusions qu'ils connaissaient les dialogues par cœur. Ils pleuraient la disparition d'acteurs qui mouraient dans la vraie vie ou partaient vers d'autres emplois, puis saluaient le retour de ces mêmes acteurs lorsque les personnages renaissaient. Ils virent les cheveux du chef de rayon passer du noir au gris puis revenir au noir, les décors bon marché ne changeant jamais. Mais ceux-ci se décolorèrent également : finalement, les décors et les cheveux les plus noirs pâlirent comme si la poussière des rues de Londres passait sous les portes des ascenseurs, et il s'en dégageait une tristesse qui semblait affecter Fiona et Grant plus qu'aucune des tragédies du *Théâtre des chefs-d'œuvre*, alors ils renoncèrent à la regarder avant sa conclusion définitive.

Fiona se faisait des amis, raconta Kristy. Elle émergeait nettement de sa coquille.

Quelle était cette coquille ? voulut demander Grant, mais il se retint pour rester en faveur auprès de Kristy.

Si quelqu'un téléphonait, il laissait le répondeur enregistrer. Les gens qu'ils fréquentaient de temps à autre n'étaient pas de proches voisins mais des gens qui habitaient la campagne alentour, retraités comme eux et qui partaient souvent sans prévenir. Pendant les premières années où ils vécurent là, Grant et Fiona y avaient passé l'hiver. Un hiver à la campagne était une expérience nouvelle et ils avaient beaucoup à faire pour arranger la maison. Ensuite ils s'étaient dit qu'eux aussi devraient voyager tant qu'ils le pouvaient et ils étaient allés en Grèce, en Australie, au Costa Rica. Les gens penseraient qu'ils étaient partis faire un voyage de ce genre.

Il skiait pour faire de l'exercice mais n'allait jamais jusqu'au marais. Il faisait à maintes reprises le tour du champ derrière la maison tandis que le soleil baissait, laissant un ciel teinté de rose au-dessus d'une campagne apparemment encerclée de vagues de glace ourlées de bleu. Il comptait le nombre de tours exécutés puis rentrait à la maison gagnée par l'obscurité, mettant les informations télévisées pendant qu'il préparait son repas. D'habitude, ils faisaient le dîner ensemble. L'un d'eux s'occupait des apéritifs, l'autre du feu, et ils parlaient du travail de Grant (il rédigeait une histoire des loups scandinaves légendaires, particulièrement le grand loup Fenrir qui avale Odin à la fin du monde), de ce que lisait Fiona et de leurs pensées au cours de la journée vécue à proximité mais séparément. C'était le moment le plus vivant de leur intimité bien qu'il y eût aussi, bien sûr, les cinq ou dix minutes de tendresse physique dès qu'ils étaient couchés, qui ne connaissaient pas souvent d'aboutissement sexuel mais leur apportaient l'assurance que leur sexualité n'était pas encore derrière eux.

En rêve, Grant montra une lettre adressée à l'un de ses collègues qu'il avait cru être un ami. La lettre était envoyée par la compagne de chambre d'une fille à laquelle il ne pensait plus depuis un certain temps. Le style était moralisateur et hostile, menaçant d'une façon geignarde. Il classa l'auteure comme lesbienne latente. Il s'était séparé convenablement de la fille en question et il semblait peu probable qu'elle veuille faire des histoires, encore moins tenter de se tuer, ce que la lettre essayait apparemment de lui faire croire avec minutie.

Le collègue était l'un de ces maris et pères qui avaient été les premiers à se débarrasser de leur cravate et à découcher tous les soirs pour passer la nuit sur un matelas posé par terre avec une jeune maîtresse ensorcelante, à arriver dans leur bureau, à leur cours, débraillés et sentant la drogue et l'encens. Mais à présent il voyait ces entourloupettes d'un mauvais œil, et Grant se rappela qu'il avait épousé une de ces filles, qui en était venue à donner des dîners priés et à avoir des bébés, comme faisaient les épouses autrefois.

« Je ne rirais pas à ta place, dit-il à Grant, qui ne pensait pas avoir ri. Et si j'étais toi, j'essaierais de préparer Fiona. »

Alors Grant partit trouver Fiona au Pré du lac – l'ancien Pré du lac – et se retrouva à la place dans un amphithéâtre universitaire. Tout le monde attendait là qu'il fît cours. Assise dans la dernière rangée, la plus élevée, se trouvait une bande de jeunes femmes au regard froid, toutes vêtues de robes académiques noires, toutes en deuil, qui ne cessèrent de le dévisager durement et firent montre de ne rien écrire de ce qu'il disait, ni de s'y intéresser.

Fiona était assise au premier rang, sereine. Elle avait fait de la salle de cours le genre de recoin qu'elle trouvait toujours dans une fête, un endroit abandonné où elle buvait du vin avec de l'eau minérale, fumait des cigarettes ordinaires et racontait des histoires drôles sur ses chiens. Résistant à la marée avec des gens du même style, comme si les drames qui se déroulaient dans d'autres recoins, dans les chambres à coucher et sur la véranda obscure n'étaient que de la comédie puérile. Comme si la chasteté était chic et l'abstinence une bénédiction.

« Pfft, s'exclama Fiona. Les filles de cet âge passent leur temps à dire qu'elles vont se tuer. »

Mais il ne suffisait pas qu'elle dise cela, l'effet fut en fait plutôt glaçant. Il craignait qu'elle eût tort, que quelque chose d'effroyable fût arrivé et il vit ce qui lui était caché à elle, que l'anneau noir s'épaississait, se serrait, tout autour de sa trachée, tout autour du haut de la pièce.

Il se hissa hors du rêve et entreprit de séparer le vrai de l'imaginaire.

Il y avait bien eu une lettre et le mot « RAT » était apparu écrit à la peinture noire sur la porte de son bureau. Fiona, ayant appris qu'une fille souffrait d'un méchant béguin pour lui, avait dit à peu près ce qu'elle disait dans le rêve. Le collègue n'avait jamais été impliqué dans l'histoire, les femmes en robes noires n'étaient jamais apparues dans sa salle de cours et personne ne s'était suicidé. Grant n'avait pas été disgracié, en fait il s'en était bien tiré si l'on songeait à ce qui aurait pu se passer à peine deux ans plus tard. Mais le bruit courut. On leur battit froid ostensiblement. Ils reçurent peu d'invitations à Noël et passèrent seuls la Saint-Sylvestre. Grant se saoula et sans en être prié – également, Dieu merci, sans faire l'erreur d'une confession – promit une vie nouvelle à Fiona.

La honte qu'il éprouva alors fut la honte d'avoir été trompé, de ne pas avoir remarqué le changement qui s'opérait. Et aucune femme ne lui en avait fait prendre conscience. Il y avait eu le changement dans le passé, quand tant de femmes devinrent disponibles si brusquement, ou c'est ce qui lui sembla, et maintenant ce nouveau changement, où elles disaient que ce qui était arrivé n'était pas du tout ce qu'elles avaient eu en tête. Elles avaient participé parce qu'elles étaient sans défense et désorientées, et cette évolution les avait lésées plutôt que ravies. Même quand c'est elles qui avaient pris l'initiative, c'était seulement parce que les jeux étaient faits contre elles.

Il n'était reconnu nulle part qu'une vie de Don Juan (si c'est ainsi que Grant devait se désigner, lui qui n'avait pas à son actif la moitié des conquêtes ou complications de l'homme qui l'avait sermonné en rêve) supposait des gestes de bonté, de générosité et même de sacrifice. Pas au début, peut-être, mais au moins dans la durée. De nombreuses fois, il avait flatté l'amour-propre et la fragilité d'une femme en lui offrant plus d'affection, ou une passion plus violente, qu'il ne ressentait réellement. Tout cela pour qu'il se trouve maintenant accusé de blesser, d'exploiter et de détruire l'estime de soi. Et de tromper Fiona – comme il l'avait trompée effectivement. Mais eût-il été préférable qu'il se conduise comme d'autres l'avaient fait avec leurs épouses, en la quittant ?

Il n'avait jamais envisagé une chose pareille. Il n'avait jamais cessé de faire l'amour à Fiona malgré les sollicitations troublantes venues d'ailleurs. Il ne s'était pas absenté pendant une seule nuit. Pas d'invention d'histoires compliquées pour passer un week-end à San Francisco ou sous la tente dans l'île Manitoulin. Il avait usé modérément de la drogue et de l'alcool, avait continué de publier des articles, de siéger dans des commissions, de progresser dans sa carrière. Il n'avait jamais eu la moindre intention de liquider son travail et son mariage pour vivre à la campagne, s'adonner à la menuiserie ou à l'apiculture.

Mais il s'était quand même passé quelque chose de cet ordre. Il avait pris une retraite anticipée avec une pension réduite. Le cardiologue était mort après avoir passé un certain temps seul, désorienté et stoïque, dans la grande maison, et Fiona avait hérité à la fois cette propriété et la ferme où son père avait grandi, dans la campagne près de Georgian Bay. Elle avait abandonné son poste de coordinatrice des services bénévoles dans les hôpitaux (dans ce monde banal, selon ses termes, où les gens souffraient de maux sans rapport avec la drogue, la sexualité, ou les controverses intellectuelles). Une vie nouvelle était une vie nouvelle.

Boris et Natasha étaient déjà morts. L'un d'eux était tombé malade et était mort – Grant avait oublié lequel – puis l'autre mourut, plus ou moins par sympathie.

Fiona et lui améliorèrent la maison. Ils achetèrent des skis de randonnée. Ils n'étaient pas très sociables mais ils se firent progressivement quelques amis. Il n'y eut plus de flirts trépidants. Pas d'orteils féminins se glissant dans une jambe de pantalon masculin au cours d'un dîner. Plus d'épouses dévergondées.

Il était juste temps, parvint à penser Grant, quand le sentiment d'injustice s'émoussa. Les féministes, peut-être la triste fille sotte et ses soi-disant amis couards l'avaient-ils évincé juste à temps. Hors d'une vie qui commençait à lui donner plus de mal qu'elle n'en valait. Et qui aurait finalement pu lui coûter Fiona.

Le matin du jour où il devait retourner au Pré du lac pour la première visite, Grant se réveilla tôt. Il était parcouru d'une vibration grave, comme autrefois le matin du premier rendez-vous avec une nouvelle conquête. Cette sensation n'était pas précisément sexuelle. (Par la suite, quand les rencontres étaient devenues routinières, c'est tout ce qu'elle était.) Il y avait l'attente d'une découverte, d'un épanouissement presque spirituel. Également de la timidité, de l'humilité, de l'effroi.

Il partit de chez lui trop tôt. Les visites n'étaient autorisées qu'à partir de quatorze heures. Il n'avait pas envie d'attendre assis dans la voiture sur l'aire de stationnement, alors il s'obligea à virer dans une mauvaise direction.

Le dégel avait commencé. Il restait une bonne quantité de neige, mais le paysage de début d'hiver dur et éblouissant s'était désintégré. Les tas grêlés sous un ciel gris ressemblaient à des déchets dans les champs.

Dans la ville proche du Pré du lac, il trouva une boutique de fleuriste et acheta un grand bouquet. Il n'avait jamais offert de fleurs à Fiona auparavant. Ni à personne d'autre. Il pénétra dans le bâtiment avec l'impression d'être un amoureux transi ou un mari coupable dans une caricature.

« Super. Déjà des narcisses, dit Kristy. Ça a dû vous coûter une fortune. » Elle marcha devant lui dans le couloir et alluma la lumière dans un placard, ou peut-être une sorte de cuisine, où elle chercha un vase. C'était une jeune femme massive qui semblait avoir renoncé dans tous les domaines sauf les cheveux. Ils étaient teints en blond et volumineux. Tout le luxe gonflé du style serveuse de bar ou strip-teaseuse surmontant un visage et un corps si banals.

« Là, voilà, dit-elle en faisant un signe de tête vers le bout du couloir. Le nom est sur la porte. »

Il l'était, sur une plaque décorée d'oiseaux bleus. Il se demanda s'il fallait frapper, le fit, puis ouvrit la porte et l'appela.

Elle ne s'y trouvait pas. La porte de la penderie était fermée, le lit fait. Rien sur la table de chevet qu'une boîte de Kleenex et un verre d'eau. Pas l'ombre d'une photographie ou d'une gravure d'aucune sorte, pas de livre ni de magazine. Peut-être fallait-il les ranger dans un placard.

Il retourna vers le poste des infirmières, ou la réception. Kristy dit « Non ? » avec une surprise qu'il jugea de pure forme.

Il hésita, les fleurs dans les bras. « OK, OK, fit-elle, posons le bouquet là. » En soupirant, comme s'il était un enfant arriéré le premier jour de classe, elle le mena le long d'un couloir pour déboucher dans la lumière des énormes ouvertures vitrées dans le toit du vaste espace central à plafond de cathédrale. Il y avait des gens assis le long des murs, dans des fauteuils, d'autres aux tables placées au centre du sol moquetté. Aucun d'entre eux ne paraissait trop atteint. Âgés, certains suffisamment infirmes pour avoir besoin de fauteuils roulants, mais acceptables. Autrefois il y avait des spectacles atterrants quand Fiona et lui allaient rendre visite à Mr Farquar. Des vieilles dames aux mentons poilus, quelqu'un avec un œil exorbité comme une prune pourrie. Des gens qui bavaient, avaient la tête branlante, débitaient des discours déments. À présent, il semblait que les cas les plus graves fussent éliminés. Ou bien les drogues, la chirurgie étaient-elles entrées en jeu, peut-être y avait-il également des moyens de traiter le défigurement ainsi que l'incontinence, verbale ou autre, moyens qui n'avaient pas existé même si peu de temps auparavant.

Il y avait cependant une femme très abattue assise au piano, jouant avec un seul doigt et ne réussissant jamais à reproduire une mélodie. Une autre se tenait, le regard fixe, derrière une fontaine à café et une pile de tasses en plastique, avec l'air de s'ennuyer comme un rat mort. Mais ce devait être une employée : elle portait une tenue au pantalon vert pâle comme Kristy.

« Vous voyez, dit Kristy d'une voix plus douce. Vous allez juste dire bonjour en essayant de ne pas l'effrayer. Souvenez-vous que peut-être elle… Bon. Lancez-vous. »

Il vit Fiona de profil, assise près d'une des tables de jeu, sans jouer. Elle paraissait un peu bouffie, une joue flasque cachant le coin de sa bouche, comme elle ne l'avait pas fait avant. Elle observait le jeu de l'homme qui était le plus près d'elle. Il tenait ses cartes penchées pour qu'elle puisse les voir. Quand Grant s'approcha de la table elle leva les yeux. Ils levèrent tous les yeux : tous les joueurs à la table levèrent les yeux, mécontents. Puis ils baissèrent aussitôt le regard sur leurs cartes, comme pour éviter toute intrusion.

Mais Fiona eut son sourire déjeté, décontenancé, rusé et charmant, repoussa sa chaise pour le rejoindre en posant ses doigts sur ses lèvres.

« Bridge, chuchota-t-elle. Terriblement sérieux. Ils jouent comme des enragés. » Elle l'attira vers la table basse en bavardant. « Je me rappelle avoir été comme ça pendant un certain temps à l'université. Mes amies et moi nous séchions les cours, nous nous installions dans la salle commune où nous fumions en jouant comme des bandits. L'une d'elles s'appelait Phoebe. Je ne me rappelle pas les autres.

– Phoebe Hart. » Grant revit cette jeune fille, petite, à la poitrine creuse, aux yeux noirs, probablement morte à l'heure présente. Disparaissant dans la fumée, Fiona, Phoebe et les autres, absorbées comme des sorcières.

« Vous la connaissiez aussi ? demanda Fiona, adressant maintenant son sourire à la femme au visage de pierre. Est-ce que je peux vous offrir quelque chose ? Une tasse de thé ? Malheureusement, le café ne vaut pas grand-chose ici. »

Grant ne buvait jamais de thé.

Il ne pouvait pas la prendre dans ses bras. Il émanait de sa voix et de son sourire, si familiers qu'ils fussent, de la façon dont elle semblait protéger de lui les joueurs et même la femme au café, et lui-même de leur mécontentement, quelque chose qui rendait ce geste impossible.

« Je t'ai apporté des fleurs, dit-il. J'ai pensé que ce serait bien pour égayer ta chambre. J'y suis allé, mais tu n'y étais pas.

– Eh bien, non. Je suis ici.

– Tu t'es fait un nouvel ami. » Grant indiqua de la tête l'homme à côté duquel elle avait été assise. À cet instant, celui-ci leva les yeux vers Fiona et elle se retourna, soit à cause de ce que Grant avait dit, soit parce qu'elle sentait le regard dans son dos.

« C'est Aubrey, expliqua-t-elle. Ce qui est drôle, c'est que je l'ai connu il y a un grand nombre d'années. Il travaillait au magasin. Au magasin de quincaillerie où mon grand-père faisait ses achats. Lui et moi on blaguait toujours et il ne trouvait pas l'audace de m'inviter à sortir avec lui. Jusqu'au tout dernier week-end où il m'a emmenée à un match de base-ball. Mais à la fin du match, mon grand-père est arrivé pour me ramener à la maison. J'étais venue passer l'été. Je séjournais chez mes grands-parents : ils habitaient une ferme.

– Fiona. Je sais où habitaient tes grands-parents. C'est là que nous habitons. Habitions.

– Vraiment ? » dit-elle, sans faire vraiment attention parce que le joueur lui adressait son regard, qui ne transmettait pas une supplique mais un ordre. C'était un homme de l'âge de Grant environ, ou un peu plus âgé. D'épais et rudes cheveux blancs lui tombaient sur le front. Sa peau ressemblait à du cuir, pâle, d'un blanc jaunâtre comme un vieux gant en chevreau ratatiné. Son visage allongé était digne mais mélancolique et il y avait chez lui un soupçon de la beauté d'un vieux cheval puissant et découragé. Mais en ce qui concernait Fiona, il n'était pas découragé.

« Il vaut mieux que j'y retourne, dit Fiona, une rougeur tachant son visage nouvellement rebondi. Il croit qu'il ne peut pas jouer sans que je sois assise là. C'est idiot, je ne connais pratiquement plus ce jeu. Il faudra que vous m'excusiez, je suis désolée.

– Aurez-vous fini bientôt ?

– En principe, oui. Ça dépend. Si vous allez le demander gentiment à cette dame au visage sinistre, elle vous donnera du thé.

– Je n'ai besoin de rien.

– Alors je vous quitte, vous pouvez vous distraire ? Ça doit vous sembler bizarre, mais vous serez étonné de voir comme on s'y habitue vite. Vous arriverez à connaître tout le monde. Sauf qu'il y en a qui sont pas mal partis dans les nuages, vous savez. Vous ne pouvez pas vous attendre à ce qu'ils parviennent tous à savoir qui vous êtes, vous. »

Elle regagna sa chaise et souffla quelque chose à l'oreille d'Aubrey et lui tapota le dos de la main.

Grant partit à la recherche de Kristy et la rencontra dans le couloir. Elle poussait un chariot sur lequel étaient posés des brocs de jus de pomme et de raisin.

« Un instant, lui dit-elle, en passant la tête à une porte. Jus de pomme ici ? Jus de raisin ? Cookies ? »

Il attendit qu'elle remplisse deux verres en plastique et les porte dans la chambre. Puis elle revint et posa deux cookies à l'arrow-root sur des assiettes en carton.

« Alors ? demanda-t-elle. Vous êtes pas content de la voir participer et tout ?

– Sait-elle seulement qui je suis ? » répliqua Grant.

Il ne parvenait pas à se faire une idée. C'était peut-être une farce qu'elle lui faisait. Cela lui ressemblerait assez. Elle s'était trahie par cette petite simulation à la fin, en lui parlant comme si elle pensait qu'il était peut-être un nouveau pensionnaire.

Si c'était ce qu'elle simulait. Si c'était une simulation.

Mais ne lui aurait-elle pas couru après pour se moquer de lui, une fois la farce finie ? Elle ne serait sûrement pas retournée à la partie en feignant de l'avoir oublié. C'eût été trop cruel.

« C'est juste que vous l'avez trouvée dans une sorte de mauvais moment, dit Kristy. Au milieu de la partie.

– Elle ne joue même pas.

– D'accord, mais son ami joue. Aubrey.

– Alors qui est Aubrey ?

– C'est ce qu'il est. Aubrey. Son ami. Vous voulez un jus ? »

Grant fit non de la tête.

« Oh, écoutez, dit Kristy. Ça leur vient, ces attachements. Ils durent un certain temps. Genre meilleur copain. C'est un genre de stade.

– Vous voulez dire qu'il se peut qu'elle ne sache vraiment pas qui je suis ?

– C'est possible. Pas aujourd'hui. Puis demain : on ne sait jamais, n'est-ce pas ? Les choses vont et viennent tout le temps et on n'y peut rien. Vous verrez comment ça se passe une fois que vous aurez fréquenté cet endroit pendant assez longtemps. Vous apprendrez à ne pas prendre tout ça trop au sérieux. À le prendre au jour le jour. »

Au jour le jour. Mais les choses n'allaient et ne venaient pas, et il ne s'habituait pas à la façon dont elles se présentaient. Fiona était celle qui paraissait s'habituer à lui, mais seulement en tant que visiteur persévérant qui lui portait un intérêt particulier. Ou peut-être même comme un gêneur à qui l'on ne devait pas montrer, selon ses anciennes règles de courtoisie, qu'il en était un. Elle le traitait avec une gentillesse distraite, de bonne compagnie, qui réussissait à l'empêcher de poser la question la plus évidente, la plus nécessaire. Il ne pouvait pas exiger qu'elle lui dise si oui ou non elle se souvenait de lui en tant que mari depuis près de cinquante ans. Il eut l'impression qu'une telle question aurait causé une gêne à Fiona, pas pour elle mais pour lui. Elle aurait ri en se trémoussant et l'aurait mortifié par sa politesse et son désarroi, puis aurait fini d'une façon ou d'une autre par ne dire ni oui ni non. Ou bien elle aurait dit l'un ou l'autre d'une façon qui ne procurait aucune satisfaction.

Kristy était la seule infirmière à qui il pouvait parler. Parmi les autres, certaines traitaient cette histoire comme une plaisanterie. Une vieille savate coriace lui rit au visage. « L'Aubrey et la Fiona ? Ils sont vraiment mordus, hein ? »

Kristy lui dit qu'Aubrey avait été le représentant local d'une boîte qui vendait de l'herbicide « et tout ce genre de trucs » aux fermiers.

« C'était quelqu'un de bien », dit-elle, et Grant ne sut pas si cela signifiait qu'Aubrey était honnête, généreux et gentil ou qu'il s'exprimait bien, était élégant et roulait dans une belle voiture. Les deux, probablement.

Et puis, alors qu'il n'était pas très vieux ni même à la retraite, d'après elle, il avait été atteint d'un mal hors du commun.

« C'est sa femme qui s'occupe de lui d'habitude. Elle le soigne à la maison. Elle l'a juste placé ici provisoirement pour avoir un peu de repos. Sa sœur voulait qu'elle aille en Floride. Vous comprenez, elle a eu la vie dure, on n'aurait jamais imaginé qu'un homme comme lui... Ils sont juste allés en vacances quelque part et il a attrapé quelque chose, un microbe quoi, qui lui a donné une température terrible. Ça l'a mis dans le coma et l'a laissé comme il est maintenant. »

Il lui posa des questions sur ces affections entre résidents. Arrivait-il que cela aille trop loin ? Il était maintenant à même de prendre un ton indulgent qui lui épargnerait les semonces.

« Ça dépend de ce que vous voulez dire », répondit-elle. Elle continuait à écrire dans son cahier d'observations tout en cherchant comment lui répondre. Quand elle termina ce qu'elle écrivait, elle leva les yeux vers lui avec un sourire franc.

« Les ennuis que nous avons ici, c'est curieux, c'est souvent avec ceux qui n'ont pas du tout eu de relations d'amitié. Il se peut même qu'ils ne savent pas du tout qui ils sont, sauf qu'ils sont un homme ou une femme, quoi. Vous penseriez que ce serait les vieux mecs qui essaient de se glisser dans le lit des vieilles, mais vous savez, la moitié du temps c'est dans l'autre sens. Les vieilles femmes qui vont chercher les vieux bonshommes. Ça se pourrait qu'elles soient pas si épuisées, je suppose. »

Alors elle cessa de sourire, comme si elle avait peur d'en avoir trop dit ou d'avoir tenu des propos durs.

« Comprenez-moi bien, ajouta-t-elle, ce n'est pas de Fiona que je parle. Fiona est une dame. »

Oui, mais que dire d'Aubrey ? eut envie de demander Grant. Mais il se rappela qu'Aubrey était en fauteuil roulant.

« C'est une vraie dame », répéta Kristy, d'un ton si décidé et rassurant que Grant ne fut pas rassuré. Il se figura Fiona, vêtue de l'une de ses longues chemises de nuit brodée d'œillets garnis de rubans bleus, soulevant de façon provocante les couvertures d'un vieil homme.

« Eh bien, je me pose parfois des questions... dit-il.
– Quelles questions ?
– Je me demande si elle ne joue pas une sorte de comédie.
– Une quoi ? » fit Kristy.

L'après-midi, on trouvait les deux en général à la table de jeu. Aubrey avait de grandes mains aux doigts épais. Il avait du mal à manipuler les cartes. Fiona les battait et les distribuait pour lui et se déplaçait parfois hâtivement pour redresser une carte qui paraissait lui échapper. Grant observait depuis l'autre côté de la pièce son mouvement vif et l'excuse rapide faite en riant. Il voyait le froncement de sourcil conjugal quand une mèche de cheveux de Fiona lui touchait la joue. Aubrey préférait ne pas tenir compte de sa présence tant qu'elle restait à proximité.

Mais qu'elle adresse un sourire accueillant à Grant, qu'elle repousse sa chaise et se lève pour lui offrir du thé – montrant qu'elle avait admis son droit d'être là et se sentant peut-être légèrement responsable de lui – alors le visage d'Aubrey affichait une sombre consternation. Il laissait les cartes glisser de ses doigts et tomber par terre, pour que la partie soit gâchée.

Pour que Fiona soit obligée de remettre de l'ordre.

S'ils ne se trouvaient pas à la table de bridge, ils pouvaient être en train de longer les couloirs, Aubrey se cramponnant d'une main à la barre et s'agrippant au bras ou à l'épaule de Fiona avec l'autre. Les infirmières s'émerveillaient de la façon dont elle l'avait sorti de son fauteuil roulant. Cependant, pour des trajets plus longs – aller au jardin d'hiver à une extrémité ou à la salle de télévision à l'autre – il fallait le fauteuil roulant.

La télévision semblait toujours branchée sur la chaîne sportive et Aubrey était prêt à regarder n'importe quel sport, mais son préféré semblait être le golf. Cela n'ennuyait pas Grant de le regarder avec eux. Il s'asseyait à quelques fauteuils de distance. Sur le grand écran, un petit groupe de spectateurs et de commentateurs suivaient les joueurs autour du green paisible, et lorsque cela s'imposait se mettaient à applaudir de façon solennelle. Mais le silence régnait partout quand le joueur frappait la balle qui entamait son voyage solitaire, assigné, à travers le ciel. Aubrey, Fiona et Grant, d'autres aussi peut-être se tenaient immobiles en retenant leur souffle, puis celui d'Aubrey cédait le premier, pour exprimer la satisfaction ou la déception. Celui de Fiona faisait chorus, sur la même note, un instant après.

Dans le jardin d'hiver il ne régnait pas de silence semblable. Les deux se trouvaient un siège parmi les plantes les plus luxuriantes, charnues et d'aspect tropical – un berceau de verdure, si vous voulez – et il fallait tout son sang-froid à Grant pour qu'il se retienne d'y pénétrer. Les propos doux et le rire de Fiona se mêlaient au froissement des feuilles et au bruit de l'eau qui giclait.

Ensuite venait une sorte de gloussement. Lequel des deux pouvait en être l'auteur ?

Peut-être ni l'un ni l'autre, peut-être l'un des oiseaux criards et effrontés qui habitaient les cages dans les coins.

Aubrey pouvait parler, même si sa voix n'avait plus le même ton qu'autrefois. Il semblait dire quelque chose maintenant, quelques syllabes pâteuses. Méfie-toi. Il est là. Mon amour.

Sur le fond bleu du bassin de la fontaine gisaient quelques pièces de monnaie pour des vœux. Grant n'avait jamais vu personne y jeter effectivement de l'argent. Il regardait fixement ces pièces de cinq, de dix, de vingt-cinq cents en se demandant si elles avaient été collées au carrelage, autre trait de la décoration chaleureuse du bâtiment.

Des adolescents assistant à un match de base-ball en haut des gradins en plein soleil, à l'écart des amis du garçon. Quelques centimètres de bois nu entre eux, la nuit qui tombe, la fraîcheur rapide du soir à la fin de l'été. Les mains qui se frôlent, les hanches qui se déplacent, sans jamais quitter le terrain des yeux. Il enlèvera sa veste, s'il en porte une, pour en entourer ses épaules étroites. Il peut l'attirer à lui sous cette protection, imprimer ses doigts étalés dans son bras tendre.

Pas comme aujourd'hui où n'importe quel gamin aurait déjà la main dans sa culotte dès le premier rendez-vous.

Le bras maigre et tendre de Fiona. Le désir adolescent l'étonnant et irradiant les nerfs de son corps neuf et délicat, tandis que la nuit s'épaissit au-delà de la poussière éclairée du match.

Le Pré du lac manquait de miroirs, si bien qu'il n'était pas obligé de s'apercevoir en train de traquer et de rôder. Mais de temps à autre il se rendait compte comme il devait avoir l'air sot, pitoyable et peut-être dérangé à traîner derrière Fiona et Aubrey. Et sans jamais avoir une chance de les affronter, elle ou lui. De moins en moins sûr du droit qu'il avait de se trouver là mais incapable de s'éclipser. Même chez lui, pendant qu'il travaillait à son bureau, faisait le ménage ou enlevait la neige quand il le fallait, le tic-tac d'un métronome mental était fixé sur le Pré du lac, sur sa visite suivante. Il se voyait parfois en jeune homme buté en train de faire une cour désespérée, parfois comme l'un de ces malheureux qui suivent des femmes célèbres dans les rues, convaincus qu'un jour ces femmes se retourneront et reconnaîtront leur amoureux.

Il fit un grand effort et réduisit ses visites aux mercredis et aux samedis. Il s'obligea à observer d'autres choses dans cet endroit, comme s'il était une sorte de visiteur en liberté, chargé d'une inspection ou d'une étude sociologique.

Les samedis connaissaient une agitation et une tension vacancières. Des familles arrivaient en grappes. D'habitude c'étaient les mères qui dirigeaient, semblables à des chiens de berger, joyeux mais insistants, conduisant les hommes et les enfants. Seuls les plus petits des enfants n'avaient aucune appréhension. Ils remarquaient tout de suite les carrés verts et blancs au sol des couloirs et choisissaient une couleur pour y marcher, l'autre pour la franchir d'un saut. Il arrivait que les plus audacieux essaient de se faire transporter à l'arrière des fauteuils roulants. Certains persistaient dans ces ruses malgré les remontrances et l'on était obligé de les ramener dans la voiture. Auquel cas, avec quel bonheur, quelle obligeance, un enfant plus âgé ou un père se proposait pour exécuter l'opération, échappant ainsi à la visite.

C'étaient les femmes qui entretenaient la conversation. Les hommes semblaient intimidés par la situation, les adolescents, eux, insultés. Ceux à qui l'on rendait visite circulaient en fauteuil roulant ou claudiquaient avec une canne, ou marchaient en se tenant raides, sans secours, en tête de la procession, fiers de l'assistance mais le regard un peu vide, ou bafouillant terriblement en raison de la pression subie. À présent, entourés de diverses personnes venues du dehors, ces gens de l'intérieur ne semblaient pas si ordinaires que ça, après tout. Les poils des mentons féminins avaient peut-être été rasés jusqu'aux racines, les yeux malades étaient peut-être dissimulés par des caches ou des verres fumés, les propos aberrants étaient peut-être maîtrisés par un traitement médical mais il restait un glaçage, une rigidité hallucinée, comme si les gens se contentaient de devenir des souvenirs d'eux-mêmes, des photographies finales.

Grant comprenait mieux à présent ce que Mr Farquar avait dû éprouver. Les gens ici, même ceux qui ne participaient à aucune activité mais restaient assis à fixer les portes ou à regarder par la fenêtre, menaient une vie active dans leur tête (sans compter la vie de leur corps, les remous intestinaux de mauvais augure, les élancements et les tiraillements un peu partout), mais c'était une vie que dans la plupart des cas l'on ne pouvait pas très bien décrire ou évoquer devant des visiteurs. Tout ce qu'ils pouvaient faire était se propulser grâce à leurs roues ou d'une façon quelconque, et espérer aboutir à quelque chose que l'on pourrait montrer ou commenter.

Il y avait le jardin d'hiver à faire valoir, ainsi que le grand écran de télévision. Les pères pensaient que ce n'était pas rien. Les mères trouvaient les fougères splendides. Au bout de peu de temps tout le monde s'asseyait autour des petites tables et consommait des crèmes glacées, que seuls refusaient les adolescents, au comble de l'écœurement. Les femmes essuyaient la bave des vieux mentons tremblotants tandis que les hommes détournaient les yeux.

Ce rituel devait procurer une satisfaction, et peut-être même que les adolescents se féliciteraient, un jour, d'y avoir participé. Grant ne s'y connaissait pas en famille.

Il semblait que ni enfants ni petits-enfants ne venaient voir Aubrey, et puisqu'ils ne pouvaient pas jouer aux cartes – les tables étant réquisitionnées pour les consommateurs de glaces – Fiona et lui se tenaient à l'écart du défilé du samedi. Le jardin d'hiver remportait alors un succès trop massif pour leurs conversations confidentielles.

Elles se poursuivaient peut-être, bien sûr, derrière la porte fermée de Fiona. Grant ne se résolvait pas à frapper, bien qu'il se tînt là un certain temps à fixer les oiseaux Disney avec une haine intense, réellement malveillante.

Ou alors ils étaient dans la chambre d'Aubrey. Mais il ne savait pas où elle se trouvait. Plus il explorait cet endroit, plus il découvrait de couloirs, de petits salons, de rampes et au cours de ses errances il lui arrivait encore de se perdre. Il prenait tel tableau ou fauteuil comme repère et la semaine suivante, ce qu'il avait choisi semblait avoir été déplacé. Il n'avait pas envie d'en parler à Kristy de peur qu'elle pense qu'il souffrait lui aussi de délabrement mental. Il supposa que ces mutations et réaménagements constants étaient faits à l'intention des résidents, pour rendre leur exercice quotidien plus intéressant.

Il ne signala pas non plus qu'il voyait quelquefois de loin une femme qu'il prenait pour Fiona, mais pensait ensuite que ce ne pouvait pas être elle, à cause des vêtements qu'elle portait. Quand Fiona avait-elle jamais eu du goût pour les corsages à fleurs aux couleurs vives et les pantalons bleu électrique ? Un samedi, il regarda par la fenêtre et vit Fiona – ce devait être elle – poussant Aubrey le long d'une des allées pavées maintenant libres de neige et de glace, portant un chapeau ridicule en lainage ainsi qu'une veste avec des volutes bleues et violettes, le genre de vêtements qu'il avait vus au supermarché sur les femmes du pays.

La raison devait en être qu'ils ne se donnaient pas la peine de trier les garde-robes des femmes à peu près de la même taille. Et comptaient sur le fait que de toute façon les femmes ne reconnaissaient pas leurs vêtements.

On lui avait également coupé les cheveux. Ils lui avaient enlevé son halo angélique. Un mercredi, quand tout était plus normal, quand les jeux de cartes étaient de nouveau en train, quand les femmes dans la salle d'ergothérapie faisaient des fleurs en soie ou habillaient des poupées sans que personne ne soit présent pour les importuner ou les admirer, quand Aubrey et Fiona étaient de nouveau visibles si bien que Grant pouvait avoir un de ses brefs entretiens, amicaux et exaspérants, avec sa femme, il lui demanda : « Pourquoi t'ont-ils élagué les cheveux ? »

Fiona porta les mains à sa tête, pour vérifier.

« Ça alors... je ne m'en suis jamais aperçue », s'exclama-t-elle.

Grant se dit qu'il devrait s'intéresser à ce qui se passait au premier étage, où ils installaient les gens qui, selon les termes de Kristy, l'avaient vraiment perdue. Ceux qui se promenaient en bas en parlant tout seuls ou en lançant des questions bizarres à un passant (« Ai-je oublié mon tricot à l'église ? ») n'en avaient apparemment perdu qu'une partie.

Pas assez pour se qualifier.

Il y avait un escalier, mais les portes au sommet étaient verrouillées et seuls les membres du personnel avaient les clés. Vous ne pouviez entrer dans l'ascenseur que si une personne au bureau appuyait sur un bouton pour le débloquer.

Que faisaient-ils, une fois qu'ils l'avaient perdue ?

« Certains ne font que rester assis, dit Kristy. D'autres restent assis et pleurent. D'autres essaient de brailler à faire tomber les murs. On ne veut pas vraiment savoir. »

Parfois elle revenait.

« Vous entrez dans leur chambre pendant un an et ils ne savent pas qui vous êtes. Et puis un jour, c'est oh, salut, quand est-ce qu'on rentre à la maison ? Tout d'un coup ils sont redevenus absolument normaux. »

Mais ça ne dure pas longtemps.

« Vous vous dites, chouette, normaux de nouveau. Et puis les voilà repartis. Elle fit claquer ses doigts. Comme ça. »

Dans la ville où il travaillait autrefois, il y avait une librairie où Fiona et lui allaient une ou deux fois par an. Il y retourna seul. Il n'avait envie de rien, mais avait fait une liste et y sélectionna deux livres, puis en acheta un autre qu'il remarqua par hasard. Il traitait l'Islande. Un livre d'aquarelles du XIXe siècle, peintes par une voyageuse.

Fiona n'avait jamais appris la langue de sa mère et n'avait jamais manifesté un grand respect pour les mythes qu'elle préservait, mythes que Grant avait enseignés et commentés dans ses écrits, au cours de sa vie active, et qu'il continuait à commenter. Elle faisait allusion à leurs héros comme le « vieux Njal » ou le « vieux Snorri ». Mais ces dernières années il lui était venu un intérêt pour le pays lui-même et elle compulsait les guides. Elle avait lu le compte rendu du voyage de William Morris et de celui d'Auden [1]. Elle ne projetait pas vraiment d'y aller, trouvant qu'il y faisait trop mauvais. Il devait y avoir, disait-elle également, un endroit

---

1. Wystan Hugh Auden (1907-1973) poète américain d'origine anglaise.

qui figurât dans vos pensées, vos connaissances et peut-être vos désirs, mais que vous ne parviendriez jamais à voir.

Lorsque Grant avait commencé d'enseigner les littératures anglo-saxonnes et scandinaves, ses cours étaient suivis par le genre d'étudiants habituel. Mais au bout de quelques années, il remarqua un changement. Des femmes mariées se remettaient aux études. Sans l'idée de se qualifier pour un meilleur emploi ni même pour un emploi, mais simplement pour se permettre de penser à quelque chose de plus intéressant que le ménage et les passe-temps. Pour enrichir leur vie. Il s'ensuivait peut-être naturellement que les hommes qui enseignaient ces choses participeraient de l'enrichissement, que ces hommes paraîtraient à ces femmes plus mystérieux et désirables que ceux à qui elles faisaient encore la cuisine et l'amour.

Les études choisies étaient en général la psychologie, l'histoire des cultures ou la littérature anglaise. L'archéologie ou la linguistique étaient parfois choisies mais abandonnées quand elles se révélaient ardues. Celles qui s'inscrivaient aux cours de Grant pouvaient avoir une ascendance scandinave, comme Fiona, ou avaient pu glaner des éléments de mythologie scandinave grâce à Wagner ou aux romans historiques. Quelques-unes pensaient également qu'il enseignait une langue celte : pour elles tout ce qui était celte recelait une séduction mystique.

À de telles aspirantes, il s'adressait avec une certaine rudesse, de son côté de la table.

« Si vous voulez apprendre une jolie langue, allez apprendre l'espagnol. Vous pourrez ainsi l'utiliser si vous voyagez au Mexique. »

Certaines écoutaient son avertissement et s'éloignaient. D'autres semblaient personnellement émues par son ton exigeant. Elles travaillaient avec ardeur et apportaient dans son bureau, dans sa vie réglée et satisfaisante, le grand éclat surprenant de leur acquiescement de femmes mûres, le frémissement de leur espoir d'approbation.

Il élit celle qui s'appelait Jacqui Adams. C'était le contraire de Fiona : petite, replète, aux yeux noirs, démonstrative. Ne connaissant pas l'ironie. La liaison dura un an, jusqu'à ce que son mari fût nommé ailleurs. Pendant qu'ils se disaient adieu, dans la voiture de Jacqui, elle fut saisie de tremblements incoercibles, comme si elle souffrait d'hypothermie. Elle lui écrivit un certain nombre de fois, mais il jugea surexcité le ton de ses lettres et ne trouva pas quelle réponse donner. Il laissa échapper le moment de répondre tandis que de façon magique et inattendue, il s'éprenait d'une personne ayant l'âge d'être la fille de Jacqui.

Car pendant qu'il s'occupait de Jacqui, il s'était produit un autre fait nouveau, étourdissant. Des jeunes filles aux cheveux longs et chaussées de sandales entraient dans son bureau et lui faisaient pratiquement savoir qu'elles étaient prêtes à coucher avec lui. Les entrées en matière prudentes, les signes tendres d'émotion requis avec Jacqui s'étaient volatilisés. Une tornade s'abattit sur lui, comme sur tant d'autres, le souhait se réalisant d'une façon qui l'amena à se demander s'il ne manquait pas quelque chose. Mais qui avait du temps pour les regrets ? Il entendait parler de liaisons simultanées, de rencontres sauvages et hasardeuses. Des scandales éclataient au grand jour, entraînant de grands drames douloureux pour tous mais avec le sentiment qu'il valait mieux qu'il en soit ainsi. Il y eut des représailles, il y eut des licenciements. Mais ceux qui étaient licenciés partaient enseigner dans des universités plus petites, plus tolérantes ou des centres d'enseignement par correspondance, et beaucoup d'épouses délaissées se remirent du choc et adoptèrent les tenues et la nonchalance sexuelle des femmes qui avaient séduit leur mari. Les réceptions universitaires, autrefois si prévisibles, se transformèrent en champs de mines. Une épidémie s'était déclarée, elle se répandait comme la grippe espagnole. Seulement cette fois, on courait après la contagion et peu de gens entre seize et soixante ans semblaient prêts à se laisser exclure.

Fiona, toutefois, semblait tout à fait prête. Sa mère se mourait et son expérience à l'hôpital la fit passer de son travail de routine au secrétariat à son nouveau poste. Grant lui-même ne se laissa pas emporter, tout au moins en comparaison avec certains de son entourage. Il ne permit jamais à aucune femme de se rapprocher de lui comme Jacqui l'avait fait. Ce qu'il éprouva était surtout un accroissement immense de son bien-être. Une tendance à l'embonpoint qu'il avait depuis l'âge de douze ans disparut. Il montait les marches quatre à quatre. Il appréciait comme jamais auparavant un spectacle superbe de nuages déchirés et de couchant hivernal vus depuis la fenêtre de son bureau, le charme de la lumière de lampes anciennes passant entre les rideaux du séjour de ses voisins, les cris d'enfants dans le parc au crépuscule, peu disposés à quitter la colline où ils faisaient du toboggan. L'été venu, il apprenait le nom des fleurs. Dans sa salle de cours, après avoir été conseillé par sa belle-mère presque aphone (elle souffrait d'un cancer de la gorge) il se hasardait à réciter puis à traduire l'ode majestueuse et sanglante, la rançon capitale, le *Hofuolausn*, composé en honneur du roi Eric à la Hache sanglante par le *scalde*[1] que ce roi avait condamné à mort. (Et qui fut alors libéré, par ce même roi et par le pouvoir de la poésie.) Tous applaudirent, même les militants pacifistes qu'il avait raillés joyeusement au début du cours en leur proposant d'attendre dans le hall. C'est en rentrant chez lui, ce jour-là ou un autre, qu'il s'aperçut qu'une citation absurde et blasphématoire lui trottait dans la tête.

> *Ainsi crût-il en sagesse, en stature*
> *Et dans la faveur de Dieu et des hommes.*

À l'époque cela l'avait gêné et avait provoqué en lui un frisson superstitieux. C'était encore le cas. Mais du moment que personne ne le savait, cela ne paraissait pas affecté.

Il emporta le livre lors de la visite suivante au Pré du lac. C'était un mercredi. Il chercha Fiona aux tables de jeu et ne la trouva pas.
Une femme le héla. « Elle n'est pas ici. Elle est malade. » Elle avait une voix suffisante et excitée, contente d'elle parce qu'elle l'avait reconnu alors qu'il ne savait rien d'elle.

---

1. Poète de cour.

Peut-être satisfaite aussi de tout ce qu'elle savait sur Fiona, sur la vie de Fiona dans ce lieu, pensant que c'était sans doute plus que lui n'en savait.

« Il n'est pas ici non plus », ajouta-t-elle.

Grant alla trouver Kristy.

« De rien, vraiment, dit-elle quand il demanda de quoi souffrait Fiona. Elle passe juste la journée au lit aujourd'hui, un petit dérangement, c'est tout. »

Fiona était assise redressée dans le lit. Il n'avait pas remarqué, les rares fois où il était entré dans cette chambre, que c'était un lit médicalisé qui pouvait se lever de cette façon. Elle portait une de ses chemises de nuit virginales, à encolure montante, et la pâleur de son visage n'évoquait pas les fleurs de cerisier mais une pâte à pain.

Aubrey se trouvait à côté d'elle dans son fauteuil roulant, poussé aussi près du lit qu'il pouvait l'être. Au lieu des chemises quelconques à col ouvert qu'il portait habituellement, il arborait un veston et une cravate. Son chapeau coquet en tweed était posé sur le lit. On avait l'impression qu'il était sorti vaquer à une affaire importante.

Voir son notaire ? Son banquier ? Prendre des dispositions avec le directeur des pompes funèbres ?

Quoiqu'il eût fait, cela l'avait apparemment épuisé. Lui aussi était blême.

Ils levèrent tous deux les yeux vers Grant avec une appréhension glacée, accablée de douleur qui se transforma en soulagement, sinon en bienvenue, lorsqu'ils virent qui il était.

Pas la personne qu'ils croyaient.

Ils se tenaient par la main et ne lâchèrent pas prise.

Le chapeau sur le lit. Le veston et la cravate.

Ce n'est pas qu'Aubrey était sorti. La question n'était pas de savoir où il était allé ou qui il était allé voir. Le problème était où il allait.

Grant posa le livre à côté de la main libre de Fiona.

« C'est sur l'Islande, dit-il. J'ai pensé que tu serais contente de le regarder.

– Oh, merci. » Fiona ne regarda pas le livre. Elle posa la main dessus.

« L'Islande, insista-t-il.

– Is-lande. » La première syllabe réussit à retenir une ombre d'intérêt, mais la seconde tomba à plat. De toute façon, il fallait qu'elle fasse porter son attention de nouveau sur Aubrey, qui retirait sa grande main épaisse de la sienne.

« Qu'y a-t-il ? dit-elle. Qu'y a-t-il, mon cœur ? »

Grant ne l'avait jamais entendue employer cette expression fleurie.

« Oh, d'accord. Voilà. » Et elle tira une poignée de mouchoirs en papier de la boîte à côté de son lit.

Le problème d'Aubrey était qu'il s'était mis à pleurer. Elle se serait occupée de son nez et aurait essuyé ses larmes : s'ils avaient été seuls il l'aurait peut-être laissé faire. Mais Grant étant là, Aubrey ne voulut pas le permettre. Il prit le Kleenex du mieux qu'il pouvait et fit quelques gestes maladroits mais heureux en direction de sa figure.

Pendant qu'il était occupé, Fiona se tourna vers Grant.

« Est-ce que par hasard vous auriez de l'influence ici ? chuchota-t-elle. Je vous ai vu leur parler... »

Aubrey fit un bruit de protestation, de lassitude ou de dégoût. Puis le haut de son corps bascula en avant comme s'il voulait se jeter contre elle. Elle sortit à moitié du lit, l'attrapa et le tint fermement. Grant pensa qu'il n'était pas convenable de l'aider, bien qu'il l'eût fait évidemment s'il avait pensé qu'Aubrey était sur le point de tomber par terre.

« Chut, disait Fiona. Oh, chéri. Chut. Nous nous verrons. Il le faut. J'irai te voir. Tu viendras me voir. »

Aubrey refit le même bruit, le visage enfoui dans la poitrine de Fiona et Grant ne put décemment rien faire d'autre que sortir de la pièce.

« Je voudrais que sa femme se dépêche d'arriver, dit Kristy. Je voudrais qu'elle le sorte d'ici pour en finir avec l'angoisse. Il faut qu'on commence à servir le dîner bientôt et comment est-ce que nous allons lui faire avaler quoi que ce soit avec Aubrey encore dans les parages ?

– Devrais-je rester ? demanda Grant.

– Pour quoi faire ? Elle est pas malade, vous savez.

– Pour lui tenir compagnie. »

Kristy fit non de la tête.

« Il faut qu'ils se remettent de leurs émotions tout seuls. D'habitude ils ont la mémoire courte. Ce n'est pas toujours mauvais. »

Kristy n'avait pas le cœur dur. Depuis qu'il avait fait sa connaissance, Grant avait appris des détails de sa vie. Elle avait quatre enfants. Elle ne savait pas où se trouvait son mari mais pensait qu'il était peut-être en Alberta. L'asthme de son plus jeune fils était si grave qu'il serait mort une nuit de janvier si elle ne l'avait pas conduit aux urgences à temps. Il ne prenait pas de drogues illégales mais pour son frère, elle n'était pas si sûre.

À ses yeux, Grant, Fiona et même Aubrey devaient sembler chanceux. Ils avaient traversé la vie sans trop d'embûches. Ce qu'ils devaient subir maintenant qu'ils étaient vieux comptait à peine.

Grant partit sans retourner dans la chambre de Fiona. Il remarqua que le vent était réellement chaud ce jour-là et que les corneilles faisaient un grand vacarme. Sur le parking une femme en tailleur-pantalon écossais sortait un fauteuil roulant pliant du coffre de sa voiture.

La rue qu'il longeait s'appelait Black Hawks Lane. Toutes les rues environnantes portaient les noms des équipes de l'ancienne ligue nationale de hockey. C'était un secteur à la périphérie de la ville, proche du Pré du lac. Fiona et lui y faisaient souvent leurs courses mais ils n'avaient appris à connaître aucun quartier sauf la rue principale.

Les maisons semblaient toutes avoir été construites à la même époque, trente ou quarante ans auparavant. Les rues étaient larges, curvilignes, sans trottoirs, rappelant l'époque où il semblait improbable que quiconque circule encore beaucoup à pied. Des amis de Grant et Fiona étaient venus habiter des endroits semblables quand ils commencèrent d'avoir des enfants. Ils s'en excusaient au début. Ils appelaient cela « s'installer dans les Hectares Barbecue ».

De jeunes familles y vivaient encore. Il y avait des paniers de basket au-dessus des portes de garage et des tricycles dans les allées. Mais certaines des maisons avaient décliné, s'éloignant du genre de maison de famille qu'elles étaient assurément censées être. Les jardins portaient des traces de roues de voiture, les fenêtres étaient couvertes de feuilles d'aluminium ou décorées de drapeaux fanés.

Des logements locatifs. De jeunes locataires masculins, encore célibataires, ou de nouveau célibataires.

Quelques lieux semblaient avoir été entretenus aussi soigneusement que possible, par les gens qui s'y étaient installés quand ils étaient neufs, des gens qui n'avaient pas eu les moyens ou n'avaient peut-être pas éprouvé le besoin d'aller vers un endroit plus reluisant. Des arbustes avaient atteint la maturité, des parois en vinyle couleur pastel avaient réglé le problème du ravalement. Des clôtures ou des haies soignées indiquaient que les enfants dans ces maisons étaient tous adultes et partis, et que leurs parents ne voyaient plus l'intérêt d'avoir un jardin lieu de passage pour les enfants nouvellement arrivés, en liberté dans le voisinage.

La maison inscrite dans l'annuaire du téléphone sous le nom d'Aubrey et de sa femme était l'une de celles-ci. L'allée centrale était pavée de dalles et bordée de jacinthes aussi raides que des fleurs de porcelaine, tour à tour bleues et roses.

Fiona ne s'était pas consolée. Elle ne mangeait pas, quoiqu'elle fît semblant, cachant la nourriture dans sa serviette de table. On lui donnait un aliment liquide complémentaire deux fois par jour : quelqu'un restait et la regardait l'avaler. Elle se levait et s'habillait seule, mais elle ne voulait rien faire d'autre que rester assise dans sa chambre. Elle n'aurait fait aucun exercice si Kristy ou une autre infirmière, ainsi que Grant aux heures de visite, ne l'avaient pas forcée à arpenter les couloirs ou à sortir.

Assise au soleil printanier sur un banc près du mur, elle pleurait doucement. Elle était encore polie, priant que l'on excuse ses larmes, ne réfutant jamais une suggestion ni refusant de répondre à une question. Mais elle pleurait. Les larmes avaient rougi et éteint ses yeux. Son cardigan, si c'était le sien, était mal boutonné. Elle n'avait pas atteint le stade de ne pas se brosser les cheveux ou les ongles, mais il pourrait arriver bientôt.

Kristy dit que ses muscles se détérioraient et que si elle ne faisait pas de progrès rapidement, ils lui donneraient un déambulateur.

« Seulement vous savez, une fois qu'ils en ont un ils commencent à en dépendre et ils ne marchent jamais plus beaucoup, ils ne font qu'aller là où ils doivent aller. »

« Il faudra que vous la forciez plus, dit-elle à Grant. Essayez de l'encourager. »

Mais Grant n'eut aucun succès. Fiona semblait l'avoir pris en grippe, bien qu'elle tentât de le cacher. Il lui rappelait peut-être, chaque fois qu'elle le voyait, ses dernières minutes avec Aubrey où elle l'avait appelé à l'aide et où il ne l'avait pas aidée.

Il ne voyait pas vraiment l'intérêt d'évoquer leur mariage maintenant.

Elle ne voulait pas traverser le hall où la plupart des mêmes personnes jouaient encore aux cartes. Elle ne voulait pas non plus entrer dans la salle de télévision ou visiter le jardin d'hiver.

Elle expliqua qu'elle n'aimait pas le grand écran, qui lui faisait mal aux yeux. Le bruit des oiseaux était irritant et elle aurait voulu qu'on arrête la fontaine de temps à autre.

Pour autant que Grant sache, elle ne regardait jamais le livre sur l'Islande ni aucun des autres, peu nombreux – fait surprenant – qu'elle avait apportés de la maison. Il y avait une salle de lecture où elle s'asseyait pour se reposer, la choisissant probablement parce qu'elle était en général vide. S'il prenait un livre sur les rayons, elle l'autorisait à le lui lire. Il la soupçonnait de le faire parce que cela lui rendait sa compagnie plus supportable, elle pouvait fermer les yeux et se renfoncer dans son chagrin. Parce que si elle lâchait son chagrin ne serait-ce qu'une minute, il la frappait d'autant plus fort quand elle s'y heurtait de nouveau. Et il se disait parfois qu'elle fermait les yeux pour cacher un air de désespoir qui lui ferait mal à voir.

Alors il restait là et lui lisait des passages d'un de ces vieux romans sur les amours chastes, les fortunes perdues et regagnées, qui étaient peut-être les restes d'une bibliothèque de village ou d'une école du dimanche depuis longtemps disparues. On n'avait apparemment fait aucune tentative pour maintenir le contenu de la salle de lecture au même niveau de modernité que le reste du bâtiment.

Les couvertures des livres étaient douces, presque veloutées, avec des impressions de feuilles et de fleurs si bien qu'elles ressemblaient à des coffrets à bijoux ou à chocolats. Que des femmes – il supposait que ce seraient des femmes – pourraient emporter chez elles comme un trésor.

La surveillante le convoqua dans son bureau. Elle lui déclara que Fiona ne prospérait pas comme ils l'avaient espéré.

« Elle perd du poids même avec le complément alimentaire. Nous faisons tout ce que nous pouvons pour elle. »

Grant dit qu'il s'en rendait compte.

« Le problème, c'est – je suis sûre que vous le savez – que nous n'assurons aucun soin aux malades alités au rez-de-chaussée. Nous le faisons temporairement si quelqu'un ne se sent pas bien, mais s'ils deviennent trop faibles pour se déplacer et être autonomes, il faudra songer au premier étage. »

Il dit qu'il ne pensait pas que Fiona avait été alitée si souvent que ça.

« Non. Mais si elle perd ses forces, elle le sera. Elle se trouve déjà à la limite. »

Il dit qu'il croyait que le premier était pour les gens dont l'esprit était dérangé.

« Cela aussi », confirma-t-elle.

Il n'avait aucun souvenir de la femme d'Aubrey sauf du tailleur écossais qu'elle portait sur le parking. Les pans de la veste s'étaient ouverts lorsqu'elle s'était penchée dans le coffre de la voiture. Il avait eu une impression de taille fine et de fesses amples.

Elle ne portait pas le tailleur écossais aujourd'hui. Un pantalon marron à ceinture et un tricot rose. Il avait raison pour la taille : la ceinture serrée montrait qu'elle en faisait un point d'honneur. Il eût peut-être été préférable qu'elle ne le fît pas, car elle était très ballonnée au-dessus et au-dessous.

Elle avait sans doute dix ou douze ans de moins que son mari. Ses cheveux étaient courts, bouclés, d'un roux artificiel. Elle avait les yeux bleus – un bleu plus clair que ceux de Fiona, teinte plate d'œuf de rouge-gorge ou bleu turquoise – qu'une légère bouffissure bridait. Un bon nombre de rides également, que faisait ressortir un fond de teint couleur noyer. Ou était-ce son hâle de Floride ?

Il expliqua qu'il ne savait pas vraiment comment se présenter.

« Je voyais votre mari au Pré du lac. J'y fais des visites régulières.

– Oui, dit l'épouse d'Aubrey, avec un mouvement agressif du menton.

– Comment va votre mari maintenant ? »

Le « maintenant » avait été ajouté au dernier instant. Normalement, il aurait dit : « Comment va votre mari ? »

« Ça va.

– Ma femme et lui sont devenus amis intimes.

– C'est ce qu'on m'a dit.

– Voilà. Je voulais vous parler de quelque chose si vous m'accordez une minute.

– Mon mari n'a pas essayé d'entreprendre quoi que ce soit avec votre femme, si c'est ce que vous suggérez. Il ne l'a importunée d'aucune manière. Il n'en est pas capable et il ne le ferait pas de toute façon. D'après ce qu'on m'a dit, c'était plutôt dans l'autre sens.

– Non. Il n'est pas question de ça du tout. Je ne suis pas venu ici pour me plaindre de quoi que ce soit.

– Oh, eh bien je suis désolée. J'ai cru que c'était ce que vous faisiez. »

C'était tout ce qu'elle allait proposer en guise d'excuses. Et elle ne paraissait pas désolée. Elle paraissait déçue et confuse.

« Vous feriez mieux d'entrer, alors, dit-elle. Il passe un vent froid par la porte. Il ne fait pas aussi chaud dehors aujourd'hui qu'on le croirait. »

C'était presque une victoire pour lui de parvenir à l'intérieur. Il ne s'était pas rendu compte que ce serait aussi difficile. Il s'était attendu à une autre sorte d'épouse. Une femme casanière, troublée, heureuse d'une visite inattendue et flattée par un ton confidentiel.

Elle le fit passer devant l'entrée du séjour en disant : « Il faut que nous nous asseyions à la cuisine, où j'entends Aubrey. » Grant aperçut deux couches de rideaux de fenêtre de façade, bleues toutes deux, une très fine et l'autre soyeuse, un canapé bleu assorti, un tapis d'une pâleur intimidante, divers miroirs et bibelots éclatants.

Fiona avait un mot pour désigner ce genre de rideaux à embrasses : elle l'utilisait sur le mode plaisant bien que les femmes qui le lui avaient soufflé l'utilisent sérieusement. Toute pièce aménagée par Fiona était nue et lumineuse : elle aurait été étonnée de voir tant d'objets luxueux accumulés dans un espace si réduit. Il ne se rappelait pas le mot.

D'une pièce qui donnait sur la cuisine – un genre de solarium, bien que les stores fussent baissés pour se protéger de la lumière vive de l'après-midi – il entendait les bruits de la télévision.

Aubrey. La réponse aux prières de Fiona était assise à quelques mètres, en train de regarder ce qui, à l'entendre, devait être un match de base-ball. Sa femme passa la tête pour le regarder. « Ça va, toi ? » demanda-t-elle et elle laissa la porte entrebâillée.

« Vous pourriez aussi bien prendre une tasse de café, dit-elle à Grant.

– Merci, répondit-il.

– Mon fils l'a abonné à la chaîne du sport il y a un an à Noël, je ne sais pas ce que nous ferions sans cela. »

Sur les comptoirs de la cuisine toutes sortes d'ustensiles et d'appareils ménagers étaient disposés : machine à café, mixer, aiguisoir à couteaux et des objets dont Grant ignorait le nom et l'utilisation. Ils avaient tous l'air neuf et coûteux, comme s'ils venaient d'être sortis de leur emballage ou étaient astiqués quotidiennement.

Il pensa que ce serait peut-être une bonne idée de les admirer. Il admira la machine à café dont elle se servait et déclara que Fiona et lui avaient toujours eu l'intention d'en acheter une. C'était totalement faux : Fiona avait été attachée à une invention européenne qui ne faisait que deux tasses à la fois.

« Ils nous l'ont donnée, dit-elle. Mon fils et sa femme. Ils habitent Kamloops, en Colombie britannique. Ils nous envoient plus de choses que nous n'en avons l'usage. Ça ne serait pas plus mal s'ils dépensaient l'argent pour venir nous voir à la place.

– Je suppose qu'ils sont pris par leurs vies personnelles, commenta Grant avec philosophie.

– Ils n'étaient pas trop pris pour aller à Hawaï l'hiver dernier. Ça se comprendrait si nous avions quelqu'un d'autre de la famille à portée de main. Mais lui, c'est le seul. »

Le café étant prêt, elle le versa dans deux mugs en céramique marron et verte qu'elle décrocha des branches en céramique amputées d'un tronc d'arbre également en céramique installé sur la table.

« Les gens arrivent à se sentir bien seuls », dit Grant. Il pensait pouvoir saisir l'occasion maintenant. « S'ils sont privés de voir une personne à laquelle ils sont attachés, ils sont vraiment tristes. Fiona, par exemple. Ma femme.

– Il m'avait semblé que vous alliez la voir ?

– J'y vais, mais ce n'est pas le problème. »

Il se lança alors, soumettant la requête qui était le but de son déplacement. Pouvait-elle envisager de ramener Aubrey au Pré du lac un jour par semaine, mettons, en visite ? Le trajet était de quelques kilomètres seulement, cela ne se révélerait sûrement pas trop pénible. Ou bien, si elle était heureuse d'avoir des loisirs – Grant n'y avait pas pensé auparavant et fut assez navré de s'entendre le suggérer – alors c'est lui qui pourrait emmener Aubrey là-bas, cela ne l'ennuierait pas du tout. Il était certain de pouvoir y arriver. Et elle bénéficierait d'un peu de tranquillité.

Pendant qu'il parlait, elle bougeait ses lèvres closes et sa langue cachée, comme si elle essayait d'identifier un goût douteux. Elle apporta du lait pour le café de Grant et une assiette de cookies au gingembre.

« Faits maison », annonça-t-elle en posant l'assiette. Son ton exprimait plutôt le défi que l'hospitalité. Elle ne dit rien de plus avant de s'asseoir, de verser du lait dans son café et de le remuer.

Puis elle dit non.

« Non. Je ne peux pas faire ça. Pour la bonne raison que je ne veux pas le perturber.

– Est-ce que cela le perturberait ? demanda Grant avec sérieux.

– Oui, il serait perturbé. Il le serait. Ce ne sont pas des choses à faire. Le ramener chez lui et le remmener, cela ne ferait que l'embrouiller.

– Mais ne pourrait-il comprendre que c'est seulement une visite ? Ne serait-il pas capable de saisir le concept ?

– Il comprend tout parfaitement. » Elle le dit comme s'il avait insulté Aubrey. « Mais ce serait quand même une interruption. Puis il faudrait que je le prépare, que je l'embarque dans la voiture, c'est un homme corpulent, moins facile à manipuler que vous ne le croiriez. Il faudrait que je le fasse entrer dans la voiture, que je mette son fauteuil dans le coffre et tout, à quoi ça servirait ? Si c'est pour me donner tout ce mal, j'aimerais mieux le conduire dans un endroit plus distrayant.

– Mais même si j'étais prêt à le faire ? demanda Grant, en conservant un ton optimiste et raisonnable. C'est vrai, vous ne seriez pas mise à contribution.

– Vous ne pourriez pas, dit-elle catégoriquement. Vous ne le connaissez pas. Vous ne sauriez pas vous y prendre avec lui. Il ne supporterait pas que vous vous en occupiez. Tout ce tracas et qu'est-ce que ça lui rapporterait ? »

Grant pensa qu'il valait mieux ne pas évoquer Fiona de nouveau.

« Ce serait plus logique de l'emmener au centre commercial, indiqua-t-elle. Où il verrait des gosses et tout le reste. Si ça ne le rendait pas malheureux de penser à ses deux petits-fils qu'il ne voit jamais. Ou bien, maintenant que les bateaux commencent à naviguer de nouveau sur le lac, ça pourrait lui redonner du tonus d'aller les regarder. »

Elle se leva pour prendre ses cigarettes et son briquet sur la fenêtre au-dessus de l'évier.

« Vous fumez ? » demanda-t-elle.

Il répondit non merci, sans savoir si on lui proposait une cigarette.

« Vous n'avez jamais fumé ? Ou bien vous vous êtes arrêté ?

– Arrêté.

– Depuis combien de temps ? »

Il réfléchit.

« Trente ans. Non, plus que ça. »

Il avait décidé de s'arrêter vers le début de sa liaison avec Jacqui. Mais il ne pouvait pas se rappeler s'il s'était arrêté avant, en pensant qu'il recevrait une grande récompense pour cette décision, ou bien s'il s'était dit que le moment de s'arrêter était venu, maintenant qu'il jouissait d'une diversion aussi puissante.

« J'ai arrêté d'arrêter, dit-elle en allumant sa cigarette. J'ai juste pris la résolution d'arrêter d'arrêter, c'est tout. »

Là gisait peut-être la raison des rides. Quelqu'un, une femme, lui avait dit que les femmes qui fumaient contractaient une série particulière de rides faciales fines. Mais elles pouvaient être causées par le soleil, ou simplement la nature de sa peau : son cou était nettement ridé aussi. Cou ridé, seins d'une rondeur et d'une fermeté juvéniles. Les femmes de son âge présentaient habituellement ces contradictions. Les bons et les mauvais aspects, la chance génétique ou son manque, le tout mélangé. Rares étaient celles, comme Fiona, qui conservaient l'intégralité de leur beauté, quoique fantomatique.

Ce qui n'était peut-être même pas vrai. Il le pensait peut-être parce qu'il avait connu Fiona quand elle était jeune. Pour avoir cette impression, il fallait peut-être avoir connu une femme quand elle était jeune.

Alors quand Aubrey regardait son épouse, voyait-il une lycéenne pleine de mépris et d'insolence, dont les yeux couleur d'œuf de rouge-gorge étaient bridés de façon séduisante, serrant entre ses lèvres charnues une cigarette interdite ?

« Alors votre femme est déprimée ? demanda l'épouse d'Aubrey. Comment s'appelle-t-elle ? J'ai oublié.
– Fiona.
– Fiona. Et vous ? Je ne pense pas qu'on me l'ait dit.
– Grant. »
De manière inattendue, elle tendit la main au-dessus de la table.
« Salut Grant. Moi c'est Marian.
– Alors, maintenant que chacun connaît le nom de l'autre, déclara-t-elle, je ne vois pas l'intérêt de ne pas vous dire franchement ce que je pense. Je ne sais pas s'il est encore si chaud pour voir votre – pour voir Fiona. Ou pas. Je ne le lui demande pas et il ne me le dit pas. C'était peut-être une passade. Mais je n'ai pas envie de le remmener là-bas au cas où ça s'avérerait plus que ça, je ne peux pas me permettre de le risquer. Je ne veux pas qu'il devienne difficile à prendre en main, je ne veux pas qu'il ait de la peine et fasse des histoires. J'en ai déjà assez sur les bras à cause de lui comme ça. Je n'ai pas d'aide. Il n'y a que moi ici. C'est moi qui fais tout.
– Avez-vous jamais songé – c'est vraiment éprouvant pour vous – avez-vous jamais songé à le mettre là-bas pour de bon ? »
Il avait pratiquement réduit sa voix à un chuchotement, mais elle ne sembla pas ressentir le besoin de baisser la sienne.
« Non, dit-elle. Je le garde ici.
– Eh bien, c'est très généreux et noble de votre part. »
Il espérait que le mot « noble » n'avait pas semblé sarcastique. Il n'avait pas l'intention qu'il le fût.
« C'est ce que vous croyez ? dit-elle. Noble n'est pas ce à quoi je pense.
– Pourtant, ce n'est pas facile.
– Non, ça ne l'est pas. Mais dans les circonstances où je me trouve, je n'ai pas tellement le choix. Si je le mets là je n'ai pas les moyens de payer, à moins de vendre la maison. La maison, c'est tout ce que nous possédons. Sinon je n'ai rien comme ressources. Je touche ma retraite l'année prochaine, alors j'aurai sa pension et la mienne, mais même

ainsi je ne pourrai pas me permettre de le laisser là-bas et de conserver la maison. Or elle signifie beaucoup pour moi, cette maison.

— Elle est très jolie.
— Eh bien, elle est agréable. J'y ai beaucoup contribué. Pour la mettre en état et l'entretenir.
— Je suis sûr que vous l'avez fait. Que vous le faites.
— Je ne veux pas y renoncer.
— Non.
— Je ne *vais* pas y renoncer.
— Je comprends votre point de vue.
— La boîte nous a laissés en plan. Je ne connais pas tous les tenants et aboutissants du problème, mais en fait, il s'est fait virer. Pour finir, ils ont dit que c'était lui qui leur devait de l'argent et quand j'ai essayé de connaître le fin mot de l'histoire, il m'a dit que ça ne me regardait pas. À mon avis, il a fait quelque chose de plutôt bête. Mais je ne suis pas censée poser de questions, alors je la boucle. Vous avez été marié. Vous êtes marié. Vous savez ce qu'il en est. C'est au moment où j'étais en train de tirer cette histoire au clair que nous avons dû faire ce voyage prévu de longue date avec ces gens sans pouvoir l'annuler. Au cours du voyage, voilà qu'il attrape ce virus dont personne n'a jamais entendu parler et tombe dans le coma. Ce qui le tire *lui* du mauvais pas.
— Pas de chance.
— Je ne veux pas dire exactement qu'il est tombé malade exprès. C'est arrivé, point. Il ne m'en veut plus et je ne lui en veux pas. C'est la vie.
— C'est vrai.
— La vie compte plus que tout. »

Elle passa la langue sur sa lèvre supérieure à la façon efficace d'un chat, pour attraper les miettes de cookie. « À m'entendre on dirait tout à fait une philosophe, hein ? Ils m'on raconté là-bas que vous aviez été professeur d'université.

— Il y a pas mal de temps.
— Moi je ne suis pas très intellectuelle.
— Je ne sais pas à quel point je le suis, moi non plus.

– Mais je connais le moment où j'ai pris une décision. Et je l'ai prise. Je ne vais pas abandonner la maison. Ce qui signifie que je le garde ici et que je ne veux pas qu'il se mette en tête d'aller ailleurs. C'était probablement une erreur de le mettre là pour pouvoir m'en aller, mais je n'allais pas avoir d'autre occasion, alors je l'ai saisie. Maintenant je suis plus avertie. »

Elle agita le paquet de cigarettes pour en prendre une autre.

« Je parie que je sais ce que vous pensez, dit-elle. Vous pensez, voilà une mercenaire.

– Je ne porte aucun jugement de ce genre. C'est votre vie.

– Et comment. »

Il se dit qu'ils devraient conclure sur un ton plus neutre. Alors il lui demanda si son mari avait travaillé dans une quincaillerie l'été, quand il était à l'université.

« Je n'en ai jamais entendu parler, répondit-elle. Je n'ai pas grandi ici. »

Sur le chemin du retour, il remarqua que le vallon marécageux qui avait été rempli de neige et des ombres des arbres tirées au cordeau était maintenant éclairé par des arums symplocarpus. Leurs feuilles fraîches, d'aspect comestible, étaient de la taille de plats. Les fleurs montaient droites comme des flammes de bougies, et il y en avait tant, d'un jaune si pur, qu'ils projetaient une lumière depuis la terre par ce jour nuageux. Fiona lui avait dit qu'ils produisaient aussi une chaleur propre. En farfouillant dans l'une de ses poches d'information cachées, elle avait dit que l'on devait pouvoir glisser la main dans l'un des pétales enroulés et sentir la chaleur. Elle avait essayé, mais ne pouvait pas affirmer que ce qu'elle avait senti était de la chaleur ou bien son imagination. La chaleur attirait les insectes.

« La nature ne s'amuse pas à être simplement décorative. »

Il avait échoué auprès de la femme d'Aubrey, Marian. Il s'y était attendu, mais n'avait prévu en rien pour quelle raison il échouerait. Il avait pensé n'être en butte qu'à la jalousie sexuelle naturelle d'une femme, ou à son ressentiment, les restes tenaces de sa jalousie sexuelle.

Il ne s'était fait aucune idée de la façon dont elle verrait les choses. Pourtant, d'une manière déprimante, la conversation lui avait paru familière, parce qu'elle lui rappelait des conversations qu'il avait eues avec des membres de sa propre famille. Ses oncles, d'autres parents, même sa mère avaient pensé comme Marian. Ils croyaient que lorsque les autres ne raisonnaient pas ainsi, c'était parce qu'ils s'illusionnaient ; ils étaient devenus trop farfelus, ou stupides, à cause de leur vie facile et protégée ou de leur éducation. Ils avaient perdu le contact avec la réalité. Des gens instruits, littéraires, certains riches comme les beaux-parents socialistes de Grant avaient perdu le contact avec la réalité. En raison d'une chance imméritée ou d'une sottise innée. Dans le cas de Grant, se doutait-il, ils devaient croire que c'était les deux.

C'était certainement ainsi que Marian le verrait. Une personne sotte, bourrée de connaissances ennuyeuses et protégé par extraordinaire de la vérité sur la vie. Une personne qui n'avait pas à s'inquiéter des moyens de garder sa maison et pouvait aller et venir en méditant ses pensées compliquées. Libre de rêver aux beaux et généreux projets destinés, croyait-il, à rendre heureuse une autre personne.

Quel pauvre type, devait-elle penser en ce moment.

Se trouver confronté à une personne pareille le désespérait, l'exaspérait, le mettait finalement presque dans la désolation. Pourquoi ? Parce qu'il ne pouvait pas se sentir assuré de tenir bon contre cette personne ? Parce qu'il craignait qu'en fin de compte elle eût raison ? Fiona n'éprouverait aucune appréhension de cet ordre. Rien ne l'avait abattue, confinée, quand elle était jeune. Elle s'était amusée de son éducation, étant à même de trouver vieillots ses principes rigides.

Malgré tout, ils ont des arguments valables, ces gens. (Il s'entendait maintenant dans le feu d'une discussion avec quelqu'un. Fiona ?) Le champ visuel réduit présentait des avantages. Marian gérerait probablement bien une crise. Apte à la survie, capable de se procurer de la nourriture dans des conditions extrêmes et de s'emparer des chaussures d'un mort dans la rue.

Essayer de comprendre qui était Fiona avait toujours été frustrant. Cela pouvait ressembler à la poursuite d'un mirage. Non, comme vivre à l'intérieur d'un mirage. S'approcher de Marian présenterait un problème différent. Ce serait comme mordre dans un litchi. La chair avec sa séduction bizarrement artificielle, son goût et son parfum chimiques, le peu d'épaisseur autour de la graine allongée, le noyau.

Il aurait pu l'épouser. Quelle idée. Il aurait pu épouser une fille de ce genre. Elle aurait été suffisamment appétissante, avec ses seins superbes. Probablement aguicheuse. La façon travaillée dont elle déplaçait ses fesses sur la chaise de cuisine, sa moue, son air menaçant légèrement affecté, voilà ce qui subsistait de la vulgarité plus ou moins innocente d'une aguicheuse de province.

Elle avait dû nourrir quelques espoirs quand elle avait choisi Aubrey. Sa séduction, son emploi de représentant, ses espérances de devenir cadre. Elle avait dû croire qu'elle finirait plus à l'aise qu'elle ne l'était. Cela se passait souvent ainsi chez ces gens pragmatiques. En dépit de leurs calculs, de leur instinct de conservation, il leur arrivait de rester en deçà de ce qu'ils avaient tout à fait raisonnablement attendu. Cela devait sembler injuste.

La première chose qu'il vit dans la cuisine fut le clignotant du répondeur. Il pensa ce qu'il pensait toujours à présent. Fiona.

Il appuya sur le bouton avant d'enlever son manteau.

« Salut, Grant. J'espère que je tombe sur la bonne personne. Je viens de penser à quelque chose. Il y a un bal ce soir à la Légion, destiné aux célibataires du samedi soir, et je fais partie de la commission du souper, ce qui signifie que j'ai le droit d'amener un invité gratuitement. Alors je me suis demandé si ça vous dirait par hasard ? Rappelez-moi quand vous le pourrez. »

Une voix de femme donna un numéro local. Il y eut un bip ensuite et la même voix parla de nouveau.

« Je viens de me rendre compte que j'avais oublié de dire qui j'étais. Enfin, vous avez probablement reconnu la voix.

C'est Marian. Je ne suis pas encore tellement habituée à ces machines. Et je voulais aussi dire que je me rends compte que vous n'êtes pas célibataire et ce n'est pas comme ça que je l'entends. Moi non plus, mais ça ne fait pas de mal de sortir de temps en temps. De toute façon, maintenant que j'ai dit tout ça j'espère vraiment que c'est à vous que je parle. La voix me semblait bien être la vôtre. Si vous êtes intéressé vous pouvez me rappeler et si vous ne l'êtes pas, ne vous en donnez pas la peine. Je me suis juste dit que vous seriez peut-être content d'avoir une occasion de sortir. OK donc. Au revoir. »

Sa voix au répondeur était différente de la voix qu'il avait entendue peu de temps auparavant chez elle. Juste un peu différente dans le premier message, plus dans le second. Un frémissement nerveux là, une nonchalance voulue, une hâte d'en finir et une réticence à quitter.

Il lui était arrivé quelque chose. Mais quand était-ce arrivé ? Si ç'avait été immédiat, elle l'avait caché avec beaucoup de talent pendant tout le temps qu'il avait passé avec elle. Il était plus probable que cela avait été progressif, peut-être après son départ. Pas nécessairement comme un coup de foudre. Simplement en se rendant compte qu'il représentait un potentiel, un homme seul. Plus ou moins seul. Un potentiel qu'elle pourrait aussi bien tenter de mener à bien.

Mais elle avait eu le trac en faisant le premier pas. Elle s'était mise en danger. Jusqu'à quel point, il ne pouvait pas encore le savoir. En général la vulnérabilité d'une femme augmentait avec le temps, à mesure que la relation progressait. Tout ce que l'on pouvait dire au départ était que si elle pointait maintenant, elle s'accroîtrait ultérieurement.

Il avait éprouvé de la satisfaction – pourquoi le nier – à l'idée d'avoir suscité cela chez elle. D'avoir fait surgir comme un chatoiement, un flou à la surface de sa personnalité. D'avoir entendu dans ses voyelles largement ouvertes et susceptibles cette faible supplique.

Il sortit les œufs et les champignons pour se faire une omelette. Puis il pensa qu'il pourrait aussi bien se verser à boire.

Tout était possible. Était-ce vrai, tout était-il possible ? Par exemple, s'il le voulait, pourrait-il briser sa résistance, la faire parvenir au point où elle pourrait écouter son vœu de ramener Aubrey à Fiona ? Et pas simplement pour des visites, mais pour le reste de la vie d'Aubrey ? Où cet ébranlement pourrait-il les conduire ? À un bouleversement, à la fin de son instinct de conservation ? Au bonheur de Fiona ?

Ce serait un défi. Un défi et un exploit méritoire. S'il y pensait vraiment, il allait être obligé de réfléchir à ce qu'il adviendrait de Marian et lui une fois qu'il aurait apporté Aubrey à Fiona. Cela ne marcherait pas, à moins qu'il ne trouve plus de satisfaction qu'il ne prévoyait au sein de sa chair robuste.

On ne savait jamais exactement comment ce genre de chose tournait. On le savait presque, mais on ne pouvait jamais être certain.

Elle devait être assise chez elle maintenant, attendant son appel. Ou pas assise probablement. En train de faire des choses pour s'occuper. Elle donnait l'impression d'être une femme qui s'occupait constamment. Sa maison affichait assurément les bienfaits d'une attention incessante. Et il y avait Aubrey : les soins à lui apporter devaient se poursuivre comme d'habitude. Elle l'avait peut-être fait manger de bonne heure, ajustant ses repas à l'horaire du Pré du lac pour pouvoir l'installer pour la nuit plus tôt et se libérer de ses obligations de la journée envers lui. (Qu'en ferait-elle quand elle partirait au bal ? Pouvait-il rester seul ou prendrait-elle une garde ? Lui dirait-elle où elle allait, présentant son cavalier ? Son cavalier paierait-il la garde ?)

Elle avait peut-être nourri Aubrey pendant que Grant achetait les champignons et rentrait chez lui. Elle était peut-être en train de le préparer à se coucher. Mais pendant tout ce temps elle serait consciente du téléphone, du silence du téléphone. Elle avait peut-être calculé combien de temps il fallait à Grant pour rentrer à la maison. Son adresse dans l'annuaire lui aurait donné une vague idée d'où il habitait. Elle aurait calculé la durée, puis ajouté du temps pour des courses éventuelles pour le dîner (en supposant qu'un homme ferait ses courses quotidiennement). Puis encore du temps avant de se mettre à écouter ses messages. Et comme le silence persisterait, elle penserait à d'autres choses. D'autres courses qu'il avait pu être obligé de faire avant de rentrer. Ou une invitation à dîner, une réunion, qui signifiait qu'il ne rentrerait pas du tout à l'heure du repas.

Elle veillerait, en nettoyant les placards de la cuisine, en regardant la télévision, en se demandant s'il restait un espoir.

Quelle prétention de sa part. C'était par-dessus tout une femme de bon sens. Elle irait se coucher à l'heure normale en se disant qu'à le voir, il n'était probablement pas un bon danseur, de toute façon. Trop raide, trop professoral.

Il resta près du téléphone, à regarder des magazines, mais ne prit pas le combiné quand il sonna de nouveau.

« Grant. C'est Marian. J'étais au sous-sol en train de mettre la lessive dans le sèche-linge, j'ai entendu le téléphone et quand je suis remontée on avait raccroché. Alors j'ai pensé que je devrais dire que j'étais là. Si c'était vous et si vous étiez chez vous. Parce qu'évidemment je n'ai pas de répondeur alors vous ne pouviez pas laisser de message. Alors je voulais juste. Que vous le sachiez. Bye. »

Il était dix heures vingt-cinq.

Bye.

Il dirait qu'il venait de rentrer. Cela ne rimerait à rien de suggérer une vision de lui assis là, en train de soupeser le pour et le contre.

Draperie. Ce serait son mot pour les rideaux bleus, draperies. Et pourquoi pas ? Il pensa aux cookies au gingembre si parfaitement ronds qu'elle avait dû annoncer qu'ils étaient faits à la maison, les mugs en céramique sur leur arbre en céramique. Un chemin de couloir en plastique, il en était sûr, protégeant le tapis. Une précision et un sens pratique éblouissants, que sa mère n'avait jamais atteints mais qu'elle aurait admirés : était-ce pour cela qu'il ressentait cet élancement d'affection bizarre et peu fiable ? Ou était-ce parce qu'il s'était resservi encore deux verres après le premier ?

Le hâle couleur noyer – il pensait maintenant que c'était un hâle – de son visage et de son cou se poursuivrait très probablement entre ses seins, endroit qui serait profond, soyeux, odorant et chaud. C'est ce qui occupait ses pensées tandis qu'il composait le numéro qu'il avait déjà transcrit. Cela et la sensualité efficace de sa langue de chat. Ses yeux de pierre précieuse.

Fiona était dans sa chambre mais pas couchée. Elle était assise près de la fenêtre ouverte, vêtue d'une robe de saison mais bizarrement courte et éclatante. Par la fenêtre entrait le souffle chaud et entêtant de lilas en fleur ainsi que du fumier printanier épandu dans les champs.
Un livre ouvert était posé sur ses genoux.
« Regarde ce beau livre que j'ai trouvé, dit-elle, c'est sur l'Islande. Tu ne penserais pas qu'ils laisseraient des livres de prix traîner dans les chambres. Les gens qui séjournent ici ne sont pas nécessairement honnêtes. Et je crois qu'ils ont mélangé les vêtements. Je ne porte jamais de jaune. »
– Fiona...
– Tu as été absent longtemps. Avons-nous réglé la note ?
– Fiona, je t'ai amené une surprise. Tu te rappelles Aubrey ? »
Son regard devint fixe pendant un instant, comme si des vagues de vent étaient venues ébranler son visage. Son visage, sa tête, déchiquetant tout.
« Les noms m'échappent », répliqua-t-elle avec rudesse.
Puis son expression changea tandis qu'elle récupérait, péniblement, un peu de grâce badine. Elle posa le livre soigneusement, se leva et prit Grant dans ses bras. Sa peau ou son haleine diffusaient une vague odeur nouvelle, une odeur que Grant assimila à celle de fleurs coupées restées trop longtemps dans l'eau.
« Je suis contente de te voir, dit-elle en tirant les lobes de ses oreilles.
– Tu aurais pu simplement t'en aller. T'en aller sans aucun souci au monde en me délassant. Me lassant. Délaissant. »
Il gardait la tête appuyée contre ses cheveux blancs, son cuir chevelu rose, son crâne d'une si jolie forme.
« Pas question », dit-il.

Table des matières

Un peu, beaucoup… pas du tout 9
Le pont flottant 63
Les meubles de famille 95
Le réconfort 131
Les orties 167
Poutre et poteau 201
Ce dont on se souvient 233
Queenie 259
L'ours traversa la montagne..................................... 293

Collection de littérature étrangère

Harold Acton, Pivoines et Poneys
Felipe Alfau, Chromos
James Baldwin, La Chambre de Giovanni
La Conversion
Melissa Bank, Manuel de chasse et de pêche à l'usage des filles
Elizabeth Bowen, Dernier automne
Eva Trout
La Chaleur du jour
Paul Bowles, Le Scorpion
L'Écho
Un thé sur la montagne
Louis Buss, Le Luxe de l'exil
Robert Olen Butler, Un doux parfum d'exil
Étrange murmure
La Nuit close de Saigon
La Fille d'Hô Chi Minh-Ville
Mr Spaceman
Peter Cameron, Week-end
Année bissextile
Andorra
Là-bas
Truman Capote, Un été indien
Entretiens
Bernardo Carvalho, Aberration
Les Ivrognes et les Somnambules
Les Initiales
Raymond Carver, Les Trois Roses jaunes
Willa Cather, L'Un des nôtres
La Maison du professeur
Daniel Chavarría, Madrid, cette année-là
Piero Chiara, D'une maison l'autre, la vie
Rafael Chirbes, Tableau de chasse
La Belle Écriture
La Longue Marche
Mimoun
La Chute de Madrid
Fausta Cialente, Les Quatre Filles Wieselberger

Stephan Collishaw, La Dernière Femme de ma vie

Christopher Cook, Bethlehem, Texas

Lettice Cooper, Une journée avec Rhoda
Fenny

Jim Crace, L'Étreinte du poisson

Giuseppe Culicchia, Patatras
Paso Doble

Robertson Davies, L'Objet du scandale
Le Manticore
Le Monde des merveilles

Andrea De Carlo, Chantilly-Express

Daniele Del Giudice, Le Stade de Wimbledon

Erri De Luca, Acide, Arc-en-ciel
En haut à gauche
Tu, mio

Heimito von Doderer, Un meurtre que tout le monde commet
Les Chutes de Slunj
Les Fenêtres éclairées
Divertimenti

Karen Duve, Déluge

Cai Emmons, Charmant garçon

Anne Enright, La Vierge de poche

Lygia Fagundes Telles, La Nuit obscure et moi
La Discipline de l'amour

Sergio Ferrero, Le Jeu sur le pont
Dans l'ombre
Les Yeux du père
Paysages dérobés

Franco Ferrucci, Les Satellites de Saturne

Eva Figes, Lumière

Ronald Firbank, Les Excentricités du cardinal Pirelli
La Fleur foulée aux pieds

David Flusfeder, William Ivory, un monstre

Mario Fortunato, Lieux naturels

Jane Gardam, La Dame aux cymbales

William Gass, Au cœur du cœur de ce pays

Donna Gershten, Sur les lèvres de la Vierge

Kaye Gibbons, Ellen Foster
Une femme vertueuse

William Goyen, Une forme sur la ville
Le Grand Réparateur

Alasdair Gray, Pauvres créatures

Rodney Hall, L'Épouse

Gert Heidenreich, Adieu à Newton

Robert Hellenga, Les Seize Voluptés

Maxine Hong Kingston, Les Hommes de Chine

Christopher Isherwood, Octobre

Fazil Iskander, Les Lapins et les Boas

Laura Jacobs, New-Yorkaises

Henry James, Mémoires d'un jeune garçon
Carnet de famille

Elizabeth Jolley, Le Puits

Sheri Joseph, Prends-moi par la main

Chuck Kinder, Les Noceurs,
Histoire édifiante

Barbara Kingsolver, L'Arbre aux haricots
Les Cochons au paradis
Les Yeux dans les arbres
Un été prodigue
Une rivière sur la lune
Petit Miracle et autres essais
Une île sous le vent

Binnie Kirshenbaum, Poésie, sexe et mélancolie

Fatos Kongoli, Le Paumé
L'Ombre de l'autre
Le Dragon d'ivoire
Le Rêve de Damoclès

Mirko Kovač, La Vie de Malvina Trifković
Le Corps transparent

Gavin Kramer, Shopping

Wendy Law-Yone, Tango birman

Hermann Lenz, Les Yeux d'un serviteur
Le Promeneur

David Lodge, Jeu de société
Changement de décor
Un tout petit monde
La Chute du British Museum
Nouvelles du Paradis
Jeux de maux
Hors de l'abri

Thérapie
L'Art de la fiction
Les Quatre Vérités
Pensées secrètes

Rosetta Loy, *Un chocolat chez Hanselmann*
Madame Della Seta aussi est juive
La Porte de l'eau
Ay, Paloma
À l'insu de la nuit

Alison Lurie, *Liaisons étrangères*
Les Amours d'Emily Turner
La Ville de nulle part
La Vérité sur Lorin Jones
Des gens comme les autres
Conflits de famille
Des amis imaginaires
Ne le dites pas aux grands, essai sur la littérature enfantine
Comme des enfants
Femmes et Fantômes
Un été à Key West

Norman Maclean, *La Rivière du sixième jour*
La Part du feu

Pedro Mairal, *Tôt ce matin*
Une nuit avec Sabrina Love

Bernard Malamud, *Le Peuple élu*
Pluie de printemps

Hilary Mantel, *C'est tous les jours la fête des mères*

Diego Marani, *Nouvelle grammaire finnoise*

Javier Marías, *L'Homme sentimental*
Le Roman d'Oxford
Ce que dit le majordome
Un cœur si blanc
Demain dans la bataille pense à moi
Vies écrites
Quand j'étais mortel
Dans le dos noir du temps

Yann Martel, *Paul en Finlande*

Aidan Mathews, *Du muesli à minuit*
Drôles de sensations

Steven Millhauser, *La Galerie des jeux*
Le Royaume de Morphée
Le Musée Barnum

Vicente Molina Foix, *La Femme sans tête*

Rick Moody, Purple America
Démonologie
L'Étrange Horloge du désastre

Lorrie Moore, Des histoires pour rien
Anagrammes
Vies cruelles
Que vont devenir les grenouilles ?
Déroutes

Johannes Moy, Le Bilboquet

Alice Munro, Secrets de Polichinelle
L'Amour d'une honnête femme
La Danse des ombres heureuses

Vladimir Nabokov, L'Enchanteur
Nicolas Gogol

Vladimir Nabokov-Edmund Wilson, Correspondance 1940-1971

Lewis Nordan, Attrape-Flèche, Mississippi

John O'Brien, Leaving Las Vegas

Brian O'Doherty, L'Étrange Cas de mademoiselle P.

Grace Paley, Les Petits Riens de la vie
Plus tard le même jour
C'est bien ce que je pensais

Pier Paolo Pasolini, Descriptions de descriptions

Ann Patchett, Bel Canto

Walker Percy, Le Cinéphile
Le Syndrome de Thanatos
Le Dernier Gentleman

Darryl Pinckney, Noir, marron, beige

E. Annie Proulx, Nœuds et dénouement
Cartes postales
Les Pieds dans la boue

James Purdy, Gertrude de Stony Island

Sergio Ramírez, Le Bal des masques

Elisabetta Rasy, La Première Extase
La Fin de la bataille
L'Autre Maîtresse
Transports

Laura Restrepo, Douce compagnie
Le Léopard au soleil

Bernice Rubens, Le Visiteur nocturne

Umberto Saba, Couleur du temps
Ombre des jours

Juana Salabert, *Avenir, souvenir*

John Saul, *De si bons Américains*

Carl Seelig, *Promenades avec Robert Walser*

Jane Shapiro, *Le Mari dangereux*

Jane Smiley, *Portraits d'après nature*
L'Exploitation
Un appartement à New York
Moo
Chagrins
Le Paradis des chevaux
Les Aventures véridiques de Lidie Newton
Jusqu'au lendemain

Natsumé Sôseki, *Oreiller d'herbes*
Clair-obscur
Le 210ᵉ Jour
Le Voyageur
À travers la vitre

Tilman Spengler, *Le Peintre de Pékin*

Gertrude Stein, *Brewsie & Willie*

Wilma Stockenström, *Le Baobab*

Italo Svevo, *Le Destin des souvenirs*

Elizabeth Taylor, *Mrs. Palfrey, Hôtel Claremont*
Cher Edmund
Noces de faïence
Une saison d'été
La Bonté même
Le Papier tue-mouches
Une partie de cache-cache
Le Cœur lourd
Vue sur le port
La Belle endormie

Pramoedya Ananta Toer, *Le Monde des hommes*

Federigo Tozzi, *Bêtes*

Janette Turner Hospital, *L'Opale du désert*

Daniel Villasenor, *Le Lac des orphelins*

Vladimir Voïnovitch, *La Chapka*

Paul West, *Le Médecin de Lord Byron*
Les Filles de Whitechapel et Jack l'Éventreur
Le Palais de l'amour

Thomas Wharton, *Le Champ de glace*

Leslie Wilson, *Maléfices*

Tim Winton, La Femme égarée
Les Ombres de l'hiver
Par-dessus le bord du monde

Banana Yoshimoto, N· P
Lézard
Dur, dur

Evguéni Zamiatine, Le Pêcheur d'hommes

Chiara Zocchi, Olga

Achevé d'imprimer en octobre 2004
par Normandie Roto Impression s.a.s.
61250 Lonrai - N° d'imprimeur : 042713
Dépôt légal : octobre 2004

Imprimé en France